Chirurgien... et papa

*

Amoureuse de son meilleur ami

*

Nouveau départ pour Rose

AMY RUTTAN

Chirurgien... et papa

Traduction française de
CHARLINE McGREGOR

BLANCHE

HARLEQUIN

Collection : Blanche

Ce roman a déjà été publié en 2019

Titre original :
MELTING THE ICE QUEEN'S HEART

HARPERCOLLINS FRANCE
83-85, boulevard Vincent-Auriol, 75646 PARIS CEDEX 13
Service Clients — www.harlequin.fr
ISBN 978-2-2805-0412-6 — ISSN 0223-5056

Édité par HarperCollins France.
Composition et mise en pages Nord Compo.
Imprimé en février 2024 par CPI Black Print (Barcelone)
en utilisant 100% d'électricité renouvelable.
Dépôt légal : mars 2024.

FSC
www.fsc.org
MIXTE
Papier issu de sources responsables
FSC® C159065

Pour limiter l'empreinte environnementale de ses livres, HarperCollins France s'engage à n'utiliser que du papier fabriqué à partir de bois provenant de forêts gérées durablement et de manière responsable.

1

— L'hôpital de Bayview Grace jouit des installations les plus modernes et d'une équipe de chirurgiens de haut vol.

Le Dr Virginia Potter détestait cet aspect de son travail, mais parvint néanmoins à offrir son plus beau sourire aux investisseurs conviés par le conseil d'administration. En tant que responsable en traumatologie de l'établissement, ce genre de réunion faisait partie de ses attributions, même si elle préférait de loin son travail en équipe avec les autres urgentistes. Heureusement, elle avait appris l'art de jouer des coudes en décrochant des bourses universitaires malgré une interminable liste de postulants.

Pourtant, la période où elle passait son temps sur le terrain, à sauver des vies, lui manquait. Certes, elle opérait encore, mais beaucoup moins qu'avant. Après tout, elle ne récoltait que le fruit de ce qu'elle avait semé.

Pour elle, cela avait toujours été carrière ou famille. Pas de demi-mesure. L'exemple de son père l'avait guidée, lui qui avait passé plus de temps avec sa famille qu'à grimper dans la hiérarchie. Ce manque d'ambition et une blessure handicapante l'avaient placé dans le premier wagon de licenciements lorsque son entreprise avait déménagé dans le Sud. Cette expérience avait servi d'exemple à Virginia : pour réussir, on ne pouvait pas jouer sur les deux tableaux.

Toujours viser le meilleur, toujours aller plus haut. Telles étaient les valeurs que son père lui avait inculquées pour ne pas la voir répéter ses propres erreurs. Le sacrifice était nécessaire pour gravir les échelons et s'assurer d'avoir toujours un toit au-dessus de la tête et de la nourriture dans son assiette. C'était ça, le succès.

Les autres avaient les deux.

Non. Chaque fois que cette pensée s'insinuait subrepticement dans son esprit, elle la rejetait. Elle ne voulait pas de famille, pas question qu'elle perde encore quelqu'un. Pas question qu'elle prenne le risque de souffrir de nouveau.

— J'aimerais beaucoup visiter les urgences de l'hôpital, dit Mme Greenly, interrompant ses réflexions.

Bon Dieu, non, pas ça !

— Bien sûr, suivez-moi je vous prie, répondit Virginia sur un ton aimable, malgré la petite voix qui hurlait au fond d'elle.

L'estomac noué, elle se dirigea vers le couloir qu'elle s'était juré d'éviter. Les services tranquilles ne manquaient pas à Bayview Grace, des services où les médecins étaient plus neutres, moins dangereux pour ses sens. Le médecin chef des urgences de Bayview Grace, en revanche, était la quintessence du mauvais garçon.

Elle guida néanmoins les investisseurs et les membres du conseil d'administration jusqu'aux urgences, essayant en chemin de se souvenir du planning. Gavin Brice était-il de garde ? Car s'il était un chirurgien brillant, le Dr Brice ne partageait pas vraiment les opinions du conseil d'administration.

Il travaillait en permanence, ce pour quoi elle l'admirait, d'ailleurs. Sauf aujourd'hui, où elle l'aurait préféré moins assidu.

C'était elle qui avait insisté pour que le conseil d'administration l'embauche. Eux n'étaient pas plus intéressés que cela par son CV pourtant impressionnant. Le comité de direction aurait préféré un chirurgien plus policé, plus charmeur. Pas un qui avait mis les mains dans la boue et vécu à la dure.

« Vous prenez des risques, docteur Potter. Si le Dr Brice tombe, vous tombez avec lui. »

La menace était claire. Pourtant elle n'avait pas eu à craindre longtemps pour son poste : ancien collaborateur de Médecins sans frontières, Brice avait pratiqué la chirurgie dans les pays du tiers-monde. Fort de cette expérience, il obtenait désormais les meilleurs taux de survie qu'elle ait jamais vus.

Même s'il n'était toujours pas apprécié, ses résultats rendaient parfaitement impossible pour l'hôpital de se séparer de lui. Malgré ses méthodes peu orthodoxes de cheval fou. Il avait peu de patience avec les internes, avec tout le monde, en fait. Et concernant la pratique de la médecine, il suivait ses propres règles. Ce qui faisait de lui un caillou perpétuel dans la chaussure de Virginia.

Pourvu qu'il ne soit pas de garde !

— Dégagez le passage !

Elle eut tout juste le temps d'écarter Mme Greenly avant que celle-ci ne soit percutée par un chariot-brancard.

Quand on parlait du loup...

Gavin Brice était perché au-dessus d'un homme à qui il pratiquait un massage cardiaque, tout en hurlant des ordres à un groupe d'internes effarés.

— On n'a pas le temps, il fait un pneumothorax. Il faut l'intuber, cria-il en descendant pour transmettre le kit respiratoire à un médecin.

Bon Dieu ! Avait-elle bien entendu ?

— Docteur Brice ! tenta-t-elle.

Il lui jeta un rapide coup d'œil par-dessus son épaule mais ne répondit pas.

— Je veux un drain thoracique de vingt.

L'un des internes partit en courant.

— Docteur Brice, fit-elle de nouveau. S'il vous plaît.

L'interne revint avec le kit thoracique, qu'il tendit à Brice.

— Lame de dix, fit celui-ci en désinfectant le flanc de son patient.

Il n'allait même pas lui répondre ! Elle se retourna pour jauger l'expression des administrateurs. Pâle comme un linge, Mme Greenly semblait sur le point de défaillir. Les autres n'étaient guère en meilleur état.

— Docteur Brice !

— J'ai demandé une lame de dix ! Tu as fait médecine, ou quoi ? aboya-t-il à l'interne, ignorant une nouvelle fois l'intervention de Virginia.

Elle s'approcha du brancard.

— Vous ne pouvez pas insérer ce tube ici, docteur Brice. Emmenez-le en trauma ou dans une salle d'op !

— Docteur Potter, il n'y a plus de place et je n'ai pas le temps de faire la conversation. Comme vous le voyez, cet homme présente des blessures graves et un pneumothorax. Si je n'agis pas ici et maintenant, nous risquons de le perdre.

— Je pense vraiment...

Sans un regard de plus pour elle, Gavin pratiqua une incision dans le torse de l'homme et inséra le drain thoracique.

Virginia se tourna vers le moniteur. Bientôt, alors que les fluides s'évacuaient par le tube de silicone, les constantes du patient indiquèrent que sa tension et sa systole se régulaient.

— Bien. Maintenant on peut chercher une salle d'op, dit Gavin en lui jetant un regard noir.

Les mains toujours sur le torse du patient, il fit une grimace écœurée, et l'équipe de la traumatologie emmena le brancard.

Il ne restait plus de son passage qu'une flaque de sang sur le sol. Se frottant les tempes, Virginia se retourna vers ses visiteurs.

— Eh bien, voilà nos urgences. Et si nous regagnions la salle de réunion ?

Depuis deux ans qu'elle était responsable du service de traumatologie, jamais elle n'avait été confrontée à une intervention d'urgence au beau milieu d'une visite de ce genre. Investisseurs et membres du conseil hochèrent la tête et firent demi-tour comme un seul homme, à l'exception d'Edwin Schultz, le président. L'autre caillou dans sa chaussure. Son point de vue sur la rentabilité de l'hôpital était de notoriété publique : il freinait toutes les décisions, pour la bonne et simple raison, Virginia en était persuadée, qu'il souhaitait fermer Bayview Grace.

— Docteur Potter, j'aimerais vous parler en privé, dit-il.

— Bien sûr, répondit-elle en ouvrant la porte d'une salle d'examen vide.

Une fois la porte refermée derrière eux, elle croisa les bras et se prépara à l'avalanche de reproches.

— Qu'est-ce que c'était que ça ? demanda Schultz.

— Un pneumothorax. L'insertion du drain a sans doute sauvé la vie de ce patient.

— En êtes-vous sûre ?

— Si le Dr Brice n'avait pas effectué cette procédure, le patient serait probablement décédé.

Il fronça les sourcils.

— Au milieu du couloir des urgences ? Devant les investisseurs et les autres patients ?

— Ce n'était pas prévu, vous imaginez bien.

Elle compta intérieurement jusqu'à dix pour éviter de gifler cet imbécile qui n'entendait rien à la médecine.

— Je n'ai pas dit cela, docteur Potter, répondit-il en sortant un mouchoir pour éponger son crâne chauve. Je vous suggère en revanche de vous mettre d'accord avec le Dr Brice sur les endroits appropriés pour procéder à une intervention médicale.

Elle aurait aimé lui répondre que parfois, quand une vie était en jeu, on n'en avait pas le temps. Mais, stratégiquement, cela aurait été très maladroit. Elle avait travaillé dur pour devenir l'une des plus jeunes responsables de service de Bayview Grace. De San Francisco, même. Pas question qu'elle renonce à ce poste. Sa carrière, sa stabilité professionnelle comptaient plus que tout.

— J'aurai une conversation avec le Dr Brice dès qu'il sortira de salle d'opération.

— Je vous en remercie, répondit Schultz. À présent, retournons nous occuper de nos investisseurs. S'ils n'avancent pas l'argent dont nous avons besoin, il nous faudra fermer les urgences.

Elle pivota sur ses talons, tout le corps tendu de nouveau.

— Fermer ? Comment cela, fermer ?

— J'allais vous en parler plus tard. L'hôpital perd de l'argent, plusieurs membres du conseil pensent que Bayview Grace gagnerait à devenir une clinique privée. Le service des urgences est un puits sans fond, le point noir de notre budget.

— Nous sommes classés niveau un en traumatologie, lui rappela-t-elle.

Ils avaient d'ailleurs obtenu cette distinction grâce à deux années de travail acharné de sa part, mais elle ne le souligna pas.

M. Schultz soupira.

— Je le sais bien, mais, à moins de convaincre les investisseurs, nous n'aurons pas le choix.

Elle réprima un juron.

— Et vous, monsieur Schultz, qu'en pensez-vous ?

— Que nous devrions fermer les urgences, fit-il simplement en passant devant elle.

Virginia tenait à son poste par-dessus tout. Retomber dans la pauvreté qu'elle avait connue enfant la terrifiait. Alors elle relèverait la tête et s'assurerait que les investisseurs ne leur fassent pas faux bond. Les urgences de Bayview ne fermeraient pas, les gens qui y travaillaient ne perdraient pas leur emploi. Elle respectait le Dr Brice et ses capacités, elle devait simplement le contenir pour garder le contrôle de son hôpital. Le hic, c'était qu'elle ne savait pas encore comment elle y parviendrait.

— Où est la famille ? demanda Gavin à la première infirmière qu'il trouva.

— La famille de qui ? demanda celle-ci sans même lever les yeux de son écran.

Malgré la frustration, il savait qu'il ne récoltait là que le fruit de son manque d'amabilité. Il fallait vraiment qu'il fasse un effort. Ici, au moins avait-il des infirmières.

— M. Jones, le pneumothorax.

— Dans la salle d'attente. Une femme et trois adolescents, on ne peut pas les rater.

— Ah. Merci, euh...

Elle leva les yeux au ciel.

— Sadie.

— Oui, merci Sadie.

Tout en enlevant son bonnet et ses gants pour les jeter dans une poubelle, il se maudit. Il aurait dû connaître son nom, cela faisait six semaines qu'ils travaillaient ensemble. Il avait toutes les peines du monde à mémoriser les prénoms.

Sauf celui de Virginia.

Dès l'instant où il l'avait rencontrée, il avait eu le souffle coupé par ses yeux profonds, aussi sombres que ses cheveux attachés en un chignon strict. Elle était si élégante, si féminine, on l'aurait crue tout droit sortie d'un magazine. Puis elle lui avait parlé règles et règlements, soulignant toutes les choses qu'il ne faisait pas bien, et brisant du même coup le charme.

Pas étonnant que les employés de l'hôpital l'appellent la *Reine de Glace*, vu la froideur et la distance qu'elle dégageait. Rien chez elle n'évoquait la moindre chaleur. Ses relations se bornaient au domaine professionnel. C'était une chirurgienne brillante, il l'avait remarqué le peu de fois qu'ils avaient travaillé ensemble, mais elle lui tapait sur les doigts pour un oui, pour un non.

« Attention aux règles d'hygiène, il faut respecter les procédures. L'hôpital pourrait être poursuivi en justice. »

Elle n'avait que cela à la bouche. Il s'était promis de lui toucher deux mots de l'organisation des urgences dès qu'il aurait un moment. Et aux administrateurs aussi.

Quand il travaillait dans des pays émergents, tout ce dont il avait besoin se trouvait à portée de main. Si ce n'était pas le cas, il faisait avec ce qu'il avait et personne ne voyait rien à y redire. Personne n'avait ne serait-ce que suggéré le moindre reproche. En bref, on le laissait libre de ses gestes, du moment qu'il sauvait des vies. C'était pour cela qu'il était devenu chirurgien, bon sang !

Seules Lily et Rose l'empêchaient de présenter sa démission. Pour elles, il supportait ce travail, cet environnement étouffant et répressif. Loin de lui l'idée de leur en vouloir, les pauvres n'y pouvaient rien si leur mère était morte. Pourtant, il aurait donné cher pour être ailleurs.

Même s'il aimait les retrouver à la maison. Et s'il voulait ce qu'il y avait de mieux pour elles, leur donner tout l'amour et la sécurité qu'il n'avait jamais eus.

Il s'arrêta près du bureau et compléta le dossier de M. Jones avant de se présenter à la famille.

— Vous savez que c'étaient les membres du conseil d'administration que vous avez traumatisés, tout à l'heure ? dit Sadie, derrière le bureau.

Il se contenta de grogner. Les membres du conseil d'administration ? Pff.

— Je suppose que le Dr Potter souhaite me parler ?

— Bingo ! fit l'infirmière en s'éloignant.

Il lâcha un juron.

— Quand ? cria-t-il à Sadie.

— Il y a dix minutes, répondit-elle par-dessus son épaule.

Nom de Dieu !

Eh bien tant pis, Virginia attendrait. Il devait voir Mme Jones avant, lui annoncer que son mari allait s'en sortir. Et ce, grâce à son intervention devant les administrateurs. Sauf qu'il ne recevrait aucun remerciement pour son exploit. Du moins pas des personnes qui géraient cet hôpital.

Au contraire, c'était une autre tape sur les doigts qui l'attendait. Potter allait lui répéter encore et encore qu'il se tirait une balle dans le pied avec les membres du CA. Et lui-même devrait prendre sur lui pour ne pas démissionner.

Il n'en avait pas les moyens. Aucun autre hôpital de San Francisco ne recrutait ou n'était intéressé par sa candidature. Certes, son CV manquait un peu de glamour, après toutes ces années passées avec Médecins sans frontières. Il ne faisait pas la couverture des revues médicales, n'avait pas dans sa manche de sujet de recherche qui puisse tenter un autre établissement. Tout ce qu'il avait, c'étaient ses deux mains et ses compétences de chirurgien de terrain.

Cela avait beau le mettre en rage, il était coincé à cause des filles. Pas question de les déraciner, de leur faire subir ce que Casey et lui avaient vécu en tant qu'enfants de militaires. Déménager de ville de garnison en poste de commandement, sans jamais avoir le temps de se faire des amis, et avec des parents toujours en mission.

Évidemment, aujourd'hui il comprenait son père et sa mère. Il les respectait d'avoir servi leur pays et fait leur devoir. Lui-même suivait ce code de conduite. Sauf que jamais il n'avait songé à imposer sa vie de routard à sa famille. Alors, comme il adorait son travail et sa vie de l'époque, il n'avait pas envisagé de se poser. Il mourrait en faisant ce qu'il aimait, tout comme son père, mort en mission.

Tout cela avait changé sept mois plus tôt, quand Casey l'avait appelé. Sa sœur voulait offrir à ses filles la stabilité dont elles avaient besoin, et Gavin était prêt à la leur donner.

Il ramassa le dossier de M. Jones et se dirigea vers la salle d'attente. Virginia attendrait, et il finirait bien par apaiser les choses avec les administrateurs. Mme Jones, en revanche, ne patienterait pas une seconde de plus.

2

« C'est un excellent chirurgien. L'hôpital a besoin de lui. »

Les mots commençaient à manquer à Virginia pour vanter les mérites du Dr Gavin Brice devant les administrateurs. Ces gens n'étaient pas docteurs. Ils n'entendaient rien à la médecine. C'est pourquoi, elle passait son temps à justifier les actions du Dr Brice. Elle se massa les tempes pour repousser la migraine qui battait derrière ses yeux.

La bagarre avait été rude, mais elle avait réussi à calmer le jeu. Encore une fois, en leur rappelant l'incroyable taux de réussite de Gavin qui, au passage, était sans doute dû à ses méthodes peu orthodoxes.

Mais quel intérêt cela avait-il, si le président envisageait de fermer les urgences pour transformer Bayview Grace en clinique privée ? Qui disait privé, disait patients fortunés. L'idée de ne soigner que les riches la rendait malade.

Elle avait choisi de faire son internat à Bayview justement parce qu'à l'époque l'hôpital avait mis en place un accueil gratuit pour les nécessiteux. Hélas, il avait été fermé deux ans plus tôt. Depuis qu'elle était chef de service, elle avait fait tout ce qui était en son pouvoir pour le faire réouvrir. En vain.

Son estomac se serra à la pensée de tous les gens de condition modeste qu'ils parvenaient encore à aider. Mais avec le budget qui se réduisait d'année en année à cause d'actionnaires trop gourmands, c'était de plus en plus dur. Et pourtant, elle rêvait de pouvoir faire plus, car elle-même avait fait partie de ces nécessiteux. C'était d'ailleurs à cause de cela que sa sœur était morte.

Shyanne, sachant que leurs parents n'avaient pas les moyens de l'aider à payer les examens médicaux, leur avait caché sa grossesse. Malheureusement, sa grossesse était extra-utérine. Virginia, en première année de médecine, se trouvait à la maison, en vacances, et elle s'en était énormément voulu de n'avoir rien vu venir. Quand l'ambulance était arrivée, il était trop tard. Rupture des trompes de Fallope. Hémorragie.

On frappa à la porte de son bureau, la tirant de ces tragiques souvenirs. Elle n'eut pas le temps de répondre que l'impatient entrait déjà. Immédiatement, elle dut se reprendre, freiner l'émotion qui menaçait d'exploser en taches rouges sur son cou et de remonter jusqu'à ses joues.

Quelle plaie que d'être la chef d'un homme aussi diablement sexy ! Ses cheveux d'un roux doré, ses yeux verts comme des émeraudes, même la cicatrice sur sa joue à côté de cette adorable fossette, tout en lui réveillait la femme qu'elle cachait derrière son attitude hyperprofessionnelle. Elle avait toujours eu un faible pour les mauvais garçons, et lui en était un exemple type, qui lui donnait envie de glousser comme une adolescente.

Pourtant, leur mère les avait toujours mises en garde, Shyanne et elle, contre ce genre d'hommes. Et elles avaient écouté. Shyanne s'était mise avec un gentil garçon, originaire de De Smet, dans le Dakota du Sud. Cela n'avait pas empêché le gentil gars en question de l'abandonner, après l'avoir mise enceinte, pour aller profiter de sa bourse de football universitaire.

— Vous désiriez me voir, docteur Potter ?

— Oui, asseyez-vous, je vous prie, dit-elle en lui indiquant d'une main le siège face à elle, pendant qu'elle tirait de l'autre sur le col de sa blouse, soudain trop serré.

Alors qu'il s'approchait, son odeur épicée et mâle lui parvint, allumant une flamme au creux de son ventre. Elle prit une inspiration, et croisa gentiment les mains sur son bureau.

— Le conseil d'administration m'a demandé de vous parler.

Un bref sourire passa sur ses lèvres.

— Encore ?

— Oui. Ça vous étonne ?

— Pas vraiment, j'ai eu le temps d'apercevoir leurs expressions horrifiées, tout à l'heure.

— Et vous trouvez ça drôle ?

Il pencha la tête de côté.

— Un peu.

Elle se mordit la lèvre et compta en silence jusqu'à dix.

— J'ai réussi à les calmer, dit-elle.

Il leva les yeux au plafond.

— Écoutez, docteur Potter, je peux vous dire quelque chose à mon tour ?

Décidément, il ne manquait pas d'aplomb !

— Je vous en prie, allez-y.

— Je me fiche bien de savoir ce que le conseil approuve ou désapprouve. Et je me fiche qu'ils me prennent pour un barbare.

— Je ne pense pas qu'ils aient employé ce terme, docteur Brice.

— S'il vous plaît, appelez-moi Gavin, répondit-il en souriant.

Elle ravala la boule qui s'était formée dans sa gorge. C'était la première fois qu'il lui demandait de l'appeler par son prénom. Ce n'était pas très étonnant, d'ailleurs, ils n'entretenaient pas de relations particulièrement amicales. Leurs discussions se cantonnaient à des remarques professionnelles et souvent désagréables à cause du conseil d'administration.

— Gavin, si vous n'êtes pas satisfait, il y a peut-être quelque chose que nous puissions faire, que je puisse faire, pour améliorer votre travail ici ?

— Rien. Honnêtement, je ne crois pas pouvoir être heureux ailleurs qu'en travaillant pour Médecins sans frontières.

C'était intrigant.

— En ce cas, puis-je vous poser une question d'ordre personnel ?

— Bien sûr, mais je ne vous garantis pas d'y répondre.

Touché.

— Pourquoi avoir quitté cette organisation pour postuler ici ?

Le beau sourire disparut, les lèvres se serrèrent en une ligne fine, le front se plissa. Allait-il répondre, finalement ? Depuis quelques semaines qu'il travaillait chez eux, il lui était apparu comme un homme peu expansif. Renfermé, même. Il ne discutait avec personne, prenait son déjeuner seul et faisait son travail efficacement. Ce n'était peut-être pas au goût du conseil, mais, tant que les patients guérissaient et n'intentaient pas de procès, elle était satisfaite.

— On a besoin de moi ici, fit-il enfin.

Il n'ajouta pas un mot d'explication. Pourquoi il avait postulé, pourquoi il se prétendait incapable d'être heureux ailleurs qu'avec Médecins sans frontières, et pourquoi il avait quitté cette ONG, elle n'en savait toujours rien.

— Vous avez l'air perplexe, dit-il, de nouveau taquin.

— Perplexe ? Non… Enfin, si, un peu.

— Désolé, vous mettre dans cette position n'était pas mon intention.

— Vous ne m'avez mise dans aucune position, docteur Brice.

— Gavin.

Cette fois, elle se sentit rougir tout à fait.

— Gavin. Je ne veux que vous aider, même si ce poste n'est pas celui dont vous rêviez.

— Je vous remercie, mais je ne pense pas avoir besoin d'aide.

— Je sais que c'est dur. Vous aviez l'habitude de travailler dans des conditions difficiles et de réagir rapidement. Ici c'est différent, et le conseil d'administration doit veiller aux intérêts de l'hôpital.

— N'est-ce pas notre objectif à tous ?

— Certes, mais, dans le cadre de la pratique hospitalière, il y a des règles à suivre. Les membres du conseil trouvent inapproprié ce qui s'est produit aujourd'hui.

Il ricana.

— On me reproche d'avoir sauvé la vie d'un homme ?

— Il y a des règles et…

— Je sais, vous l'avez déjà dit.

— Visiblement, je dois vous le répéter. Vous comprenez ce que j'essaie de vous dire ?

— Bien sûr.

Il secoua la tête, un air de dédain dans ses beaux yeux. Il le savait, elle comprenait même ce qu'il ressentait, mais quel autre choix avait-elle ?

— J'en suis tout aussi désolée que vous.

— Quant à moi, dit-il en se levant, je dois protéger la vie de mes patients, docteur Potter. Je ne changerai pas ma façon de pratiquer la médecine.

Il avait décidément le don de l'irriter. Comment pouvait-elle aider quelqu'un qui refusait son aide ? La réponse était simple : elle ne le pouvait pas. Il n'y avait pas de solution aux problèmes du Dr Brice.

Il sortit son biper, lui signifiant ainsi qu'il ne s'intéressait plus à elle et mettait fin à la conversation.

— Je suis attendu aux urgences, fit-il.

Abasourdie, elle se leva et le regarda regagner les urgences en courant. Quoi qu'en pensent les membres du conseil, elle trouvait Gavin Brice extrêmement compétent, et son CV, impressionnant. Les missions qu'il avait accomplies en Afrique ne pouvaient que donner une bonne image à l'hôpital. Les gens avaient un faible pour les bons samaritains. Et même si le Dr Brice était un mufle avec les infirmières et ses internes, c'était un excellent chirurgien.

Elle se frotta les tempes. Son mal de tête ne s'était pas calmé, loin de là. Cet entêté ne voyait-il pas qu'elle faisait de son mieux pour faciliter son retour à une pratique hospitalière traditionnelle ? Tout ce qui ressortait de cet entretien, à ce jour, c'était que Gavin Brice n'était qu'un âne bâté imbu de sa personne.

Bon sang ! Gavin était en retard, Lily allait le tuer. Rose ne lui en voudrait pas, elle était trop mignonne, mais il ne fallait pas sous-estimer la personnalité de Lily. C'était la troisième fois qu'il ratait son cours de danse classique, alors qu'il avait juré de l'y accompagner, cette fois, à la place de la baby-sitter, Rosalie.

Décidément, il faisait un père atroce. Enfin, il n'était pas à proprement parler le père des filles, mais leur oncle. Pourtant, depuis qu'il était devenu leur unique tuteur — à la mort de leur mère, sa sœur, d'un cancer — il avait cessé d'être le gentil tonton Gavin qui leur envoyait des cartes postales des quatre coins du monde. À présent, il était monsieur Maman, et ne s'en sortait pas très bien. Du haut de ses huit ans, Lily le lui rappelait tous les jours depuis deux mois.

« Maman ne faisait pas comme ça. »

À quatre ans, Rose était tout sourires, mais elle ne parlait pas. Voilà pourquoi il était là, à San Francisco. Il détestait ne plus pouvoir se consacrer à ce qu'il aimait par-dessus tout, mais il ferait tout pour ses deux nièces. Après ce qu'elles avaient traversé, il ne pouvait décemment pas faire autrement. Pas après avoir perdu leur père alors que Rose n'était qu'un bébé, et désormais leur mère. Et puis, s'il ne s'en occupait pas bien, il risquait de perdre leur garde au profit de leurs grands-parents paternels. Or il avait promis à Casey que cela n'arriverait pas.

Une brise fraîche montait de la baie. Il remonta son col. On était pourtant en août, mais l'air était frais et il était encore habitué aux climats subtropicaux.

Il enfonça les mains dans ses poches et se dirigea vers le minivan gris qu'il avait hérité de Casey. Sa moto dormait sous une bâche au garage : impossible de transporter deux fillettes de cours de danse en clubs de scouts à l'arrière d'une moto. Alors qu'il traversait le parking, il aperçut Virginia qui rejoignait sa berline noire à la carrosserie immaculée. Il s'arrêta un instant pour l'observer. Elle marchait avec grâce, même si elle semblait toujours tendue.

Elle avait les cheveux relevés sur le sommet du crâne, pas une mèche ne dépassait. Et pourtant, elle était naturelle, n'avait pas besoin de porter de maquillage voyant pour accentuer le chocolat de ses yeux ou le rubis de ses lèvres. Sa tenue était élégante et professionnelle, mais avec une touche de sexy. Aujourd'hui, elle portait une jupe droite, un chemisier impeccable et des escarpins noirs, ce qui mettait parfaitement sa silhouette en valeur.

Elle grimpa dans sa voiture. Quand elle s'assit, sa jupe remonta juste assez pour qu'il aperçoive sa cuisse gainée dans un bas. Immédiatement, il sentit son pouls s'emballer.

Virginia démarra et il se passa la main sur le visage. Bon sang, il avait besoin d'une bière, affalé devant la télévision !

Comme en transe il parcourut les rues, abandonnant peu à peu derrière lui les événements de la journée. Quand il se gara devant la maison rose de sa sœur, dans le district de Richmond, à vingt minutes de voiture de l'hôpital, il lâcha un soupir de soulagement et de frustration mêlés.

Sa vie tout entière était désormais immergée dans diverses nuances de rose, du rose corail au rose bonbon. Encore heureux que sa tenue de chirurgien soit verte !

Toutes les lumières de la salle à manger étaient allumées, les filles étaient donc rentrées de leur répétition de danse. Rosalie, qui l'avait vu arriver, sortit de la maison alors qu'il refermait la porte du garage.

— Bonsoir, docteur Brice, vous avez passé une bonne journée ? lui demanda-t-elle gentiment.

— Je vais m'abstenir de répondre. Comment va Lily ?

Rosalie lui offrit un grand sourire.

— Je vais m'abstenir de répondre.

— C'est à ce point ?

— La journée a été dure pour elle, répondit la jeune femme en se dirigeant vers sa voiture, garée dans la rue. Votre prochaine garde, c'est quand ?

— Demain, mais je ne travaille pas ce week-end, ni jusqu'à mercredi après-midi.

— Oh ! un week-end de quatre jours ! *Qué bueno.* À demain, docteur Brice, bonne nuit.

Il attendit qu'elle ait démarré pour refermer le portail, puis entra.

L'escalier de l'entrée, qui montait jusqu'à l'étage principal, était encombré d'accessoires de danse et autres babioles roses. Sous ses pieds, quelque chose couina et Rose apparut immédiatement en haut de l'escalier, les sourcils froncés et ses bras potelés croisés sur sa poitrine.

— Désolé, je n'ai pas fait exprès de marcher sur Georgiana, dit-il en ramassant la girafe en caoutchouc.

Avec un grand sourire, la fillette tendit la main, et il y plaça le joujou.

— Comment va Lily ?

Rose leva les yeux au ciel et disparut. Voilà qui n'augurait rien de bon. Il se traîna jusqu'en haut des marches et trouva l'aînée assise à la table de la cuisine, le menton posé à même le bois, un air dépité sur le visage. Le même qu'il avait maintes fois vu à Casey, quand il devait prendre le relais de leurs parents, partis accomplir leur devoir.

Ce souvenir lui serra le cœur : sa sœur lui manquait tant !

— Lily.

La fillette leva ses yeux bleus, eux aussi tellement semblables à ceux de sa mère.

— Je sais. Il y a eu une urgence, je comprends, fit-elle dans un souffle.

Il s'assit face à elle. Décidément, elle parlait comme une adulte en miniature.

— C'est exact, il s'agissait d'un accident de voiture et j'ai dû opérer un monsieur.

— Tu lui as sauvé la vie ?

— Oui.

— Alors, ça valait la peine, répondit-elle en se redressant.

Ainsi, au moins une personne le pensait.

— C'est une réaction très mature, Lily. Après ma garde de demain, j'aurai quatre jours de repos. On va pouvoir les passer ensemble, Rose, toi et moi.

— C'est vrai ? demanda-t-elle, se réjouissant manifestement.

— C'est vrai. On pourra aller sur la jetée et regarder les lions de mer.

— On pourra manger des palourdes ? demanda Rose, qui venait de se glisser sur ses genoux.

Des palourdes ? Et lui qui s'apprêtait à leur proposer une glace…

— Vous aimez les fruits de mer ?

— Oui, maman nous emmenait toujours au marché aux poissons. On achetait des coquillages et elle nous préparait sa fameuse soupe de poisson.

— Je vois, j'essaierai de vous en faire aussi. Bon, et si vous alliez vous préparer pour dormir ?

Lily se leva et prit sa sœur par la main. Dès que Gavin les sut hors de portée, il posa à son tour la tête sur la table. Jamais il ne s'était imaginé en père, tout bonnement parce qu'il craignait d'en être un horrible, comme son père à lui. Certes, son père était un héros, mais pas une fois il ne l'avait pris dans ses bras, pas une fois il ne lui avait fait un compliment. Pire, il n'était pas là. Idem pour sa mère. Lui ne voulait pas devenir comme eux.

Pourtant Casey, qui avait les mêmes peurs que lui à l'idée d'être mère, en était devenue une géniale.

Dieu qu'elle lui manquait !

Tout ce qu'il espérait aujourd'hui, c'était qu'il agissait au mieux pour ses nièces. Il devait au moins cela à Casey.

3

Virginia prit le dossier de M. Jones et parcourut les notes de Gavin. En relevant les yeux, elle aperçut justement le Dr Brice dans la chambre de son patient. Ce dernier était toujours inconscient, ils le gardaient donc en soins intensifs, mais Gavin discutait avec sa femme.

— Tout va bien, chef ? lui demanda l'infirmière, derrière son bureau.

— Oui, Kimber, tout va bien, répondit Virginia en lui tendant le dossier. Je venais juste prendre des nouvelles de la nouvelle célébrité des urgences.

— Qui ? Le Dr Brice ? J'ai entendu parler de ses exploits d'hier devant les investisseurs, dit l'infirmière en pouffant. Ils ont dû être sacrément impressionnés !

Avant de devenir chef de service, Virginia avait des amis, des collègues avec lesquels elle pouvait discuter ainsi de tout et de rien. Maintenant, du fait de son poste, elle n'avait plus personne à qui se confier, auprès de qui s'épancher. Il ne lui restait plus que le cactus de son appartement. L'époque où elle descendait à la cafétéria se détendre avec les autres lui manquait. Aujourd'hui, les infirmières la redoutaient. Ce n'était pas étonnant, au fond, puisqu'elle gérait leur carrière.

— Vous êtes sûre que ça va, chef ? insista Kimber.

— Oui, pourquoi ?

— Vous aviez l'air perdue dans vos pensées.

— Justement, tiens, que pensez-vous du Dr Brice ?

— Miam ! répondit Kimber en haussant les sourcils, avant de retrouver immédiatement son sérieux. Désolée, chef.

— Et professionnellement ?

— Oh... Il est assez brusque avec les infirmières, il ne se rappelle jamais notre prénom... La plupart du temps, il nous interpelle avec un « hé, vous ! » Et puis, il dit rarement merci. Mais bon, il est gentil avec les patients et c'est un excellent chirurgien.

— Merci pour votre franchise, Kimber.

— Il est dans le collimateur ?

— Non, non. Je voulais juste savoir comment il s'entendait avec les autres membres du personnel.

Kimber s'éloigna alors que Brice sortait de la chambre du patient. Absorbé par son biper, il ne regardait pas devant lui et se dirigeait droit sur Virginia. Soudain, il leva les yeux et la vit. Ses yeux s'arrondirent.

— Docteur Potter, qu'est-ce qui vous amène aux soins intensifs ? Je vous aurais crue à une autre de vos réunions.

Elle serra les dents.

— Eh, non ! Pas de réunion aujourd'hui, docteur Brice.

— Gavin.

Il lui offrit un sourire content de soi, qu'elle eut immédiatement envie de lui faire ravaler.

— Je me rendais en salle d'op, en fait.

— Incroyable, j'ignorais que les chefs de service opéraient.

— Je suis avant tout chirurgien. À présent, si vous voulez bien m'excuser, je dois y aller, fit-elle en lui tournant le dos.

Mais il la suivait.

— Vous pratiquez quel type d'opération ?

— Une cholécystectomie de routine.

— Je croyais que vous étiez chirurgien urgentiste.

— Je suis chirurgien tout court, même si j'ai travaillé en trauma. Et puis nos urgences n'ont pas besoin de moi, elles sont pleines de chirurgiens très capables.

— Contrairement à moi, c'est ça ?

Elle haussa un sourcil surpris, mais continua à avancer.

— Qu'est-ce que vous voulez dire ?

— On en a déjà parlé hier, Virginia. Je ne suis pas vraiment un atout pour Bayview Grace.

— Qui a dit ça ?

— Vous.

— Quand ?

— Hier, après que j'ai sauvé la vie de M. Jones devant les membres du conseil d'administration. Vous avez oublié ?

— Je n'ai jamais dit ça, répondit-elle. Vous êtes un bon chirurgien, Gavin, il faudrait juste que vous travailliez sur vos compétences interpersonnelles.

Les portes de la salle de nettoyage s'ouvrirent, et il la suivit à l'intérieur. Bon sang, il n'allait donc pas lâcher l'affaire ? Elle n'avait qu'une hâte, c'était de commencer son opération. Au moins, elle pourrait se vider la tête et recommencer à réfléchir.

— Mes compétences interpersonnelles ? répéta-t-il, un sourire étrange aux lèvres.

— Je n'ai pas le temps de discuter sémantique, là. J'ai une cholé sur le feu. À moins que vous souhaitiez vous désinfecter aussi ? J'adorerais que vous m'assistiez, dit-elle en commençant à se laver les mains.

Une partie d'elle priait pour qu'il se décourage, alors que l'autre partie mourait d'envie de le voir à l'œuvre. De travailler côte à côte avec lui.

— Menteuse.

— Pardon ?

— Vous ne voulez pas de moi dans cette salle d'op, en fait je pense même que vous n'en pouvez plus de moi.

— Exact. Vous êtes un vrai caillou dans ma chaussure, depuis que je vous ai embauché.

Il éclata de rire.

— Je sais.

— Cela dit, j'aimerais beaucoup vous voir travailler, dit-elle en s'essuyant les mains avec du papier. D'après les infirmières, vous êtes excellent.

Il eut l'air surpris.

— Je ne pensais pas que les infirmières m'appréciaient.

— Elles ne vous apprécient pas, répondit-elle avec une pointe de satisfaction en voyant sa mine dépitée. Vous devriez vraiment faire un effort pour mémoriser leur prénom.

— Ça ne fait pas partie de mes priorités.

Décidément, il était indécrottable. Elle s'approcha des portes coulissantes qui séparaient la salle de désinfection de la salle d'opération.

— Eh bien, faites-en une priorité, Gavin, ça vous facilitera la vie. Vous me suivez ?

— Je vais passer mon tour, docteur Potter, ils doivent avoir besoin de moi en trauma.

— Virginia.

Avec un sourire, elle se dirigea dans la salle, mi-soulagée, mi-déçue qu'il ne l'accompagne pas.

Gavin regretta aussitôt sa décision. Il aurait dû suivre Virginia en salle d'opération, même s'il s'agissait d'une intervention de routine. Les urgences étaient calmes, étonnamment vides, même. Il s'était donc résolu à ranger un peu de paperasse, ce qui lui donnait un bon prétexte pour essayer de mémoriser les prénoms des infirmières. C'était fou : il parvenait à retenir les procédures les plus complexes, mais, quand il s'agissait de mondanités, voire de banalités du quotidien comme la liste des courses ou un prénom, il n'y arrivait pas.

Qu'est-ce qui n'allait pas chez lui ? Et pourquoi avoir refusé l'occasion idéale de faire mieux connaissance avec Virginia Potter ? D'habitude, lorsqu'ils discutaient, elle se montrait toujours distante, alors qu'aujourd'hui... Il avait perçu quelque chose de différent chez elle. Elle était plus détendue, plus réceptive à son humour. Il avait beaucoup apprécié sa repartie, d'ailleurs. Et quand elle était entrée en salle, il avait aperçu une lueur taquine dans ses yeux. Adorable. Mais effrayant, aussi.

Il n'avait pas le temps de songer aux femmes, les filles étaient sa priorité.

— Je ne te demande pas à quoi tu penses, sinon on va être assaillis de blessures graves.

Gavin leva les yeux sur le Dr Rogerson, accoudée au comptoir, tout sourires. Tout comme les acteurs au théâtre, les médecins urgentistes avaient des tas de petites superstitions. Avec un sourire poli, il se replongea dans ses dossiers. Moira le poursuivait de ses assiduités depuis qu'il avait mis le pied dans le service, pourvu qu'elle n'insiste pas. Elle n'était pas repoussante, elle était même plutôt jolie, intelligente et bon chirurgien, mais il n'était pas intéressé.

— Je me demandais si ça te dirait qu'on aille manger une bricole après le travail.

Et zut ! Il détestait se sentir harcelé.

— Je ne peux pas.

— Pourquoi ?

— Je ne peux pas, c'est tout, dit-il avec un soupir.

— Je sais que vous êtes nouveau dans la région, qu'est-ce qui peut bien vous retenir ?

Il referma le dossier et se leva, peut-être un brin brutalement, avant de s'éloigner en direction de la cafétéria.

— Des choses, fit-il par-dessus son épaule.

Heureusement, Moira ne le suivit pas. Il avait été un peu dur avec elle, et à vrai dire il avait des frustrations, il devait bien l'avouer. Mais depuis que les filles étaient entrées dans sa vie, il devait se montrer responsable. Un an plus tôt, il aurait pris Moira au mot, du moment qu'elle ne demandait rien de sérieux. Elle était attirante. Enfin, c'était fini, les années play-boy. Désormais, sa vie sentimentale se résumait à deux mots : *douches froides*.

À la cafétéria, il prit un sandwich et une bouteille d'eau. Il s'apprêtait à sortir manger dehors pour prendre l'air quand il aperçut Virginia à l'autre bout de la salle. Bizarre, il ne l'avait jamais vue ici.

Elle était assise, seule, à une table pour deux, et lisait une revue médicale en mangeant sa salade. La cafétéria était pleine de médecins et d'infirmières, mais elle mangeait seule. Évidemment, c'était la chef. La *Reine de Glace*.

La pauvre, elle était si jeune, ça devait être dur. Sans réfléchir, il traversa la salle et se planta devant sa table.

— Je peux me joindre à vous, Virginia ?

Visiblement surprise, elle leva les yeux vers lui.

— Oh ! euh... Bien sûr, docteur Brice. Enfin, Gavin.

— Alors, cette cholé ? demanda-t-il en s'installant.

— La routine.

Et elle sourit. Immédiatement, il sentit son pouls s'emballer. Il aimait son sourire, surtout quand il lui était destiné. Ce qui n'arrivait pas souvent.

— Et vous, aux urgences ? demanda-t-elle.

— Je travaille sur mes compétences interpersonnelles, mais j'ai du mal à mettre un nom sur les visages.

Elle haussa un sourcil.

— Vous n'avez pas ce problème avec vos patients, pourtant.

— Exact.

— Quoi ?! Vous êtes d'accord avec moi ?

La lueur taquine avait réapparu.

— Voilà à présent que vous vous moquez de moi ! dit-il.

Elle planta sa fourchette dans une tomate cerise.

— Quelle différence entre une infirmière et un patient ?

— Les patients ne portent pas tous des tenues roses. Ah, le rose !

Elle pouffa.

— Vous avez quelque chose contre le rose ?

— Non, rien.

Il n'avait pas envie d'évoquer ses nièces ici. C'était sa vie privée, et il ne la mélangeait pas avec le travail.

— Comment faisiez-vous en Afrique ? demanda-t-elle.

— C'était simple, on n'était jamais plus de dix à la fois.

— Alors, c'est une histoire de chiffres...

— Il y a tellement d'infirmières ici, dit-il après avoir pris une gorgée d'eau. J'ai l'impression qu'elles se multiplient dans mon dos.

Elle éclata de rire. Un rire charmant, qui le fit sourire.

— Vous ne pensez tout de même pas qu'elles se clonent ? Gavin, vous êtes bon chirurgien, je détesterais qu'elles dressent un bûcher, et qu'elles vous y jettent.

Il osa un clin d'œil complice.

— Je vais retenir leurs prénoms. J'y travaille.

— Bien, fit-elle en se penchant légèrement vers lui.

Son odeur de vanille et de miel lui parvint. Il adorait ce parfum et dut combattre l'envie irrépressible d'enfouir la tête dans son cou pour en boire la senteur.

— J'ai un secret, murmura-t-elle, conspiratrice.

— Dites !

— Elles portent des badges nominatifs.

— Ha, ha ! Très drôle.

Ils rirent tous les deux et elle se remit à manger.

— Alors, vous avez des projets pour le week-end ?

Il ne put réprimer un mouvement de recul.

— Rien de spécial, répondit-il en arrachant l'étiquette de sa bouteille d'eau. Vous êtes de repos ?

— Oui, bizarrement.

— Et vous avez des projets ?

— Oui.

Il attendit un instant, puis, comme elle n'ajoutait rien :

— Vous ne voulez pas me dire ?

— Pourquoi le ferais-je ? Vous ne révélez rien de votre vie privée, vous.

— Touché. Bon, dit-il après avoir avalé le reste de son eau, je dois retourner aux urgences. C'était un plaisir de discuter avec vous, Virginia.

— Pareil pour moi, Gavin. J'espère que les urgences vont rester calmes.

La sirène d'une ambulance leur parvint.

— Vous allez me rendre superstitieux, fit-il entre ses dents.

Elle lui répondit par un grand sourire.

4

Virginia en avait assez d'être seule chez elle, assez que son esprit soit ballotté entre deux problèmes obsédants : la menace de fermeture des urgences et Gavin.

Après le déjeuner de la veille, elle avait senti les regards des autres employés de l'hôpital peser sur elle. Le loup solitaire s'asseyant à côté de la Reine de Glace, voilà qui devait occuper les conversations.

Eh bien, il se trouvait que les reines de glace aussi se sentaient seules. Mais elle ne pouvait pas laisser cela se reproduire, ni risquer que des rumeurs circulent. Désormais elle mangerait dans son bureau.

Telle était sa nouvelle résolution, alors qu'elle arpentait la jetée en quête de quelques produits frais pour le dîner. Elle avait oublié combien l'endroit pouvait être animé et bruyant en août. Surtout le samedi.

Elle joua des coudes pour atteindre l'étalage de son vendeur de fruits de mer préféré. Nikos connaissait son nom, et il tenait sa commande prête tous les troisièmes samedis du mois. Elle appréciait sa conversation et sa chaleur, même si cela la renvoyait aussi à sa propre solitude. Après ses emplettes, elle rentrerait dans son appartement vide de Nob Hill, avec pour unique compagnie l'écho de sa voix, son cactus et la télévision satellitaire.

Mais c'était le prix à payer, elle ne pouvait pas tout avoir. Elle avait besoin de son travail pour garder un toit au-dessus de sa tête et envoyer de l'argent à ses parents à De Smet, afin que ses frères et sœurs cadets jouissent d'une meilleure enfance que

Shyanne et elle. Sa famille avait besoin de son argent, pas de sa présence — même si sa mère réclamait sans cesse une visite de sa part. Une douleur lui traversa la poitrine. Sa sœur jumelle et sa famille lui manquaient terriblement.

Un hurlement de l'autre côté du marché la tira de sa rêverie. Une débauche de rose déboulait au milieu des touristes. Une fillette blonde en tutu à fanfreluches était perchée sur des épaules, probablement celles de son père.

La douleur revint dans sa poitrine.

Les enfants ne faisaient pas partie de son projet de vie, elle n'avait pas le temps, ni l'envie de risquer de perdre quelqu'un de cher de nouveau.

Une autre fillette tirait sur le bras de l'homme, qui se retourna. Et Virginia lâcha un petit cri abasourdi quand, sous le tutu, apparut un visage très familier.

Gavin Brice était donc marié ! Étant donné l'endroit qu'il assurait préférer pour pratiquer la médecine, jamais elle ne l'aurait imaginé en père de famille.

Mieux valait faire demi-tour. Mais Nikos l'attendait pour sa commande, elle n'allait pas changer ses projets maintenant. Et si elle n'obtenait pas une explication de Brice sur-le-champ, elle en mourrait de curiosité.

— Docteur Brice, quelle surprise ! fit-elle.

Les yeux de Gavin s'arrondirent en la découvrant. Sa fille aînée se colla à lui, ses grands yeux bleus fixés sur Virginia.

— Docteur Potter, je suis tout aussi surpris que vous !

— Je viens toujours au marché du samedi, quand je ne suis pas de garde, répondit-elle en souriant à l'adorable chérubin qui la dévisageait sur les épaules de son père.

Elle était coiffée, même si le terme était peu approprié, d'un chignon extrêmement improbable noué au sommet de son crâne. Adorable !

— Vous ne me présentez pas à vos filles, docteur Brice ?

— Ce n'est pas notre papa, c'est notre tonton, marmonna la plus grande.

— Oui, dit Gavin, ce sont mes nièces. Voici Lily. Lily, je te présente la chef du service traumatologie de l'hôpital, le Dr Potter.

La fillette écarquilla les yeux et, visiblement impressionnée, tendit une main un peu poisseuse aux ongles peints en rouge. En la serrant poliment, Virginia songea que ces deux enfants étaient quelque peu débraillées. Tout comme Gavin, d'ailleurs, ce qui changeait de son habituelle élégance à l'hôpital.

— Et là-haut, c'est Rose, dit-il.

Sans un mot, la petite continuait à la dévisager.

— Désolé, Rose ne parle pas, dit-il en soupirant.

— Timide ? demanda Virginia.

— Non, répondit Lily. Elle ne parle plus depuis que maman est morte.

Gavin n'aimait pas mélanger travail et vie privée. Mais d'un autre côté, il était ravi de croiser Virginia dans une tenue autre que celle de l'hôpital. Ses cheveux bruns, qu'il n'avait jamais vus qu'attachés, lui tombaient aujourd'hui sur les épaules, encadrant son visage à la perfection. Quant à son habituel ensemble jupe stricte et chemisier, elle l'avait troqué contre un sweat-shirt, un jean et des ballerines plates. L'ensemble lui allait à ravir. Oui, il aimait bien la version détendue et affable de la Reine de Glace. Même si son haut ample cachait un peu trop ses jolies formes, qu'il adorait admirer au détour d'un couloir.

Bon sang, il fallait qu'il se reprenne !

— Je suis désolée d'apprendre cela, répondit-elle à Lily, d'une voix totalement sincère.

— Merci, fit-il en reposant à terre Rose, qui commençait à s'agiter sur ses épaules.

— Bon, je dois aller récupérer ma commande de crevettes avant de rentrer.

— Nous aussi, on a besoin de crevettes ! s'exclama Lily.

— Des crevettes ? Je croyais que c'était des palourdes ?

— Mais maman mettait toujours des crevettes dans sa soupe de palourdes ! dit Lily avec un air exaspéré.

— Sacrée entreprise ! dit Virginia avec un sourire qui lui réchauffa le cœur — il adorait son sourire.

— Je ne vous le fais pas dire, fit-il en lui montrant la glacière qu'il tenait de l'autre main. Ça se complique.

— Bon courage alors, dit-elle. Je vous laisse.

— Est-ce que je peux venir avec vous, docteur Potter ? demanda Lily. Comme ça, je prendrai les crevettes.

Les yeux de Virginia s'arrondirent. Elle sembla inquiète, un bref instant, mais se reprit rapidement.

— O.K., répondit-elle d'une voix quelque peu tremblante.

Stupéfait, Gavin vit Lily lui prendre la main, un geste dont il ne l'aurait jamais crue capable avec une parfaite inconnue. Il lui tendit un peu d'argent et les regarda s'éloigner. Quoique visiblement sous le choc, Virginia s'en sortait bien.

Il attrapa la main de Rose et observa à distance le stand du vieux poissonnier grec. Virginia semblait à présent tout à fait à son aise, elle riait même. Comme si une connexion naturelle s'était établie entre elles deux. Ce constat le rendit nerveux. Il ne voulait ni n'avait besoin d'une relation. Il n'était pas en quête d'une mère pour ses nièces.

Une petite voix, tout au fond de lui, essayait pourtant de lui susurrer le contraire. Une boule se forma dans son estomac.

Un sachet de crevettes à la main, Lily et Virginia revinrent dans leur direction. Immédiatement, il détourna les yeux. Pas question d'être pris en flagrant délit d'espionnage.

Il ouvrit la glacière, et Lily y déposa ses crevettes d'un air triomphal, près des palourdes et des coquilles Saint-Jacques.

— Ouah, belle pêche ! dit Virginia, qui s'était penchée elle aussi au-dessus.

Quand elle se releva, il sentit de nouveau son odeur de vanille, qui lui évoquait l'intimité, le confort. Ce que l'on partageait dans une maison. Enfin, normalement.

— Je pense que vous vous éloignez de la soupe de palourdes pour vous approcher d'une soupe de crustacés, ou d'une bisque, dit-elle en souriant.

— C'est quoi, la différence ? demanda Lily.

— La bisque, c'est mixé, alors que l'on trouve des morceaux dans la soupe, expliqua-t-elle de bonne grâce.

— Les morceaux !

— Bon, eh bien va pour la soupe de crustacés, dit-il en refermant la glacière.

Virginia croisa les bras.

— Vous en avez déjà fait ?

— La soupe en boîte, ça compte ?

— Non, répondit-elle en haussant un sourcil joliment arqué.

— Zut ! Ça vous dirait de venir dîner avec nous ? s'entendit-il demander malgré lui.

Virginia n'en revenait pas. En tant que supérieure hiérarchique, elle ne pouvait pas accepter l'invitation de Gavin.

— S'il vous plaît, venez, docteur Potter ! Et vous pourriez aussi descendre sur la jetée avec nous pour regarder les lions de mer, dit Lily en lui tirant sur la manche, ses grands yeux pleins d'excitation.

Comment dire non à cela ? Il le faudrait, pourtant.

— Je ne sais pas trop, Lily. Je veux bien vous accompagner jusqu'à la jetée, mais ensuite je devrai rentrer mettre mes crevettes au frais.

— Vous voulez profiter de ma glacière ? demanda Gavin.

— Ah... merci.

Ils traversèrent la foule et se dirigèrent vers les aboiements sourds des célèbres résidants de la côte san-franciscaine. Lily et Rose se précipitèrent vers le bord pour mieux les observer.

— Ça fait six mois que je suis ici et je n'étais jamais venu les voir, dit Gavin. Ils sont plutôt... bruyants.

Virginia plissa les yeux alors qu'une nouvelle sérénade montait de la mer. Lily éclata de rire, et Rose sourit de toutes ses dents, sans émettre le moindre son. Quel petit ange !

— Comment votre sœur est-elle décédée ?

— D'un cancer.

— Je suis désolée.

Si quelqu'un comprenait ce chagrin-là, c'était bien elle. Ce n'était toutefois pas une raison pour évoquer sa propre blessure. Elle ne pouvait pas.

Alors qu'il la regardait, elle sentit son estomac se contracter. Il était différent, aujourd'hui. Son sweat-shirt bleu marine mettait la couleur de ses cheveux en valeur et accentuait le vert profond de ses yeux. Il était tout ébouriffé d'avoir porté Rose, mais cela lui allait bien. Vraiment bien.

Assez divagué, il fallait qu'elle se reprenne.

— Bon, je vais rentrer chez moi à présent, dit-elle en se penchant pour récupérer son sachet dans la glacière. Bonne chance pour la soupe.

Elle se tourna pour partir, mais il la saisit par le bras.

— Ça me ferait très plaisir que vous veniez dîner avec nous.

— Gavin...

Elle s'interrompit pour tenter de formuler l'une des multiples excuses qui lui venaient à l'esprit. Le problème, c'était qu'aucune ne tenait vraiment la route. Qu'avait-elle à perdre, après tout ? Certes, techniquement elle était sa patronne, mais il n'était tout de même pas son interne. Il était chirurgien en traumatologie, alors pourquoi ne pourraient-ils pas devenir amis ? Peu importait au fond ce que penseraient les autres.

— Bon, d'accord. J'accepte avec plaisir. Vous pouvez me noter votre adresse ? demanda-t-elle en sortant une vieille carte de visite.

— Lily et Rose vont être ravies, dit-il en la lui rendant après avoir noté ses coordonnées. Nous n'avons pas eu de véritable invité depuis les obsèques.

— À quelle heure voulez-vous que j'arrive ?

— 17 heures. Je dois respecter un horaire assez strict pour coucher les filles, mais comme il me faut une éternité pour les endormir...

Elle rit avec lui.

— 17 heures, parfait. Je me réjouis d'avance.

— Moi aussi, à tout à l'heure, répondit-il en ramassant sa glacière pour rejoindre les filles.

Virginia observa l'adresse sur la carte de visite. Il ne vivait pas très loin de chez elle, et les *linguine* aux crevettes qu'elle avait prévues pour le soir même attendraient bien le lendemain. Ce soir, elle allait pouvoir discuter avec autre chose que ses quatre murs et son cactus.

La première chose que Virginia remarqua en arrivant devant chez Gavin fut les murs roses. Très roses. Elle tira sur le frein d'une main tremblante. Elle était aussi nerveuse qu'une adolescente pour son premier rendez-vous, et elle s'était apprêtée comme jamais, allant même jusqu'à appliquer une touche de maquillage.

Avec un dernier regard dans le rétroviseur, elle sortit et ouvrit la portière arrière. Avant de quitter le marché, elle avait acheté quatre petits pains au levain. Elle prévoyait de les creuser, afin de servir la soupe dedans.

Alors qu'elle attendait devant le portail après avoir sonné, elle aperçut la petite Rose qui l'épiait derrière les rideaux, à l'étage. Pauvre enfant.

— Bienvenue, fit Gavin depuis la porte d'entrée.

Il sortit lui ouvrir et referma soigneusement le portail et la porte derrière elle. Il portait les mêmes vêtements que le matin, mais ses cheveux étaient un peu mieux coiffés. Il était tout aussi séduisant, ce qui fit battre le cœur de Virginia un peu plus vite.

— Vous avez peur que je m'échappe ? demanda-t-elle, taquine, en espérant qu'il ne perçoive pas le léger trémolo dans sa voix.

— Non, mais je n'ai pas l'habitude de vivre dans une grande ville.

— Vous habitez un quartier tranquille, mais je comprends. Votre maison est très rose, Gavin, dit-elle pour changer de sujet.

— Je n'y suis pour rien, je vous rassure. C'était la maison de ma sœur, elle adorait le rose, répondit-il en montant les escaliers devant elle. Vous pouvez garder vos chaussures, c'est même recommandé — je ne suis pas une fée du logis et la femme de ménage est de repos ce week-end.

Elle le suivit à l'étage en riant. Rose surgit du salon et vint s'accrocher à la jambe de Gavin.

— Tu te souviens de ma patronne, Rose ?

Elle hocha la tête et offrit un sourire à Virginia.

— Vous avez eu un problème avec la soupe ? demanda-t-elle alors, comme aucune odeur de poisson n'emplissait la maison.

— Euh... disons plutôt que je n'ai aucune idée de la façon de procéder.

— On dirait que j'ai bien fait de venir. Montrez-moi la cuisine.

En souriant, il la conduisit à l'arrière de la maison. Penchée sur un vieux livre de recettes, Lily avait l'air totalement dépassée.

— Je ne la trouve pas, avoua l'enfant d'une voix paniquée.

— Quoi ? lui demanda Virginia en déposant le sac de pain.

— La recette que faisait maman.

La fillette tremblait et Virginia eut envie de la serrer dans ses bras pour la rassurer. Mais c'était impossible, et puis elle n'avait jamais été très douée pour les câlins.

— Ne t'inquiète pas. Que dirais-tu si on essayait ma recette, ce soir ? Ça te dit ?

— O.K. ! s'exclama Lily, les yeux écarquillés de bonheur.

— Virginia, vous ne vous sentez pas obligée. Vous êtes notre invitée, quand même !

— Ça ne me dérange pas, Gavin, dit-elle en accrochant son gilet au dos de la chaise et en remontant ses manches. Lily, tu veux bien m'aider ?

— Oui !

Immédiatement, la fillette ouvrit le réfrigérateur et en tira divers ingrédients.

— Je ne savais pas que vous cuisiniez, dit Gavin.

— J'ai des talents cachés, répondit-elle avec un clin d'œil. Tu as de la crème, Lily ?

— Oui !

La fillette se précipita vers le frigo.

— Une marmite ?

Gavin sortit une poêle.

— Comme ça ?

— Pas du tout. Voilà, dit-elle après avoir farfouillé dans les placards. Ça, c'est une marmite !

— Impressionnant, répondit-il en s'installant sur une chaise, où Rose le rejoignit en un éclair. Je peux regarder ?

— Pourquoi ?

— C'est comme ça qu'on apprend, nous les chirurgiens. L'observation, non ?

— Méfiez-vous, je vais peut-être utiliser la maïeutique, pour couper les pommes de terre, dit-elle en se mettant à l'œuvre.

— Ce ne serait pas juste, je n'y connais rien !

— C'est vrai, dit Lily. Tout ce qu'il sait faire, c'est le fromage grillé. Heureusement qu'on a Rosalie.

Virginia haussa un sourcil.

— Rosalie ?

— Ma femme de ménage-nounou-cuisinière, répondit-il en désignant le sachet de pain. C'est quoi, ça ?

— Surprise ! Vous devrez attendre que la soupe soit prête.

Une fois qu'elle eut fini d'éplucher et de couper les légumes en cubes, elle les jeta dans la marmite, versa de l'eau et mit le tout à bouillir. Elle s'attaqua ensuite aux palourdes, qu'elle nettoya.

— Je crains que l'horaire du coucher doive être repoussé, ce soir. Il va falloir quelque temps pour que ça cuise.

— On est samedi, c'est les vacances, ça devrait aller. Vous voulez un verre de vin ?

— Avec plaisir, j'en ai apporté une bouteille.

— On l'ouvrira pour le dîner.

Elle s'installa à table et le regarda remplir deux verres d'un vin rouge de la région.

— Je suis content que vous soyez venue ce soir, les filles étaient folles de joie.

— Merci de m'avoir invitée, dit-elle en trempant les lèvres dans son verre. Et leur père, où est-il ?

Il soupira.

— Il est mort. Il était soldat, il est décédé en Afghanistan, peu après la naissance de Rose, répondit-il sans la regarder.

Voilà qui expliquait pourquoi Gavin avait quitté Médecins sans frontières pour prendre un poste fixe en ville. Il faisait cela par devoir vis-à-vis de sa sœur et de ses nièces. C'était admirable de faire ainsi une croix sur sa carrière.

— Mon Dieu, c'est terrible !

Il hocha la tête.

— J'étais entre deux missions en Afrique quand c'est arrivé. J'ai passé deux mois avec ma sœur, mais c'était un vrai roc. Et puis, sa belle-famille l'aidait.

— Est-ce qu'ils voient souvent les filles ?

— Oui. Leur grand-père est marine, ils sont au Japon, mais ils viennent à San Francisco aussi souvent que possible. La dernière fois j'étais de garde tout le week-end, j'ai dû leur laisser les rênes à la maison.

Derrière la tentative de légèreté, elle sentait une certaine amertume envers les grands-parents. Mieux valait changer de sujet.

— Et vos parents, à vous ?

Il serra les lèvres. Ce sujet-là était visiblement encore plus sensible.

— Ils sont morts.

— Oh ! je suis désolée.

— Non, non.

La façon dont il balaya sa gaffe avait de quoi surprendre. Embarrassée, elle toussota.

— Désolé, dit-il, je ne veux pas vous sembler sans cœur, mais ce n'étaient pas les parents les plus aimants qui soient.

— Non, c'est moi qui m'excuse. Je pose trop de questions, ça ne me regarde pas.

— Vous avez raison.

5

Le regard de Gavin était intense, captivant, et Virginia en était embarrassée. Ou plutôt, ce qu'il suscitait chez elle était dangereux. Si elle n'avait été sa supérieure hiérarchique, elle aurait pu croire qu'il s'apprêtait à l'embrasser. Et elle lui aurait peut-être rendu son baiser. Oui mais voilà, elle était sa supérieure et elle ne cherchait pas de relation. Ni maintenant, ni jamais.

Pourquoi ?

La question la surprit, car c'était la première fois qu'elle se la posait. Elle avait eu de brèves aventures, pas beaucoup, et dès que l'homme concerné avait voulu passer à l'étape suivante et officialiser la chose, elle avait rompu. Ses relations se terminaient invariablement par un NPR — ne pas réanimer.

C'était plus facile ainsi. Sauf qu'en voyant Gavin, en sentant le sang lui parcourir les veines comme un métal en fusion, son estomac faire des sauts périlleux arrière, elle sut que, si elle goûtait à lui, elle en voudrait plus.

Beaucoup plus. Et cela la terrifiait.

La marmite se mit à bouillir, rompant le charme, et Virginia se leva pour remuer les pommes de terre et baisser le feu. Pourvu qu'il n'ait pas remarqué ses joues rougies !

— J'espère ne pas vous avoir vexée, Virginia.

— Vexée, pourquoi ? J'ai une fâcheuse tendance à poser trop de questions. Déformation professionnelle, fit-elle en lui jetant un coup d'œil par-dessus son épaule.

— Ça doit être une plaie à gérer, l'aspect administratif.

Un petit rire sec lui échappa alors qu'elle égouttait les légumes.

S'il savait ! Évidemment, elle ne pouvait pas s'épancher, ce genre d'informations était confidentiel, elle n'était pas censée discuter de la gestion de l'hôpital avec un médecin. De toute façon, elle n'avait pas envie de parler de travail.

— Dommage que vous n'ayez pas de crabe, ça aurait été succulent.

Sans un mot, il se leva et ouvrit le frigo.

— Restes d'hier soir, dit-il en lui tendant une boîte hermétique.

— Génial ! Vous êtes un connaisseur en fruits de mer.

— Depuis peu, oui. Les filles adorent, alors…

— Vous êtes un excellent tonton.

— J'essaie.

De nouveau, elle se perdit dans son regard. Il fallait que cela cesse, ou elle risquait d'oublier les règles qu'elle s'était fixées. Heureusement, ce fut lui qui brisa le silence.

— Alors, vous allez me dire ce qu'il y a, dans ce sac ?

— Du pain au levain. L'ingrédient secret pour une soupe de palourdes réussie, surtout à San Francisco.

— Je ne suis pas originaire de San Francisco, mais de Billings, dans le Montana.

— C'est…

— … très ennuyeux, dit-il en souriant.

Et l'adorable fossette reparut, provoquant une nouvelle vague de chaleur. Elle s'éclaircit la gorge et se retourna vers la soupe.

— Bon, je vais voir si Rose n'est pas tombée d'inanition, dit-il en quittant la pièce.

Virginia poussa un soupir — depuis quand retenait-elle son souffle ? Et surtout, que lui arrivait-il ? Cela ne lui ressemblait pas. Si sa mère l'avait vue, en train de cuisiner à dîner pour un homme et deux enfants… Eh bien, elle qui lui reprochait de trop travailler, aurait été ravie, d'autant plus que Virginia se sentait bien.

De l'autre côté de la table, Gavin observait Virginia. Elle n'avait rien à voir avec la femme froide et professionnelle à qui il avait eu affaire la veille. Ce n'était pas la Reine de Glace. Cette

Virginia-là était chaleureuse et gentille, accessible. À l'hôpital, elle érigeait des barrières entre elle et les chirurgiens, s'entourant d'un mélange de peur et de respect.

Il n'en revenait pas qu'elle s'entende aussi bien avec ses nièces. Depuis la disparition de Casey, Lily s'était renfermée en présence d'étrangers. Même à lui, il lui avait fallu du temps pour accorder sa confiance. Avec Virginia, la fillette discutait volontiers. Il ne put réprimer un sourire en les observant toutes les deux en grande conversation. C'était donc ça, un dîner en famille ?

Comment l'aurait-il su ? Ses parents n'étaient jamais là. Casey et lui vivaient de céréales et de beurre de cacahuètes. Parfois même, si leur mère n'avait pas fait les courses, il n'y en avait pas assez pour deux. Alors il se privait pour Casey et se couchait la faim au ventre. Aujourd'hui, il s'occupait de ses filles.

— Oncle Gavin, Rose s'est endormie sur sa chaise, dit Lily, le tirant de ses pensées.

— La journée a été bien remplie, dit-il en prenant la petite boule de tulle rose dans ses bras. Je reviens.

— Elle a fini sa soupe, mais elle n'a pas mangé son bol, dit-il Lily alors qu'il s'éloignait.

En souriant, il se remémora la réaction des filles quand Virginia avait versé la soupe dans les petites miches de pain.

Des bols qu'on peut manger ! s'était exclamée Lily.

Rose n'avait rien dit, mais la lueur dans ses yeux et le sourire sur son visage en disaient long.

Il déposa la fillette sur le lit superposé du bas et retourna dans la cuisine, où Lily n'était pas loin d'imiter sa cadette.

— Et si tu allais mettre ton pyjama, ma puce ? dit-il.

— Je peux rester encore un peu ?

— Tu as bien mérité d'aller te coucher. Tu m'as beaucoup aidée pour la soupe, merci, dit Virginia en se levant pour débarrasser la table.

— D'accord, fit la fillette en se traînant jusqu'à la salle de bains.

— Brosse-toi les dents ! cria Gavin en ramassant les assiettes pour les déposer dans l'évier, que Virginia remplissait d'eau. Ne touchez pas à la vaisselle. Déjà que je vous ai fait cuisiner alors que vous étiez notre invitée. Venez plutôt boire un autre verre de vin pendant que je range.

— Un verre, c'est tout. Je conduis.

— Les filles ont adoré le dîner, dit-il en la servant.

Le sourire qu'elle lui offrit lui réchauffa la poitrine. Elle avait vraiment un très beau sourire, des lèvres rouges et pleines. Si ce n'avait pas été elle, il aurait tenté sa chance.

— Moi aussi, j'ai apprécié cette soirée, répondit-elle en prenant une gorgée de vin. Si je puis me permettre, il y a tout de même une chose que vous devez absolument apprendre, en matière d'éducation féminine.

— Vous critiquez mes compétences parentales, maintenant ? dit-il, moqueur. Décidément, c'est une manie...

— Ne le prenez pas mal, mais vous avez de gros progrès à faire en matière de coiffure de fille.

Il éclata de rire et elle l'imita. C'était la première fois qu'il entendait son rire grave, profond, qui le surprit par sa jovialité et le ravit.

— Et vous, vous savez mieux y faire que moi ?

— Absolument, répondit-elle d'un air de confidentialité. D'abord, parce que j'ai été une petite fille un jour, et parce que j'ai deux sœurs cadettes.

Jamais elle n'avait rien révélé d'aussi personnel sur elle.

— Ah bon ?

— Oui, et même si vous avez aussi grandi avec une sœur, vous n'y connaissez rien en coiffure.

— Elles ont des cheveux indomptables ! J'ai beau mettre des chouchous à Rose, des pinces, des barrettes, rien n'y fait. Autre chose ?

— Les ongles. Ce rouge vif n'est pas très heureux sur Lily, et il est mal appliqué.

— Je l'admets, mais elle a tellement insisté. Et je suis si fatigué parfois quand je rentre que je n'ai pas toujours le courage de me battre. Alors je cède.

— Je comprends cela très bien.

Tout d'un coup, une drôle de tension venait de nouveau de s'installer entre eux. Il avait envie de lui demander ce qui la crispait ainsi, mais cela avait forcément un rapport avec lui et sa façon de lui compliquer la vie au travail. Or il n'avait pas du tout envie de parler travail avec cette Virginia-là.

La douce et tendre Virginia, attentionnée avec les filles, et qui lui faisait oublier ses craintes et ses inquiétudes.

Ses nièces et lui n'avaient pas passé d'aussi bonne soirée depuis la disparition de Casey. Cela aurait été tellement agréable de vivre ainsi tout le temps. Comment pouvait-il penser cela, lui qui s'était juré de ne jamais fonder de famille, de ne jamais avoir de femme ?

— Je vais y aller, dit Virginia, brisant le silence qui s'était installé entre eux. Vous êtes sûr que vous ne voulez pas un coup de main pour la vaisselle ?

— Certain, je vous raccompagne.

Ils descendirent l'escalier et il sortit lui ouvrir le portail. La nuit était claire et la lune, pleine. Dans la baie, l'eau était aussi calme qu'un miroir, et de l'autre côté on apercevait les lumières dans le noir, les deux ponts qui dominaient la ville.

— Quelle belle nuit ! dit-elle avec un soupir. Bon, j'y vais. Merci pour cette agréable soirée.

— Merci d'être venue, dit-il et, au lieu d'ajouter qu'il avait apprécié sa conversation et aimé apprendre à la connaître mieux, il ajouta : Les filles ont adoré.

— Elles sont super. À mercredi après-midi, alors, docteur Brice, dit-elle en inclinant la tête.

Voilà. Adieu Gavin et Virginia, le Dr Brice et le Dr Potter étaient de retour. Et il n'aimait pas ça.

— Attendez ! fit-il à sa grande surprise alors qu'elle se dirigeait vers sa voiture.

Elle se retourna.

— Oui, docteur Brice ?

— Que faites-vous demain ?

6

Que faisait-elle ? Que faisait-elle ?

Plantée au milieu d'Union Square, Virginia attendait Gavin et les filles. Elle avait été sidérée qu'il l'invite à sortir. Mais ce n'était pas vraiment un rendez-vous, plutôt une sortie avec ses nièces et lui. Sans arrière-pensée.

Du moins était-ce ce qu'elle ne cessait de se répéter.

Ils avaient prévu de se promener d'Union Square jusqu'à Chinatown, où ils mangeraient un *dimsum*.

Elle regarda pour la énième fois sa montre. Ils étaient en retard. Cinq minutes seulement, mais comme elle était arrivée quinze minutes en avance... Elle faisait toujours cela, quand elle était nerveuse, elle appelait ça la « surponctualité ».

— Désolé, je suis en retard.

Elle se retourna vers Gavin, sans les filles, en jean, veste de sport et jolie chemise. Sans être complètement ébouriffés, ses cheveux rebiquaient tout de même ici et là, et une mèche était franchement rebelle. Et ses joues s'ombraient d'un début de barbe. Mais elle aimait bien ce style un peu débraillé chez un homme. Son parfum épicé provoqua une étrange sensation de vertige en elle. Sous des dehors proprets, il y avait chez cet homme une certaine rudesse qui lui plaisait beaucoup.

En le voyant, elle l'imagina, tout de cuir vêtu, sur une grosse cylindrée. L'image lui donna la chair de poule. Mais ce n'était qu'un fantasme, elle savait bien qu'il se déplaçait dans le minivan de sa sœur.

— Où sont les filles ? demanda-t-elle d'une voix étrangement rauque.

Il se frotta la nuque, l'air embarrassé.

— Leurs grands-parents ont débarqué à l'improviste du Japon. Ils sont là pour deux jours, je leur ai laissé les filles.

Elle eut soudain l'impression d'être redevenue adolescente, quand elle attendait timidement qu'un garçon vienne l'inviter à danser dans une boum. Pourquoi ne disait-il rien ?

— Vous voulez qu'on reporte à un autre soir, quand les filles pourront se joindre à nous ?

— Pourquoi ? demanda-t-il, manifestement étonné.

Elle se sentit rougir.

— Vous pensez que ça se fait, qu'une responsable de service sorte avec l'un de ses chirurgiens ? répondit-elle.

— Si ça vous met mal à l'aise, dites-vous qu'on va dîner, en amis. Un patron peut bien partager un repas avec l'un de ses employés, fit-il avec un sourire engageant. On n'a qu'à remettre le *dimsum* à une autre fois, mais on pourrait prendre le tramway et descendre dîner sur l'embarcadère, non ?

— Je ne sais pas trop, dit-elle, hésitante.

— Allez, Virginia. Je veux laisser les filles seules avec leurs grands-parents, ne m'obligez pas à jouer la cinquième roue du carrosse. Et puis, j'ai rarement du temps libre.

— Oh ! et puis vous avez raison. Je vous suis !

Il lui prit la main, et son cœur se mit à battre un peu plus vite encore à son contact. Sa main était chaude et puissante.

— Allons-y, alors, dit-il en l'entraînant au petit trot vers l'arrêt de tramway.

Heureusement, elle avait opté pour des chaussures plates, ce qui lui permit de suivre les longues enjambées de Gavin.

— Où allons-nous ? demanda-t-elle, un peu essoufflée, une fois qu'ils furent serrés dans la cabine.

— Au Fog City Diner.

— J'espère que vous avez réservé, c'est une véritable institution.

— On va tenter notre chance, alors, répondit-il avec un sourire énigmatique.

Elle s'apprêtait à répondre, mais des gens montèrent qui les séparèrent, et ils ne se retrouvèrent qu'à l'arrêt.

Ils se dirigèrent vers le restaurant. Vu la foule qui se pressait devant, il y aurait du monde. Or il n'y avait pas grand-chose d'autre dans le quartier.

— Et si on prenait le prochain tram jusqu'aux quais ? dit-elle alors.

— Femme de peu de foi, répondit-il en lui reprenant la main, faisant de nouveau bondir son pouls. Les apparences sont parfois trompeuses.

Puis il l'entraîna à l'intérieur, où il s'adressa à l'hôtesse.

— J'ai une réservation pour deux au nom de Gavin Brice.

— Veuillez me suivre, répondit celle-ci après avoir vérifié sa liste et pris deux menus.

— Après vous, fit-il à Virginia avec un sourire satisfait.

Elle lui renvoya un regard noir, puis emboîta le pas à l'hôtesse jusqu'à une table à l'écart avec vue sur l'embarcadère.

— Quand les grands-parents sont arrivés, ce matin, j'ai pensé à réserver ici, dit-il avec un air extrêmement content de lui. Je vous aurais volontiers avertie, mais je n'ai pas votre numéro de téléphone.

— Vous avez mon pager, répondit-elle en le lui montrant.

— Vous gardez votre pager avec vous les jours de repos ?

— S'il survenait un accident grave, je me devrais d'y être.

— Les cas les plus graves n'atterrissent pas à Bayview.

Elle se mordit la lèvre, tâchant de réprimer l'irritation qui montait. C'était un sujet sensible pour elle. Depuis deux ans qu'elle était chef du service traumatologie, elle n'avait eu de cesse que les choses changent. À son arrivée, Bayview Grace était en piteux état, et très mal classé. Elle s'était donné pour mission de changer cela. Et maintenant, elle devait se battre pour qu'il reste ouvert. Alors oui, c'était important à ses yeux, quoi que Gavin en pense.

Gavin regretta ses paroles dès qu'il constata le changement d'expression de Virginia. La femme aimable, souriante et décontractée avait cédé la place à la chef de service accro à son travail. Elle n'était pas le chirurgien le plus populaire de l'hôpital, ce qui était normal vu qu'elle tenait aussi les cordons de la bourse. Les coupes budgétaires et toutes les tracasseries administratives étaient pour elle, et il n'aurait pas souhaité ces soucis à son pire ennemi.

Mais ce soir, ils n'étaient pas au travail. Il était seul, dégagé pour la première fois depuis bien longtemps de ses responsabilités parentales.

— Le standing de l'hôpital, ça compte pour moi, figurez-vous, dit-elle.

— Pas pour moi, fit-il.

Et c'était vrai. Après des années à tenter de sauver des vies dans les endroits les plus reculés ou dangereux du monde, après avoir combattu des épidémies pendant les moussons, les nuits brûlantes, les guerres fratricides, comment aurait-il pu se soucier des bonnes notes que l'on attribuerait à un hôpital ?

— Je ferais mieux de rentrer, dit-elle en se levant.

Il la retint.

— Non, Virginia, s'il vous plaît. Je sais que c'est important pour vous, mais pas pour moi. Je viens d'un autre monde, comprenez-moi.

Elle lui jeta un regard méfiant, mais se rassit.

— Ne parlons plus travail, d'accord ? dit-il.

— N'est-ce pas ce que font les collègues ?

— Pour ce soir, oublions-le. Et amusons-nous.

Il vit son expression se radoucir.

— Vous avez raison, je vous prie d'excuser ma réaction.

— Vous excuser ? Mais pourquoi ?

— Je ne sors jamais. Je respire, je vis pour l'hôpital. J'ai oublié ce que c'est que d'avoir une conversation d'adulte.

— Malheureusement, je comprends, fit-il en souriant. Reprenons du début, alors. Bonsoir, je m'appelle Gavin Brice, je suis poissonnier.

Elle éclata de rire. Son si joli rire.

— Vous avez choisi ? demanda la serveuse.

Il parcourut le menu et commanda le plat du jour, et Virginia fit de même. Dès que la serveuse se fut éloignée, il reprit :

— Donc je suis poissonnier, j'aime les comédies débiles et j'ambitionne de partir cultiver des noix de macadamia à Hawaii, pour nourrir mes lamas.

— C'est la chose la plus absurde que j'aie jamais entendue.

— Allez, jouez le jeu. Qui êtes-vous ?

— Le Dr Virginia Potter.

— Non ! Vous êtes...

— Fifi la Bonbon ?

— J'adore ! Juste ce qu'il faut de *french touch* coquine.

Ses joues rosirent et elle s'éclaircit la gorge. Zut ! Il ne voulait pas se montrer embarrassant, ni entrer dans une conversation trop personnelle. Mais elle l'intriguait et il ne pouvait s'empêcher d'être curieux de ce qui se cachait derrière la façade propre et lisse de son personnage.

Il devinait une femme chaleureuse, passionnée, et cette idée l'enflammait. L'envie le brûlait de toucher sa peau joliment dorée, d'écraser ses lèvres roses sous les siennes pendant qu'il lui ôterait ses vêtements trop bien repassés.

Il devait se calmer, elle était sa supérieure hiérarchique !

Il n'avait eu personne depuis longtemps, c'était certainement la raison de ce soudain coup de cœur. À moins que ce ne fût parce que, contrairement aux autres, elle ne lui courait pas après. Tout le contraire, même.

— O.K., reprenait-elle justement, interrompant ces dangereuses pensées. Je suis Fifi la Bonbon, nettoyeuse de cuves à l'aquarium de Monterey Bay. Je passe ma vie à jouer avec les requins et à chatouiller les étoiles de mer.

— Ah bon ? Un poissonnier et une nettoyeuse d'aquariums, nous faisons une sacrée paire.

Elle fit tourner le vin dans son verre et se pencha par-dessus la table. Il perçut une note de vanille. Évidemment, à l'hôpital, le parfum était interdit à cause des risques d'allergies. Tout était antiseptique et stérile.

— C'est fait bizarre, de s'inventer une vie, comme ça, lui dit-elle comme en confidence. Je n'ai pas l'habitude de mentir.

— Oh ! allez, vous devez bien contourner la vérité parfois. Avec les médecins. Ou avec les patients, afin de rendre les choses moins insupportables ?

En voyant son joli sourire se faner, il eut peur d'avoir de nouveau franchi la ligne rouge. Mais elle se reprit bien vite.

— Comment ça, les patients ? Je travaille dans un aquarium, je vous rappelle.

Il éclata de rire, rassuré et amusé par la façon dont elle avait su retourner la conversation à son avantage. Ils continuèrent sur le même ton jusqu'à la fin du dîner, ajoutant les détails les plus improbables à leurs vies imaginaires.

En sortant, ils furent accueillis par une brise froide venant de la baie. Ils longèrent l'embarcadère vers la jetée, où ils attrapèrent le tramway jusqu'à Union Square. Gavin y avait garé sa moto.

— Vous êtes venue en voiture ? demanda-t-il, ignorant où elle habitait exactement.

— Non, à pied. Je vis à Nob Hill, ce n'est pas loin d'ici.

Zut ! Il aurait bien aimé la raccompagner en moto, la déposer devant chez elle, en parfait gentleman. Sauf que ça n'était pas un vrai rendez-vous, il n'y avait donc pas lieu de se comporter en parfait gentleman. Enfin, au fond il savait qu'il se mentait, que cette soirée était bien un rendez-vous. Et il était persuadé qu'elle le savait aussi. Cela dit, ça n'avait pas besoin de prendre plus d'importance que ça non plus.

Ils se promenèrent un moment en silence, bercés par le bruit des vagues et du vent, jusqu'à arriver en vue de Coit Tower. Le soleil se couchait derrière le Golden Gate Bridge.

— Ça fait longtemps que je n'ai pas eu le plaisir d'admirer un coucher de soleil, dit-elle avec un soupir. J'ai eu tellement à faire.

Décidément, il appréciait beaucoup cette Virginia-là, la Virginia qui se confiait.

— Il est beau, c'est vrai, dit-il. Mais j'en ai déjà vu de bien plus beaux encore.

— Où donc ?

— En Egypte, répondit-il, s'accoudant à la rampe. Le soleil tombait derrière les pyramides, et la pleine lune se levait. C'était… magique !

Une nouvelle fois, elle lâcha un soupir.

— Je vous envie d'avoir autant voyagé.

— Pas vous ?

— J'ai fait Harvard, dit-elle en secouant la tête. Et puis je suis venue m'installer ici. Comme je vous l'ai dit, j'étais trop occupée à essayer de remonter Bayview Grace.

— Et les étés, quand vous étiez étudiante ? demanda Gavin.

— Je travaillais, répondit Virginia. Je me suis payé mes études grâce aux bourses et à ce que je gagnais l'été. Mes parents n'avaient pas les moyens.

Une rougeur lui envahit le cou, comme si elle avait honte.

— Ça n'a pas dû être évident. Je n'imagine pas ma vie sans tous ces voyages, ces découvertes. Encore aujourd'hui, j'ai du mal à rester en place. Je le fais pour les filles.

— Vous agissez au mieux, vous leur donnez la stabilité dont elles ont besoin.

Il hocha la tête, mais la pilule était dure à avaler. Il se rappelait son enfance et ce besoin de stabilité, oui. Mais c'était difficile, quand on avait passé la majeure partie de sa vie d'adulte avec un sac sur le dos.

— Je ne peux pas les éloigner de leur maison.

— N'empêche, je vous envie d'avoir voyagé, dit-elle de nouveau.

— Vous devriez essayer, une fois ou deux.

En souriant, elle inclina la tête.

— Peut-être un jour, fit-elle en se passant une mèche derrière l'oreille.

Il vit la lueur dans ses yeux. Peut-être était-ce le dernier rayon du soleil qui se reflétait sur l'eau, mais elle rayonnait. Il ne put résister. Il lui souleva le menton, lui prit le visage entre les mains et l'embrassa.

Sa peau était comme de la soie. Ses lèvres avaient encore le goût du vin qu'elle avait bu. Elles étaient douces, comme elle. Il avait envie de presser son corps contre le sien, de sentir sa chaleur sous ses vêtements. Mais quand il voulut approfondir leur baiser, elle le repoussa.

Elle avait les joues rougies et évitait son regard.

— Je crois... je crois que je ferais mieux d'y aller.

— Non. Il n'y a pas de problème. Pas besoin de s'excuser, pas besoin d'en reparler.

Toujours sans oser le regarder, elle héla un taxi.

— À mercredi, docteur Brice. Merci pour cette charmante soirée.

Et elle monta dans le taxi.

7

Virginia baissa les yeux sur les dossiers qu'elle était censée signer. Toujours vierges. Depuis le baiser de Gavin, dimanche soir, elle évoluait dans une sorte de brouillard.

Une stupeur, plutôt. Jamais on ne l'avait embrassée ainsi. Il l'avait fait fondre, et s'il s'était agi d'un autre que lui elle serait allée un peu plus loin.

N'empêche, depuis ce baiser volé et sa réaction de panique, elle essayait de se sortir cette soirée de la tête. En vain, car elle songeait constamment au contact de ses lèvres sur les siennes, de sa barbe contre son menton, de sa langue dans sa bouche, de ses doigts dans ses cheveux. Ses genoux flageolaient rien qu'à ce souvenir, et elle se sentait telle l'amoureuse transie d'une histoire romantique.

Craignant, seule dans son appartement, de revivre ce baiser encore et encore, elle avait préféré reprendre le travail dès le lundi au lieu de profiter de ses journées de repos.

Un seul baiser avait suffi à lui faire prendre conscience de sa solitude. Le dîner, la compagnie de Gavin, la balade sur le front de mer, tout avait été merveilleux. Elle était sortie avec des hommes avant, mais cela n'avait rien à voir avec le temps passé dimanche auprès de Gavin.

Pendant ce moment volé, elle avait oublié qu'elle était responsable de service, elle qui n'avait généralement que son travail en tête. Ses devoirs, ses problèmes administratifs, tout ce qui faisait habituellement le cœur de sa vie.

Gavin la faisait rêver de voyages, ce qui ne lui était jamais arrivé. Il la rendait frivole, légère. Elle ne se rappelait pas avoir passé une soirée aussi agréable.

Et pourtant elle s'était enfuie. Une fois rentrée chez elle, après avoir réfléchi, elle s'était tancée : elle n'aurait pas dû le laisser l'embrasser. Rien ne pourrait se passer entre eux. Mieux valait mettre un point final à cette histoire avortée, avant que les filles ne s'attachent à elle.

Mais au fond, une partie d'elle avait envie de prendre le risque, d'apprendre à les connaître quand même. Gavin était bel homme, mais ce n'était pas son physique qui l'attirait, et certainement pas non plus l'air sûr de lui qu'il arborait dans les couloirs de l'hôpital. Non, ce Gavin-là était un crétin. C'était le Gavin qu'elle avait brièvement découvert dans son univers, celui qui l'avait embrassée au bord de l'océan, l'homme qui s'était retrouvé père sans le vouloir qui lui plaisait. Et cette idée la terrifiait. Les enfants n'entraient pas dans son plan de carrière, pour la bonne et simple raison qu'elle ne voulait, ne pouvait prendre ce risque. Elle avait été témoin de la souffrance insupportable de sa mère, à la mort de Shyanne. Jamais elle ne voulait vivre ce genre de perte.

Son biper sonna : on l'attendait aux urgences. L'espace d'un instant, le courage lui manqua. On était mercredi, Gavin aurait repris du service et elle tremblait à l'idée de se retrouver face à lui.

Elle devait se reprendre. C'était son hôpital, elle était chirurgien avant tout. Ce n'était pas parce qu'elle devait assumer des responsabilités administratives qu'elle n'était plus à sa place sur le terrain. Par ailleurs, elle n'avait pas à avoir honte, tout simplement parce qu'il ne s'était rien passé avec le Dr Brice.

Et les choses en resteraient là. Il ne lui restait qu'à oublier ce baiser, cette erreur dont, fort heureusement, personne ne saurait rien.

Quand elle arriva dans le couloir des urgences, son regard se posa naturellement sur Gavin. Pourquoi était-il en tenue de ville et non en tunique de travail ? Certes, il était 10 heures du matin et il n'était censé commencer qu'à 14 heures, mais, autre surprise, il ne coachait pas les urgentistes, il les accompagnait.

Sur le brancard, une petite silhouette. En la découvrant, Virginia se précipita.

— Qu'est-ce qu'il s'est passé ? demanda-t-elle en suivant le brancard jusqu'à la salle de trauma.

— Fillette de huit ans, tombée de la cage à poules au jardin d'enfants. Pas de traumatisme crânien apparent, mais elle semble s'être fracturé le cubitus droit, résuma le brancardier.

Le visage grisâtre, Lily était allongée sous la couverture de survie. Le regard de Gavin à Virginia lui en dit long sur sa douleur. Soudain, elle revit Shyanne sur le brancard, en sang, se tordant de douleur.

Non, cela n'avait rien à voir. Lily n'avait qu'une fracture, pas une hémorragie due à la rupture d'une trompe de Fallope.

— Je suis content que vous ayez pu venir, docteur Potter.

— C'est normal, je suis le chirurgien de garde.

Il hocha la tête, sans pour autant la regarder.

— Docteur Potter ? demanda Lily dans un souffle.

— Bonjour Lily. Je vais t'examiner le bras, d'accord ?

Puis elle se retourna vers une infirmière et donna des ordres pour que l'on pratique une radio et que l'on administre des anti-douleurs à la fillette. Celle-ci grimaça quand Virginia la palpa, mais elle réprima un sanglot.

— Tu peux pleurer, tu sais, lui murmura Virginia à l'oreille. Un os cassé, ça n'est pas rien.

Lily secoua bravement la tête.

— Je lui ai promis d'être courageuse, dit-elle en désignant son oncle.

Virginia jeta un regard par-dessus son épaule.

— On va te faire une radio, dit-elle à l'intention de sa petite patiente. Et Jo, l'infirmière qui est là, va te donner des médicaments pour que tu n'aies plus mal. A-t-elle des allergies connues ? demanda-t-elle à Gavin.

— Non.

— Bien. Où est Rose ?

— Avec ses grands-parents. Ils ont retardé leur départ, fit-il en se passant une main sur le visage. J'apprécie que vous soyez descendue, mais est-ce qu'un ortho ne pourrait pas s'occuper d'elle ?

— Non, Lily me connaît. Elle a peur, Gavin, même si elle essaie de faire bonne figure devant vous.

En soupirant, il marmonna quelques remerciements et alla s'asseoir au chevet de Lily. En le regardant caresser les cheveux de la fillette pendant que l'infirmière lui administrait ses médicaments, Virginia sentit son cœur se serrer.

Ses parents et frères et sœurs à elle étaient loin. S'il lui arrivait quelque chose, personne ne serait là pour elle. Ses parents n'auraient même pas les moyens de venir. Elle n'avait personne. Pas de petit ami, pas d'enfants et pas de famille.

Elle voulait tout cela.

Effrayée par le cours de ses pensées, elle détourna les yeux et sortit de la salle de trauma. L'émotivité ne faisait pas non plus partie de son plan de carrière.

— Bipez-moi quand les radios de Lily Johnson seront prêtes, ordonna-t-elle à l'infirmière à l'accueil. Et ne facturez pas mes services au Dr Brice.

Celle-ci eut l'air surpris. Virginia ne s'occupait pas des fractures mineures, en général. Mais Lily était la pupille d'un membre du personnel, qui aurait suffisamment à penser sans qu'on lui impose en plus la gestion du paiement et de l'assurance.

Virginia se dirigea vers son bureau. Elle devait mettre une distance de sécurité entre le Dr Brice et elle-même.

Gavin prenait sur lui pour ne pas intervenir. Il voulait aider Lily, et ne pas pouvoir le faire le tuait. En tant que membre de la famille, les règles de l'hôpital le lui interdisaient.

L'arrivée de Virginia l'avait stupéfié. Son cœur s'était emballé sur-le-champ. La femme qu'il avait embrassée sur le front de mer avait bel et bien disparu, remplacée par l'austère chef de service, pourtant, lorsqu'elle s'était adressée à Lily, elle n'avait rien du médecin froid qu'il avait rencontré en débarquant à Bayview Grace.

Il fallait qu'il se la sorte de la tête. Elle avait été plus que claire en montant dans ce taxi, en l'abandonnant sur l'embarcadère. D'ailleurs, elle avait été claire avant, sur le fait qu'un rendez-vous avec un collègue la mettait mal à l'aise. Et il lui avait promis que ce ne serait rien de plus qu'une sortie entre camarades. Il le pensait honnêtement, en arrivant à Union Square. Mais au fur et à mesure que la soirée avançait, il s'était senti fondre pour elle.

Et pourtant, il était pour le moins rouillé. Lors de ses voyages autour du monde avec Médecins sans frontières, tout ce qui touchait au romantisme était hors sujet. Il avait bien eu quelques aventures, rares, mais ça s'était arrêté là. Juste ce qu'il fallait pour supporter la dureté de la vie.

Pour la millième fois, il se répéta que sortir avec quelqu'un ne faisait pas partie de ses projets. Les filles étaient sa vie, à présent.

Les filles aiment Virginia.

Il la regarda sortir des urgences, ses cheveux châtain foncé de nouveau serrés dans un chignon. Sa blouse blanche était immaculée, tout en elle était impeccable. Neutre. Même l'odeur de vanille avait disparu.

Ce week-end, la Virginia qui l'avait enflammé était douce, à la fois dans son attitude, son parfum et les couleurs qu'elle portait.

— Je me sens bizarre, fit Lily, l'air dans les vapes.

— C'est les médicaments, lui expliqua Jo, l'infirmière.

Gavin lui caressa les cheveux en souriant.

— Je sens mes yeux, ils sont énooooormes ! dit Lily.

— C'est là que je devrais la filmer, histoire d'avoir de quoi la faire chanter, quand elle me rendra dingue à l'adolescence.

— Bonne idée, dit Jo en souriant.

C'était la première fois qu'elle lui souriait.

— On est prêts pour la radio, annonça le manipulateur en entrant dans la pièce. Bonjour, docteur Brice.

— Je peux aller avec elle ?

— Non, vous connaissez les règles, répondit Jo en lui faisant les gros yeux. Vous n'allez pas essayer de remettre en cause les ordres de l'infirmière en chef, tout de même !

Elle le taquinait, croisant les bras, feignant la sévérité.

— O.K., O.K., je vais attendre à la cafétéria. Bipez-moi quand elle sort de la radiologie, dit-il en se penchant pour déposer un baiser sur le front de Lily. Je vais appeler tes grands-parents et Rose. Elle a eu très peur quand tu es partie à l'hôpital.

La fillette opina du chef, les yeux toujours écarquillés par les médicaments. Il sortit dans le couloir.

— Docteur Brice ! l'appela une infirmière. Les papiers à remplir pour l'assurance.

— Cinquante dollars pour vous si vous les remplissez à ma place, fit-il.

Elle lui offrit un regard à glacer les enfers et lui tendit le dossier.

— Bien tenté, docteur Brice.

Il se remit en route pour la cafétéria. Plongé dans les papiers, il ne regardait pas devant lui et heurta soudain un corps chaud et doux, et se retrouva couvert de café.

— Bon sang !

Il leva les yeux et découvrit Virginia, dont la blouse n'était plus tout à fait immaculée.

— Vous ne pouvez pas... ? commença-t-elle, mais elle s'interrompit et ses joues rosirent. Ah, c'est vous.

8

Virginia entra dans une salle de réunion pour nettoyer le contenu des deux gobelets de café, qui s'était répandu sur sa blouse. Gavin la suivait, un rouleau de papier absorbant à la main. Même le dos tourné, elle sentait les regards du personnel et des patients peser sur elle. Quelle humiliation !

C'était bien la dernière chose dont elle ait besoin. Elle se débarrassa de sa blouse et la jeta sur la table. Gavin posa son dossier à côté et arracha une feuille de papier absorbant.

— Merci, fit-elle alors qu'il s'apprêtait à lui éponger la poitrine. Je vais le faire.

Elle avait essayé de ne pas aboyer malgré son irritation : elle avait une réunion tout à l'heure, et se retrouvait dans une tenue inconvenante.

— Je croyais que vous alliez à votre bureau ? dit-il.

— Oui, mais j'ai pensé que vous apprécieriez un café, répondit-elle en tamponnant son chemisier, en vain.

Elle allait devoir assister à la réunion dans sa tenue d'opération. Et certains membres du conseil ne se priveraient pas de lui faire des remarques. Tant pis.

— Gentille attention, il ne fallait pas vous donner cette peine, répondit-il.

— J'étais à la machine à café et j'ai pensé à vous, c'est tout.

— Alors comme ça, vous pensiez à moi ? demanda-t-il avec un grand sourire.

Quel toupet ! Elle jeta le papier à la poubelle, de plus en plus agacée.

— Au fait, dit-il, la lueur malicieuse qu'elle aimait tant de nouveau dans ses yeux, je ne vais pas pouvoir prendre ma garde tout de suite.

— Je m'en doute, oui. Votre nièce est ma patiente, je vous rappelle. Vous devez remplir son dossier ? Pourquoi ne pas le faire ici ?

— Seulement si vous me tenez compagnie.

— J'ai un hôpital à gérer, et une patiente très importante qui a besoin de mon aide.

— Elle est en radiologie, dit-il en s'asseyant.

— Je pensais que vous y seriez allé avec elle.

— Ils me l'ont interdit. Jo, je crois que c'est comme ça qu'elle s'appelle, est une véritable ogresse en matière de respect des règles.

— Je vois que vous commencez à mémoriser les prénoms.

— Quelqu'un m'a donné un truc : les badges.

Elle pouffa.

— Vous voulez que je leur demande de vous laisser l'accompagner ?

— Non, je ne voudrais pas enfreindre les règles. Bon sang, je ne connais pas ces informations ! maugréa-t-il en reposant brusquement son stylo.

Il se leva et s'éloigna à l'autre bout de la pièce, jurant à mi-voix d'un air perdu. Le pauvre !

— Bon Dieu ! dit-il. Quelle sorte de figure paternelle est-ce que je fais, si je ne suis même pas capable de mémoriser une simple date de naissance ? Je suis nul.

Elle alla fermer la porte de la salle.

— Gavin, de quoi parlez-vous ?

— Je ne connais même pas la date d'anniversaire de Lily ! dit-il, les poings serrés. Je ne sais rien, tout est à la maison, dans un dossier, et je n'ai pas trouvé le temps d'y jeter un œil.

— Ce n'est pas votre faute.

— Si, Virginia. Je devrais le savoir, depuis le temps.

Il jura de nouveau et donna un coup de pied dans la poubelle. Elle eut envie de le prendre dans ses bras, de le rassurer en lui disant que ça n'était pas grave. Mais elle ne savait pas comment s'y prendre. Alors elle rouvrit le dossier et commença à le remplir de son mieux.

— Qu'est-ce que vous faites ?

— Je complète ce que l'on sait. Le reste peut attendre, on connaît votre adresse, répondit-elle avec un clin d'œil.

— Ne faites pas ça.

— Ça ne me dérange pas, Gavin.

— Moi, si.

Elle reposa le stylo sur-le-champ. Voilà qu'elle se mêlait de ce qui ne la regardait pas, une fois de plus. Elle n'avait pas le droit de l'aider, c'était ce qu'elle lui avait fait comprendre en grimpant dans le taxi, le dimanche soir.

— Désolé, dit-il en passant la main sur son visage las. Je me montre odieux alors que vous essayez juste de m'aider.

— Ne vous excusez pas, Gavin, dit-elle en ramassant sa blouse souillée avant de se lever. Remplissez ce que vous pouvez et rapportez-moi le formulaire. On pourra le compléter par téléphone plus tard.

— S'il vous plaît, ne partez pas.

Comme pour trancher pour elle, son biper retentit.

— Je dois y aller, elle est sortie de radiologie. Venez avec moi, si vous voulez.

Il obtempéra. En chemin, elle s'arrêta : elle ne pouvait pas poser son plâtre à Lily avec un chemisier taché.

— Lily est dans la chambre 2121A. Je vais me changer, je vous y rejoins.

Elle le regarda s'éloigner et prit une profonde inspiration pour tâcher de retrouver son calme. Pour la première fois depuis qu'elle le connaissait, elle prenait pleinement conscience de la façon dont l'existence de Gavin et ses projets d'avenir avaient été chamboulés par l'arrivée des filles dans sa vie.

Elle ne pouvait pas se plaindre, ses projets à elle étaient encore à flot. Au moins, elle était où elle voulait être. À moins que…

Assez réfléchi dans le vide. Elle se débarrassa de ses vêtements, enfila sa tenue verte, changea les objets de poches et jeta sa blouse sale dans le panier à linge. Quant à ses vêtements personnels, elle les laissa tremper dans l'évier, en attendant de les emmener à nettoyer.

Janice haussa un sourcil en la voyant sortir.

— Que vous est-il arrivé ?

— Ne m'en parlez pas.

— C'est le Dr Brice ?

Quoi ? Un vague de panique traversa Virginia.

— Non, pourquoi ? demanda-t-elle, suspicieuse.

— C'est un chirurgien brillant, mais il a la tête dans les nuages, il ne voit personne.

— Il a beaucoup de choses en tête.

— Vous le défendez ? C'est une première.

— Bon, j'ai un plâtre à poser. Prenez mes appels, s'il vous plaît.

— Il n'y a personne qui puisse faire ça, en ortho ?

— Je suis tout à fait capable de le faire aussi. Quoi ? Qu'est-ce qui vous fait sourire bêtement comme ça ?

— Rien, rien. Je prends vos appels, docteur Potter.

Virginia s'éloigna en maugréant. Depuis que Gavin travaillait ici, elle avait passé son temps à s'en plaindre. Janice le savait, elle s'interrogeait donc forcément sur son changement d'attitude. Mais rien n'avait changé pour Virginia, simplement, elle comprenait mieux Gavin, à présent.

La première chose qu'elle remarqua en entrant dans la chambre de Lily fut sa bonne mine retrouvée.

— Alors, jeune fille, comment te sens-tu ?

— Super !

Positionnant les radios contre l'écran lumineux, Virginia réprima un sourire.

— Ce n'est qu'une fracture de bois vert. Facile à réparer.

Lily tendit le cou pour regarder.

— Cool, mais c'est quoi, « de bois vert » ?

— Ça veut dire que tes os sont tout mous et que tu dois boire plus de lait, fit Gavin, taquin.

Lily lui répondit par une grimace.

— Je vais avoir un plâtre ?

— Oui, un joli plâtre, pendant un mois.

— Génial !

— Zut ! dit Gavin. Il faut que j'appelle ses grands-parents, j'ai oublié. Ils vont s'inquiéter.

— Allez-y, je me charge de tout.

Il quitta la pièce en la remerciant et Virginia prépara les ustensiles et les bandes de plâtre.

— Rose est contrariée, dit Lily.

— Je la comprends. Elle était là quand tu t'es cassé le bras ?

— Oui, mais le problème, c'est qu'elle déteste les hôpitaux. Surtout celui-là, parce que c'est là que maman est morte. Elle a peur que je meure aussi.

Le cœur de Virginia se serra dans sa poitrine.

— Oh ! la pauvre ! Mais comment sais-tu ce qu'elle pense ?

— Je le sais, c'est tout. Moi aussi j'avais peur, quand l'ambulance est arrivée.

Virginia dut retenir les larmes qui menaçaient de couler. Elle ne connaissait ces deux fillettes que depuis quelques jours, pourtant elles la touchaient. Et elle ne comprenait que trop ce que Rose ressentait. Elle se revoyait dans l'ambulance qui avait conduit Shyanne à l'hôpital. Elle lui tenait la main très fort, comme pour lui transmettre ses forces. Malgré tout, Shyanne était partie, sa vie s'était écoulée comme du sable entre ses doigts.

— Ta fracture est superficielle, tu ne risques rien du tout. En revanche, finies les cabrioles dans la cage à poules pour un moment ! Bon, quelle couleur te ferait plaisir pour le plâtre ? J'ai du choix.

— Rose, s'il vous plaît. En fait, moi je préfère le bleu, mais ça va rendre oncle Gavin dingue, dit-elle en souriant malicieusement.

Virginia se mordit la lèvre pour ne pas éclater de rire.

— Va pour le rose, alors.

— Vous avez des sœurs, docteur Potter ?

— Oui.

— Combien ?

— Deux, répondit Virginia après une hésitation. Mais j'en avais trois, avant.

— Qu'est-ce qui est arrivé à la troisième ?

— Promets-moi que tu ne répéteras rien à personne.

— Promis, chuchota la fillette, les yeux écarquillés.

— Elle est morte. C'était ma sœur jumelle, nous étions très proches.

— Moi aussi, j'étais très proche de maman, dit Lily.

Virginia ravala la boule qui s'était formée dans sa gorge.

— Bien sûr, c'est normal.

— Votre maman est toujours en vie, docteur Potter ?

— Oui, elle s'occupe de mes autres sœurs et de mes deux frères. Voilà, dit-elle, ravie de changer de sujet. Ce sera assez rose pour rendre ton oncle dingue ?

— Oui, répondit Lily en souriant de nouveau.

— Très bien.

Gavin raccrocha le téléphone. Les grands-parents des filles étaient soulagés que la fracture soit superficielle, mais ils en avaient profité pour faire de nouveau allusion à la garde. À la possibilité qu'ils le traînent devant les tribunaux pour l'obtenir. Tant que Joss ne prenait pas sa retraite, Caroline et lui habitaient à l'autre bout de la planète, et ils n'avaient aucunement l'intention de revenir à San Francisco. Ce n'était pas la vie que Casey avait souhaitée pour ses filles, même si elle aussi avait épousé un militaire — les jeunes mariés s'étaient installés immédiatement, et Casey n'envisageait pas de bouger, où que son époux soit envoyé.

Gavin n'avait pas su lui dire non, quand elle lui avait demandé de s'occuper des filles. Il l'aimait trop. Mais désormais, avec Lily à l'hôpital, il avait l'impression d'avoir trahi sa confiance.

Il ne savait plus quoi faire. Il n'avait même plus la force de réfléchir. Comme tout à l'heure, dans la salle de réunion, alors qu'il avait oublié la date de naissance de Lily. Il était en Inde, quand elle était née.

Soudain, il se souvint. Bon Dieu !

En entrant dans la chambre de Lily, il lâcha un grognement. Encore du rose. Puis il sourit, certain tout à coup de ce qu'il devait faire : il allait se battre pour la garde de ces enfants.

Il s'approcha des deux cachottières, qui arboraient un sourire trop poli pour être honnête.

— Qu'est-ce qu'il se passe ? demanda-t-il en s'asseyant près du lit.

— On discutait entre filles, fit Virginia en adressant un clin d'œil à sa complice.

— Si je ne vous connaissais pas, je jurerais que vous conspirez contre moi.

Virginia pouffa.

— Voilà, c'est terminé. Je vous ferai passer le dossier et l'ordonnance. Vous devriez prendre le reste de la semaine, Gavin, dit-elle avant de quitter la pièce.

Il aurait dû lui savoir gré de lui accorder sa semaine, mais il n'était pas un bébé.

— Je reviens, Lily, dit-il à la fillette qui s'endormait.

Il se précipita dans le couloir et rattrapa Virginia, qui remplissait les papiers au bureau des admissions.

— Hé ! Je n'ai pas besoin de prendre ma semaine.

Elle fronça les sourcils.

— Ah bon ? Je pensais, avec Lily…

— Non, Rosalie s'en occupera très bien. J'ai un travail prenant, les filles doivent s'y habituer. La chute de Lily n'était pas un appel au secours.

Elle écarquilla les yeux, visiblement stupéfaite.

— Je n'ai jamais dit ça.

— C'était sous-entendu, répondit-il, d'une voix plus forte qu'il n'aurait voulu. Quoi qu'il en soit, je peux très bien venir travailler demain.

— Très bien, répondit-elle en haussant les épaules. À demain, donc. Gardez son bras surélevé.

Elle lui tendit le dossier et il la regarda s'éloigner en soupirant, regrettant déjà son attitude. Mais qu'est-ce qui clochait chez lui ? Quel idiot !

Avec un autre soupir, il retourna à la chambre de Lily. Il était temps de la ramener à la maison.

9

Elle n'aurait pas dû être là. Que faisait-elle ?

Garée dans la rue devant chez Gavin, Virginia hésitait depuis déjà vingt minutes à sortir de sa voiture pour aller sonner à sa porte. Il s'était montré assez irrationnel, dans la matinée. Elle ne pouvait l'en blâmer, il était de toute évidence dans une situation particulièrement stressante. N'empêche, comment avait-il pu croire que, pour elle, le bras cassé de Lily n'était pas un accident ? C'était ridicule, ce genre de mésaventure était courant chez les enfants. Elle-même avait dû envoyer de l'argent à ses parents le mois précédent, car son jeune frère s'était lui aussi cassé le bras en tombant du toit de leur roulotte.

Dans ce cas, que faisait-elle là ? Gavin était médecin, il s'en sortirait parfaitement tout seul. La seule excuse qu'elle ait trouvée pour expliquer sa venue, c'était le dossier administratif qu'il avait oublié de remplir.

Au fond, ce dont elle avait besoin, c'était de déposer ses vêtements au nettoyage, de dîner et de se coucher tôt — elle avait réussi à reporter la réunion du conseil au lendemain.

Et au lieu de cela, elle était plantée dans sa voiture, à se torturer l'esprit. Depuis quand sa vie était-elle devenue si compliquée ?

Depuis qu'elle avait embauché le Dr Brice.

En soupirant, elle sortit du véhicule et se dirigea vers le portail. Il était fermé, elle sonna donc. Immédiatement, elle aperçut par la fenêtre la petite Rose, en pyjama. Virginia lui fit signe en souriant, et la fillette répondit, avant de disparaître au moment où la porte s'ouvrait. Vêtu d'un vieux T-shirt et d'un pantalon de pyjama, Gavin avait les yeux cernés et les cheveux encore plus en bataille que d'habitude.

— Docteur Potter ?

— J'espère que je ne vous ai pas réveillé ? demanda-t-elle, inquiète, en jetant un coup d'œil à sa montre.

Il n'était que 19 heures.

— Si, mais ce n'est pas grave. Je somnolais devant le film. Entrez, dit-il en ouvrant le portail.

— Non, je suis juste passée vous apporter le dossier administratif. Vous avez oublié de le remplir, Jo risque de vous botter les fesses, et les miennes aussi.

— Merci, fit-il en prenant les papiers, la dévisageant des pieds à la tête. Vous êtes toujours en tenue de travail ?

— Mes vêtements de ville sont couverts de café.

Il pouffa et se frotta la nuque.

— Ah, oui, encore désolé.

— Je vous laisse, maintenant.

Mais il la rattrapa par le bras.

— Entrez donc voir votre « patiente très importante ».

— Je ne crois pas que ce soit très sage, si ?

— En amis, je vous le promets. Parole de scout. Allez, fit-il alors qu'elle hésitait, vous n'allez pas me laisser planté là dans ce pyjama ridicule. Les voisins vont jaser. Entrez donc faire coucou aux filles. Lily n'a pas arrêté de raconter vos visites à l'hôpital, et je crois que Rose est un peu jalouse.

— O.K., pas longtemps alors. Qu'est-ce que vous lui trouvez, à ce pyjama ? demanda-t-elle alors qu'il refermait la porte derrière elle. Il me paraît très confortable, au contraire.

— Je préfère dormir nu, répondit-il avec un clin d'œil.

Bien fait, elle n'avait qu'à se taire. Une vague de chaleur lui empourpra les joues et elle tâcha de ne pas s'imaginer Gavin dans le plus simple appareil, alors qu'elle le suivait dans les escaliers. C'était d'autant plus difficile que, depuis dimanche et leur baiser, elle n'avait fait que cela.

Elle écrasa un objet caoutchouteux en montant, et Rose apparut en haut des marches, bras croisés et regard noir. Gavin pouffa et ramassa la girafe.

— Rose, arrête de laisser des pièges dans l'escalier. Tiens, prends Georgiana et ne la maltraite plus ainsi !

La fillette se saisit de la girafe en levant les yeux au ciel, exprimant clairement son agacement malgré son mutisme.

Dans le séjour, Lily était installée sur le canapé d'angle parmi moult oreillers.

— Docteur Potter ! Qu'est-ce que vous faites ici ? demanda-t-elle sur un ton qui trahissait sa joie.

Le cœur de Virginia se serra de plaisir, malgré son désir de ne pas s'attacher à ces deux fillettes.

— Je suis venue signer ton plâtre, j'ai oublié à l'hôpital.

— Super !

Virginia s'assit près d'elle et sortit un feutre. Elle signa de son nom et dessina une petite grenouille.

— Voilà, maintenant c'est officiellement l'un de mes plâtres. Je dois les signer tous, c'est la règle.

Alors que Lily rayonnait, Virginia aperçut Rose dans le coin, un regard envieux sur le visage.

— Tu n'aurais pas un nounours qui a besoin d'un plâtre ? demanda-t-elle.

La petite hocha la tête et se précipita dans sa chambre. Elle en revint dans la seconde, un ourson à la main. Virginia sortit un rouleau de scotch rose.

— Rose, je suppose ?

La fillette opina vivement du chef et Virginia appliqua le scotch sur le bras de la peluche. Ensuite, elle le signa et y dessina la même grenouille.

— Voilà. Attention à ne pas mouiller le plâtre, et qu'il garde son bras en l'air. Je le lui enlèverai dans un mois.

Rose acquiesça solennellement et retourna à sa chambre.

— Bien vu, docteur Potter, dit Gavin, un large sourire aux lèvres.

— Merci, dit-elle en se levant. Je vais rentrer, j'ai une longue journée demain, pleine de réunions, et je ne veux pas interrompre votre…

— On se fait une soirée pyjama dans le salon, mais pas de manucure, promis ! J'espère que les médicaments feront bientôt leur effet, dit-il à mi-voix, que je puisse les mettre au lit pas trop tard.

Rose refit irruption dans la pièce, en tutu rose, et se colla à Lily. Très près. Trop ? Virginia se revit avec Shyanne, et se souvint combien sa sœur lui manquait.

— Rose va bien ? demanda-t-elle à voix basse à Gavin.

— Oui, je pense que ses grands-parents lui manquent.

— Vous êtes sûr ? Lily m'a dit que votre sœur était décédée à Bayview Grace, dit-elle en l'attirant dans le couloir pour être sûre que les enfants n'entendraient pas la suite de la conversation.

Il lâcha un soupir et se passa la main sur le visage.

— Oh ! bon sang ! C'est vrai, je n'y avais même pas pensé. Et dire que j'y vais tous les jours !

Elle ignorait, lorsqu'elle l'avait embauché, que sa sœur avait été reçue en oncologie. Une pointe de culpabilité lui piqua la poitrine. Mais comment aurait-elle pu savoir ? Et puis, il était tellement secret.

— Gavin, je suis désolée, quand je vous ai recruté, je ne savais pas...

— Personne ne savait, Virginia. Je ne voulais pas de la pitié des gens. J'avais besoin de ce travail, un point c'est tout. N'en parlons plus. Je le mentionnerai au pédiatre.

Elle posa son sac à main sur la console de l'entrée.

— Pourquoi n'iriez-vous pas prendre une douche ou vous détendre un peu, pendant que je m'occupe des filles ? Je leur ferai une jolie manucure.

— Non, rentrez, vous avez une longue journée demain.

— J'insiste. Vous aussi, vous avez passé une rude journée.

Il grogna, puis finit par sourire.

— D'accord. Je vais aller prendre une bonne douche chaude, merci.

— Apportez-moi juste du vernis à ongles rose.

— Rose, évidemment, fit-il entre ses dents.

En riant, elle retourna dans le salon. Les filles regardaient un dessin animé plutôt ennuyeux.

— Et si on mettait quelque chose de plus amusant, avec une musique qu'on pourrait chanter ? Qu'est-ce que vous avez ?

— Les DVD de maman sont sur l'étagère.

Virginia parcourut l'étagère, espérant trouver le film qu'elle cherchait. Elle faillit crier de joie en trouvant enfin *La Mélodie du bonheur.*

— Vous connaissez ce film ? demanda-t-elle aux fillettes.

Elles secouèrent la tête.

— Ce n'est pas *Mary Poppins* ? demanda Lily.

— Si, et la musique est géniale. Quand j'étais malade, je le regardais tout le temps.

Avec Shyanne, elles chantaient les chansons à tue-tête. Après sa mort, c'étaient des films comme celui-ci, ou bien *Grease* et *Oklahoma !* qui l'avaient aidée à surmonter son chagrin. Aujourd'hui encore, ils lui remontaient le moral.

Gavin revint avec du vernis et du dissolvant. Comprenant sur-le-champ ce qui s'annonçait, Lily hurla de joie et Rose bondit. Il prit congé et Virginia mit le film. Elle s'installa entre les deux fillettes et s'attaqua d'abord aux ongles de Rose.

La musique parvenait à Gavin de l'étage. Descendu au sous-sol, il s'installa sur son banc de musculation. Quand il était stressé, il faisait de l'exercice. Cela lui procurait la montée d'endorphines dont il avait besoin pour remettre les choses en perspective.

Or ce soir, il était stressé à cause de sa conversation avec les grands-parents des filles. Ils lui avaient annoncé clairement qu'ils envisageaient de demander la garde, sous prétexte qu'un homme seul n'était pas capable de jouer les pères. Il aimait bien Joss et Caroline, mais ils avaient leurs défauts. Où étaient-ils quand Casey se battait contre son cancer ? Quand elle se traînait aux séances de chimio tout en élevant seule ses deux petites ?

Et lui, où était-il ? Il n'était rentré aux États-Unis que lorsque Casey lui avait annoncé qu'elle était mourante. N'empêche, il avait tout quitté pour s'occuper des filles, et il se battrait bec et ongles pour les garder.

Il continua à soulever ses haltères jusqu'à ce qu'il soit en nage et épuisé. Il allait falloir qu'il prenne une douche, mais froide car il n'arrivait pas à s'enlever Virginia de la tête. Il ne se souvenait pas d'avoir été aussi obsédé par une femme. Sans doute parce que jamais aucune femme qu'il avait poursuivie de ses assiduités ne lui avait opposé de refus. Et jamais non plus elle n'avait été sa supérieure hiérarchique.

Un instant, il se laissa aller à rêver qu'ils étaient seuls, qu'ils ne travaillaient pas ensemble, qu'ils n'étaient que deux adultes attirés l'un par l'autre et disponibles pour donner libre cours à leur passion. Comment serait-ce, de faire l'amour à Virginia ? Elle était toujours si élégante, tirée à quatre épingles. Pourtant, quand il l'avait embrassée, il avait senti fondre la glace. Qu'en serait-il sous ses caresses ?

Assez ! Cette fois, la douche froide s'imposait. Mais avant de monter, il devait se reprendre, ce qui n'avait rien d'évident, quand l'objet de ses fantasmes était justement sous son toit. Il reposa donc ses haltères. Bizarrement, il n'entendait plus la télévision. Un coup d'œil à la pendule lui apprit pourquoi : il était près de minuit !

Dieu du ciel ! Il s'épongea rapidement et remonta, torse nu. Quand il entra dans le salon, tout était silencieux. Il s'arrêta net en apercevant Virginia, recroquevillée sur le canapé, Rose allongée contre elle et Lily qui ronflait dans l'angle. La télévision était toujours allumée, mais le DVD était terminé et le menu s'était figé à l'écran.

Cette vision paisible le surprit, et lui plut aussi. Les filles avaient des ongles couleur bubble-gum, comme... ceux de Virginia ! Au vu du résultat, elle avait laissé les filles lui faire sa manucure. Il ne put réprimer un sourire. Elle était si douce. Si belle.

Il fallait qu'il cesse de penser à elle comme cela. Elle avait pourtant été très claire : rien n'était possible entre eux.

Il s'apprêtait à la réveiller, mais se ravisa. Elle était épuisée, comme le montraient les cernes noirs sous ses yeux. Il se contenta donc d'éteindre la télévision, et il les enveloppa toutes les trois dans le grand plaid du sofa. Il n'y en avait que deux à lui, mais il rêvait de faire sienne la troisième.

Les couinements incessants avertirent Virginia qu'elle n'était pas chez elle. Elle entrouvrit un œil et découvrit un angelot blond armé d'une girafe nommée Georgiana. Zut ! Une vive douleur au cou lui confirma qu'elle avait passé la nuit sur le canapé de Gavin. Elle sauta sur ses pieds et chercha la pendule des yeux. Elle allait être en retard pour la réunion !

Merde.

Pour tout arranger, elle portait encore sa tenue de travail.

Re-merde.

— Bonjour, fit Gavin en entrant dans la pièce.

Son café à la main, il était habillé pour le travail et, d'après ses cheveux lissés, il sortait de la douche.

— Pourquoi ne pas m'avoir réveillée hier soir ?

— Vous aviez l'air si bien.

— Vous auriez dû, répondit-elle en grommelant. J'ai besoin d'une douche et de me changer. J'ai une réunion importante dans une heure.

— Vous pouvez vous doucher ici, il reste des vêtements de Casey dans sa chambre.

— Ce ne serait pas correct.

— Je ne vois pas ce qu'il y a de déplacé à proposer un change et une douche à une amie, répondit-il en avalant une gorgée de café.

Pas faux. Ce n'était pas l'idéal, mais elle n'avait pas vraiment le choix. Elle le suivit donc jusqu'à la chambre. Elle reconnut immédiatement son odeur masculine dans la pièce, un parfum épicé qu'elle adorait. Le lit était fait, et elle remarqua une pile de couvertures au sol.

— Je ne me suis pas encore réhabitué à dormir sur un matelas, dit-il alors qu'ils les enjambaient.

— Rappelez-moi depuis combien de temps vous vivez à San Francisco ?

— Six mois, mais je trouve le lit trop mou. Pour moi, il n'est bon qu'à une chose.

Le sous-entendu était clair, et le pouls de Virginia s'accéléra.

— Vous avez des vêtements à me prêter ? demanda-t-elle pour changer de sujet.

— Tenez, ceux de Casey sont encore là, dit-il en ouvrant un placard.

— Pourquoi les gardez-vous ?

Il haussa les épaules.

— Je n'ai pas eu le temps de m'occuper de ses affaires personnelles. Et j'ai bien fait, c'est utile quand je séquestre des femmes pour s'occuper de mes nièces. Les serviettes sont là, dit-il en désignant un autre placard. Servez-vous.

— Merci, c'est très gentil.

Dès qu'il eut quitté la pièce, elle se déshabilla et sauta sous la douche. L'eau chaude soulagea un peu les courbatures de son dos et de son cou. Elle s'essuya rapidement, regrettant de ne pas avoir de sèche-cheveux. Au moins, elle ne sentait plus le plâtre et le vieux café. Dans la chambre, elle choisit un chemisier tout simple et un pantalon, un peu trop grand pour elle, mais c'était mieux que sa tenue de travail froissée. Elle s'attacha les cheveux et fourra ses vêtements sales dans son sac.

En sortant de la pièce, elle se retrouva nez à nez avec Gavin, une tasse de café fumant à la main.

— Essayez de ne pas me le renverser dessus, celui-là, dit-elle.

— Mauvaise nouvelle, répondit-il. Votre voiture était garée sur une zone payante, elle a été enlevée.

Elle ferma les yeux et prit une profonde inspiration. Seule, elle aurait lâché un chapelet de jurons si horribles qu'ils auraient brisé les vitres de la maison rose de Gavin, mais, eu égard aux enfants, elle se maîtrisa.

— Comment vais-je faire ? demanda-t-elle simplement.

— Je peux vous déposer, si vous n'avez rien contre la moto. Rosalie a besoin du minivan pour les filles.

— Vous avez une moto ?

— Oui. Alors, qu'en dites-vous ?

À l'idée de s'accrocher à la taille de ce parfait exemple de mauvais garçon, elle sentit son cœur s'emballer. Oui, les motos lui faisaient de l'effet. Mais elle préféra contenir son enthousiasme.

— O.K., de toute façon je n'ai pas vraiment le choix.

— Cachez votre joie, fit-il, taquin. Allons-y, alors.

Elle avala le reste de son café et le suivit au garage. Il ôta la housse de sa Harley et lui tendit un casque. Si excitée qu'elle fut à l'idée de grimper derrière lui sur ce bel engin, elle espérait que personne à l'hôpital ne les verrait arriver ensemble. Les bruits couraient facilement, et elle ne voulait surtout pas que le conseil d'administration en ait vent. Cela mettrait en péril sa carrière, et celle de Gavin. Elle déposa son sac dans l'une des sacoches et enjamba la selle.

Dès qu'elle enroula les bras autour de la taille de Gavin, son pouls s'accéléra encore. Pourvu qu'il ne s'en rende pas compte ! Elle mourait d'envie de coller son corps au sien, mais s'efforça de garder ses distances. Pourtant, que c'était agréable, d'être si près de lui.

— Accrochez-vous, lança-t-il.

Le moteur vrombit et son ronronnement noya les battements de cœur de Virginia. Gavin sortit dans la rue, alla refermer le portail et remonta en selle.

— Prête ?

Elle hocha la tête et il lança sa machine à travers les rues de San Francisco. Elle le serra plus fort et réprima son envie de crier. De peur et d'excitation mêlées. Alors qu'ils montaient et descendaient les rues, elle avait l'impression d'être sur le grand huit de la fête foraine.

— Alors ? demanda-t-il en se garant sur son emplacement réservé au parking de l'hôpital.

Elle avait les genoux qui flageolaient.

— C'était… Merci de m'avoir emmenée.

— On remet ça quand vous voulez, répondit-il en souriant. Je peux vous déposer à la fourrière, après le travail.

— Non, merci docteur Brice. Je prendrai le tram, je ne sais pas encore à quelle heure je vais finir.

— O.K. Merci pour votre aide hier soir.

— C'était un plaisir, dit-elle, avant de consulter sa montre et de constater qu'elle avait déjà cinq minutes de retard. Il faut que j'y aille. Merci encore.

Elle aurait voulu lui dire qu'elle passerait volontiers une autre soirée avec les filles. Qu'elle avait adoré partager leur soirée pyjama et dormir aux côtés des deux petits anges sur le canapé. Mais elle n'en fit rien.

Elle tourna les talons et se dirigea vers l'hôpital d'un pas vif, les jambes encore tremblantes et le cœur battant.

10

Quelques heures plus tard, Virginia quitta la réunion avec une atroce migraine. Janice l'attendait dans son bureau.

— On dirait qu'un rouleau compresseur vous est passé dessus, dit-elle en lui tendant des dossiers.

— C'est exactement ce qui vient de m'arriver, répondit Virginia en s'asseyant. Encore des restrictions budgétaires.

— Beurk.

— Exactement.

Quelle frustration ! Le conseil l'avait recrutée pour redresser l'hôpital, mais comment était-elle censée le faire s'ils réduisaient sans cesse leurs moyens ? Ils voulaient une clinique privée, du moins certains d'entre eux, or elle refusait de faire une croix sur les urgences sans se battre.

Elle avait donc émis l'idée une soirée de récolte de fonds, durant laquelle ils mettraient en exergue leurs réussites et leurs innovations. Sa proposition ayant soulevé l'enthousiasme général, elle se retrouvait avec une grande soirée à organiser. Voilà qui empiéterait encore un peu plus sur le temps qu'elle passait auprès des patients.

— Intéressant, comme choix de couleur. Virginia, je ne veux pas vous manquer de respect, mais qui vous a fait les ongles ? demanda Janice en haussant un sourcil.

Virginia baissa les yeux. En effet, Rose n'avait pas fait un travail remarquable, et la couleur était particulièrement flashy. Évidemment, certains participants à la réunion l'avaient regardée bizarrement.

— J'avoue ne pas être au top, niveau look, aujourd'hui.

— La nuit a été rude ? demanda Janice avec un sourire coquin.

Encore une fois, Janice lui montrait de l'intérêt et son espoir de la voir sortir un peu plus. Ce n'était pas la première fois. Pourquoi ne la laissaient-ils pas tranquille ? C'était sa vie, après tout.

— Je n'avais pas prévu de découcher, s'entendit-elle malgré tout répondre.

Elle regretta immédiatement ses paroles : quand Janice mettait la main sur une information, elle était comme un chien avec son os. Voilà pourquoi Virginia ne parlait jamais de sa vie privée à l'hôpital. Mais la nuit agitée et les soucis du matin devaient empêcher ses synapses de se connecter correctement.

— Ah bon ? Racontez-moi ! fit Janice, un sourire jusqu'aux oreilles.

— J'ai du travail, Janice.

— O.K., je vous laisse, dit l'infirmière en déposant les dossiers. Au fait, les gens d'A & B Towing ont appelé au sujet de votre voiture : j'ai noté l'adresse où vous pouvez aller la récupérer.

Après un coup d'œil entendu, Janice sortit. Zut ! Elle avait oublié cette histoire de voiture. Il ne lui restait plus qu'une heure avant que la fourrière ne ferme. Tant pis pour la paperasse, cela pouvait attendre. Il lui fallait sa voiture.

— Il paraît que vous cherchiez ça ? Désolé, je n'ai pas pu vous l'apporter plus tôt, j'étais en salle d'op.

Gavin posa le dossier de Lily sur le bureau de Janice. L'infirmière le regarda par-dessus ses lunettes en écaille.

— Merci, docteur Brice.

Alors qu'il aurait pu filer se changer, Gavin traînait, sans trop savoir pourquoi. Enfin si, il savait pourquoi.

— Le Dr Potter est sortie de sa réunion ?

Janice écarquilla les yeux.

— Oui, mais elle a dû partir. Sa voiture s'est fait embarquer la nuit dernière. Ça ne ressemble pas au Dr Potter.

— Ah, oui, j'avais oublié.

— Vous saviez ? Comment se fait-ce ? demanda l'infirmière en battant des paupières derrière ses lunettes.

Zut ! Gavin leva les deux mains.

— Ce n'est pas à moi de vous en parler, si Virginia ne l'a pas fait.

— Virginia ? Les chirurgiens l'appellent plutôt Dr Potter, ou chef. Je ne savais pas que vous étiez si proches, dit Janice, un sourire triomphant sur les lèvres.

Et re-zut ! Virginia allait le tuer.

— Désolé, on me bipe. À plus tard.

— Bien sûr, docteur Brice. Bien sûr.

Mieux valait ne pas croiser le fer avec Janice. On l'avait averti de sa perspicacité, il en avait désormais la preuve. Pourvu qu'elle n'aille pas colporter des bruits ! Même s'il rêvait d'intimité avec Virginia, il savait que ce ne serait pas juste une aventure, avec elle. Or il ne se sentait pas prêt à s'engager. Le mariage, la monogamie étaient deux notions dans lesquelles il ne s'était jamais reconnu.

Alors qu'il se dirigeait vers la trauma, le Dr Rogerson sortit d'une salle. S'il aimait les femmes fortes et indépendantes, il n'appréciait pas d'être pourchassé.

— Comment se porte votre nièce, docteur Brice ?

Il fronça les sourcils. Il détestait que sa vie privée soit étalée sur la place publique. Surtout au travail.

— Comment saviez-vous ?

— J'étais de garde, hier. C'est moi qui ai été bipée la première, mais la Reine de Glace a pris le relais.

Il n'aimait plus du tout ce surnom, qui était si loin de la réalité. Virginia était sans doute un peu dure dans sa gestion de l'hôpital, mais en dehors du travail…

— Eh bien, le Dr Potter est chirurgien, et ma nièce s'est cassé le bras, répondit-il en sortant son portable pour consulter ses messages, même s'il savait pertinemment qu'il n'en avait pas.

Malheureusement, Moira ne comprit pas le sous-texte.

— J'ignorais que vous étiez le tuteur de vos nièces. C'est adorable, dit-elle avec un sourire carnassier.

— Je ne le crie pas sur les toits, j'aime que ma vie privée reste privée, dit-il en entrant dans la salle de repos, où il se versa un verre d'eau.

Moira le suivit. Bon sang, que fallait-il faire pour qu'elle comprenne qu'il n'avait pas envie de parler avec elle ?

— Quel âge ont-elles ?

— Pourquoi cette question ?

— Pour discuter, c'est tout, murmura-t-elle en lui posant la main sur le bras, qu'elle serra légèrement.

— Désolé, je n'aime pas discuter.

Moira sourit.

— Et qu'aimez-vous, alors ?

— Opérer, répondit-il, déclenchant un rire aigu et désagréable chez son interlocutrice.

— Oh ! Gavin, vous êtes drôle !

Il n'aimait pas la façon dont elle disait son prénom.

— Je ne vois pas ce que j'ai dit de drôle, fit-il entre ses dents.

— Ça vous dirait qu'on dîne ensemble ? Ce soir peut-être ?

Alors qu'il s'apprêtait à répondre, il aperçut par la fenêtre Virginia qui revenait. Son pouls s'accéléra et il revit le moment où, le dimanche soir, le temps s'était arrêté quand il l'avait attirée dans ses bras. Son parfum, le souvenir de ses lèvres étaient encore vivaces. Tout comme la façon dont elle l'avait rejeté ensuite. Virginia et lui étaient collègues, ils deviendraient peut-être amis, mais ça n'irait jamais plus loin.

— Gavin ? fit Moira, étonnée, en tournant la tête vers l'objet soudain de son attention. Oh ! la Reine de Glace.

— Pourquoi pas, oui, sortons ce soir, dit-il en se forçant à ne pas dévisager Virginia qui s'approchait.

— Super ! Je vous bipe les détails plus tard.

Virginia et Moira se saluèrent en se croisant dans le couloir et, comme si Virginia avait senti qu'il l'épiait, elle le regarda. Ses yeux sombres plongèrent dans les siens et il crut déceler un léger rosissement sur ses joues lorsqu'elle entra.

— Vous êtes encore là ? Je croyais que votre garde était terminée depuis au moins une heure ?

— On a eu des urgences. L'hôpital le plus proche était plein, ils nous en ont envoyé.

Un bref sourire se dessina sur ses jolies lèvres : la chef de service pensait en termes d'activité pour l'hôpital.

— C'est uniquement parce que nous étions l'hôpital le plus proche, dit-il. Pas de quoi se réjouir non plus.

Elle se mordit la lèvre inférieure.

— Je ne me réjouis pas.

— Allons, j'ai bien vu votre sourire.

Elle se pinça le haut du nez, un geste dont il avait appris à connaître le sens : quelque chose la tracassait. Passant près d'elle, il alla fermer la porte et baissa les persiennes, leur donnant une relative intimité.

— Que se passe-t-il ?

— Je ne vois pas de quoi vous parlez.

— Je connais ce regard. Très bien.

La remarque lui valut un sourire et il vit ses épaules se détendre. C'était toujours ça de gagné.

— J'ai eu une longue journée, et je n'ai pas très bien dormi la nuit dernière, admit-elle.

— Quoi ? Le canapé est hypermoelleux !

Elle haussa un sourcil.

— Venant d'un homme qui couche par terre…

— La réunion, c'était à mon sujet ? demanda-t-il soudain. Vous pouvez me le dire.

Son sourire disparut et elle soupira de nouveau.

— Ce n'était pas à propos de vous en particulier, plutôt sur les finances en général.

— C'est si mauvais que ça ?

— Je dois organiser une soirée pour attirer des donateurs. À la fin du mois. Le truc super-impressionnant, fit-elle en plissant le nez. Ce n'est pas ce que je préfère.

— Je comprends. Il faudra être en costume, je suppose ?

— Oui, et tous les chirurgiens auront obligation d'y assister. Prévoyez une baby-sitter. Vous rentrez chez vous ? demanda-t-elle en ouvrant la porte.

— Oui, je pense. J'ai déposé le dossier à Janice.

— Bien.

— Si vous avez besoin d'aide pour la soirée, enfin le gala, vous pouvez compter sur moi, dit-il en l'accompagnant.

— Vous avez des talents cachés, docteur Brice. Et moi qui vous prenais pour un chirurgien mal dégrossi.

— Je le suis peut-être, mais avec Médecins sans frontières, j'ai assisté à des tas de galas de ce genre.

— Eh bien, je vais peut-être vous prendre au mot. Je déteste organiser les soirées, je n'en ai jamais fait de ma vie.

— Jamais fait de soirée ? demanda-t-il, intrigué.

— Non, mes parents n'avaient pas les moyens.

— Que faisaient-ils ?

— Ils ne travaillaient pas, la plupart du temps. J'ai grandi dans un mobile home, dans le Dakota du Sud, avec deux frères et trois sœurs.

— Alors là, je n'en reviens pas. Désolé, dit-il, se reprenant en voyant son regard médusé, je ne voulais pas dire ça.

— Bref, disons que j'ai aussi des talents cachés, mais que je veux bien de l'aide, dit-elle en remettant une mèche de cheveux derrière son oreille. Je vous ai vu discuter avec le Dr Rogerson. En voilà une qui s'y connaît en soirées.

Était-elle jalouse ? Qu'elle les ait remarqués l'amusait, mais il n'avait pas envie de s'étendre sur le sujet. Il allait la laisser mariner un peu.

— Bon, je ferais mieux de rentrer, les filles s'inquiètent quand je suis en retard.

— Allez-y, et embrassez-les pour moi. Bonne soirée, dit-elle en se dirigeant vers son bureau.

Il la regarda s'éloigner. Et soudain, une pensée horrible lui traversa l'esprit : si l'hôpital avait besoin d'une soirée de gala pour récolter des fonds, les choses devaient être vraiment graves. Aurait-il encore sa place ici dans un avenir proche ?

11

Gavin avait réussi à convaincre Rosalie de garder les filles pour la soirée. Décidément, il faudrait qu'il lui offre de belles étrennes pour Noël.

Il se trouvait donc sur Union Square et attendait Moira. Un peu plus loin, il apercevait l'endroit exact où Virginia l'avait attendu la fois précédente. Quand il l'avait vue, sa beauté toute simple l'avait immédiatement envoûté. Pendant la soirée, il avait eu toutes les peines du monde à ne pas la toucher. Depuis, elle occupait sans relâche ses pensées, le poussant à faire des choses qu'il n'aurait pas dû faire.

Par exemple sa présence ici, comme pour revivre avec Moira le rendez-vous du dimanche précédent. Essayait-il de se prouver qu'il pouvait retrouver cette étincelle avec n'importe quelle femme, que Virginia n'avait rien de spécial ?

L'arrivée de Moira l'empêcha de pousser ses réflexions plus loin. Elle était différente, en tenue civile. Elle était joliment vêtue, comme Virginia, mais avait opté pour un vert profond, qui s'accordait avec ses cheveux. Par ailleurs, elle portait non pas des ballerines, mais des escarpins, plus sexy mais impraticables pour le rendez-vous qu'il avait prévu. Bien sûr, Moira ne pouvait pas le deviner.

— Bonsoir, dit-elle avec un grand sourire.

Elle se pencha et lui déposa un baiser sur la joue. Son parfum était un peu trop puissant et floral pour son goût. Pas aussi intime et vanillé que celui de Virginia, et, surtout, pas aussi subtil.

— Bonsoir, Moira.

— Où allons-nous ? Pas trop loin, j'espère, fit-elle en relevant sa jupe pour montrer ses talons hauts, et ses jambes par la même occasion. Ils me tuent les pieds, mais ils sont tellement jolis !

— Je pensais vous emmener au Fog City Diner, en fait.

— Ah ! fit-elle, avec une pointe de déception.

À quoi s'attendait-elle ? Sans doute à quelque chose de plus chic, au vu de sa tenue.

— Ce restaurant ne vous plaît pas ? On m'a dit que c'était une institution, ici.

— Pour les touristes, oui.

— J'ai fait une réservation.

— Très bien, répondit-elle avec un sourire visiblement forcé. Vous êtes garé par ici ? Ma voiture est chez le garagiste, je suis venue en taxi.

— Non, je pensais y aller en tramway.

— Vous plaisantez ?

— Pas du tout, je me suis dit que ça nous permettrait de profiter de la vue.

— Et si je nous payais le taxi, plutôt ? Ne vous vexez pas, mais ces chaussures sont un peu *too much* pour le tram.

Que pouvait-il répondre d'autre que « d'accord » ? Quelques minutes plus tard, ils étaient tous les deux installés à l'arrière d'un taxi. Alors que Moira se pelotonnait contre lui, son parfum floral mélangé à l'odeur épicée des sièges en cuir lui retourna le cœur. Et il se força à ne pas comparer une fois de plus les deux femmes. Ce rendez-vous n'était pas l'amorce d'une relation durable, il n'en cherchait d'ailleurs pas, alors inutile de tout ramener à Virginia.

Le trajet jusqu'au restaurant lui permit de réfléchir à sa situation, à ses aspirations personnelles. En fait il se sentait seul. Et peut-être avait-il envie de se poser et de vivre avec une femme qu'il aimerait. C'était une pensée aussi nouvelle que déroutante. La garde des filles avait complètement changé ses perspectives d'avenir.

Durant le dîner, Moira prit la conversation en charge. Légère, superficielle, même. Lui ne l'écoutait que d'une oreille, trop obsédé qu'il était par ses propres pensées.

— Vous avez l'air ailleurs, Gavin.

— Pardon ? Euh, désolé, que disiez-vous ?

— Que certains membres du personnel trouvent que la Reine de Glace commence à fondre. Qu'elle se radoucit, sous ses airs froids. Je me demande pourquoi. Enfin, j'ai mes doutes.

— Elle se radoucit ? Comment cela ?

— Eh bien, elle se comporte différemment depuis quelque temps. Elle est plus accessible, plus détendue et sympathique. Les infirmières en sont ravies. Je pense qu'il y a un homme là-dessous.

Il sentit son cœur bondir, mais haussa les épaules, feignant l'indifférence.

— Elle a sans doute des tas de choses en tête.

Moira se pencha vers lui, l'air mystérieux.

— Apparemment, le conseil d'administration prévoit des coupes budgétaires.

Cette fois, il était on ne peut plus attentif.

— Qui vous a dit ça ?

— J'ai mes sources parmi les membres. Ils menacent de fermer les urgences, mais le Dr Potter se bat bec et ongles.

Et dire qu'ils l'appelaient la Reine de Glace, alors qu'elle se battait comme une lionne pour eux !

— Moi, dit Moira, j'ai postulé ailleurs.

— Vous quittez Bayview Grace ?

— Avant qu'il ne coule. Je dois penser à moi et à ma carrière. Si vous êtes gentil, je peux vous décrocher un entretien, roucoula-t-elle en glissant une main sur la sienne, pendant que, du pied, elle lui caressait le mollet.

Six mois plus tôt, il aurait apprécié sa hardiesse.

— Je pense que vous abandonnez le navire de façon prématurée, répondit-il. Le Dr Potter est capable de sauver Bayview.

Elle fronça les sourcils et retira sa main. Et son pied.

— Gavin, pourquoi avez-vous accepté ce rendez-vous ?

— Comment cela ?

— Il est évident que je ne vous intéresse pas, dit-elle en posant un billet de vingt dollars sur la table. Je pense même que vous avez quelqu'un d'autre en tête. Je ne suis pas venue pour parler de la politique de l'hôpital.

Elle se leva. Paniqué, il sauta sur ses pieds et, l'attrapant par les épaules, écrasa ses lèvres sur les siennes. Un baiser, voilà qui lui prouverait qu'il n'avait personne en tête. Elle fondit dans ses bras, lâchant un soupir. Sa langue se faufila entre les lèvres de Gavin. Il ne ressentait rien. Son baiser avec Virginia l'avait renversé, bouleversé, excité. Là, il n'avait pas la moindre réaction.

Il ne désirait pas Moira. Il désirait Virginia.

Moira s'écarta pour le regarder, les sourcils froncés.

— Au revoir, docteur Brice, dit-elle avec un soupir.

Cette fois, il ne tenta pas de la retenir et elle traversa la foule médusée. Il s'affala sur la banquette, puis paya l'addition.

Quand il sortit, un épais brouillard montait de la mer, et le soleil se préparait à se coucher, projetant sa lumière orangée sur l'embarcadère. Le mois d'août serait bientôt fini, les filles reprendraient l'école. Et il devrait travailler de nuit pour pouvoir les emmener et les récupérer à l'école. Rosalie avait accepté de les garder les nuits.

Il n'aurait plus le temps de sortir. Jusqu'à ce que les filles soient grandes. Mais au fond, cela changerait-il quoi que ce fût ? Aurait-il encore un travail dans quelques semaines ?

Il marcha longtemps, et atterrit devant Bayview Grace. La voiture de Virginia était encore sur le parking.

Il fallait qu'il sache. Il avait deux enfants à charge, et besoin de sécurité financière pour elles. S'il perdait son poste, il perdrait aussi la garde des filles. Ça le tuerait.

Virginia leva les yeux de ses dossiers vers la pendule. Il était presque 20 heures. Il fallait vraiment qu'elle rentre, mais que ferait-elle de mieux chez elle ? Rien.

Ses pensées dérivèrent doucement vers Gavin. Elle le savait en rendez-vous avec Moira Rogerson, à l'hôpital les rumeurs circulaient vite. Cela n'aurait pas dû la déranger, puisqu'elle ne cherchait pas de relation. Et pourtant... Elle était jalouse, rien que de l'imaginer rire et discuter avec Moira comme il l'avait fait avec elle. S'il décidait de sortir avec Moira, elle ne pourrait s'en prendre qu'à elle-même. Après tout, elle l'avait repoussé. Car elle avait ses raisons.

Avec un soupir, elle reposa son stylo, se leva et s'étira. À ce moment-là, la porte s'ouvrit brusquement. Elle sursauta : Gavin était là, habillé comme le soir où ils étaient sortis ensemble.

— Docteur Brice ? Je vous croyais sorti pour la soirée.

— Oui, mais j'avais besoin de vous parler.

Des papillons se mirent à danser dans son ventre.

— Ah ?

— J'ai besoin... enfin, je veux..., balbutia-t-il, avant de fermer la porte derrière lui. Je dois passer en gardes de nuit.

— Ah... Ah, O.K. Pourquoi ?

Les genoux flageolants, elle se rassit. Elle ne savait pas à quoi elle s'attendait, mais certainement pas à ça. Elle était à la fois soulagée et déçue.

— Les filles reprennent l'école la première semaine de septembre, il faut que je puisse les emmener et les récupérer à l'école. Rose va faire sa première rentrée, c'est important.

— Bien sûr. Vous êtes le chirurgien chef de votre service, mais je ne pense pas que cela pose de problème. Quelqu'un acceptera certainement de permuter.

— Jefferson est d'accord. Il est jeune, il a envie de passer de jour, même si ce n'est que le temps de l'année scolaire.

— Eh bien, c'est réglé alors.

Elle l'observa de plus près. Il avait l'air tendu.

— C'est tout ce dont vous vouliez me parler, Gavin ?

— Non, répondit-il, honnête, en plongeant dans les siens ses yeux d'un vert si profond. Les urgences sont-elles en danger ?

Elle s'éclaircit la gorge.

— Comment cela ?

— Le gala. Ce n'est pas seulement pour lever des fonds, c'est pour sauver les urgences, non ?

— C'est pour lever des fonds pour les urgences, oui.

Il se passa la main sur le visage.

— Mon poste est-il en danger ?

Elle aurait voulu lui dire la vérité, mais elle ne le pouvait pas, du fait de la clause de confidentialité à laquelle elle était tenue. Alors, elle lui mentit, et ça la rendit malade.

— Les urgences ne sont pas en danger.

Il s'approcha et s'assit face à elle.

— Vous en êtes sûre ?

Elle détourna les yeux.

— Gavin, je suis tenue au secret.

— Je vois. Je comprends.

— Je vous écrirai une lettre de recommandation, si vous souhaitez partir. Je comprendrais totalement.

— Je n'ai pas besoin de lettre, dit-il en lui prenant soudain la main. Je crois dur comme fer que vous réussirez à sauver l'hôpital. Je ne veux pas quitter le bateau.

Sa main était chaude. Son contact la calmait, elle avait envie de sentir plus que sa main nue contre sa peau.

— D'où tenez-vous cette rumeur ? demanda-t-elle en retirant sa main.

— Du Dr Rogerson.

— Évidemment. Elle m'a présenté sa démission ce matin. J'ai entendu dire que vous sortiez avec elle ce soir, ça s'est bien passé ? demanda-t-elle d'un air qu'elle espérait détaché.

— Bien, répondit-il avec un large sourire, se renfonçant dans sa chaise.

Virginia se sentit rougir.

— Super. C'est un très bon chirurgien.

— Etes-vous jalouse, Virginia ? demanda-t-il, une lueur malicieuse dans son beau regard émeraude.

— Ne soyez pas ridicule. Je voulais juste connaître l'origine de la rumeur, afin de la tuer dans l'œuf. Je me fiche bien de savoir qui vous fréquentez, docteur Brice. Vous avez été très clair sur le fait que votre vie privée ne me regardait en rien.

Le sourire disparut, laissant la place à un froncement de sourcils.

— Eh bien, je suis content que ce soit clarifié.

— Bien, j'ai encore pas mal de travail, dit-elle en baissant les yeux sur ses dossiers. Je m'occupe de vos gardes.

— Super, merci, répondit-il en se levant.
Elle le regarda traverser la pièce et ouvrir la porte. Il se retourna.
— Bonne nuit, docteur Potter.
— Bonne nuit, docteur Brice.

12

— Vous faites un travail fantastique pour le gala, docteur Potter, dit M. Schultz dans le hall de l'hôtel où la cérémonie devait avoir lieu.

En réponse au compliment, Virginia afficha son plus beau sourire. Elle espérait de tout son cœur que l'argent investi dans les préparatifs de ce gala — de l'argent qui aurait pu être utilisé pour sauver les urgences — serait utile. Depuis un mois, l'inquiétude la rongeait. Ce fichu gala devait se passer sans encombre, tant de gens en dépendaient. Notamment Gavin.

Un bref instant, elle laissa son esprit voguer vers lui. Elle ne l'avait pas revu depuis leur conversation dans son bureau. Ce n'était pas très étonnant, cela dit. Il était passé à des gardes de nuit et elle, de son côté, avait été très prise par l'organisation du gala. Deux ou trois fois elle l'avait aperçu, qui arrivait alors qu'elle partait, mais c'était tout. Cependant, elle allait le voir bientôt, puisqu'elle avait rendez-vous avec Lily dans une heure environ.

— Je vais devoir m'excuser, M. Schultz, dit-elle en regardant sa montre. J'ai rendez-vous avec une patiente importante.

— Bien sûr, bien sûr. Mais avant que vous ne filiez, je voulais juste votre confirmation que le Dr Gavin Brice prendrait bien la parole lors de la soirée.

— Le Dr Brice ?

— Oui, de nombreux participants attendent son intervention avec curiosité. Il semble commencer à s'intégrer dans notre hôpital, nous aimerions beaucoup l'entendre nous parler de son expérience auprès de Médecins sans frontières.

— Eh bien, je vais lui demander, mais il ne fait pas partie de ceux à qui j'avais pensé au départ. Il travaille de nuit, voyez-vous, et j'ignore si je parviendrai à l'arracher à son devoir.

M. Schultz fronça les sourcils.

— Soyez convaincante, docteur Potter, je vous le conseille.

Elle singea un nouveau sourire, avant de s'excuser et de quitter l'Excelsior, l'hôtel où le gala devait avoir lieu. Comme si elle pouvait ordonner pareille chose à l'un de ses chirurgiens. Pourtant, elle allait devoir essayer. Cela suffirait-il à sauver l'hôpital ? Ou ne serait-ce qu'un remède temporaire ?

En arrivant à l'hôpital, elle enfila sa tenue de chirurgien. En la voyant sortir de son bureau, Janice s'arrêta de taper sur son clavier.

— Lily Johnson vous attend en salle 2221A. Le Dr Brice est avec elle.

— Merci, Janice.

En fait, Gavin n'était pas venu seul. Rose et Rosalie étaient là aussi. Il était déjà en tenue de travail — il travaillait ce soir — et elle fut contente qu'il prenne du temps pour ses nièces. Elle l'admirait pour cela.

— Eh bien, on dirait que ce cubitus est ressoudé, conclut-elle après avoir observé les nouvelles radios. Et si on retirait ce plâtre ? Qu'en dis-tu, Lily ?

— J'ai hâte, répondit la fillette en souriant.

— Je te comprends, dit-elle en préparant ses instruments. Et toi, Rose, comment vas-tu aujourd'hui ?

La petite haussa les épaules sans un mot.

— Tu t'inquiètes pour ta sœur ?

Rose hocha la tête.

— Il n'y a aucune raison. Regarde cette scie, dit-elle en prenant l'instrument, elle ne peut pas couper la peau de ta sœur. Tu veux savoir pourquoi ?

Comme fascinée, Rose resta immobile, pâle, les yeux rivés sur la scie. Virginia l'actionna contre sa paume.

— Tu vois ? Ça chatouille, c'est tout.

— Cool, fit Lily. C'est trop cool !

Virginia adressa un clin d'œil à Gavin, qui cachait son sourire derrière sa main. Elle enfila des lunettes de protection et apposa un masque de protection sur le visage de Lily.

— Maintenant que l'on est toutes les deux protégées de la poussière, on va faire sa fête à ce vilain plâtre.

Elle immobilisa le bras de Lily et posa la scie vibrante sur le plâtre. Derrière ses lunettes de protection, la fillette observait les fibres qui tombaient une à une, découvrant enfin son bras pâle.

— Beurk, ça sent mauvais, fit-elle en se pinçant le nez.

Virginia reposa la scie et lui palpa le bras.

— Tu sais, ton bras n'a pas vu le soleil depuis quatre semaines, c'est normal. On dirait que ton os est bien guéri, mais je te supplie de ne plus te suspendre aux barres au jardin d'enfants, d'accord ?

— Promis, répondit la fillette avec un grand sourire. Est-ce que je peux garder le plâtre ? J'aime bien les signatures.

— Bien sûr. Sa peau est desséchée, dit Virginia en se tournant vers Gavin. Faites-la tremper dans de l'eau tiède, vingt minutes deux fois par jour, et séchez en frottant doucement.

— Je sais comment gérer les suites d'un plâtre.

— Bien sûr, répondit-elle en souriant.

— Rosalie, vous pouvez ramener les filles à la maison ? demanda Gavin.

— Venez, les filles. Vous verrez votre oncle demain matin.

Virginia regarda les fillettes sortir ensemble, main dans la main, accompagnées de la femme de ménage de Gavin.

— Docteur Brice, avant que vous n'entamiez votre garde, je souhaiterais vous parler de quelque chose.

Il croisa les bras.

— Je vous écoute.

— Le conseil demande si vous pourriez prendre la parole à l'occasion du gala, la semaine prochaine.

— Non.

Elle s'y attendait un peu.

— S'il vous plaît, pour l'hôpital ! Vous m'avez proposé de m'aider, vous vous souvenez ?

— Oui, pour l'organisation. Je ne suis pas doué, en public. Je déteste les discours et je n'en ferai pas pour cet hôpital.

Il fit demi-tour pour partir, mais elle le contourna et se planta face à lui.

— Je crois que vous n'avez pas très bien compris.

— Je comprends parfaitement, docteur Potter. Le problème n'est pas que je n'aime pas m'exprimer devant des gens, dit-il après un long soupir. Mais si je raconte mes missions avec Médecins sans frontières à tous ces gens en smoking, si je leur parle des difficultés des pays émergents et de la façon dont on pourrait les aider en leur apportant notre aide financière, comment ne pas leur parler de ceux qui, ici même, ne peuvent pas se payer les soins dont ils ont besoin ?

Elle était abasourdie.

— Et vous pensez que les investisseurs ne veulent pas entendre ce genre de discours ?

— Absolument. J'ai écrit ce discours des centaines de fois dans ma tête. Mais les gens qui ont l'argent se fichent pas mal de ce qui se passe, que ce soit sous leur nez ou dans le reste du monde. On ne me laissera pas en parler.

— Moi si.

Il lui offrit un sourire triste.

— Vous avez les mains liées, Virginia. Ne promettez rien que vous ne soyez en mesure de tenir.

— Vous n'avez pas idée de ce qui est en jeu, Gavin.

— Eh bien, expliquez-moi, alors.

Gavin attendait, le souffle court, la réponse de Virginia. Même si, au fond, il la connaissait déjà. Il avait entendu les rumeurs qui circulaient dans les couloirs : Bayview Grace se vidait de son sang comme si on lui avait tranché la carotide, et pour arrêter l'hémorragie, le conseil d'administration envisageait d'amputer l'hôpital de ses urgences. Moira avait raison, il allait perdre son travail.

Mais il voulait l'entendre de la bouche de Virginia, même s'il savait pertinemment qu'elle n'était pas autorisée à le révéler. Le personnel des urgences vivait dans l'angoisse, or les erreurs graves se produisaient souvent lorsque les gens étaient sous pression. Travailler dans ces conditions était intenable.

— Vous devez vraiment prendre la parole au gala, dit-elle finalement de nouveau, bras croisés, avec ce regard obstiné qu'il connaissait trop bien.

Elle ne lâchait rien, pas plus que lui, et il l'admirait pour cela aussi.

— J'assisterai au gala, mais je ne parlerai pas.

— Si.

— Je ne pense pas que vous puissiez m'y obliger.

— En effet, et je n'en ai pas envie, mais le conseil est déterminé. Tout comme les autres chirurgiens qui y ont été invités, vous parlerez, docteur Brice.

— Parce que mon poste en dépend ?

Sans un mot, elle hocha lentement la tête. Bon sang !

— Alors les urgences sont vraiment sur la sellette ?

— Je suis en train de trahir un accord confidentiel. Je pourrais avoir de gros ennuis.

— Je n'en soufflerai pas mot.

Elle soupira, son beau visage blême.

— C'est grave à quel point ? Il n'y a que les urgences ?

— Non, plusieurs services sont dans le collimateur.

Il s'appuya contre le mur. La dernière chose qu'il voulait, c'était déraciner les filles. Mais les autres hôpitaux n'embauchaient pas dans sa spécialité, et il n'avait aucune intention de se faire pistonner par Moira. De toute façon, il avait grillé ses chances avec elle.

— D'accord, fit-il entre ses dents.

— Merci, Gavin. Vous m'ôtez une épine du pied.

— Je le fais pour l'hôpital, pour tous les gens qui ont besoin de garder leur travail. En contrepartie, je voudrais que vous fassiez quelque chose pour moi.

— Ça dépend, quoi ?

— Promettez-moi que vous le ferez.

— Je ne peux pas promettre à l'aveugle.

— Pourtant, vous attendez de moi que je parle lors d'un événement que je n'approuve pas, répondit-il.

— Vous êtes chirurgien, c'est votre devoir.

— Ce n'est pas mon devoir de regarder le conseil espérer se faire de l'argent en dépensant le peu qu'il nous reste à organiser leur fichu gala. Virginia, je veux juste que vous avertissiez mon équipe de ce qu'ils risquent. Ils se doutent de quelque chose, tout le monde est sur les dents.

Elle secoua la tête.

— C'est impossible, Gavin. Je ne peux pas risquer que mes employés s'en aillent ailleurs. Pas maintenant. Vous avez promis de ne rien dire.

— Ça n'est pas juste vis-à-vis d'eux.

— J'ai les mains liées !

Elle était écarlate. Il ne l'avait jamais vue dans cet état, mais, en cet instant, il s'en fichait bien. Il était fou de rage.

— Vous avez intérêt à tenir votre promesse, Gavin !

Sur ces mots, qu'elle avait presque hurlés, elle sortit comme une flèche. Il lâcha un chapelet de jurons. Bon sang !

Il n'avait pas envie de se disputer avec elle. Et s'il essayait de se mettre à sa place, il devait admettre qu'elle était aussi coincée que lui. Quel imbécile !

— Salut, vous avez eu des mots avec la Reine de Glace ? dit le Dr Jefferson en entrant. Elle avait l'air furieux, qu'est-ce que vous lui avez dit ?

— Elle n'a rien d'une Reine de Glace. Montrez un peu de respect, Jefferson.

— Quelle mouche vous a piqué ? Vous êtes stressé ou quoi ?

Et comment ! Plutôt que de lui répondre, vu l'état dans lequel il se trouvait, Gavin préférait arpenter la pièce de long en large.

— Vous vouliez quelque chose en particulier, Jefferson ?

— Il y a eu un gros accident sur Van Ness. Tramway contre autobus. Tous les hôpitaux sont sur le qui-vive, on va sans doute récupérer quelques cas…

Sans en écouter davantage, Gavin sortit de la pièce, attrapant une blouse en caoutchouc au passage, et courut dehors. Dès qu'il sortit, il aperçut un énorme nuage de fumée qui montait de l'ouest, sans doute dû à l'accident. Le hurlement des sirènes déchirait l'air.

Il ne restait plus qu'à espérer que la décision de Virginia de laisser ses employés dans l'ignorance en valait la peine, et qu'ils seraient suffisamment concentrés pour ne pas commettre d'erreurs aujourd'hui.

13

— Alors, vous avez un cavalier ?

Virginia tourna les yeux vers Janice, qui venait d'entrer dans son bureau, une pile de dossiers dans les bras.

— Un quoi ?

— Un cavalier, vous savez, un homme qui vous plaît et que vous emmenez à la soirée de gala. En tant que responsable de l'hôpital et organisatrice de l'événement, il serait normal que vous arriviez au bras d'un beau cavalier.

— Eh bien, navrée de vous décevoir, Janice, mais la responsable de l'hôpital en question était trop occupée à organiser ce gala et à gérer l'hôpital pour se chercher un cavalier. Mais merci pour le conseil, j'y penserai, dit-elle en se frottant les tempes.

Bon sang, quel mal de tête ! Et avec ce fichu gala, elle était en retard sur ses dossiers.

— Un verre vous ferait du bien, dit Janice.

Tu parles !

Elle jeta un coup d'œil à sa montre : presque 19 heures. Elle était là depuis 4 heures du matin, soit quasiment quinze heures. Dont la plupart à organiser une fête. Elle n'avait pas signé pour ça.

La veille, elle s'était acheté une belle robe bleu roi. Seule, car elle n'avait pas de copine pour s'extasier avec elle devant la glace ou pour la conseiller sur la couleur. Pour couronner le tout, elle n'avait personne pour l'accompagner au gala, personne pour lui dire combien elle était ravissante dans cette robe, personne pour la faire danser.

En songeant à tout cela, elle ne put s'empêcher de s'interroger.

Que s'était-il passé lors du rendez-vous de Gavin avec Moira Rogerson ? La voyait-il toujours ? Elle ne travaillait plus à Bayview, mais elle n'avait jamais fait mystère de son gros faible pour Gavin. Ce n'était pas Virginia qui l'en aurait blâmée, d'ailleurs. C'était un homme séduisant, accompli et très désirable. De son côté, Moira était belle femme. La simple idée qu'elle puisse plaire à Gavin lui pinça le cœur.

C'était une réaction stupide, puisque elle-même l'avait repoussé après qu'il l'eut embrassée. Bon sang, il fallait qu'elle aille prendre l'air.

Elle éteignit son ordinateur, attrapa son sac et se dirigea vers la sortie. Janice était rentrée, ce qui était aussi bien car Virginia n'avait pas la moindre envie de se faire asticoter, ce soir.

Alors qu'elle atteignait sa voiture, son regard tomba sur le bar, de l'autre côté de la route. Elle n'y avait jamais mis les pieds, mais l'endroit semblait tout à fait respectable. Janice avait raison, il lui fallait un verre.

Elle traversa la rue et entra. Il faisait sombre à l'intérieur, alors que la nuit n'était pas encore tombée à l'extérieur. Les clients n'étaient pas très nombreux, elle reconnut parmi eux quelques employés de l'hôpital qui ne la saluèrent même pas. Pas étonnant, avec sa réputation de Reine de Glace.

Elle s'installa au comptoir sur un tabouret.

— Qu'est-ce que je vous sers ? demanda la jolie barmaid.

— Aucune idée, c'est la première fois que j'entre dans un bar, avoua-t-elle.

La serveuse haussa un sourcil incrédule.

— Ça alors, une vierge ! Que diriez-vous d'un verre de vin ? J'ai quelques crus locaux très sympas.

— Bonne idée, répondit Virginia, soudain soulagée.

— Tenez, un petit rouge de Napa, fit la serveuse avec un sourire chaleureux. Santé !

Virginia trempa les lèvres dans son verre et se plongea dans la lecture des étiquettes des bouteilles posées derrière le bar, faute d'autre activité — la télévision était allumée sur une chaîne sportive sans intérêt.

— Tiens, tiens. Je vous aurais plutôt imaginée en train de boire du shiraz.

Gavin se percha sur le tabouret voisin.

— Quelle surprise !

— Je vous retourne le compliment, fit-il en souriant.

— Janice m'a suggéré de prendre un verre, entre autres bons conseils.

— D'autres bons conseils ? Vous m'intriguez.

— Qu'est-ce que je vous sers, docteur Brice ? demanda la serveuse.

— Comme d'habitude, Tamara, merci.

Elle lui remplit donc une pinte de bière à la pression.

— Vous venez ici souvent ? demanda Virginia.

— Depuis quelque temps, oui. Rosalie est un peu comme Janice, elle trouvait que j'avais besoin de me détendre. Alors, une fois par semaine je viens ici, boire une bière avant de rentrer.

— En tout cas, votre problème d'amnésie ne touche pas le prénom des serveuses de bar, dit-elle.

— Vous voyez, j'ai beaucoup travaillé mes compétences interpersonnelles.

— Kimber, de trauma, dit que vous ne connaissez toujours pas son nom. Il paraît que vous l'appelez *Hello Kitty*.

Il éclata de rire. Ce rire qui creusait ses exquises fossettes.

— C'est à cause de sa blouse, elle me fait penser à des vêtements qu'adorent Lily ou Rose. Mais je l'apprécie, c'est une bonne infirmière. Elle est vexée ?

— Ça vous intéresse ?

— Bien sûr, répondit-il, avant de boire une gorgée de bière. J'ai besoin que mon équipe soit au top, si je veux prouver à votre conseil d'administration que les urgences valent le coup d'être sauvées.

Elle sentit son estomac se nouer.

— Vous n'en avez parlé à personne, j'espère.

— Ce n'est pas mon rôle de leur annoncer que leur travail est dans le collimateur, répondit-il en fronçant les sourcils.

Une désagréable tension venait de s'installer entre eux.

— Bon, je vais y aller, fit-elle en se levant.

Il lui saisit le bras.

— Où allez-vous ? Vous n'avez même pas fini votre vin.

— Je suis venue ici pour me détendre, Gavin, pas pour parler des problèmes de l'hôpital.

— Désolé, moi non plus je n'en ai pas envie. Ne partez pas.

Elle se rassit.

— Et votre discours, ça avance ?

— On a dit : pas de travail !

— Désolée, dit-elle en buvant une gorgée. J'ai l'impression d'y passer ma vie, au travail. Comment vont les filles ?

Elle pensait souvent à elles, étonnamment souvent même. Et elles lui manquaient beaucoup.

— Bien, fit-il, mais elle le vit se crisper imperceptiblement. Lily ne s'est pas refait mal.

— Tant mieux.

— Vous avez un cavalier ?

Elle faillit s'étrangler avec son vin.

— Pardon ?

— Je vous demande si vous avez un cavalier pour le gala.

Gavin, qui observait le beau visage de Virginia, y décela bientôt la réaction qu'il espérait. Ses yeux s'écarquillèrent et ses joues rosirent. Elle était adorable. Elle toussota et se mit à jouer avec son verre.

— Je... Je n'ai pas eu le temps de chercher.

Parfait.

— Moi non plus, même si j'ai eu des propositions.

Elle leva les yeux sous ses longs cils bruns.

— Ah bon ? De qui ?

Une lueur alluma ses pupilles. De la jalousie ? Il l'espérait, en tout cas.

— Peu importe, fit-il. J'ai refusé.

Leurs regards se soudèrent.

— Pourquoi ?

— Elle ne m'intéresse pas.

— Elle est pourtant jolie, intelligente...

— De qui parlez-vous ?

— De Moira.

— Elle n'est plus à Bayview, et je ne l'ai pas revue depuis le fameux soir où je vous ai demandé de me passer en gardes de nuit.

— Mais pourquoi ?

— Vous essayez de me convaincre de venir avec Moira au gala ? Je ne danse pas, de toute façon. Vous dansez, vous ?

Il fit signe à Tamara de lui remettre une bière.

— Eh bien figurez-vous que oui, répondit-elle en riant. Inutile de prendre cet air choqué, c'est vrai !

— Et vous aimez ça ?

— Bien sûr, c'est le seul intérêt de ce fichu gala. Je ne supporte pas les dîners collet montés, mais, après les discours, on devrait s'amuser.

Le sourire qu'elle lui offrit lui fit bouillir le sang dans les veines. Elle ne souriait pas souvent, mais il adorait ça.

— Dans ce cas, il vous faut absolument un cavalier.

— Vous n'allez pas vous y mettre aussi, fit-elle en grimaçant.

— Qui vous en a parlé ?

— Janice. Bon, cette fois il faut que j'y aille, dit-elle en finissant son verre. La journée de demain s'annonce longue.

— Je vous raccompagne.

Il déposa un billet sur le comptoir et sortit avec elle. Le soleil tombait sur l'horizon, tout, autour d'eux, baignait dans sa lumière chaude. Mais l'automne serait bientôt là, même si on lui avait dit qu'à San Francisco il n'apportait pas la fraîcheur de certains autres endroits.

Il passa le bras sous celui de Virginia et l'escorta ainsi jusqu'à sa voiture.

— Merci de m'avoir tenu compagnie, dit-elle en sortant ses clés.

— Vous devriez venir plus souvent dans ce bar, il y a souvent des gens de l'hôpital.

— Je doute qu'ils apprécieraient que la Reine de Glace vienne refroidir l'ambiance, alors.

— Moi j'aimerais bien.

Elle rougit et détourna les yeux.

— À plus tard, Gavin. Embrassez les filles pour moi, dit-elle en se retournant.

Le cœur battant la chamade, il la rattrapa par le bras.

— Oui ?

— Allons-y ensemble.

— Pardon ? fit-elle, les yeux écarquillés.

— Soyez ma cavalière pour le gala.

— Vous êtes sérieux ?

— Absolument. Vous avez besoin d'un cavalier, j'ai besoin d'une cavalière, et je ne vois personne avec qui cela me ferait plus plaisir d'y aller. Mais j'ai une condition.

Elle croisa les bras.

— Alors celle-là, elle est bien bonne. Une condition ?

— Apprenez-moi à danser.

— Vous êtes sérieux ?

— Je ne voudrais surtout pas faire honte à la responsable du service traumatologie en lui marchant sur les pieds.

Elle plissa les yeux.

— Certes. Un point pour vous. C'est bien la première fois qu'on propose de sortir avec moi sous certaines conditions.

— Dites-vous que ce n'est pas un vrai rendez-vous, puisque vous ne pouvez pas sortir avec quelqu'un du travail.

Une drôle d'expression balaya son visage. On aurait dit de la déception. Comme lui, le soir où elle était montée dans le taxi, après leur dîner. Il avait tellement envie qu'enfin elle enlève ses œillères et admette que c'était un vrai rendez-vous. Oui, il voulait sortir avec elle, pour de bon.

— Vous avez raison, répondit-elle enfin. Bien sûr.

— Alors c'est oui ?

— Peut-être, mais j'aurai une condition aussi.

Et le sourire qu'elle lui renvoya, mi-charmeur mi-malicieux, lui serra le ventre un peu plus fort.

— Laquelle ?

— C'est moi qui choisis votre smoking.

— Un smoking ?

— C'est une soirée habillée, que comptiez-vous porter ?

— Un costume.

Elle leva les yeux au ciel.

— Smoking, très cher. Et de mon choix.

— D'accord. Alors, c'est dit, on y va ensemble ?

— C'est dit, répondit-elle en tendant la main.

Il la lui prit, mais en profita pour l'attirer à lui.

— Puisqu'il s'agit d'un accord plus ou moins romantique, nous devrions sceller cela un peu mieux, non ?

Elle était si proche qu'il sentait son parfum, son corps vibrer contre le sien. Il mourrait d'envie de goûter de nouveau ses lèvres si douces, humides et accueillantes.

— Une poignée de main fera l'affaire, fit-elle d'une voix tremblante, avant de s'écarter. On va acheter le smoking après votre prochaine garde ?

— Je vois ça avec Rosalie, mais je pense que ce sera O.K.

— Bien. Bonne soirée, Gavin. À jeudi matin, alors.

Il la regarda traverser le parking, incapable de réprimer un sourire satisfait. Certes, il avait un peu forcé le destin, mais Virginia était une entêtée. Elle représentait un défi, et cela faisait un bon moment qu'on ne l'avait pas défié ainsi.

À présent, s'il pouvait affronter l'autre point noir de sa vie et se débarrasser des grands-parents... Avec un soupir, il gagna sa voiture.

Quoi qu'il arrive, il réussirait à remettre sa vie sur de bons rails. Un jour ou l'autre.

14

— J'ai l'air d'un pingouin ! cria Gavin, derrière le rideau.

— Je m'en fiche, répondit Virginia, au bord du fou rire. Vous avez promis et je veux que tout soit parfait.

N'ayant obtenu qu'un grognement indistinct pour toute réponse, elle se leva et s'approcha du rideau.

— Vous allez sortir me montrer, sinon c'est moi qui entre.

— Bonne idée, répondit-il d'un ton canaille qui la fit rougir. Attention, je sors.

Elle s'écarta et le rideau s'ouvrit sur un Gavin en smoking noir. Magnifique. L'expression « aller comme un gant » avait dû être inventée pour lui.

— Alors ? demanda-t-il en ajustant son col. C'est mieux que la tenue de travail ?

C'était le moins que l'on puisse dire.

— Ça ira, répondit-elle néanmoins.

Il haussa un sourcil.

— C'est tout ?

Le vendeur approcha pour prendre des mesures et elle observa Gavin, l'air blasé, allonger les bras, écarter les jambes… Il était vraiment superbe. Une sorte de version plus mâle de James Bond. Et lui conduisait une vraie moto, pas une petite anglaise.

— Très bien, dit enfin le vendeur. Je vais préparer votre commande, vous pouvez vous changer.

— J'ai bien cru que vous alliez le rendre fou, le pauvre, à bouger tout le temps pendant qu'il vous mesurait, dit-elle dès que le jeune homme se fut éloigné.

— J'aime bien plaisanter.

— À vous voir déambuler dans les couloirs de l'hôpital, on ne dirait pas.

— Ça n'a rien à voir, répondit-il, soudain sérieux. Aux urgences, la moindre inattention peut provoquer un drame. C'est une histoire de survie.

— De survie ?

— D'après ce que j'ai compris, notre service est sur la sellette. On n'a pas le droit à l'erreur.

Elle avala la boule qui venait de se former dans sa gorge.

— Le gala peut tout changer. Si nous levons suffisamment de fonds et réunissons d'autres investisseurs, les urgences ne fermeront pas.

— Virginia, ne me mentez pas. M. Schultz veut une clinique privée, une clinique de riches. Il attend la première occasion pour laisser retomber la hache.

Que répondre à cela ? Plus d'une fois, elle avait songé la même chose.

— En tout cas, ce smoking vous va à ravir.

Elle s'éloigna et il rentra dans sa cabine. Dehors, le brouillard montait.

Gavin la rejoignit dans la boutique, paya son acompte et ils sortirent. L'air était un peu frais, mais elle aimait cela. À cette époque de l'année, il faisait déjà froid dans le Dakota du Sud. D'ici un mois ou deux, les températures chuteraient encore et la neige recouvrirait les vastes plaines. À San Francisco, il ne neigeait pas et, pour la première fois, elle se rendit compte que cela lui manquait. Elle n'était plus retournée à De Smet depuis des années.

Ils longèrent le marché vers Union Square, l'endroit où ils s'étaient retrouvés le soir de leur premier rendez-vous. Depuis, elle s'était juré que cela ne se reproduirait pas. Et pourtant elle était là, et marchait à son côté vers cet endroit lourd de souvenirs.

— À quoi pensez-vous ?

— À ma région d'origine.

— C'est où, déjà ?

— De Smet, dans le Dakota du Sud.

— Pas loin de Billings, où j'ai grandi. Enfin, j'ai vécu à peu près partout, à cause du travail de mes parents. Je détestais ce déracinement perpétuel.

— Et pourtant, vous vous êtes engagé avec Médecins sans frontières.

— J'aimais ce qu'ils faisaient, et puis, moi, je n'avais pas de famille à qui j'imposais mon style de vie. Jamais je ne ferai subir cela aux filles, je ne bouge plus de San Francisco.

— Les enfants de militaires ne sont pas tous aussi amers.

Il soupira.

— Mes parents n'étaient pas très… Ils nous aimaient, mais leur carrière passait avant tout. Casey et moi n'avions pas d'autre famille, je me suis beaucoup occupé d'elle.

— Comment sont-ils morts ?

— Mon père est mort en service l'année où je suis parti à l'université. Ma mère… ma mère s'est suicidée l'année suivante. Elle souffrait d'un syndrome post-traumatique après l'Iraq, mais on ne l'avait pas diagnostiqué. Casey venait de quitter le lycée, elle a épousé le père des filles la même année.

— Mon Dieu, je suis désolée.

— Merci. Ça a été rude, c'est vrai.

— Je comprends d'autant mieux votre dévotion pour vos nièces, et votre désir de leur offrir la stabilité. Et je comprends pourquoi Casey vous a préféré à ses ex-beaux-parents pour la garde.

Il fronça les sourcils, et elle craignit d'avoir encore touché un point sensible. Pourtant, il rompit le silence très vite.

— Et vous ? Pourquoi n'êtes-vous pas retournée chez vous depuis si longtemps ?

Elle hésita. Jamais elle ne parlait de sa famille, elle ne voulait pas que l'on sache d'où elle venait. Elle avait autrefois fait l'erreur de se confier, et les gens l'avaient jugée à l'aulne de son passé. Elle ne voulait pas de leur pitié.

Si elle ne retournait pas chez elle, c'était à cause de Shyanne. Tout là-bas lui rappelait sa sœur. Le jour où elle était morte, une partie d'elle-même était morte aussi.

— Mes parents vivent dans un mobile home, je vous l'ai

dit. C'est trop petit pour recevoir de la visite, dit-elle, sachant pertinemment que c'était un mensonge.

Mais sa voix la trahit et un sanglot lui échappa.

— Qu'y a-t-il ?

— C'est trop douloureux de retourner là-bas.

Ils s'arrêtèrent dans le square et elle remercia le brouillard de masquer les larmes qui menaçaient de rouler sur ses joues.

— Que s'est-il passé, Virginia ? Je vous ai confié mes secrets, à vous maintenant.

Elle parvint à sourire vaguement, les lèvres tremblantes.

— J'ai une sœur jumelle.

— Ah bon ?

— J'avais. Shyanne était ma meilleure amie, ma...

Elle était incapable de poursuivre.

— De quoi est-elle morte ? demanda Gavin d'une voix incroyablement douce.

— Grossesse extra-utérine. Elle est tombée enceinte pendant sa dernière année de lycée, le père a pris ses jambes à son cou et elle n'en a parlé à personne, sachant que mon père n'avait pas les moyens de payer l'assurance maladie — il avait tout juste de quoi nous nourrir tous les sept. Quand enfin elle a été hospitalisée pour pratiquer la salpingo-ovariectomie, sa trompe de Fallope avait cédé. C'était trop tard.

— Je suis désolé, Virginia. Je vous comprends un peu mieux, maintenant. Mais je suis surpris que votre famille vive encore dans ce mobile home.

Elle soupira. Au point où elle en était, elle pouvait bien tout lui dire.

— Mon père était soudeur, mais il a été blessé et, depuis, il est handicapé. Ils vivent de sa pension d'invalidité, c'est moi qui paie leur assurance maladie.

— Combien de frères et sœurs avez-vous ?

— Il me reste deux sœurs et deux frères. Les filles ont quitté le nid, mais mes frères sont encore au lycée.

— Ça devait être sympa, de grandir dans une si grande famille.

Elle ne put réprimer un sourire.

— C'est vrai.

— Ils vous manquent ?

— Oui, mais je n'y suis pas retournée depuis la mort de Shyanne. Enfin, j'ai essayé une fois ou deux, mais c'était trop dur.

— Vous ne vous sentez pas seule, pendant les vacances ?

— Je pourrais vous retourner la question, Gavin.

— On n'a pas le temps de s'ennuyer, quand on travaille, dit-il avec un sourire triste.

— Exactement.

Elle aussi, elle était triste à cette pensée. Avoir des enfants, fonder une famille, cela n'avait jamais fait partie de ses projets. Elle se contentait de travailler dur pour s'assurer qu'elle aurait toujours un toit décent au-dessus de la tête et qu'aucun de ses frères et sœurs ne mourrait comme Shyanne. C'était ça, son carburant. Elle travaillait pendant les fêtes de fin d'année, mais ça ne la dérangeait pas.

De toute façon, elle n'avait pas des souvenirs extraordinaires des Noël de son enfance. À l'exception d'un. Elle se revoyait, avec Shyanne, s'immiscer dans le salon du mobile home pour voir si le Père Noël était passé. Et cette année-là, exceptionnellement, il lui avait apporté un poney en peluche rose — elle l'avait encore chez elle, dans un carton. Shyanne et elle s'étaient assises ensemble sur le canapé pour regarder les lumières de Noël qui dansaient dehors, dans le blizzard.

Elle avait travaillé comme une folle pendant les fêtes, l'année précédente, mais elle était heureuse. Jusqu'à ce coup de fil de sa mère, qui la suppliait de venir à la maison, lui souhaitait un bon Noël et lui répétait combien elle lui manquait.

— Désolé, je vous ai rendue triste, dit Gavin, interrompant le fil de ses souvenirs. Ce doit être le brouillard.

— Sans doute.

— Alors, vous avez promis de m'apprendre à danser.

— Je suis de repos demain. Je peux passer chez vous.

— Les filles seraient ravies de vous voir.

— Moi aussi.

— Super, alors c'est dit, dit-il en souriant.

— Vous ne plaisantiez pas, vous êtes vraiment nul en danse.

Gavin venait de marcher sur les pieds de Virginia pour la énième fois ; encore heureux qu'ils ne portent pas de chaussures. Mais même avec les escarpins à talons qu'elle s'était achetés pour la fête, il serait bien plus grand qu'elle. Du haut de son mètre soixante-quinze, elle n'était pas souvent sortie avec un homme qui la dépassait de plus de dix centimètres.

Avec un sourire canaille, il fit un petit pas vers elle.

— Peut-être devrions-nous nous entraîner sur un slow ?

Elle sentit sa gorge se serrer, sa bouche s'assécher. Il n'était qu'à quelques centimètres d'elle, et soudain son bras passé autour de sa taille, sa proximité la troublaient étrangement. Le souvenir de leur baiser était marqué au fer rouge dans sa mémoire. Il descendit une main dans le creux de son dos, et de l'autre il prit la sienne.

— C'est comme ça, non ?

— Normalement, votre main droite devrait se trouver juste en dessous de mon épaule.

— Moi je préfère la laisser où elle est, répondit-il avec un regard carnassier.

Mais elle fronça les sourcils, et il céda aussitôt.

— Merci, dit-elle en esquissant quelques pas lents.

Plus ils accéléraient, plus ils tournoyaient, et plus il prenait d'assurance. Bientôt, ce n'était plus elle qui conduisait mais lui.

— Je croyais que vous ne saviez pas danser ! dit-elle d'un ton accusateur.

— J'ai des talents cachés, docteur Potter. Je connais les pas de certaines danses, si elles ne vont pas trop vite.

— Où les avez-vous appris ?

— Au lycée.

— Pour une fille, avouez !

— Vous me connaissez si bien ! fit-il avec un clin d'œil. Elle s'appelait Kirsten et je voulais l'emmener au bal de fin d'année. Alors, pour l'impressionner, je me suis inscrit au cours de danse de Mme Ward. Elle sentait la soupe à l'oignon, je me souviens très bien.

Elle éclata de rire.

— Kirsten a-t-elle apprécié vos efforts ?

— Non, soupira-t-il. Elle y est allée avec Billy Sinclair.

— L'ingrate !

En riant, il la renversa en arrière, la ramenant lentement vers lui. Leurs visages étaient à présent à quelques millimètres. Elle sentait son pouls lui battre aux tempes. Ils étaient si proches, et si loin en même temps.

— Vous êtes une très bonne danseuse, docteur Potter. Et un bien meilleur professeur que la vieille Mme Ward. Vous sentez meilleur, aussi. Bien meilleur.

Elle sourit, mais son cœur battait la chamade dans sa poitrine. Cette posture était bien trop dangereuse pour être confortable. Il lui effleura la joue du dos de la main, la faisant frissonner de tout le corps. Il allait l'embrasser. Enfin. Elle se rendit compte qu'elle attendait ce baiser depuis longtemps.

Soudain, il s'écarta et la porte d'entrée s'ouvrit. Des hurlements et des trépignements sourds leur parvinrent, juste avant l'apparition de Lily et Rose dans le salon.

— Docteur Potter ! s'exclama Lily, un sourire éclatant sur les lèvres.

Rose lui fit signe de la main, sans un mot.

— Désolée, docteur Brice, dit Rosalie. J'ignorais que vous aviez de la compagnie.

— Ne vous inquiétez pas, la rassura Virginia. J'allais partir.

— Oh ! non ! Vous ne pouvez pas rester dîner ? demanda Lily d'une voix suppliante.

Virginia jeta un coup d'œil en direction de Gavin, qui haussa les épaules.

— Hot dogs et hamburgers au barbecue, si ça vous tente.

— S'il vous plaît, docteur Potter ! insista Lily.

— D'accord, d'accord.

Lily hurla de plaisir et Rose se mit à sautiller.

— Venez, les filles, on va se laver avant le dîner, dit Rosalie en les entraînant dans le couloir.

— Je peux vous aider ? demanda Virginia à Gavin.

— Il y a une assiette de steaks et un paquet de hot dogs au frigo. Je vais allumer le barbecue, vous pouvez me les apporter ?

— O.K., dit-elle en se dirigeant vers la cuisine.

Elle trouva sans peine les aliments et referma le frigo d'un coup de hanche, faisant tomber une feuille de papier posée sur le haut du meuble. Elle reposa la viande sur la table et se baissa pour ramasser le papier, se maudissant de sa maladresse.

Elle ne put s'empêcher de remarquer l'en-tête : il s'agissait d'une demande de garde. Les grands-parents paternels des filles, qui habitaient au Japon, attaquaient Gavin pour obtenir la garde des enfants. Son cœur se serra, mais elle fut momentanément soulagée en remarquant la réponse du juge : leur demande était refusée. Mais la raison invoquée était que Gavin avait un travail stable dans la ville maternelle des fillettes. Le jugement stipulait que, si la situation devait évoluer, Gavin perdrait ses droits.

Elle se hâta de replier le papier. Elle n'avait pas le droit de se mêler de ses affaires. Après tout, s'il avait eu envie de lui en parler, il l'aurait fait. Elle reposa la feuille et s'affala sur une chaise. S'il perdait son travail et devait déménager, il perdrait aussi ses nièces. Or son travail dépendait d'elle, du gala et de sa capacité à empêcher Bayview Grace de devenir une clinique privée. Si Gavin était privé de la prunelle de ses yeux à cause d'elle, jamais elle ne se le pardonnerait.

— Hé, le barbecue est prêt ! cria-t-il par la fenêtre de la cuisine. J'attends la viande, chef !

— J'arrive !

Elle prit une longue inspiration et se leva. Dehors, Lily et Rose jouaient au ballon, et Rosalie sirotait un thé glacé sur une chaise de jardin.

— Ça va, Virginia ? demanda Gavin quand elle lui tendit l'assiette.

— Quoi ? Oui, oui, ça va.

Elle se dirigea vers la table et se versa un verre de thé glacé. Le soleil se couchait, baignant le jardin de sa lumière chaude. Tout le monde était heureux, pourquoi les grands-parents de ces fillettes auraient-ils souhaité détruire leur bonheur ? Quoi qu'il en soit, elle ferait tout ce qui était en son pouvoir pour convaincre le conseil d'administration de ne pas fermer les urgences. Pas question d'être responsable de la séparation de cette famille.

Une famille dont elle aurait tellement aimé faire partie…

15

Virginia était perdue dans ses pensées quand son ordinateur l'alerta qu'elle avait reçu un mail. Elle s'apprêtait à passer outre, mais elle aperçut le nom de l'expéditeur : une ancienne collègue d'internat qui travaillait à présent à l'hôpital Boston General. Son cœur s'emballa lorsqu'elle prit connaissance du message.

Il s'agissait en fait d'une offre d'emploi en tant que chef du service de traumatologie. Le poste était moins prestigieux que celui qu'elle occupait actuellement, mais le salaire était bon et la dotation pour la recherche aussi. Son amie l'avait recommandée pour le poste, et les dirigeants de Boston General, impressionnés par son sauvetage de Bayview Grace, la voulaient absolument. L'offre était pour le moins tentante.

Au moment même où elle se faisait cette réflexion, la culpabilité la rattrapa. Si sa carrière à elle était assurée, il n'en allait pas de même pour celles de Gavin et du reste du personnel des urgences de Bayview.

— Vous êtes encore là ? demanda Janice, étonnée, en entrant dans son bureau. Il est 14 h 45 !

— Zut ! Merci pour le rappel, Janice.

Elle allait être en retard à son rendez-vous chez le coiffeur. Le gala avait lieu le soir même, tout devait être parfait.

— Vous ne m'avez toujours pas dit qui serait votre cavalier, demanda l'infirmière avec un regard coquin.

— Le Dr Brice a accepté de m'accompagner au gala.

Janice ouvrit grand la bouche.

— On parle bien du Dr Gavin Brice ? Vous plaisantez !

— Mais non, pourquoi est-ce si difficile à croire ?

— Peu importe. J'espère au moins que vous porterez une tenue super-sexy.

— Vous avez vraiment un problème, Janice, répondit Virginia, moqueuse, en enfilant son manteau.

— Je vis ma vie par procuration. Allons, dites-moi.

— Je vais être en retard, vous me l'avez vous-même rappelé.

— Bon, eh bien j'attendrai ce soir de la voir en vrai, dit Janice en se renfrognant. Je suis quand même contente pour vous.

— Contente ?

— Je vous aime bien, docteur Potter. J'aime bien vous voir heureuse. Allez, filez vous faire belle. Soyez renversante !

Virginia quitta la pièce, puis l'hôpital. Janice l'irritait parfois, mais elle était ce qu'elle avait de plus proche d'une amie, voire d'une mère, depuis qu'elle avait commencé à travailler là.

— *Qué bueno*, docteur Brice !

— Oui, tu es super-beau ! dit Lily, enthousiaste, à la suite de Rosalie. Je parie qu'elle ne va même pas te reconnaître, sans ta barbe mal rasée.

Gavin ajusta son nœud papillon noir. Il se faisait l'effet d'un pingouin dans ce smoking, mais lorsqu'il l'avait essayé il avait vu Virginia rougir — ce qui signifiait, sans doute possible, qu'elle appréciait.

— Je me sens tout engoncé, dit-il en marmonnant.

— C'est normal, docteur. Pensez plutôt à la façon dont votre *querida* va s'illuminer en vous voyant.

— Le Dr Potter n'est pas ma *querida*, Rosalie.

Même s'il aurait bien voulu qu'elle le soit.

— Oui, bien sûr, répondit la nounou en haussant un sourcil ironique. Lily, tu n'as pas un cadeau pour ton oncle ?

La fillette sauta du lit et sortit de la pièce en courant. Il entendit la porte du frigo s'ouvrir, puis Lily reparut, deux boîtes à la main.

— Ta *boutonnière*.

— Ma quoi ?

Rosalie approcha et lui montra comment accrocher la fleur à sa boutonnière.

— J'avais offert la même à ma fille, pour son bal de fin d'études.

— Je ne vais pas à un bal de lycéens, répondit-il en maugréant.

— Vous n'allez pas décevoir vos nièces, elles étaient tellement contentes de vous l'acheter.

Dieu qu'il se sentait bête, dans cette tenue ! Il jeta un coup d'œil vers Rose, assise en tailleur au pied du miroir.

— Comment je suis, Rose ?

Un grand sourire aux lèvres, elle leva les deux pouces.

— Bon, je prends ça comme un compliment. Et l'autre boîte, qu'est-ce que c'est ?

— C'est pour le Dr Potter, dit Lily. C'est un tour de poignet.

— Merci, Lily, dit-il en lui ébouriffant les cheveux. Je lui dirai que c'est de votre part à toutes les deux.

— Non ! Il faut lui dire que c'est de ta part, oncle Gavin. Tu as l'air inquiet.

— Oui, parce que vous prenez ça trop à cœur. Ce n'est qu'une soirée de travail, au fond.

— Ne paniquez pas, docteur Brice, dit Rosalie en réajustant son nœud papillon. Elles n'ont pas l'habitude de vous voir sortir, et si bien habillé en plus. Allez, amusez-vous. Je ne veux pas vous voir avant votre garde de demain. Viens, Lily, laissons ton oncle finir de se préparer tranquillement. On va attendre la limousine.

— La limousine ? Mais je n'en ai pas réservé !

— Je sais, répondit Rosalie avec un sourire malin. Vous ne vous apprêtiez tout de même pas à passer prendre la responsable du service chirurgie dans le minivan, si ?

En riant, elle referma la porte de la chambre. Il lâcha un profond soupir — depuis quand retenait-il son souffle ? — et se coiffa pour la énième fois. Pour une fois, sa satanée mèche ne se dressait pas toute droite sur son crâne, il avait réussi à la dompter. Il voulait faire bonne impression.

Mais pas sur le conseil d'administration. Tout ce qu'il faisait, il le faisait pour Virginia.

— La limousine est arrivée ! cria Lily d'en bas.

Il prit la boîte destinée à sa cavalière, un tour de poignet rose bonbon. Comme par hasard.

Il embrassa les filles, salua Rosalie et sortit, soulagé de constater que la limousine, au moins, n'était pas rose mais noire. Rutilante.

Le trajet jusqu'à l'appartement de Virginia n'était pas long, pourtant il se rendit compte qu'il n'y était jamais allé. Il découvrit un bâtiment moderne à mi-hauteur sur la colline.

— Qui est-ce ? demanda Virginia par l'Interphone.

— Gavin.

— Montez.

La porte s'ouvrit et il entra dans le hall. Elle n'habitait qu'au troisième, il prit donc les escaliers pour ne pas attendre l'ascenseur. Ça lui permettrait peut-être aussi de se calmer les nerfs. Une fois devant sa porte, il prit une profonde inspiration et frappa.

Quand elle ouvrit, il eut le souffle coupé. Il s'attendait bien sûr qu'elle soit élégante, mais il ne s'était pas préparé à pareille vision. Elle avait les cheveux gracieusement relevés en un chignon torsadé. Cependant, ce ne fut pas la coiffure qui retint son attention, mais le magnifique décolleté qu'exposait sa robe bleu roi. La couleur mettait parfaitement son teint de nacre en valeur. C'était une robe à une bretelle, en dentelle, au niveau de l'épaule et du buste. Malgré le tissu beige dessous, on aurait dit les fleurs de dentelle dessinées à même sa peau. Quelques strass accrochaient la lumière, et la robe épousait magnifiquement ses courbes exquises. Une fente de côté dévoilait une jambe fuselée.

Un instant, il s'imagina ces longues jambes autour de sa taille. Il était incapable de dire deux mots cohérents, tellement il la trouvait belle. Il n'avait qu'une envie, la soulever dans ses bras et l'emmener jusqu'à sa chambre afin de lui montrer combien il aimait sa robe.

— Comment me trouvez-vous ? demanda-t-elle en tournant sur elle-même.

— Ouaouh ! fut tout ce qu'il parvint à articuler.

— C'est tout ? fit-elle, haussant un sourcil moqueur.

— Je... je ne sais pas quoi dire, balbutia-t-il. Vous êtes splendide.

— Merci, dit-elle en rougissant. On prend ma voiture ?

— Non, tout est prévu, répondit-il en lui tendant le bras, qu'elle prit. Vous allez voir.

Elle semblait hésiter entre inquiétude et curiosité, mais ne dit pas un mot de plus jusqu'à l'ascenseur, où elle lui effleura la joue.

— Vous vous êtes rasé ! Ça vous va très bien, Gavin.

Une fois en bas, elle poussa un petit cri en apercevant la limousine.

— Oh ! Gavin ! Ouaouh !

— C'est tout ? demanda-t-il, taquin, en lui ouvrant la portière.

Il entraperçut un peu plus de ses longues jambes alors qu'elle s'installait. Ouaouh !

— À l'Excelsior, s'il vous plaît, indiqua-t-il au chauffeur.

— Bien monsieur, mais l'on m'a demandé de vous faire faire un tour de la ville avant. Vous trouverez du champagne dans le seau à glace. Nous serons à l'Excelsior à 18 h 30.

Gavin se tourna vers Virginia.

— J'ai quelque chose pour vous, dit-il en sortant la boîte. Je vous présente mes excuses pour la couleur.

Elle pouffa.

— Une idée des filles ?

— Je n'ai pas le droit de vous le dire. Jurez-moi que vous ne me dénoncerez pas. Vous n'êtes pas obligée de le porter.

— J'adore, et le rose va très bien avec le bleu, dit-elle en tendant son bras. En plus, je ne suis jamais allée à un bal de promo.

Il accrocha le tour de poignet mais, avant de lui relâcher la main, il la porta à ses lèvres.

— Gavin, murmura-t-elle. Vous savez...

— Je sais.

Oui, il savait qu'elle ne voulait pas de relation, mais il ne pouvait s'en empêcher. Il était en train de tomber amoureux d'elle, malgré tout. Jamais il n'aurait cru ressentir cela pour une femme.

— Et si nous goûtions à ce champagne ? proposa-t-elle.

— Bonne idée, fit-il en sortant les flûtes.

Il fit sauter le bouchon et les servit.

— À un gala réussi.

— Tchin-tchin.

Il détestait le champagne, lui préférant la bière, pourtant il avala son verre quasiment cul sec. Avec un peu de chance, l'alcool atténuerait le stress qu'il éprouvait à l'idée de son discours devant les pontes de la ville. Le discours dont dépendait son travail, et donc sa vie.

Le chauffeur les emmena sur Twin Peaks Boulevard, puis emprunta une route qui montait en lacets jusqu'à Eureka North Peak.

— Qui a eu l'idée de la balade ? demanda Virginia, cramponnée au siège.

— Lily. Elle m'a raconté que, quand Casey les emmenait sur cette route, elles avaient l'impression d'être sur le grand-huit.

— Je vois tout à fait pourquoi.

Un virage un peu brusque la fit glisser tout contre lui.

— Oh ! désolée.

Il aurait voulu lui dire que cela ne le dérangeait absolument pas, bien au contraire, qu'il adorait la sentir si près de lui. Mais il se contenta de lui sourire.

Le chauffeur les conduisit ensuite à Christmas Tree Point, qui offrait le plus beau point de vue sur la ville et la baie. Ils sortirent, leurs coupes à la main. Étonnamment, le vent n'était pas si fort qu'en bas et il n'y avait pas de brouillard pour obstruer la vue. La légère brise agitait la robe de Virginia comme une série de vagues bleues.

— Vous remercierez Lily, lui dit-elle en prenant une gorgée de son champagne. C'était une excellente idée.

— Je n'y manquerai pas.

— J'adore cette vue, dit-elle dans un souffle. C'est tellement différent des vastes prairies où j'ai grandi. Je les adore, ne vous méprenez pas, mais je crois que j'aime encore plus San Francisco.

Il s'accouda au rail de sécurité.

— C'est vrai que c'est beau. Je comprends pourquoi ma sœur avait choisi de s'installer ici.

— Vous étiez déjà monté jusqu'ici ?

— Non, c'est la première fois, dit-il en la débarrassant de sa coupe vide, qu'il posa avec la sienne sur un banc. Je suis heureux de partager ce moment avec vous.

Il lui prit le visage entre les mains et elle rosit, sans qu'il sache vraiment si c'était dû à l'air frais, au champagne ou à son geste.

— Moi aussi, murmura-t-elle.

Il lui souleva le menton pour l'obliger à le regarder. Dans la lumière tombante, elle avait les yeux étincelants. Et dans son dos, le coucher de soleil formait comme un halo.

— Gavin...

— Je sais ce que vous allez dire, mais je vais quand même le faire, Virginia.

Avant qu'elle ait le temps de l'interrompre, il l'embrassa doucement. Il dut retenir la passion qui lui brûlait les veines, de peur que ce baiser si parfait ne se termine comme le premier. Virginia se coula contre lui, et la main qu'elle lui posa sur la joue glissa dans sa nuque. Elle mêla les doigts à ses cheveux. Il bouillonnait de désir.

Il la voulait. Ici et maintenant.

Soudain, elle interrompit leur baiser et posa le front contre le sien.

— Je pense... Je pense qu'il serait plus sage de redescendre en ville.

Il ravala la lame de feu qui l'embrasait tout entier.

— Vous avez certainement raison.

— J'ai raison, dit-elle, les yeux encore brillants. Vous êtes un homme dangereux, Gavin.

En rougissant, elle regagna la limousine. Le chauffeur, qui s'était discrètement installé au volant pour leur laisser plus d'intimité, bondit pour lui ouvrir la portière.

Gavin s'interrogea. Qu'entendait-elle par « un homme dangereux » ? Un sourire lui vint aux lèvres alors qu'il passait en revue toutes les réponses possibles, mais celle qui lui plaisait le plus était qu'elle était tout aussi bouleversée que lui.

Il la désirait. Plus encore, il était presque sûr qu'il était en train de tomber amoureux d'elle. Virginia était donc au moins aussi dangereuse que lui.

16

Virginia n'arrivait pas à détacher les yeux de Gavin. Accrochée à son bras, elle percevait les regards envieux et admiratifs des autres femmes présentes au gala — notamment Janice, à l'autre bout de la salle, qui lui adressa un pouce levé et un grand sourire. Oui, décidément, l'élégance allait bien à Gavin. Elle l'aimait un peu débraillé et *bad boy*, mais elle le découvrait avec plaisir en smoking et nœud papillon. Et elle devait prendre sur elle pour ne pas lui sauter au cou comme une adolescente. Quant à son baiser, il lui brûlait encore les lèvres. Et l'esprit.

Pourtant, il fallait donner le change, s'assurer qu'ils ne restent pas seuls — même si c'était tout ce dont elle avait envie. Là encore, elle fut agréablement surprise par l'amabilité, l'affabilité, même, de Gavin. Mme Greenly, membre du conseil d'administration qu'il avait failli renverser dans les couloirs de l'hôpital quelques mois plus tôt, semblait sous son charme. Ce dont Virginia ne pouvait la blâmer, il était vraiment séduisant au possible.

Debout sur la scène, alors qu'il parlait aux membres du conseil de son travail et de l'importance de la médecine traumatique à Bayview Grace, il avait fière allure. Et pourtant, elle ne parvenait pas à se concentrer sur le contenu de son discours.

Le champagne, sans doute. La bouteille qu'ils avaient ouverte dans la limousine était excellente, et elle en avait bu quatre coupes. D'où son euphorie, probablement. Elle n'était pas soûle, plutôt détendue. Elle n'avait pas prévu de boire autant avant la soirée, mais se retrouver enfermée dans cette limousine avec Gavin était plus qu'elle ne pouvait en supporter. Si le chauffeur n'avait pas été là, Dieu sait si elle aurait résisté au désir brûlant qu'il lui inspirait.

Le doute n'était plus permis : elle était tombée amoureuse de lui. Elle ne savait pas quand, ni où, mais une chose était certaine : elle n'avait aucune chance avec lui, vu la façon dont elle l'avait repoussée à chacune de ses tentatives. Oui, la Virginia censée et réfléchie, la responsable de service, avait repoussé les avances de cet homme extraordinaire. Tant qu'ils travailleraient ensemble à Bayview Grace et qu'elle serait sa supérieure hiérarchique, ils ne pourraient pas sortir ensemble.

La seule solution serait qu'elle accepte ce nouveau poste. Sauf qu'il était à l'autre bout du pays, et que Gavin avait clairement annoncé que jamais il ne déracinerait les filles.

Une salve d'applaudissements la tira de ses pensées et annonça la fin du discours. Elle se joignit à l'enthousiasme général et s'approcha de la scène pour délivrer le sien et remercier les intervenants de la soirée. Dans les quelques marches qui montaient sur l'estrade, elle croisa Gavin, qui lui offrit un sourire encourageant. Cela ne fit que la rendre plus anxieuse encore, ses jambes plus flageolantes et ses joues plus empourprées. Pourvu que personne ne se rende compte de son trouble !

— Merci, docteur Brice, pour votre discours passionné. Je remercie aussi tous mes chers collègues d'avoir trouvé un moment dans leur emploi du temps surchargé pour venir s'exprimer ce soir. Enfin, je remercie le conseil d'administration et ses invités. Bayview Grace dépend de la générosité de mécènes comme vous. Depuis que j'ai accepté le poste de responsable du service chirurgie de notre hôpital, nous avons parcouru un long chemin, et je sais que, grâce à votre soutien, nous pouvons aller plus loin encore. Mais je vois que la piste de danse est dégagée. L'orchestre vous attend, mesdames et messieurs, chers administrateurs, chers donateurs, je vous souhaite une excellente soirée.

Avec un sourire, elle salua la foule qui l'applaudissait et descendit de la scène.

— Vous êtes douée en relations publiques, docteur Potter, lui dit Gavin, malicieux, quand elle se rassit près de lui.

Ils étaient seuls à leur table, les autres convives ayant rejoint la piste de danse.

— Cela fait partie de mon travail.

— Mais vous aimez ça, ou est-ce que vous préférez opérer ?

— J'aime être responsable de chirurgie, dit-elle haut et fort, avant d'ajouter, en toute confidentialité : Mais j'aimerais encore plus ça, si j'avais plus de temps sur le terrain. Satisfait ?

Il sourit.

— Très.

— J'ai du mal à vous croire. Vous m'avez souvent dit que, si vous aviez le choix, vous aimeriez être ailleurs.

— C'était avant, admit-il, la tête basse.

— Avant quoi ?

Il allait répondre, mais fut interrompu par l'arrivée de M. Schultz.

— Excellent discours, docteur Brice, je ne vous en croyais pas capable, je dois vous l'avouer.

Gavin afficha un sourire de circonstance.

— Moi non plus, monsieur Schultz. Je vous prie de m'excuser, je dois passer un coup de fil chez moi.

Elle le regarda s'éloigner, regrettant de ne pas pouvoir le suivre. Mais M. Schultz venait de s'installer à sa place.

— Vous avez fait du bon travail, docteur Potter. J'espère que vous pourrez en faire autant lorsque nous transformerons Bayview Grace en clinique privée.

Elle sentit son estomac se nouer.

— Ne me dites pas que vous avez déjà pris votre décision, nous n'avons pas fait le compte des donations, et la vente aux enchères n'est même pas terminée !

Schultz haussa les épaules et avala son verre de Scotch.

— Le conseil est souverain.

— Je crois que vous serez agréablement surpris par ce que nous allons collecter ce soir, monsieur Schultz.

— Nous verrons bien, docteur, nous verrons bien.

Alors qu'il rejoignait de riches investisseurs potentiels, elle le fusilla du regard. Visiblement, et comme elle le craignait depuis le début sans oser se l'avouer, Schultz se fichait éperdument de l'argent qu'ils allaient récolter. À ses yeux, les urgences étaient un poids mort dont il fallait se débarrasser. Une clinique privée, spécialisée en chirurgie esthétique et médecine du sport, rapporterait bien plus.

Tout à coup, elle ne voyait plus pourquoi elle s'acharnait. Avoir un bon travail et la sécurité de l'emploi étaient une chose, mais ne plus vivre selon ses principes en était une autre. Si les urgences fermaient, elle démissionnerait. Pas question de travailler dans un hôpital réservé aux privilégiés. Elle n'était pas devenue médecin dans ce but-là et, dans sa quête du graal, elle avait un peu perdu cela de vue dernièrement.

— Ça va ? Vous êtes pâle, dit Gavin en se rasseyant. Tenez, buvez.

Il lui tendit un verre d'eau.

— Merci, il fait un peu chaud, ici.

Elle avala péniblement une gorgée. L'orchestre entonna un vieux slow des années 1980 qu'elle adorait enfant.

— Venez danser, dit-il en la prenant par la main.

Elle le laissa l'entraîner sur la piste, même s'il ne la tenait pas comme elle le lui avait appris : il plaça la main dans le bas de son dos, mais cette fois elle ne rechigna pas. Car elle aimait le contact de sa paume, chaude et puissante, qui la guidait sur la piste de danse.

— Alors, qu'y a-t-il ? Vous semblez tendue.

— Je vous l'ai dit, c'est la foule. Je n'aime pas ça.

— Vous vivez pourtant en ville, répondit-il, léger.

— Mais j'ai grandi dans les vastes plaines. Et vous, vous supportez la foule ?

— J'ai traversé l'Inde en train, ici c'est le désert à côté.

— Je n'aimerais pas ça.

— Je ne vous laisserais pas le faire, du moins pas dans cette tenue, lui murmura-t-il à l'oreille, son souffle chaud lui caressant le cou. Vous êtes à croquer. Je me retiens depuis le début de la soirée.

Son pouls s'emballa.

— De me… me croquer ? Racontez-moi ça, s'entendit-elle demander, oubliant tout bon sens.

Avec un grognement, il la serra plus fort. Elle sentait chaque contour de son corps ferme à travers leurs vêtements. Quel effet cela lui ferait-il s'ils étaient peau contre peau, si leurs corps ne faisaient qu'un ? Cette pensée suffit à lui donner des frissons.

— J'ôterais une à une chaque épingle de votre coiffure, afin de passer les mains dans vos cheveux, chuchota-t-il si près de son oreille qu'elle en eut la chair de poule. Et puis je vous embrasserais. Je meurs d'envie de goûter votre bouche encore.

Elle ferma les yeux et se souvint du contact de ses lèvres. Oui, elle le désirait. Et après tout, qu'avait-elle à perdre ?

— Encore, implora-t-elle dans un souffle.

— Virginia, je ne peux pas continuer. Pas avec tous ces gens autour de nous, dit-il en la serrant si fort qu'elle ne pouvait ignorer la preuve ardente de son désir.

— Venez, dit-elle.

— Où m'entraînez-vous ?

— L'hôtel m'a offert une suite pour me remercier d'avoir organisé le gala dans leurs locaux.

Elle sortit la clé magnétique et la glissa dans l'ascenseur.

— Vous êtes sûre, Virginia ?

Sans hésiter, elle lui donna un baiser qui ne laissait aucun doute quant à ses intentions. Elle en avait assez d'être seule, pour une fois elle allait vivre un peu. Saisir sa chance. Gavin en valait la peine.

Les portes de l'ascenseur s'ouvrirent. Sans décoller ses lèvres des siennes, elle l'attira à l'intérieur de la cabine, les doigts noués dans ses cheveux. Sa langue força le barrage de ses lèvres et se mêla à celle de Gavin. Ce ne fut que lorsque la sonnerie de l'ascenseur annonça qu'ils étaient arrivés qu'ils interrompirent leur baiser.

Elle lui prit la main et le guida jusqu'à la suite. Elle déverrouilla la porte, mais, avant qu'elle ait franchi le seuil, il la souleva dans ses bras. La bouche de nouveau collée à la sienne, il referma derrière eux d'un coup de talon.

La pièce était plongée dans la pénombre, uniquement éclairée par les lumières de la ville qui filtraient à travers les persiennes.

Il la reposa au sol, tout contre le lit. Le contact des draps la rendit nerveuse, comme si elle s'apprêtait à revivre sa première fois.

Elle désirait Gavin de toutes les fibres de son être. Pour une fois, elle ne voulait pas être la patronne, elle voulait qu'il la possède. D'une main, il lui dénoua les cheveux, qui tombèrent en cascade sur ses épaules, et passa immédiatement les doigts dedans.

— J'en ai envie depuis que je vous ai vue dans cette robe.

Il lui déposa un baiser, léger cette fois, sur les lèvres. Puis il enfouit le visage dans son cou. Son souffle chaud lui caressa la peau et un frisson la parcourut des pieds à la tête.

Comme un courant d'air frais lui balayait le dos, elle comprit qu'il avait baissé la fermeture Éclair de sa robe. De nouveau elle frissonna, en proie à mélange de nervosité et de désir.

Il lui reprit les lèvres, mêlant sa langue à la sienne, pendant que ses mains caressaient sa peau nue. Elles remontèrent jusqu'à son épaule, dont elles firent glisser l'unique bretelle. Sa robe tomba à ses pieds, la laissant en bustier, culotte de dentelle et escarpins.

Le danger qui émanait de cet homme et de la situation l'enivrait, faisait battre son cœur comme un fou sous son bustier.

— Dieu que vous êtes belle ! fit-il d'une voix rauque. Encore plus que je n'imaginais.

Elle se débarrassa de ses escarpins et s'assit sur le lit.

— Venez un peu par ici, dit-elle en l'attirant à elle.

— Vous allez froisser mon smoking.

— J'espère bien, répondit-elle en lui ôtant son nœud papillon, puis sa veste, avant de s'agenouiller sur le lit pour le regarder continuer.

En découvrant son torse dessiné, des vagues brûlantes lui parcoururent le corps. Il poursuivit l'effeuillage, jusqu'à se présenter devant elle en boxer ajusté, qui ne cachait rien de son désir pour elle.

— J'ai eu envie de toi dès le premier jour, Virginia.

— Malgré tous mes reproches ?

Il lui vola un baiser, les doigts de nouveau noués dans ses cheveux pour l'attirer à lui.

— Surtout à cause de tes reproches.

— Moi aussi.

Il laissa glisser ses mains dans son dos et dégrafa son bustier d'un geste expert. Sa peau brûlante sur la sienne la rendit presque folle de désir. Elle était à présent quasi nue devant lui, ce qui l'excita encore plus.

Il prit ses seins en coupe et les caressa longuement, lui arrachant un gémissement de plaisir. Pour un chirurgien, il avait des mains étonnamment calleuses, sans doute le résultat de ses années avec Médecins sans frontières. Elle effleura son torse nu et laissa ses doigts courir vers l'élastique de son boxer. Lui saisissant les poignets, il les garda là, immobiles, avant de la pousser brusquement en arrière. Il la colla au matelas, son corps dur pressé contre le sien, brûlant. Enfin, il lui relâcha les mains et l'embrassa passionnément.

— Virginia, tu me rends dingue.

Elle l'embrassa à son tour, s'offrant avec délice à la gourmandise de sa langue. Elle était prête à l'accueillir, elle en avait tellement envie. Chaque fois que ses doigts l'effleuraient, elle s'embrasait, et quand il glissa un doigt sous la dentelle de sa culotte pour la lui retirer, elle s'enflamma pour de bon. Il posa les lèvres sur ses seins, titillant un téton de sa langue chaude. Elle arqua le dos.

— Tu as envie de moi ? demanda-t-il d'une voix rauque, alors qu'il lui glissait une main entre les jambes.

Elle était déjà humide de désir.

— Je veux te goûter. Partout, dit-il avant qu'elle ait eu le temps de rassembler ses esprits pour lui répondre.

Et, joignant le geste à la parole, il descendit le long de son corps, semant une ligne de baisers de son ventre jusqu'à son entrejambe. Quand il commença à l'embrasser, elle faillit perdre la raison. Instinctivement, elle leva les hanches à sa rencontre et glissa les doigts dans ses cheveux pour le coller plus fort encore contre sa toison. Une chaleur incroyablement excitante lui traversa le corps tout entier.

Elle était proche, si proche de la jouissance. Mais elle ne voulait pas basculer, pas encore, pas avant qu'il ne s'enfonce en elle. Tout au fond.

— Ne bouge pas, chérie.

Elle s'entendit grogner quand il s'écarta. Sortant un préservatif de la poche de son pantalon, il l'enfila.

— Je vois que tu es paré à toute éventualité, dit-elle, moqueuse.

— J'ai bien failli l'oublier, avoua-t-il en souriant. Bien, où en étions-nous ?

Il la colla contre les draps et s'agenouilla entre ses jambes, posant l'extrémité de son sexe contre les replis de son intimité. Oui, elle voulait qu'il la prenne, la fasse sienne.

Même si jamais elle ne serait vraiment sienne.

Il s'enfonça d'un coup en elle, la remplissant complètement. Surprise, elle l'agrippa par les épaules et il s'immobilisa le temps qu'elle s'adapte à sa présence si profonde en elle.

— Oh ! Virginia, dit-il, articulant à peine, les yeux clos. Tu es si douce, c'est si bon !

Enfin, il se retira un peu, pour mieux replonger. Et cette fois, elle accompagna chacun de ses assauts.

— Tu es tellement serrée, murmura-t-il encore.

Il accéléra ses coups de boutoir et une vague de chaleur se répandit en elle. Elle arqua le dos quand le plaisir la submergea, ses muscles se resserrant encore autour de lui. Elle jouit comme jamais. Il ralentit un peu et la rejoignit bientôt dans l'orgasme.

Il se laissa retomber sur le flan et la prit dans ses bras. Elle posa la main sur son torse, écoutant sa respiration agitée.

— C'était merveilleux, chuchota-t-elle.

— Oh oui !

La tête posée contre son cœur, dont les battements furieux se mêlaient aux bruits de la ville, elle se rendit compte de l'erreur stupide qu'elle venait de commettre en couchant avec un collègue. Sauf qu'en cet instant elle ne regrettait rien. Elle se trouvait à l'endroit précis où elle voulait être et, pour la première fois de sa vie, elle se fichait bien de ce qu'il adviendrait de sa carrière.

17

Gavin fut réveillé par un bourdonnement lancinant. Il ouvrit un œil, et un rayon de soleil, qui filtrait à travers les persiennes, l'éblouit. Il tendit la main vers son téléphone, sur la table de chevet : 5 heures du matin. Il lui fallut un moment pour parvenir à se concentrer sur le message.

Grave trauma qui arrive. Merci de vous présenter à l'hôpital au plus vite.

Zut ! Il envoya un rapide texto à Rosalie, sachant d'avance qu'elle ne rechignerait pas à rester quelques heures de plus. De toute façon, c'était elle-même qui lui avait proposé de garder les filles tout le week-end. Comme si elle se doutait de ce qui allait se produire.

Il reposa son portable avec un grognement et roula sur le côté. Ses cheveux bruns étalés sur l'oreiller, Virginia dormait comme une bienheureuse. Elle avait l'air si calme, blottie entre les draps, une mèche enroulée autour de son téton. Et si belle. Il se souviendrait toujours de chaque nuance de son corps de rêve, de son goût. Tout cela resterait à jamais gravé dans ses souvenirs. Sa sensibilité aussi, sa chaleur. Être en elle, c'était le paradis. Il n'avait pas pris conscience de la force de son désir pour cette femme avant de se retrouver collé à elle.

Le seul fait d'y repenser suffit à rallumer la passion. Il était dur, prêt à recommencer, à sentir contre lui sa peau de pêche, et autour de lui sa chaleur humide.

Bon sang ! Il aurait donné cher pour passer la matinée au lit avec elle, mais il ne pouvait pas. Un trauma arrivait, et il ne donnerait pas à ce fichu M. Schultz la moindre excuse pour fermer les urgences.

Il se pencha et déposa un baiser sur le front de la belle endormie. Elle entrouvrit les yeux. Les joues légèrement rosées, elle avait l'air bien au chaud et confortable.

— Quelle heure est-il ?

— 5 heures, il faut que j'aille à l'hôpital, répondit-il en lui donnant un nouveau baiser, sur l'épaule cette fois.

Elle s'assit.

— Qu'est-ce qu'il y a ?

— Ils nous ramènent un trauma et ils ont besoin de toute l'aide disponible. S'ils ont besoin de toi, ils te biperont. Reste ici et repose-toi.

Il lui prit le visage entre les mains et l'embrassa encore. Dieu que c'était dur de devoir partir !

— Pas question ! répondit-elle en se dégageant. Si un trauma est en route, je viens !

Elle se leva, trébuchant dans le drap qu'elle prenait soin de garder enroulé autour de sa nudité.

— Tu n'as pas besoin de te cacher, après la nuit que l'on vient de passer. Je t'ai vue toute nue, rappelle-toi.

Elle rougit violemment.

— Oui, mais c'était dans le noir.

— Tu es prude ?

— Pas du tout !

Et, comme pour étayer son affirmation, elle lâcha le drap, dévoilant son corps superbe. Oh ! bon sang !

— Tu me tues, Virginia.

— Tu l'as cherché, dit-elle en enfilant sa culotte en dentelle, puis sa robe. Tu vas rester allongé là, alors qu'un trauma est sur le point d'arriver à l'hôpital ? Je t'attends en bas, dit-elle en ramassant son sac, avant de sortir de la suite.

Il enfila pantalon et chemise et prit le reste du smoking à la main. Quand il rejoignit Virginia à l'accueil, elle avait commandé un taxi. Une fois tous deux installés sur la banquette arrière, l'atmosphère se tendit étrangement. Assise contre la portière, Virginia évitait son regard.

— Ça va ?

— Oui, répondit-elle, mais la nervosité dans sa voix semblait démentir ses paroles.

— Tu es différente, pourtant.

— Écoute, Gavin, la nuit dernière, c'était merveilleux. Mais là, il faut nous ressaisir et gérer le trauma au mieux.

— On va avoir besoin de café. Je n'ai pas beaucoup dormi.

— Et surtout, on ne peut pas se permettre la moindre rumeur à notre sujet.

Il faillit lui demander pourquoi, mais se tut. En tant que responsable du service, elle avait une réputation à tenir.

— Tu as ma parole, je serai sage… pour l'instant.

Il lui saisit la main et lui vola un ultime baiser.

— Ta barbe a repoussé, dit-elle en lui effleurant la joue.

Quand ils se garèrent devant l'hôpital, quatre ambulances étaient déjà là.

— Vas-y, lui dit-elle. N'oublie pas de te changer, c'est un smoking de location, je ne pense pas qu'ils apprécieraient que tu le rapportes maculé de sang.

Il sauta du taxi et entra aux urgences en courant, direction le vestiaire. Dès qu'il eut enfilé la tenue adéquate, il plongea dans la mêlée.

— O.K., qu'est-ce qu'on a ? cria-t-il par-dessus le vacarme.

— Accident impliquant plusieurs véhicules sur la voie rapide, répondit Kimber, l'infirmière de garde, en lui tendant le dossier. Ils nous envoient les cas les moins critiques.

Des brancardiers arrivaient justement avec un patient.

— J'écoute, dit-il en courant vers eux.

— Jennifer Coi, trente ans. Extraite de sa voiture, prise dans un carambolage. Les vitales sont bonnes, mais elle se plaint de douleurs à l'abdomen et au cou.

— Emmenez-la en trauma une, ordonna Gavin.

Les urgences bourdonnaient d'activité. Sans doute bien moins que les autres hôpitaux, puisqu'on ne leur envoyait des patients que lorsque les autres étaient pleins, mais il ne voyait pas non plus comment ni pourquoi le conseil d'administration pourrait fermer le service. Les vies qu'ils sauvaient comptaient plus que l'argent, il avait appris cela en Afrique et dans les pays pauvres qu'il avait découverts. Oui, mais l'argent permettait aussi d'aider ces pays-là.

C'était sans fin.

Pour l'instant, il ferait mieux de se secouer et de se concentrer sur Mme Coi. Avant d'entrer en salle de trauma, il aperçut Virginia qui sortait de son bureau, en tenue de travail et les cheveux serrés dans son éternel chignon. Personne ne l'avait appelée, elle aurait pu rester tranquillement couchée, pourtant elle était là. Encore une chose qu'il aimait chez elle.

L'état de Mme Coi était en effet bien pire que le diagnostic original ne le décrivait. Sa rate étant sur le point d'éclater, ils l'avaient emmenée en chirurgie, et Gavin et le Dr Jefferson l'avaient opérée. Juste à temps.

— Alors, c'était comment, ce gala ? demanda Jefferson alors qu'ils la recousaient après l'ablation.

— Très bien, pourquoi ?

C'était étrange, Jefferson n'était pas du genre à discuter de tout et de rien en salle d'opération.

— On m'a dit que votre discours était super, répondit-il.

— Clampe, dit Gavin à l'infirmière, qui lui passa l'instrument. Ce n'est pas à moi de le dire. Aspiration, s'il vous plaît.

— Je n'y étais pas, mais on m'a raconté quelque chose de très, très intéressant, poursuivit Jefferson.

La façon dont il avait dit « très, très intéressant » mit Gavin sur ses gardes. Quelqu'un les auraient-ils vus, Virginia et lui, monter dans l'ascenseur ou sortir ensemble du taxi ce matin ?

— Ah bon ? fit-il sur un ton qu'il espérait neutre.

— D'après Janice, la Reine de Glace quitterait Bayview.

— Quoi ? demanda Gavin, interrompant sa suture.

Jefferson plissa les yeux.

— Docteur Brice, vous allez bien ?

— Oui, désolé, continuez, je suis tout ouïe, s'excusa-t-il en reprenant le travail.

— On lui a proposé un poste avec un salaire énorme et un

crédit recherche quasi illimité, dans un hôpital avec un service trauma hypersophistiqué. À Boston.

Gavin eut l'impression qu'il venait de recevoir un coup de poing dans l'estomac, la tête se mit à lui tourner. Virginia ne cessait de répéter combien sa carrière comptait à ses yeux. Alors, si un hôpital de Boston lui offrait mieux que ce qu'elle avait ici, qu'est-ce qui la retiendrait ?

Soudain, une vague de colère monta en lui. Évidemment ! Depuis le début, elle se refusait à lui sous prétexte qu'ils étaient collègues. Et comme par hasard, hier elle l'entraînait jusqu'à sa suite, l'embrassait à perdre haleine, le...

— Elle a accepté le poste ?

— Je ne sais pas, j'ai juste entendu Janice en parler à une autre infirmière hier soir, et se plaindre qu'elle allait lui manquer. Pour ma part, ce sera bon débarras !

Gavin serra les dents et prit une profonde inspiration. En pleine suture, ce n'était pas le moment de s'emporter. Et puis, il ne voulait pas non plus que Jefferson, ou quiconque d'ailleurs, ne se doute que l'information l'affectait.

Même si ça l'affectait salement. Après ce qu'ils avaient partagé la nuit précédente, il avait eu l'intuition que quelque chose de bon en ressortirait. Mais si elle partait à Boston...

— Vous pouvez terminer, docteur Jefferson ?

— Bien sûr, pas de problème, docteur Brice.

Gavin quitta la salle d'opération et jeta ses gants dans la poubelle. Sitôt désinfecté, il se dirigea vers le bureau de Virginia.

Autant en avoir le cœur net immédiatement.

Janice était à son poste, mais il aperçut Virginia dans son bureau. Sans prendre la peine de frapper, il entra.

— Gavin ! Comment s'est passée ton ablation de la rate ?

— Très bien, répondit-il d'un ton acide.

Elle fronça les sourcils et reposa son dossier.

— Quelque chose ne va pas ?

— Tu comptes accepter ce poste à Boston, oui ou non ?

Elle écarquilla les yeux.

— De quoi parles-tu ?

Il ferma la porte et s'approcha de son bureau.

— Du poste de Boston, Virginia.
— Qui t'a dit ça ?
— Le Dr Jefferson.
— Et comment le sait-il ?
Un nœud se forma dans son estomac.
— Alors c'est vrai, on t'a proposé un poste.
— Je ne vais pas le nier. Oui, un poste très intéressant. C'est une amie qui m'a recommandée, j'avoue que c'est tentant.
— Et tu as accepté ?
Elle allait répondre, mais son téléphone sonna.
— Oui, bien sûr monsieur Schultz, j'arrive. Je dois y aller, dit-elle sans le regarder. On en reparle plus tard ?
— Je crois avoir l'information dont j'avais besoin.
Il sortit en premier. Elle n'avait ni confirmé ni infirmé, ce qui constituait une sorte d'aveu. Il s'en voulait de l'avoir laissée s'immiscer dans sa vie, et surtout dans celle des filles.

— Tout d'abord, docteur Potter, nous souhaitions vous remercier pour l'organisation du gala, c'était très réussi. Malgré son succès, nos partenaires pensent toujours que leur argent serait mieux investi si Bayview Grace devenait une clinique privée, annonça M. Schultz. Nous allons donc fermer les urgences et les transformer en un service de chirurgie plastique en ambulatoire.
— Chirurgie plastique en ambulatoire ?
— Tout ce qui est injections de Botox et liposuccions. Ce genre de traitements est très lucratif.
Virginia n'en croyait pas ses oreilles. C'était donc à cela que les urgences seraient réduites ? Deux ans de travail acharné pour ça ? Quelle perte de temps ! Le sien et celui de ses collègues.
— Et qu'adviendra-t-il du personnel des urgences ?
— Ils recevront une prime généreuse, c'est contractuel. Nous n'aurons plus besoin d'eux, malheureusement. Nous envisageons de recruter deux des chirurgiens plastiques les plus réputés du pays, et nous aimerions que vous restiez responsable du service de chirurgie, docteur Potter.
Virginia ferma les yeux, et le visage de Shyanne dans son

cercueil lui apparut. Puis elle songea à Gavin et aux filles. Qu'allaient-ils devenir ?

Elle ne pouvait pas accepter un poste dans ce genre d'établissement, mais elle n'accepterait pas non plus celui de Boston. Car elle voulait rester ici avec Gavin. Peut-être ouvrirait-elle sa clinique urgentiste, afin d'aider ceux qui n'avaient pas les moyens, comme sa famille, de se payer leurs soins. L'idée était à la fois effrayante et excitante.

— Je suis désolée, monsieur Schultz, mais je vais décliner votre offre. Je démissionne. Évidemment, j'effectuerai mes six semaines de préavis, dit-elle, assez satisfaite de lui avoir enfin balayé son sourire satisfait du visage.

— Très bien, mais vous devez annoncer la fermeture des urgences au personnel. Elle sera effective à la fin de la semaine.

Son estomac se noua. Voilà, le couperet était tombé.

Janice était à son bureau quand elle revint.

— Alors ? demanda-t-elle, l'air anxieux.

Virginia opina de la tête.

— Non ! Quand ? murmura Janice.

— Fin de semaine, je dois avertir tout le monde demain. Si quelqu'un me demande, je suis dans mon bureau.

— Le Dr Brice vous y attend. Il a l'air plutôt agité.

— Merci, Janice.

Quand elle ouvrit sa porte, Gavin était debout devant la fenêtre. Il se tourna immédiatement vers elle.

— Qu'ont-ils décidé ?

— Si je te le dis, tu ne pourras en parler à personne avant mon annonce de demain, Gavin.

— Alors ils ferment, malgré tout ce que l'on a fait ?

— Ils transforment les urgences en service de chirurgie plastique.

— Quelle bande d'imbéciles !

— Je suis vraiment désolée, j'espère que ça ne te fera pas perdre la garde des filles.

— Quoi ? Comment sais-tu que je risque de les perdre ?

Elle n'aurait pas dû lire ce fameux document, mais il était trop tard pour revenir en arrière.

— J'ai lu le jugement, chez toi. La feuille est tombée du frigo, je suis désolée, ce n'étaient pas mes affaires.

— Comment as-tu osé ? C'était personnel.

— Il ne fallait pas laisser traîner ça dans la cuisine, alors. Ça n'est pas si grave que je l'aie lu, au fond, si ?

— Si, c'est grave. Tu ne fais pas partie de la famille, tout ça ne te regarde en rien.

— Désolée, je croyais que nous étions un peu plus que des étrangers.

— Oui, ça c'était avant ton offre de poste à Boston.

— Je ne compte pas l'accepter, Gavin.

— Eh bien, fit-il en se dirigeant vers la porte, tu devrais. Plus rien ne te retient ici.

Sur ces paroles terribles, il claqua la porte de son bureau. Et de son cœur.

Virginia avait passé une très mauvaise nuit, sur le canapé de son bureau, et la matinée s'annonçait encore pire. La veille, elle avait averti le service ambulancier de la fermeture des urgences, puis demandé à la sécurité de fermer les portes et d'afficher l'annonce.

Elle se regarda dans le miroir des toilettes et secoua la tête en repensant à la réaction de Gavin, la veille. Certes, elle avait fait une erreur en lisant un papier qui ne la concernait pas, mais en y songeant sa réaction était injuste et immature. Surtout après ce qu'ils avaient partagé. Et même s'ils n'étaient qu'amis, après tout, elle aurait dû avoir droit au bénéfice du doute. Alors, peut-être qu'ils n'étaient même pas amis ? Tout cela lui confirmait, s'il en était besoin, que les relations n'étaient pas pour elle.

Sauf qu'elle ne s'était jamais sentie plus vivante et heureuse que durant les dernières semaines qu'elle avait passées avec Gavin. Maintenant, tout était fini.

— Docteur Potter ? demanda Janice en frappant doucement

à la porte. Le personnel vous attend en salle de réunion. Et je voulais vous dire, vous allez me manquer.

Comment savait-elle qu'elle démissionnait ? Virginia n'avait parlé à personne de sa conversation avec M. Schultz.

— Le conseil m'a demandé d'envoyer un mail aux chirurgiens, afin d'annoncer que votre poste était vacant, dit Janice, remarquant probablement son trouble. Je comprends pourquoi vous aviez préféré le garder pour vous, mais à présent tout le monde est au courant.

Virginia soupira, et soudain son infirmière la prit dans ses bras. Ce simple geste amical provoqua un déclic en elle. Toutes les larmes qu'elle n'avait pas versées à la mort de Shyanne sortirent en un flot intarissable. Elle pleura longtemps, et Janice la garda simplement serrée contre elle.

Quand enfin les pleurs cessèrent, Janice s'écarta.

— Je sais que ce n'est pas ma place, mais je vous considère un peu comme ma fille, Virginia, dit-elle en lui caressant les cheveux.

C'était la première fois qu'elle l'appelait par son prénom.

— Je me souviens de vous, au début. Vous étiez distante, robotique, presque. C'est de là que vous est venu votre surnom. Vous ne montriez aucune émotion, aucune empathie. Mais ces derniers mois… Vous n'êtes plus une Reine de Glace, et vous allez vraiment nous manquer à tous.

— J'ai peur, Janice.

L'infirmière fronça les sourcils.

— Je ne crois pas qu'il s'agisse uniquement du conseil d'administration. Je me trompe ?

— J'ai fait l'amour avec Gavin.

La phrase était sortie avant même que Virginia ait eu le temps d'y réfléchir. Janice écarquilla les yeux, puis elle hocha la tête.

— Je m'en doutais. La façon dont vous vous regardez, tous les deux… Écoutez, mon petit, il est peut-être un peu autiste en ce qui concerne les relations humaines, mais je ne le crois pas sans cœur. Il comprendra.

De nouveau, les larmes piquèrent les yeux de Virginia. Elle embrassa Janice sur la joue.

— Merci.

Avec un soupir, Virginia retourna à la salle d'eau et se baigna le visage. Elle avait les yeux cernés et un teint atroce. Dans une heure tout au plus, tout serait fini. Elle n'aurait plus qu'à terminer sa paperasse, mettre ses affaires dans un carton et… c'en serait fini de Bayview Grace.

Oui, mais où irait-elle ? Boston ne l'attirait absolument pas. Elle avait l'impression de flotter dans les limbes, une impression très désagréable.

En quittant son bureau, elle releva la tête bien haut et redressa les épaules, encouragée par le clin d'œil de Janice. Elle y arriverait.

Elle poussa la porte de la salle de réunion et entra. Toutes les chaises étaient occupées, et plusieurs personnes étaient debout au fond de la pièce. Pourtant, elle repéra immédiatement Gavin dans la foule. Son regard froid était déjà posé sur elle. Elle sentit son cœur se serrer.

Les murmures cessèrent et tous les yeux se tournèrent vers elle.

— Je suis contente que tout le monde ait pu venir, dit-elle. Je souhaitais discuter avec vous des raisons pour lesquelles j'ai dû fermer les portes des urgences hier soir. Le conseil d'administration de Bayview Grace a décidé de transformer notre hôpital en clinique privée, sans service de traumatologie.

L'auditoire poussa des exclamations surprises et outrées.

— Je sais, reprit-elle en levant la main. Je comprends votre frustration.

— Et le gala ? demanda Kimber. Je croyais que ça s'était bien passé, je ne comprends pas.

— En effet, Kimber, pourtant les investisseurs qui nous ont rejoints sont d'accord avec la décision du conseil. Ils vont transformer les urgences en espace de chirurgie plastique en ambulatoire. Ils recrutent déjà des chirurgiens plastiques, poursuivit-elle malgré les cris de révolte. Le Dr Watkinson sera le chef de service.

— Et nous ? demanda le Dr Jefferson.

Elle jeta un coup d'œil vers Gavin. Son regard était toujours aussi noir, mais elle crut y déceler une lueur de sympathie.

— Eh bien, j'ai bien peur que nous ne soyons tous officiellement renvoyés. Dès demain, vous pourrez passer prendre vos indemnités de licenciement, auxquelles je joindrai une lettre de recommandation.

— Nous savons que vous avez essayé, docteur Potter, lui glissa Kimber alors qu'elle quittait la salle.

Virginia leva les yeux vers les autres membres du personnel. À l'exception d'un ou deux grincheux, elle ne vit que des visages empreints de compassion. De gratitude, même. Son cœur se gonfla. Pourtant, c'était l'approbation de Gavin qui lui importait, c'était lui seul qui comptait en cet instant. Or elle ne vit rien de sa part.

Gavin avait quitté la pièce.

Voilà, tout était fini.

18

Six semaines plus tard.

— Il faut vraiment vous reprendre, docteur Brice, dit Rosalie. Vous me tapez sur les nerfs. Je ne comprends pas ce qui vous chagrine autant, votre projet de clinique se porte comme un charme et vous laisse plus de temps avec les filles.

Avec un soupir, il se versa un autre café. Elle avait raison, depuis cette stupide dispute avec Virginia, il n'était plus lui-même. Il avait songé à l'appeler, mais ne l'avait pas fait. Quel idiot !

— C'est le Dr Potter, hein ? insista Rosalie. Je ne comprends pas, j'aurais pourtant juré qu'elle tenait à vous.

— J'ai réagi trop vivement, dit-il. J'étais épuisé, à fleur de peau, et j'ai tout gâché à cause de mon mauvais caractère.

Il lui raconta toute l'histoire. Rosalie lâcha un chapelet de jurons en espagnol, probablement dirigés contre lui. Puis elle croisa les bras sur sa large poitrine et lui jeta un regard noir.

— Allez la voir avant qu'elle quitte San Francisco et que vous la perdiez à jamais.

— Elle ne voudra pas me recevoir.

— Quel entêté vous faites ! Il faut vous excuser, dit-elle en venant lui pincer la joue, comme à un enfant. Elle a lu le jugement, et alors ? Elle avait raison, vous n'aviez pas à le laisser traîner sur le frigo. Franchement, son intérêt est plutôt flatteur pour vous.

— Elle a couché avec moi le soir même où on lui offrait un poste à Boston. Vous ne trouvez pas ça étrange ?

— Pas du tout, c'était une pure coïncidence. J'ai vu la façon dont elle vous regardait, et celle dont vous la regardiez. Vous êtes bien un homme, *stupido*.

— *Stupido*, je prends. Vous auriez pu me traiter de pire. Elle me manque, finit-il par avouer.

— À moi aussi, fit une petite voix.

Rosalie poussa un petit cri et Gavin se retourna, renversant son café sur sa chemise. Rose s'était levée, elle les observait depuis la porte de la cuisine, Georgiana pendue à la main.

— Rose, qu'as-tu dit ? demanda Gavin en s'agenouillant près d'elle.

— Virginia me manque.

Il l'attira tout contre lui. Elle avait parlé ! Il n'avait plus entendu le son de sa voix depuis la mort de Casey. Les médecins avaient qualifié cela de mutisme sélectif. Et il avait tout essayé pour la convaincre de reparler, en vain.

— J'ai faim, et tu m'écrases, gémit-elle en s'échappant.

— Que veux-tu pour ton petit déjeuner, *querida* ? demanda Rosalie entre deux sanglots de joie.

— Des céréales.

Gavin essuya une larme et se redressa. La vérité sortait décidément de la bouche des enfants. Et Lily était d'une humeur massacrante, depuis quelque temps, tout comme lui d'ailleurs. Virginia avait illuminé leur vie, il ne pouvait plus le nier. Jamais il n'avait pensé rencontrer une femme avec qui il aurait envie de s'installer. Enfin, il n'avait jamais non plus envisagé d'élever des enfants. Lorsqu'il imaginait sa vie, il se voyait travailler dans un pays lointain jusqu'à la fin de ses jours.

À présent, il ne voulait plus de cette vie-là. Il voulait la stabilité que Casey avait trouvée, une famille et quelqu'un qui lui donnerait envie de rentrer à la maison.

Il voulait Virginia.

— Je sors, dit-il soudain. Je vais réparer mes bêtises.

Virginia préféra effectuer sa dernière garde à Bayview Grace de nuit, pour éviter de croiser les autres. Elle ne voulait pas les voir pleurer.

Elle profita du calme — les urgences, du moins ce qu'il en restait, étaient désertes — pour rassembler ses affaires, et traversa le couloir. La scène avec M. Jones et les investisseurs lui revint à l'esprit, et enfin elle parvint à en sourire. Elle revoyait tout comme si c'était hier : Gavin qui ouvrait la poitrine d'un homme avec dextérité, ignorant les regards horrifiés de ses spectateurs involontaires.

Avec un soupir, elle quitta le service et se dirigea vers son bureau — devenu celui du nouveau chirurgien en chef, le Dr Watkinson. En approchant, elle l'aperçut d'ailleurs par la porte entrouverte. Janice se leva.

— Je n'ai pas pu l'empêcher d'entrer, dit celle-ci, des excuses plein la voix. J'ai sorti vos affaires, tenez.

— Merci, Janice, ça m'évitera de lui parler.

— Alors, qu'est-ce que vous allez faire ? J'ai entendu dire que vous aviez refusé le poste à Boston.

— Je ne sais pas trop. Peut-être ouvrir une clinique privée, mais tout d'abord je vais aller rendre visite à ma famille.

Le Dakota du Sud, depuis quelque temps, n'était plus l'endroit qu'elle considérait comme « chez elle ». C'était ici, à San Francisco, là où vivaient Gavin et les filles, qu'elle voulait vivre.

— Depuis quand n'y êtes-vous pas retournée ? demanda Janice.

Virginia hésita, comme chaque fois qu'elle s'apprêtait à mentionner Shyanne.

— Depuis... depuis que ma sœur est morte. C'était trop douloureux, mais aujourd'hui je me sens prête. Comme si l'on m'avait ôté un énorme poids des épaules.

— Vous allez vraiment me manquer, dit Janice en l'embrassant.

— Vous aussi, Janice. Bon, je ferais mieux d'y aller, je ne travaille plus ici, dit-elle en lui tendant son badge.

Elle souleva la boîte qui contenait le reste de ses affaires et parcourut le couloir de l'hôpital qui lui avait tenu lieu de maison, de passion, le centre de son monde. Et pourtant, elle n'éprouvait aucune tristesse. Lorsqu'elle sortit sur le parking, une agréable brise lui caressa le visage. Elle jeta un dernier regard derrière elle.

Elle avait fait son possible, elle avait fait de son mieux.

Et même si elle s'inquiétait de se retrouver sans emploi, elle ne doutait pas un instant de trouver quelque chose à San Francisco. En attendant, elle avait réservé un aller pour De Smet, chose qu'elle aurait dû faire depuis longtemps. Elle devait apaiser le fantôme de sa sœur. Et pour une fois, l'idée de se retrouver entassée dans le petit mobile home avec toute sa famille ne la gênait pas. Ce serait toujours mieux que d'être seule chez elle. Elle n'aurait jamais pensé que Gavin lui manquerait autant.

Elle ne lui en voulait plus, il lui manquait, c'était tout. Mais ils étaient trop entêtés tous les deux, et trop embarqués sur leur propre chemin pour se rejoindre.

Les enfants, un mari, voilà qui ne faisait pas partie de son projet de vie. Enfin, pas jusqu'à récemment. Mais la vie pouvait changer en un instant, ses années aux urgences le lui avaient appris, et sa rencontre avec Gavin le lui avait prouvé de façon tangible.

Avec un soupir résigné, elle se retourna vers sa voiture et s'immobilisa. Gavin était là, tout de cuir vêtu, adossé à sa moto. Garé juste à côté de sa Sedan.

Elle sentit ses genoux s'entrechoquer. Tout son corps, en fait, réagit à sa présence. Sa première réaction aurait été de se jeter dans ses bras, mais, vu les derniers mots qu'il lui avait lancés, elle réprima son envie. Pas question de se ridiculiser. Elle marcha donc calmement vers lui, ouvrit la portière arrière de sa voiture et y déposa sa boîte.

— Bonjour, docteur Brice.

— Docteur Potter. Vous avez fini votre garde ?

— Oui.

— Heureusement pour moi que vous travailliez de nuit, je n'aurais pas aimé vous attendre ici tout le jour.

— Qu'est-ce que vous faites ici ?

Il retira ses lunettes de soleil.

— Je suis venu m'excuser.

Elle dut s'appuyer à la voiture pour ne pas vaciller sous le choc.

— Je vous écoute.

— Eh bien, je suis désolé. J'étais furieux de perdre mon travail et… que vous ayez lu le jugement. Mais surtout, j'étais furieux à l'idée de vous perdre.

— Parce que j'allais partir à Boston ?

— Oui. Et quand vous m'avez dit que vous n'iriez pas, c'était trop tard, ma mauvaise humeur l'avait emporté sur ma raison. J'ai été idiot.

Elle ne put réprimer un sourire.

— Je suis d'accord. Et je suis désolée moi aussi, Gavin. Je n'aurais pas dû me montrer curieuse, mais les filles et vous… vous comptez beaucoup pour moi. Beaucoup.

— Elles tiennent beaucoup à vous aussi. Rose a dit que vous lui manquiez.

— Quoi ? Elle a parlé ?

— Ce matin, répondit-il en souriant. Et Lily est d'une humeur de rogue depuis des semaines.

Une boule se forma dans la gorge de Virginia.

— Elles me manquent aussi. Je n'aurais jamais cru que des enfants puissent m'aimer autant, et vice versa.

Il fit un pas vers elle.

— Et c'est tout ? Il n'y a que les filles qui vous manquent ?

Son cœur s'emballa.

— Vous m'avez manqué aussi, Gavin. Terriblement.

Il lui prit le visage entre les deux mains et l'embrassa. Elle sentit ses genoux faiblir, tout son corps trembler à son contact. Comme si la terre se dérobait sous ses pieds. Un mélange de soulagement, d'amour et de joie.

Il interrompit le baiser et appuya le front contre le sien.

— Tu m'as manqué, Virginia, chuchota-t-il, repassant au tutoiement que la tension accumulée leur avait fait oublier. J'ai combattu mes sentiments, je ne voulais pas me l'avouer, mais je n'y peux rien : je t'aime.

— Je t'aime aussi, Gavin. Malgré tout et malgré moi, dit-elle, mutine.

En riant, il l'embrassa de nouveau, la serrant fort contre son corps puissant.

— Et si on allait chez moi ? On pourra revenir chercher ta voiture plus tard. À moins que tu n'aies d'autres projets ?

— Non, je n'ai rien prévu. Ça me terrifie d'y songer, mais je suis désormais sans emploi.

— J'ai une ouverture dans ma clinique.

— Ta clinique ?

Il hocha la tête en souriant.

— Avec les indemnités de licenciement et l'appui de quelques investisseurs, je vais ouvrir une clinique de soins d'urgence, pas loin d'ici. Je prévois d'embaucher autant d'anciens de Bayview Grace que possible, Kimber sera mon infirmière en chef, par exemple !

— C'est... C'est merveilleux, Kimber est une excellente infirmière. Et qu'est-ce qu'il y aura d'autre, dans ta clinique ?

— Notre salle d'opération nous permettra de pratiquer la plupart des interventions mineures. Et mon budget, d'opérer bénévolement si besoin est. Alors, ça te dirait de retrouver un travail ?

Cette fois, ce fut elle qui l'embrassa. Elle ne se rappelait pas avoir jamais été aussi heureuse, aussi libre. Le poste qu'il lui proposait serait moins bien rémunéré que l'ancien ou que celui de Boston, mais elle ferait ce qu'elle avait toujours voulu : aider les gens comme Shyanne. Et cela valait son pesant d'or.

— Quand est-ce que je commence ?

— Très bientôt, dit-il en lui tendant un casque.

— Je vais devoir reporter mon voyage à De Smet.

— Dans ta famille ? Pas question de reporter. Lily et Rose ont bien besoin de quelques jours de vacances. Ils n'ont pas un musée Laura-Ingalls, là-bas ? Nous venons avec toi.

— Tu es sûr ? Il va faire froid, à cette époque de l'année.

— Je veux rencontrer ta famille, Virginia. Parce que je te veux toute à moi.

Elle lui noua les bras autour du cou et embrassa de nouveau son visage rugueux.

— Est-ce que je t'ai dit à quel point j'aime ta barbe ?

— Tu vas devoir me le répéter souvent. Bon, et si on allait voir en quoi consistera votre nouveau travail, docteur Potter ?

Elle grimpa à l'arrière de la moto et lui passa les bras autour de la taille et du torse.

— Je suis prête, docteur Brice.

Oui, avec lui elle l'était. Prête à tout.

JANICE LYNN

Amoureuse de son meilleur ami

Traduction française de
MARIE-JOSÉ LAMORLETTE

BLANCHE

HARLEQUIN

Titre original :
FRIEND, FLING, FOREVER?

Ce roman a déjà été publié en 2019.

1

— Achète-moi à la vente de charité.

L'infirmière Kami Clark, du service des urgences de l'hôpital général de Knoxville, Tennessee, ne leva pas les yeux de son écran d'ordinateur. S'efforçant de ne pas regarder le Dr Gabriel Nelson, elle continua à enregistrer les constantes vitales d'un patient.

— Pas question.

Gabe, vêtu de sa tenue bleue préférée, entra dans son champ de vision périphérique. Kami savait déjà que sa blouse paraissait pâle comparée au bleu étincelant de ses yeux.

— Tu sais bien que tu me veux, Kam. Saisis ta chance.

— Mais oui, fit-elle. Tu peux toujours rêver, bourreau des cœurs.

La plupart des femmes normales voulaient Gabe. Il n'avait même pas à les encourager. Pas avec son physique terriblement sexy, sa personnalité et sa vive intelligence. Qu'il soit un brillant médecin urgentiste ne gâchait rien. Il attirait les femmes comme un aimant.

Mais pas Kami.

Oh ! elle était bien d'accord sur ses qualités, il était tout cela et même plus. Il avait le plus grand cœur qu'elle connaissait et il s'arrangeait toujours pour la faire rire. Mais elle avait mieux à faire que se laisser prendre dans la tumultueuse vie amoureuse de Gabe, qui laissait une traînée de cœurs brisés derrière lui. Elle était insensible à ses charmes d'homme inconstant. Enfin, en grande partie.

— En fait, j'essaie surtout d'échapper à un cauchemar, dit Gabe avec un soupir accablé presque crédible, en se laissant tomber sur la chaise à côté d'elle. Debbie compte acheter le tête-à-tête avec moi.

Ah, Debbie. Sa dernière ex-petite amie ne voulait pas admettre que c'était fini entre eux depuis environ un mois et s'accrochait à ses basques. La pauvre espérait sans doute rallumer l'étincelle. Bonne chance à elle !

Gabe ne sortait pas avec la même femme plus de deux mois d'affilée et ne faisait jamais marche arrière. Jamais.

— Il faut que tu me sauves, dit-il d'un ton dramatique.

— C'est toi qui dis ça ? Tu t'es mis toi-même dans ce pétrin, lui rappela-t-elle en réprimant un petit sourire.

Elle aurait presque pu croire à son angoisse.

— À toi d'en assumer les conséquences.

— Tu sais pertinemment que j'ai été enrôlé de force dans cette collecte de fonds. Mieux, c'est toi qui m'as convaincu d'accepter.

— Je voulais dire le pétrin Debbie, pas la vente aux enchères, répondit-elle en se retenant de le regarder.

Mieux valait ne pas fixer Gabe dans les yeux quand il essayait de vous persuader de quelque chose. Les femmes le faisaient à leurs risques et périls. Insensible à son charme ou pas, Kami préférait s'abstenir.

— En outre, fit-elle, même si tu devais passer *une semaine* avec ta belle et insistante ex, si cela devait rapporter de l'argent et aider la famille de Beverly, il faudrait le faire.

Tous les moyens étaient bons pour lever de l'argent pour le bébé gravement malade de leur collègue. Il y aurait des frais importants non couverts par l'assurance, et Beverly n'avait pas travaillé depuis la naissance ; son mari, lui, avait pris un congé sans solde. Même lorsque la petite Lindsey aurait eu sa greffe du cœur, il faudrait des mois avant que la jeune maman reprenne le travail. Leur amie avait déjà assez de soucis sans s'inquiéter de savoir comment son mari et elle paieraient leurs factures.

— Facile à dire pour toi, dit Gabe. Tu ne seras pas sur le podium.

Oui, en tant qu'une des organisatrices de la collecte, elle avait évité ce sort.

— Je travaillerai aussi lors de la soirée, simplement on ne fera pas d'offre sur moi.

Heureusement ! Ce n'était pas du tout son truc, elle aurait été pétrifiée.

— Ce n'est pas la même chose.

— Tu adores être au centre de l'attention, fit-elle en fermant le dossier du patient.

Il aimait s'amuser et ferait un tabac, c'était sûr.

Elle lui jeta un coup d'œil pour la première fois depuis qu'il avait surgi dans le bureau des infirmières. Son ami, l'incorrigible play-boy, avait bel et bien l'air abattu.

— Par chance pour toi, il ne s'agit pas d'une semaine, mais d'une journée et d'une soirée où tu devras faire passer du bon temps à Debbie — ou à quiconque remportera l'enchère.

D'accord, ce n'était pas bien, mais comment résister à l'envie de le taquiner ? Il était si rarement déstabilisé. En fait, elle ne se souvenait pas l'avoir vu perdre pied un jour. Même dans les situations de crise aux urgences. Il avait beau faire l'idiot de temps en temps, Gabe savait garder la tête froide. D'ailleurs, elle ne croyait pas à sa comédie de « Libère-moi de Debbie, par pitié ! ».

— Tu es vraiment drôle, Kam.

— Allons, je suis sûre que tu réussiras à passer une soirée avec Debbie s'il le faut.

Après tout, dans son métier il avait affaire à des situations autrement plus tendues qu'une séduisante présentatrice de télévision obsédée par lui.

— Et risquer d'encourager ses appels et ses textos sans fin ? Merci bien, dit-il en frissonnant.

Kami jaugea sa haute silhouette du regard.

— Tu n'es pas si mal que ça, Gabe.

Elle lui tapota la main.

— Il y aura d'autres enchérisseuses. Enfin, il faut l'espérer..., dit-elle en feignant le doute.

Un coin de la bouche de Gabe se releva.

— Super ! Merci pour le compliment, ma chère.

— Je t'en prie. C'est fait pour quoi, les amis ?

Les yeux pétillants, il darda son regard sur elle.

— Pour se tirer mutuellement d'affaire quand une ex combative espère acheter son retour dans votre vie sociale.

Il marquait un point.

Si Kami l'avait cru vraiment dans le besoin, elle aurait probablement vidé son plan d'épargne-logement pour l'aider. Heureusement, il ne l'était pas, parce qu'elle économisait sou à sou depuis des années, et avait juste mis de côté un bon apport personnel. Elle aurait détesté devoir repartir de zéro pour réaliser son rêve : acheter une maison.

— Ce n'est pas parce que Debbie veut concourir qu'elle gagnera, dit-elle plus sérieusement. Ne t'inquiète pas comme ça.

Il n'eut pas l'air rassuré.

— Elle n'aime pas perdre.

— Qui aime ça ? demanda Kami en haussant une épaule.

Il se passa les doigts dans les cheveux.

— Allez, Kam. Emporte les enchères et je te ferai vivre une soirée unique. Nous nous amuserions bien.

Elle rit.

— J'ai mieux à faire que de me fourvoyer avec quelqu'un comme toi.

Il éclata de rire.

— Peut-être que je veux que tu m'achètes parce que je peux te demander cette immense faveur sans m'inquiéter que tu craques quand je romprai.

Oui, en effet. Elle ne craquerait pas pour un homme. Ne l'avait jamais fait. Ne le ferait jamais. Elle avait trop vu sa mère le faire.

Cette fois, ce fut elle qui darda son regard sur lui.

— Si jamais je t'accordais le privilège de sortir avec moi, dit-elle en haussant le menton, qui dit que ce serait *toi* qui romprais ?

Elle adorait l'avoir comme ami, mais son arrogance l'irritait. Même si c'était bien lui qui rompait, d'habitude. À ce qu'elle en savait.

Il rit doucement, puis la surprit en lui touchant le bout du nez.

— Tu as peut-être raison, Kam. Seul un idiot romprait avec toi. Et en parlant de ça, comment va Baxter ?

Ha, ha. L'art de changer de sujet.

— Notre rupture a été une décision partagée, lui dit-elle pour la douzième fois au moins. Nous ne nous parlons pas beaucoup, mais, pour autant que je sache, il va bien.

Comme elle. Baxter était gentil, mais elle s'était rendu compte que leur relation ne menait à rien. Quand il l'embrassait, elle n'éprouvait rien. Pas d'étincelles. Pas de papillons dans l'estomac. Rien.

Elle ne se faisait pas d'illusions, aucun homme providentiel n'arriverait, la soulèverait de terre et lui ferait vivre une romance de conte de fées. Mais elle ne se contenterait pas de *rien*, non plus.

Une bonne amitié d'un côté et des étincelles de l'autre — ça pouvait arriver.

Ça ne s'était pas encore produit, mais elle n'avait que vingt-sept ans. Il restait plein de temps pour que quelqu'un de spécial entre dans sa vie. Et si ça ne venait pas, elle préférerait rester seule plutôt que d'être comme sa mère, qui tombait sans arrêt sur le mauvais homme.

— Raconte-toi qu'il va bien si ça peut te rassurer, dit Gabe. Le gars était dévasté, la semaine dernière, quand je suis tombé sur lui.

Baxter n'avait pas été dévasté. Quand elle avait laissé entendre que leur relation ne fonctionnait pas, il avait semblé soulagé. Manifestement, il ne ressentait pas d'étincelles, lui non plus. En théorie, ils étaient bien assortis. En réalité, il n'y avait pas eu beaucoup d'alchimie amoureuse au-delà de leur attirance initiale.

— Tu l'as croisé où ? demanda-t-elle.

Son ex, comptable dans une firme juridique, n'évoluait pas exactement dans les mêmes cercles que l'homme détendu qui se tenait face à elle.

— À la salle de sport.

Elle en resta bouche bée.

— Baxter à la salle de sport ?

Elle secoua la tête, persuadée d'avoir mal entendu.

— Soulevant des haltères dans l'espoir de te reconquérir.

Les yeux de Gabe pétillaient de malice.

— Dommage que tu ne sois pas offerte aux enchères, parce qu'il pourrait acheter ta soirée pour te montrer tout ce que tu manques. Toi, lui, Debbie et moi pourrions sortir ensemble en souvenir du bon vieux temps.

Elle leva les yeux au ciel.

— Baxter est quelqu'un de super, dit-elle pour défendre l'homme qu'elle avait fréquenté plus de six mois.

Il l'était vraiment. Solide, tranquille, on pouvait compter sur lui. Elle avait souhaité ressentir quelque chose, parce qu'il ferait un jour un bon mari et un bon père, mais rien à faire.

— Simplement, ce n'est pas celui qu'il te faut ?

— Exactement. Maintenant, avais-tu une autre raison d'interrompre mon travail que de geindre à propos de Debbie ?

— Comme si ce n'était pas une raison suffisante, répondit-il avec un soupir théâtral. Je ne peux pas croire que tu refuses de m'aider, Kam. Tu sais que je le ferais pour toi.

— Je ne voudrais pas que tu le fasses.

Elle plissa le nez et frissonna à cette idée.

— Tu imagines les rumeurs à l'hôpital ?

Elle prit une mine horrifiée.

— Non, non. Pas question. En revanche, je peux faire courir le bruit que tu espères que quelqu'un battra Debbie aux enchères. Je suis sûre qu'il y aura des candidates.

Il secoua la tête.

— Tu me déçois, Kam. J'étais sûr de pouvoir compter sur toi, que tu volerais à mon secours.

— Tu es tombé sur la mauvaise personne, mais pas de souci. Tu trouveras quelqu'un au cours des prochaines semaines pour l'emporter sur Debbie.

Gabe n'était pas d'accord. Il tenait la bonne personne. La personne parfaite.

Kam ne se ferait pas d'idées, elle n'imaginerait pas un bonheur éternel avec lui. Il s'amusait toujours quand elle était là. Et, surtout, elle connaissait le vrai Gabe. Celui qui n'avait aucune intention de se caser dans un futur proche.

Mais il n'insista pas. Comme elle le disait, ils avaient quelques semaines avant la soirée de charité. Un tas de choses pouvait arriver d'ici là. Par exemple, peut-être convaincrait-il finalement Kam de l'acheter. Ce n'était pas qu'il ne pouvait pas régler le problème de Debbie, simplement, il aurait préféré ne pas avoir à le faire.

Debbie, pourtant super, était devenue trop collante trop vite. Leur relation l'avait rendu claustrophobe au bout du premier mois. À la fin du deuxième, il n'en pouvait plus. Mais pas Debbie, hélas.

— Comment va Racine Mathers, ce soir ? demanda-t-il pour faire diversion.

Apparemment, la fragile vieille dame était arrivée ce jour-là en ambulance avec une insuffisance respiratoire aiguë. De nouveau. Elle avait été admise en médecine, service qui ne concernait ni lui ni Kami, mais il savait que Kam serait allée la voir avant de prendre son service. Elle se souciait des gens et ce grand cœur était l'une des choses qu'il aimait le plus chez l'impertinente petite blonde qui était vite devenue une amie très proche.

À la mention de leur patiente, ses yeux verts s'emplirent d'inquiétude.

— Les taux de gaz toxiques dans son sang artériel sont encore très élevés. Son taux de CO_2 reste à près de 60.

— J'espérais qu'une fois sous assistance respiratoire ses taux s'amélioreraient.

— Moi aussi, mais elle n'a apparemment pas voulu garder le masque. L'infirmière de jour l'a trouvée sans à plusieurs reprises.

Il secoua la tête.

— Elle sait pourtant ce qu'il lui faut.

Kami acquiesça. La malade n'en était pas à son premier épisode. Il la soupçonnait de se lasser de son inaptitude à respirer et du fait que les soins ne faisaient que repousser une rechute.

— Je vais passer la voir. Si on a besoin de moi, appelle-moi.

Kami haussa un sourcil.

— Tu penses que je ne le ferais pas ?

Il eut un grand sourire. Non, son infirmière préférée ferait ce qu'il faudrait, il n'en doutait pas. C'était une excellente professionnelle. Il n'y avait personne avec qui il aimait mieux effectuer son service. Par chance, ils partageaient la même rotation, ce qui lui permettait de passer plusieurs nuits par semaine avec elle.

Qu'ils soient bousculés ou que ce soit calme, il ne s'ennuyait jamais. Elle le distrayait, avec son esprit vif et sa langue bien pendue.

Raison de plus pour que ce soit elle qui le sauve des griffes de Debbie. Non seulement Kam ne se ferait pas d'illusions, mais un « tête-à-tête » avec elle serait forcément agréable. Ils n'étaient jamais sortis seuls tous les deux. Toutefois, quand l'équipe se réunissait, il y allait avec elle et ils finissaient presque toujours par passer la soirée ensemble.

Il y avait tout simplement quelque chose en elle qui le faisait se sentir bien. Il fallait qu'elle remporte son lot aux enchères et il comptait bien s'assurer qu'elle le fasse.

— C'est la nouvelle la plus excitante que j'aie entendue depuis des semaines.

Kami, qui enregistrait une demande d'analyses d'urines pour la cabine 1, plissa le nez en direction de celle qui était sa meilleure amie depuis l'école d'infirmières.

— C'est bien de toi, ça.

Mindy lui lança un regard moqueur.

— Cet homme est superbe et je t'ai vue le détailler de la tête aux pieds. Tu devrais y aller.

Kami secoua la tête.

— Tu as mal compris. Ce regard était une plaisanterie et Gabe ne veut pas que j'achète ce tête-à-tête avec lui pour que nous sortions ensemble. Il veut que je lui évite de sortir avec quelqu'un d'autre. Alors non, merci.

Mindy s'appuya au bureau.

— Je dis juste que le célibataire le plus en vue de l'hôpital te supplie de l'acheter à la vente aux enchères. Tu devrais voir ça comme un signe et le faire.

Le faire ? Son amie avait perdu la tête.

— Un signe de quoi ?

— De ta chance ! Tu sais combien de femmes tueraient pour que le beau Gabe leur demande la même chose ?

— Libre à elles de l'avoir. Il est trop autocentré à mon goût.

Mindy ne parut pas convaincue.

— Ce n'est pas comme ça que je le vois.

Kami non plus. Pas vraiment. Gabe était splendide, mais il ne semblait pas obsédé par son physique autrement que pour prendre soin de lui et faire régulièrement de l'exercice. Rien de blâmable à vouloir rester en forme.

Il était l'image de la bonne santé. D'une santé au top, même. Oui, oui, il était agréable à regarder. Pas de quoi en faire un plat.

— Il a un grand cœur et tu le sais, dit Mindy sans avoir, Dieu merci, conscience des pensées de Kami.

Kami n'avait pas besoin d'être encouragée à aller contre ses intérêts. Elle était peut-être insensible au charme de Gabe, mais on ne se frottait pas la figure dans des microbes pour tenter le sort, non plus.

— Il n'hésite pas à donner de lui pour aider quelqu'un. Je ne l'ai jamais vu se planquer derrière son statut de docteur, dit Mindy avec un regard éloquent. J'aurais du mal à citer quelqu'un, homme ou femme, qui ne l'aime pas.

— Plutôt que de chanter ses louanges, achète-le, toi, dit Kami, surprise par le léger tressaillement dans son ventre à l'idée de son amie remportant le tête-à-tête avec Gabe.

Ses deux meilleurs amis sortant ensemble, ce serait plutôt bien, non ? Sauf que Gabe finirait par briser le cœur de Mindy. Or elle ne voulait pas avoir à le détester pour cela.

Mais les yeux de Mindy brillèrent et un sourire se peignit sur son visage.

— Je pourrais le faire.

Les sourcils de Kami se haussèrent, elle ouvrit la bouche, mais se tut. Gabe, toujours aussi décontracté, arrivait.

— Qu'ai-je manqué ?

— Pas grand-chose. C'est calme, jusqu'à présent, répondit Mindy, tout sourires, le regard plein de sous-entendus.

— Ne parle pas trop vite, répondirent Kami et Gabe en même temps.

— Écoutez-vous ! dit Mindy avec un regard malicieux à Kami et l'air de vouloir en dire long. Parfaite synchronisation.

— On ne veut pas que tu gâches notre nuit de service, ça relève simplement du bon sens, dit Kami sur le ton de l'avertissement. Rien à voir avec autre chose. Maintenant, docteur Nelson...

Elle tourna son attention vers Gabe, ignorant le regard curieux qu'il leur jetait.

— Cabine 1, on a une infection urinaire qui s'est déclarée aujourd'hui. Les résultats d'analyses sont dans le dossier de la patiente. Cabine 2, fièvre et gorge irritée. J'ai fait une recherche de streptocoques, mais on attend les résultats. Les deux patientes sont gentilles, stables et accompagnées par leur conjoint. Tu veux que j'aille avec toi pour les examiner ?

Ils donnèrent à la première patiente un antibiotique, un antispasmodique pour la vessie, des recommandations de prévention, et la laissèrent sortir. La deuxième, cependant, paraissait aller moins bien que précédemment.

Sa température dépassait 39, sa gorge était très rouge et le tissu conjonctif injecté de sang. Elle se plaignait d'un fort mal de tête, à présent. Elle frissonna comme si elle était gelée.

— Pouvez-vous lui donner une couverture ? demanda son mari, inquiet.

— Elle a déjà trop chaud, répondit Kami. Il faut d'abord contrôler sa fièvre.

— J'ai si froid..., gémit la femme.

— Quand le mal de tête a-t-il commencé ? demanda Kami.

— Elle avait déjà mal en arrivant ici. Légèrement. Ça a empiré ensuite, répondit le mari.

Kami avait pourtant posé la question. Elle n'aimait pas du tout que les patients fassent une réponse différente de l'examen préliminaire quand le médecin était là. Ce qui arrivait presque chaque nuit.

Gabe examina rapidement la femme.

— Enflure des nœuds cervicaux et raideur de la nuque. Je veux une numération sanguine et un état métabolique complet. Que donnent les streptocoques ?

Kami consulta les résultats sur l'ordinateur.

— Négatifs.

— J'ai mal partout, gémit la femme, les paupières crispées. J'ai froid.

Gabe donna des ordres et Kami allait les exécuter quand Mme Arnold dit :

— Je vais vomir.

Gabe eut juste le temps de lui tendre un bassin.

— Donne-lui un antiémétique tout de suite. Puis injecte-lui une solution saline.

Kami obéit. La patiente tremblait et semblait aller beaucoup plus mal qu'à son arrivée.

— Faites quelque chose, supplia son mari en serrant sa main pâle.

Gabe décocha un regard soucieux à Kami.

— Contacte la phlébotomie pour faire des cultures sanguines et les examens que j'ai demandés. Fais réaliser un test grippal, même si ce n'est pas la saison. Et un scanner de la tête. Je vais probablement effectuer une ponction lombaire.

Il envisageait la possibilité d'une méningite. À juste titre, vu la rapidité de l'évolution des symptômes.

— Mettons-la à l'isolement. Juste au cas où.

Gabe ordonna des antibiotiques par intraveineuse et Kami se hâta de le faire. L'état de Mme Arnold se dégradait rapidement. Il fallait un diagnostic précis aussi vite que possible.

La numération sanguine de la malade montra un taux élevé de globules blancs et de bactéries. Elle avait si mal qu'elle refusait de bouger la tête. D'après toutes les indications, Mme Arnold avait une méningite. Le scanner le confirma. Gabe devait pratiquer une ponction lombaire pour isoler le virus responsable. La patiente perdait désormais conscience de temps en temps et était confuse le reste du temps.

Gabe et Kami revinrent, équipés pour la ponction. Ils devaient faire vite. Si l'antibiotique injecté n'était pas le bon, il y avait un risque mortel.

Derrière ses lunettes en plastique, le regard de Kami était inquiet.

— J'ai pensé que tu préférerais que son mari ne soit pas là.

Il était agité. Je l'ai envoyé en salle d'attente jusqu'à ce que tu ailles lui parler.

C'était l'une des choses qu'il adorait chez Kami. Elle était toujours en avance d'une décision sur lui.

Sauf pour la vente aux enchères.

Là-dessus, il comptait bien la précéder. Et il la précéderait, car plus il y pensait, plus il avait envie de ce tête-à-tête avec elle.

2

— Quelle nuit ! dit Kami à la fin de son service de douze heures — qui en avait duré plus de quatorze.

Elle était impatiente de rentrer chez elle se doucher, manger ce qu'elle trouverait dans son frigo et se mettre au lit jusqu'à ce qu'il soit temps de revenir et de remettre ça pour la deuxième nuit de sa série de trois.

— Tu as l'air crevée.

Elle jeta un coup d'œil à Gabe.

— Tu n'as pas l'air aussi frais qu'un bol de cerises, toi non plus.

Il rit.

— J'ignore si c'est un reproche ou pas, mais tant mieux, si je ne ressemble pas à un bol de cerises.

Elle haussa les épaules et se dirigea vers la porte.

— Dommage.

— Tu aimes les cerises ?

— J'adore ça, dit-elle en lui lançant un regard de côté.

— Tu fais partie de ces gens doués capables de nouer la queue avec leur langue ? fit-il sur le ton de la plaisanterie.

Elle avait peu de talents idiots, mais faire un nœud avec une queue de cerise était dans ses cordes. Ne voulant pas le lui avouer, elle haussa de nouveau les épaules.

— Je ne te le dirai pas.

— Parce que tu préfères me montrer ? demanda-t-il, joueur.

Il ne paraissait plus fatigué alors qu'il devait être épuisé. La nuit avait vraiment été longue.

— D'accord, fit-il avec un gros soupir, comme s'il s'avouait vaincu. Je suis partant. Il y a un bar pas loin qui fait des pancakes avec de la crème fouettée et des cerises.

Elle fronça les sourcils.

— Comment sais-tu ça ?

— Un homme avisé doit savoir où trouver de la crème fouettée et des cerises vingt-quatre heures sur vingt-quatre.

Elle plissa le nez.

— Épargne-moi les détails, je ne veux pas savoir.

L'air intrigué, il rit.

— Tu as des pensées tordues, Kam. Je suis surpris, mais je crois que j'aime ça.

— Il n'y a rien à aimer là-dedans, tu me dégoûtes, c'est tout.

Il haussa les sourcils.

— Que j'aime la crème fouettée et les cerises sur mes pancakes te dégoûte ?

Elle baissa le regard sur son large torse et ses abdos musclés qui se devinaient sous sa blouse.

— Oui, je peux voir que tu t'en gaves régulièrement.

— Alors là, tu m'étonnes.

Il avait raison. Il mangeait beaucoup, mais ça ne se voyait pas. Que ce soit dû à un bon métabolisme ou au temps qu'il passait au gymnase, il était l'image même de la forme physique.

— Moi, il n'y a pas grand-chose qui me surprenne chez toi, répondit-elle.

Il plissa le front.

— Oh ? Tu me connais si bien ?

— Aussi bien que je le souhaite.

Au coup d'œil qu'elle lui jeta, elle avait parfaitement conscience qu'il la suivait hors du service.

— Au revoir, Gabe.

— Tu dois manger, Kam. Laisse-moi t'emmener prendre un petit déjeuner, après j'irai à la salle de sport.

Elle fronça les sourcils.

— Tu vas à la salle ce matin après toutes ces heures supplémentaires et alors que tu dois revenir ce soir ?

Il prit un air surpris.

— Pourquoi pas ?

Elle le fixa comme s'il était anormal.

— Tu n'as jamais besoin de sommeil ?

Il eut un grand sourire.

— Pas quand je suis motivé.

— La perspective de revoir Baxter t'excite à ce point ?

Elle consulta sa montre.

— Tu devrais te dépêcher ou tu vas le manquer.

Il éclata de rire.

— OK, j'ai compris, je remets les cerises à une autre fois.

Ce soir-là, alors que Kami arrivait au travail, son portable sonna. Sa mère. Devait-elle répondre ? Elle se sentit coupable d'envisager de ne pas le faire. Si Eugenia l'appelait à cette heure-là, quelque chose ne devait pas aller.

— Bonsoir, maman. Je vais prendre mon service, je ne peux te parler qu'une seconde. Que se passe-t-il ?

— Je vais partir un peu, répondit sa mère avant qu'une voix d'homme s'élève en arrière-fond. Peux-tu nourrir ma chatte pendant ce temps ?

Pourquoi sa mère avait-elle recueilli ce chat miteux ? La plupart du temps elle était incapable de prendre soin d'elle-même, alors d'un animal de compagnie ! Mais au moins n'était-elle pas partie sans s'organiser pour sa protégée. D'un autre côté, elle était experte pour recueillir toutes sortes de protégés.

Par chance, elle n'avait pas l'habitude de demander à Kami de les nourrir. Du moins, pas depuis que Kami avait, dès sa sortie du lycée, quitté l'appartement pour échapper au chaos permanent de la vie d'Eugenia.

— Je passerai lui donner à manger demain matin.

Et elle ne put s'empêcher de demander :

— Il s'appelle comment ?

— Bubbles, tu sais bien !

— Pas le chat. L'homme.

— Oh.

Sa mère gloussa et l'individu qui était avec elle fit un commentaire qui la fit pouffer de nouveau.

— Sammy. Il est batteur dans un orchestre, et tellement bon !

Eugenia avait tendance à être attirée par les personnalités artistiques. En particulier les ratés qui avaient besoin d'un endroit où se poser en attendant leur grand jour. Ils ne restaient jamais longtemps. Ils tiraient avantage de ce qu'ils pouvaient et s'en allaient. Un autre arrivait pour prendre la place vide. C'était l'histoire de l'enfance de Kami et cela continuait. Sa mère n'apprendrait-elle jamais de ses nombreuses expériences ?

— D'accord, maman, fit-elle en mettant son repas dans le frigo de la salle commune, je nourrirai Bubbles. Tu sais quand tu reviens ?

— Dans deux ou trois jours. Je t'enverrai un texto pour te prévenir. N'oublie pas de câliner Bubbles.

— Entendu.

Elle le ferait probablement ; si sa mère avait un nouvel homme dans sa vie, la chatte serait ignorée jusqu'à son départ. Kami éprouvait beaucoup d'empathie pour Bubbles. Elle avait connu le même sort.

— Quelle déception, ce matin je n'ai pas vu Baxter, dit Gabe d'un ton joyeux à Kami qui le rejoignait.

Il consultait des dossiers. Il adorait son métier, adorait être médecin et adorait être sûr que, si besoin était, il pouvait faire tout ce qui était humainement possible pour sauver une vie. Savoir qu'il allait voir Kami rendait la perspective d'une journée de travail encore plus agréable. Il ne savait jamais ce qui allait sortir de sa bouche impertinente.

— Peut-être qu'il a déjà renoncé à faire de l'exercice, répondit-elle sans avoir l'air de s'en préoccuper.

En fait, elle semblait distraite. Avec qui était-elle au téléphone un instant plus tôt ? Lui revenait de l'unité de soins intensifs néonatals, où il avait vu Beverly, son mari, et leur bébé. Comment imaginer leur stress ? Pourvu que la collecte de fonds réunisse assez d'argent pour les aider.

Quoi qu'il en soit, d'après ce qu'il avait entendu, la conversation téléphonique de Kami n'avait pas été plaisante.

— J'en doute.

Il s'adossa à son fauteuil et regarda la petite infirmière blonde debout à quelques pas de lui. Y avait-il des problèmes avec la vente aux enchères ? Ou cet appel était-il personnel ?

— À mon avis, il était déjà reparti. Il est déterminé à se muscler pour toi.

Elle ne parut pas impressionnée.

— Quelqu'un devrait lui dire que les muscles ne m'intéressent pas.

Gabe haussa un sourcil.

— Je croyais que toutes les femmes aimaient ça.

Elle leva les yeux au ciel.

— Les hommes aiment le culturisme. Mais une femme intelligente préfère un homme intéressant à un homme aux muscles boursouflés.

— Un homme ne peut pas être intéressant et musclé ?

— D'après moi, non.

— Tu nies l'évidence.

Elle plissa le front.

— C'est-à-dire ?

Il haussa les sourcils.

— Je suis intéressant *et* musclé.

Elle lui jeta un regard critique.

— C'est toi qui le dis.

— Ce qui signifie que je ne compte pas à tes yeux ?

— Tu ne comptes pas, de toute façon, répondit-elle en lui tendant une feuille sur laquelle elle avait noté les constantes vitales d'un patient. Ni pour les muscles, ni pour l'intérêt.

Il ignora le papier et rit.

— D'accord. Je suis disqualifié sur tous les points.

— Exactement. Maintenant, vas-tu aller voir la pauvre femme en cabine 3 ? Sa tension est terriblement haute.

— Esclavagiste, dit-il d'un ton accusateur en baissant les yeux sur le document.

Il se leva.

— Mais à raison.

L'électrocardiogramme de Connie Guffrey était normal, comme ses enzymes cardiaques. Et heureusement, après l'injection d'un traitement par intraveineuse, sa tension se rapprocha de la normale. Mais comme elle avait le souffle court et une légère douleur à la poitrine, Gabe décida de la garder en observation pour la nuit. Kami s'occupa de la faire transférer en médecine.

— Ne regarde pas, lui dit Mindy un peu plus tard, mais tu sais qui t'a observée toute la nuit ? Je crois qu'il veut vraiment que tu achètes le tête-à-tête avec lui.

Kami se tourna aussitôt vers le dernier endroit où elle avait vu Gabe. Il était en grande conversation avec un thérapeute respiratoire qui venait d'administrer un traitement à un patient asthmatique.

— Je t'avais dit de ne pas regarder !

— Peu importe, parce que tu t'imagines des choses.

— Sûrement pas. Et tu sais quoi ? ajouta Mindy d'un air satisfait. Il n'est pas le seul à reluquer quelqu'un.

Comprenant l'allusion de son amie, Kami fronça les sourcils.

— Je ne l'ai pas reluqué.

— Mais non…

— Les seules fois où je l'ai regardé, c'est quand nous discutions d'un patient ou que nous en traitions un autre. Tu n'as pas mieux à faire que d'inventer des histoires ?

— Tu viens juste de le regarder, Kami.

— À cause de toi, idiote.

— Tu as sauté sur l'excuse. Et tu savais parfaitement où il se trouvait.

Mindy se pencha en avant et chuchota :

— Je pense que tu l'aimes bien.

— Évidemment ! C'est un type super avec qui je travaille constamment. Nous sommes amis.

Mindy secoua la tête.

— Je ne marche pas. Vous devriez être plus qu'amis. Et apparemment il le pense aussi, sinon il ne t'aurait pas demandé d'acheter le rendez-vous avec lui.

— C'est justement parce qu'il sait que je ne me ferai pas de fausses idées !

— Quelles idées ?

— Qu'il pourrait y avoir quelque chose entre lui et moi.

Kami darda un regard noir sur son amie.

— On n'est pas dans une série télévisée où les médecins tombent secrètement amoureux d'infirmières. Nous sommes dans la réalité, et la réalité, c'est que nous ne sommes qu'amis et ne voulons pas être autre chose.

— Vous devriez peut-être essayer ?

— Tu ressembles à un disque rayé. Laisse tomber.

Kami fronça les sourcils et ajouta :

— D'ailleurs, je croyais que tu voulais faire une offre sur lui.

Mindy croisa les bras.

— Je devrais le faire.

— Très bien. Achète-le. Tu passeras une très belle journée avec lui et une excellente soirée à Gatlinburg, avec toutes les attractions.

— Je devrais t'engager comme attachée de presse. Mon offre pourrait battre des records, dit une voix d'homme.

Kami sursauta à l'interruption de Gabe.

— Je ne t'ai pas entendu arriver. Je… euh… disais à Mindy qu'elle devrait faire une offre sur toi.

— J'ai entendu.

Il adressa un grand sourire à Mindy.

— Elle vous a convaincue ?

— J'économise mes sous pour vous, docteur Nelson.

Il rit.

— C'est bon à savoir.

Mindy les regarda à tour de rôle, souriant comme si elle avait un secret, et lança un coup d'œil d'encouragement à Kami.

— J'entends la réceptionniste, elle parle à quelqu'un. Je vais voir si c'est un nouveau patient.

Au départ de son amie, Kami fronça les sourcils. Elle les avait délibérément laissés seuls. La subtilité n'était pas son fort.

— Quel soulagement, comme tu ne comptes pas acheter mon lot, tu m'aides au moins en persuadant d'autres femmes d'enchérir.

— À quoi servent les amis ?

Il la regarda dans les yeux.

— J'ai déjà répondu à cette question.

— Exact, dit-elle avec un sourire crispé, encore agacée par les commentaires de Mindy. Et nous avons déjà établi que je ne ferai pas d'offre sur toi.

— Je te prêterais l'argent. Imagine : tu passerais une journée divertissante dans la belle ville de Gatlinburg, tu profiterais de ma compagnie et tu n'aurais même pas à te soucier d'argent.

— Tu te fatigues pour rien. N'essaie pas de m'embobiner, Gabe. Je te connais assez bien pour ne pas marcher dans la combine.

Il leva les mains et rit.

— D'accord. Mais j'apprécie nos conversations, Kam. Tu me donnes le sourire.

Il la faisait sourire aussi, mais elle n'était pas sûre qu'il parle de la même chose.

— Comment va Mlle Guffrey ? demanda-t-elle pour en revenir au travail.

— Elle est stable. Nous pensons qu'elle a paniqué, d'où ses symptômes.

— Je suis contente qu'elle aille mieux.

Il consulta sa montre.

— Plus qu'une heure avant la fin du service. Tu viens manger des pancakes avec moi, après ?

Surprise qu'il renouvelle son offre de la veille, elle fronça les sourcils.

— Pourquoi le ferais-je ?

— Parce que tu as refusé hier et que tu me rends curieux.

— De quoi ?

— Tu sais bien, dit-il avec un sourire en coin.

Elle comprit.

— Bonté divine ! C'est de ça qu'il s'agit ? Tu veux savoir quels talents j'ai avec ma langue ?

Dès que les mots lui échappèrent, Kami vit comment ils pouvaient être interprétés. Ses joues s'enflammèrent.

— Ce n'est pas…

Devant son rire, elle rougit encore plus.

— Tu sais ce que je voulais dire, Gabriel Nelson, et ce que je n'avais pas l'intention de te laisser penser.

— Vraiment ?

Elle plissa les yeux.

— Parfaitement !

Il croisa les bras et s'appuya contre le bureau.

— Peut-être, mais feindre de ne pas le savoir pourrait être très amusant.

Décidant qu'ignorer la remarque de Gabe était la meilleure tactique, Kami prit une brochure et s'éventa.

— Il fait une chaleur, ici !

— Je ne trouve pas, répondit-il, souriant toujours. Et encore mieux : quand tu auras mangé tes pancakes à la crème fouettée et aux cerises, tu pourrais venir au gymnase avec moi. De quoi faire passer à Baxter le message qu'il perd son temps, c'est sûr.

— Du sport après manger, il y a de quoi se rendre malade. Quel message ce serait !

Il rit.

— Alors prenons le petit déjeuner après le sport.

Elle le regarda comme s'il avait perdu la tête.

— Tu te trompes de nouveau de femme, Gabe. Je ne suis pas du genre à faire de l'exercice l'estomac vide.

Il la détailla du regard.

— À te voir, tu pourrais l'être.

— C'est un compliment ?

Il sourit en coin.

— Ce n'est pas une insulte.

Elle lutta pour ne pas rougir de nouveau.

— De toute façon, je ne vais pas au gymnase.

— Tu ne veux pas voir le nouveau Baxter, en mieux ?

Elle devait aller nourrir Bubbles.

— Tu ne sais même pas s'il sera là ce matin.

— Alors tu as envie de le voir ? demanda Gabe, surpris.

— Pas du tout. C'est pour ça que j'ai rompu.

Il releva aussitôt son commentaire.

— Je croyais que vous aviez rompu d'un commun accord.

— Oui. Je lui ai dit que les choses ne marchaient pas et il en est convenu.

Elle fusilla Gabe du regard.

— Veux-tu arrêter de déformer ce que je dis ?

Feignant la candeur, il leva les mains.

— Je ne fais rien de tel. J'essaie juste de t'offrir un petit déjeuner. C'est gentil de ma part, je dirais.

— Tu veux juste me harceler pour que j'achète ton lot, répondit-elle, consciente que c'était vrai.

Gabe était son ami, mais c'était un homme et les hommes avaient toujours des idées derrière la tête, non ?

— Peut-être, convint-il. Mais j'étais sérieux pour le petit déjeuner. Nous pourrions parler de la collecte de fonds.

— Sous quel angle ?

— Je pourrais aider autrement qu'en participant à la vente aux enchères.

Elle secoua la tête.

— Tut-tut-tut. Tu ne te retireras pas, Gabe. Nous mettons aux enchères cinq hommes et cinq femmes et tu es le gros lot.

Il eut un grand sourire.

— Tu trouves ?

Malgré tous ses efforts, elle s'empourpra de nouveau.

— Les femmes semblent le penser.

Devant son air satisfait, elle ajouta :

— Debbie, en particulier.

Voilà de quoi lui faire perdre un peu de son arrogance. Sinon, la brillante idée qu'elle venait d'avoir y parviendrait.

— Je pense lui demander de se servir de ses relations à la télévision pour faire de la publicité pour la collecte de fonds.

Plutôt qu'agacé, il eut l'air impressionné.

— C'est une idée géniale ! Tu veux que je voie avec elle ?

Un peu déconcertée, Kami hocha la tête.

— Tu le ferais ?

Ses yeux bleus pétillèrent.

— Pour toi ?

— Pour Beverly et son bébé, rectifia-t-elle.

— Je parlerais au diable lui-même si ça pouvait aider la fille de Beverly à avoir un nouveau cœur.

Kami ne se souvenait pas que Debbie soit aussi terrible, mais elle ne l'avait vue qu'une fois ou deux aux urgences, quand elle venait voir Gabe sous un prétexte ou un autre. À la télévision, elle souriait beaucoup en rénovant des maisons dans l'est du Tennessee et semblait assez agréable.

— Super, dit-elle. Encourage-la à mettre le prix pour gagner cette excursion à Gatlinburg. Ça a l'air sympa.

— Pas assez sympa, apparemment, pour te convaincre de faire une offre.

— Je pourrais y aller sans toi.

Il fronça les sourcils, offensé.

— Ça te tente plus que le lot complet ?

Elle leva les yeux au ciel et fit claquer sa langue.

— Pour moi, tu n'as rien d'un lot complet, Gabe.

Plus tard ce matin-là, Kami prit un café pour se donner du courage. Elle devait aller chez sa mère alors qu'elle n'avait qu'une envie, rentrer chez elle et s'effondrer. Mais bientôt elle fut à destination, assise sur le canapé, caressant Bubbles qui allait et venait devant elle. Cette chatte stupide était-elle plus heureuse de la voir que ne l'était sa propre mère durant ses brèves visites ? Elle jeta un regard circulaire au petit appartement en désordre. Pas de portraits de famille sur les murs. Pas de souvenirs de son enfance. Il n'y avait qu'un poster des Red Hot Chili Peppers. Et s'il y avait eu une photo, elle aurait été du dernier petit copain en date.

Kami vida la poubelle et prit un sac neuf pour ramasser les emballages vides de nourriture et de boissons éparpillés un peu partout. Elle s'assura que la chatte avait à boire et à manger, attrapa les sacs-poubelle et, ivre de sommeil, sortit pour rentrer chez elle.

Mais quand enfin elle se mit au lit, impossible de dormir. Elle regrettait d'avoir pris un café. Rien n'aurait dû nuire à son repos avant sa troisième nuit de service. En particulier pas des pensées de sa mère, d'une chatte solitaire et de Gabe.

Pourquoi Gabe était-il parmi les pensées qui lui tournaient dans la tête ? C'était un ami. Rien de plus.

Flûte. Le sommeil ne venait pas.

Elle attrapa son portable et envoya un texto à Gabe.

Alors, il était là ?

Pourquoi le demandait-elle, elle n'aurait su le dire. Elle se moquait que Baxter ait été ou pas à la salle de sport. Ça n'avait pas de sens, mais au fond elle savait que parler avec Gabe — même par textos — détournerait son esprit de sa mère et de Bubbles.

Qui ça ?

Tu sais qui.

Ah, l'ex. Il était là. Toujours plus en forme.

Tant mieux pour lui.

Il y eut une pause assez longue, Gabe allait-il répondre ? *Allez, Gabe, réponds ! J'ai besoin que tu me changes les idées pour pouvoir dormir. Je ne veux plus m'apitoyer sur un chat qui dépend de ma mère.*

Tu veux que je prenne une photo pour toi, la prochaine fois ?

La pensée de Gabe photographiant Baxter en train de faire du sport la fit rire aux éclats.

On pourrait s'y tromper, croire que tu as le béguin pour lui.

Je suis le genre d'homme qui prendrait ce risque pour aider une amie.

Bravo. Mais je ne ferai toujours pas d'enchère pour toi.

Elle se laissa aller sur son oreiller en fixant son écran.

C'est ce que tu t'acharnes à prétendre.

Tu crois que je le ferai ?

Je l'espère. Parlé à Debbie ce matin. Elle va voir avec son producteur ce qu'ils peuvent faire pour aider la collecte de fonds.

Il s'en était déjà occupé ? Mais, après tout, il faisait toujours ce qu'il disait qu'il ferait.

Formidable. J'espère que ça n'a pas été trop douloureux. Merci.

Merci à toi pour tout ce que tu fais pour aider Beverly et son bébé. Si Mindy et toi n'y mettiez pas autant du vôtre, la collecte n'aurait même pas lieu.

Ah, je ne sacrifie pas autant que toi. Ce n'est pas moi qui serai mise aux enchères.

Alors tu admets que tu compatis ?

Parce que des femmes vont se battre pour toi avec leur porte-monnaie ? Sûr, j'en ai le cœur brisé. Pauvre, pauvre Gabe.

Tu es une drôle de fille, Kam.

Elle s'imaginait parfaitement son sourire.

Quelque chose comme ça.

Pourquoi ne dors-tu pas ? Tu réclamais ton lit à cor et à cri quand je t'ai invitée à manger des pancakes avec moi.

Oui, c'était vrai. Dommage qu'elle ne puisse pas dormir.

J'avais à faire.

Il n'est pas trop tard pour ces pancakes.

Si. Je suis couchée.

Rien de mal à prendre le petit déjeuner au lit. Tu veux du sirop d'érable ou des cerises à la crème fouettée ? Je recommande les cerises, mais j'admets que mon jugement est biaisé.

Elle fixa son écran et secoua la tête. Il était incorrigible. Une bonne chose qu'elle ne le prenne pas au sérieux. Souriant, elle se blottit sous ses couvertures et tapa une réponse digne de son outrageuse suggestion.

3

Gabe regarda fixement son téléphone. Qu'était-il en train de faire ? Il flirtait avec Kami, voilà. Il ne fallait pas être un génie pour s'en apercevoir.

La question était : pourquoi ?

Kami et lui étaient amis. Alors pour quelle raison avait-il tapé ce message et appuyé sur « envoi » comme si flirter avec elle était la chose la plus naturelle du monde ?

Leurs échanges étaient souvent pleins de reparties et il appréciait beaucoup leurs conversations. Parler avec Kami était stimulant pour l'esprit. Ils s'étaient déjà envoyé des textos, mais toujours légers ou concernant le travail.

Cet échange-ci paraissait différent, pas tout à fait du domaine de la frivolité et des jeux.

Pourquoi pas les deux, Gabe ? On peut garder la crème fouettée et les cerises pour après les pancakes.

Les yeux de Gabe s'arrondirent, s'était-il endormi sur le canapé sans s'en apercevoir en plein milieu de son échange de messages avec Kami ? Pas une fois durant leurs joutes amicales elle n'avait flirté avec lui. D'ordinaire, elle lui répondait avec insolence pour le remettre à sa place.

Il avait soudain du mal à respirer et dut déglutir pour faire passer le nœud qui se formait dans sa gorge ; comme il dut lutter pour chasser l'image de Kami, de cerises et de crème fouettée.

Pourquoi sa suggestion lui faisait-elle battre le cœur plus vite ? Pourquoi bloquait-elle le souffle dans son torse ? Pourquoi excitait-elle... C'était *Kami* qui lui envoyait ces textos. Son amie

Kami. Sa collègue Kami. Qu'avait-il dans la tête ? Manifestement, pas grand-chose d'intelligent. Parce que s'il avait eu deux sous de jugeote il n'aurait pas envisagé de commander sur-le-champ des pancakes aux cerises et à la crème fouettée.

Son portable vibra et il se blinda, rassemblant toute sa volonté pour ne pas courir acheter cerises et crème fouettée.

Simplement, peux-tu juste les déposer devant la porte ? Je te ferai savoir plus tard ce que mon partenaire pense de ton geste attentionné, nous livrer le petit déjeuner au lit.

Ce message lui fit l'effet d'un seau d'eau glacée sur la tête. Il se redressa d'un mouvement brusque sur le canapé. Les dents serrées, le cœur battant, il tapa :

Il y a quelqu'un avec toi ? Dans ton lit ?

Pourquoi s'en inquiétait-il ? Elle était sortie avec Baxter des mois durant, avait probablement passé bien des matins avec le comptable. Qu'est-ce que ça pouvait lui faire, avec qui elle dormait ? Ce n'était pas son affaire.

Tu ne pensais pas que je voulais partager des pancakes au lit avec toi, si ? Enfin, Gabe ! Reviens sur terre.

Ah, la Kami qu'il connaissait et à laquelle il s'attendait était de retour. Mais pendant une minute, elle l'avait fait marcher.

Il n'aimait pas du tout la pensée qu'en cet instant même Kami fût au lit avec quiconque. Ce qui n'avait pas de sens. Ils étaient juste amis, non ?

— Alors, qui est ce type mystérieux ?

Kami tressaillit. De retour au travail pour une nouvelle garde, elle avait espéré que Gabe traiterait par le mépris sa tentative ridicule pour balayer son commentaire inconvenant. Elle avait voulu le faire redescendre, reculer, mais il avait pris son message au sérieux, et avait visiblement été désarçonné puisqu'il n'avait pas répondu.

Mortifiée, elle avait pris des mesures pour faire retomber la tension qui crépitait entre leurs portables.

Elle s'était inventé un petit ami.

La belle affaire ! Les femmes utilisaient cette stratégie depuis des siècles. Mais pas elle, et elle n'avait même pas compris pourquoi elle l'avait fait ce matin-là. Avec Gabe. Ce n'était pas comme si ce qu'il pensait avait de l'importance.

— Personne que tu connais.

Elle refusait de le regarder, et fixait l'écran du moniteur.

— Est-ce que Baxter est au courant ?

— Chut !

Elle jeta un coup d'œil autour d'elle, craignant que Mindy ne surprenne leur conversation. Le service était calme depuis leur arrivée, et son amie bavardait avec un brancardier.

— Ta meilleure amie ne sait pas que tu as une histoire avec quelqu'un ?

Gabe fit claquer sa langue et tira une chaise près de la sienne.

— Veux-tu baisser la voix, s'il te plaît ? demanda-t-elle.

Il lui lança un regard soupçonneux.

— Qu'est-ce qui ne va pas chez lui, pour que tu caches son existence à tout le monde ?

— Rien du tout, répondit-elle, sur la défensive.

Dommage qu'il n'existât pas. Elle aurait aimé le jeter à la figure de Gabe, en cet instant.

— Depuis combien de temps le connais-tu ?

Elle pivota sur sa chaise pour lui faire face.

— Depuis quand as-tu le droit de me questionner sur ma vie amoureuse ?

Il resta impassible.

— Depuis que tu m'as invité à prendre le petit déjeuner au lit.

— Je ne l'ai pas fait ! dit-elle d'un ton sifflant, sans se soucier de cacher son horreur outragée à cette idée.

— Techniquement, si.

Techniquement ? Les tempes la lançaient en repensant à leurs échanges. Berk.

— Cette conversation est la plus ridicule que j'aie jamais eue.

Elle repoussa sa chaise et se leva pour partir, mais il la retint par la main, avec assez de fermeté pour l'arrêter.

Elle jeta un regard noir à l'endroit où il la touchait. Sa peau la brûlait. De colère, sûrement.

— Sois prudente, Kami, dit-il sur le ton de l'avertissement. Ne te lance pas dans une relation si vite après ta rupture avec Baxter.

Devait-elle éclater de rire, ou pleurer ? Venant de lui, ce conseil était comique. Gabe ne sortait-il pas avec une nouvelle femme dès la semaine suivant une rupture ? Elle, il y avait six semaines qu'elle avait rompu avec Baxter.

Les hommes étaient tellement hypocrites.

— Écoute-moi bien, Gabe, dit-elle en libérant sa main. Ma vie amoureuse ne te regarde pas.

— J'aurais préféré participer à cette conversation, plutôt que de discuter avec Eddie Pruitt.

Mince. Mindy avait dû entendre, et allait en tirer toutes sortes de conclusions plus fausses les unes que les autres. Mais pour le moment Kami voulait juste s'éloigner de Gabe. Le plus loin possible.

— Alors je te laisse la place, parce que moi j'ai fini.

Là-dessus, elle laissa Mindy et Gabe la regarder partir.

— Qu'avez-vous fait pour contrarier ma meilleure amie à ce point ?

Gabe ne savait pas très bien ce qui, dans ce qu'il avait dit, l'avait mise sur la défensive. Il s'était inquiété et elle s'était hérissée. Mais même s'il avait su ce qui l'avait tellement mise en colère, il n'en aurait pas parlé à Mindy. Si Kami ne l'avait pas informée de l'existence de ce mystérieux petit ami, ce n'était pas lui qui allait vendre la mèche.

Mindy l'étudia un instant, puis son expression s'adoucit.

— Vous essayez encore de la faire participer aux enchères ?

— Non.

Si Kami sortait avec un autre, elle ne ferait pas d'offre pour lui. Et il ne le lui demanderait pas. Cela aurait dépassé les bornes de l'amitié.

Seulement quelque chose, dans cette conversation, n'allait pas. Et soudain il trouva.

— Excusez-moi, Mindy. Kami en a peut-être fini, mais pas moi.

Il la découvrit en train de refaire les stocks de matériel de la cabine 1, ce qui ne s'imposait pas. Il alla droit au but :

— Si tu étais au lit avec quelqu'un ce matin, comment se fait-il que tu m'envoyais des textos ?

Elle vida ses poumons d'un air exaspéré, se tourna vers lui en croisant les bras et le fusilla du regard.

— D'accord, dit-elle, lèvres pincées, je n'étais pas au lit avec quelqu'un.

Il digéra cette réponse, laissa une vague d'émotions le submerger et chercha celle qui dominait. Le soulagement. Pourquoi était-il soulagé qu'elle n'ait pas été au lit avec un autre ?

Parce qu'ils avaient flirté et que cela lui avait plu ?

— Pourquoi m'avoir laissé penser que tu l'étais ?

Elle eut un soupir agacé.

— Parce que tu n'aurais pas dû parler comme tu l'as fait d'un petit déjeuner au lit.

Elle évitait son regard, ce qui le rendit encore plus curieux.

— Pourquoi ?

— Parce que tu disais ça dans le vide.

Elle lui jeta une œillade dégoûtée.

— Pas étonnant que les femmes du genre de Debbie ne veuillent pas te lâcher si tu leur parles comme ça.

— D'abord, je ne dis pas ce genre de chose à Debbie ni à qui que ce soit d'autre. Ensuite, qui te dit que je parlais dans le vide ?

Elle leva les yeux au ciel.

— Ben voyons.

— Ben voyons quoi ?

Elle mit une main sur sa hanche et le dévisagea.

— Tu étais peut-être sérieux en me proposant de m'apporter le petit déjeuner au lit !

Il l'avait été. Ce qui le déroutait autant qu'elle. Il haussa un sourcil.

— Tu veux dire que je ne l'étais pas ?

Manifestement agitée, elle rétorqua :

— Cesse d'être ridicule, Gabe. Bien sûr, que tu ne l'étais pas.

Il soutint son regard.

— Tu veux parier ?

— Tu perdrais, répondit-elle.

Au défi qu'il lut dans ses yeux verts, Gabe sut qu'il ne perdrait pas du tout.

— Je suppose que nous le découvrirons demain matin quand je t'apporterai le petit déjeuner au lit, non ?

Elle eut un nouveau soupir exaspéré.

— Tu ne m'apporteras pas le petit déjeuner au lit, ni demain ni aucun autre jour.

— Tu verras. Demain matin.

Consultant sa montre, il vit qu'il était minuit passé.

— Ou plus exactement, ce matin. Tu vas tout manger et tu aimeras ça.

Agacée par Gabe autant que par elle-même, Kami le fixa du regard. Vraiment, elle se disputait avec lui pour une histoire de petit déjeuner au lit ? Ce n'était pas croyable.

S'étaient-ils déjà disputés ? Leur était-il arrivé de hausser le ton ? Jamais.

Qu'ils le fassent maintenant, à propos d'un tel sujet, était la chose la plus ridicule du monde. Tellement ridicule que, malgré la tension qui montait en elle, elle éclata de rire.

Raide, Gabe plissa les paupières.

— Qu'y a-t-il de si drôle ?

— Toi.

Il fronça les sourcils.

— Je ne vois pas ce qu'il y a de drôle.

— Vraiment ? Tu ne trouves pas hilarant de me menacer de me forcer à manger tout mon petit déjeuner en affirmant que j'aimerai ça ?

Elle rit de plus belle, une main sur le ventre.

— Oh ! Gabe, je croyais que tu avais plus d'humour que ça.

Son expression se détendit et il sourit légèrement.

— D'accord, c'est peut-être un peu comique, mais ne pense pas échapper à ce petit déjeuner. Tu vas manger. Et bien.

— Mais oui, mais oui, répondit-elle, moqueuse, heureuse

d'avoir chassé sa tension. Continue à me menacer et je me plaindrai à mon supérieur.

— Ton supérieur, c'est moi, lui rappela-t-il, de nouveau taquin.

— Évidemment…

— Hé, vous deux, on a des entrées !

Mindy passa la tête dans la cabine.

— Un accident de voiture. Un mort sur place, deux blessés en état critique qui arrivent.

Leur nuit calme bascula dans le chaos total quand, en même temps que la première ambulance, arriva un véhicule privé avec une victime d'overdose. Il fallut de multiples doses de Narcan pour la ranimer avant de la transférer en soins intensifs.

La nuit passa à toute allure, un patient suivait l'autre. Lorsque Kami remit son rapport à l'infirmière de jour qui prenait sa suite, elle était épuisée.

Elle pointa, alla quelques minutes voir Beverly, encore plus fatiguée qu'elle, au service néonatal, passa s'occuper de Bubbles, qu'elle culpabilisa de laisser seule, rentra chez elle, se doucha, et allait se mettre au lit lorsqu'on frappa à la porte.

— Qui diable… ?

Jetant un coup d'œil à son short et à son T-shirt défraîchi, elle se dirigea vers la porte. Elle ne portait pas de soutien-gorge, mais vu sa petite poitrine, personne ne s'en apercevrait.

— Qui est-ce ? demanda-t-elle en se hissant sur la pointe des pieds pour regarder par le judas.

Gabe !

Avec des sacs portant le logo d'un bar à pancakes.

Il n'avait pas fait ça !

Mais si.

— Le livreur !

Le cœur tambourinant dans sa poitrine, elle appuya son front contre la porte. Gabe était devant chez elle. Avec le petit déjeuner.

Pourquoi ? Et pourquoi son pouls battait-il dans ses oreilles ?

— Vous vous êtes trompé d'adresse. Je n'ai rien commandé.

Que faisait-il là ? Pourquoi éprouvait-elle soudain le besoin d'aller mettre un soutien-gorge, après tout ? Et de s'enfouir sous une bonne dizaine d'autres couches de vêtements ? Pourquoi son cœur s'emballait-il comme s'il arrivait quelque chose de vraiment bien ?

— C'est une livraison spéciale.

— Désolée, je n'ouvre pas ma porte aux étrangers.

— Qu'est-ce qui ne va pas, Kam ? Il y a quelqu'un avec toi ? demanda Gabe d'un ton léger. Je pourrais toujours laisser les sacs devant la porte.

Tirant le verrou, elle ouvrit vivement.

— Ça, docteur Nelson, c'est un coup bas.

Il eut un grand sourire.

— Tu en aurais fait autant si tu en avais eu l'occasion.

Il avait raison.

— Invite-moi à entrer, fit-il alors qu'elle restait plantée sur le seuil à le fusiller du regard.

Elle se mit sur le côté et lui fit signe de passer. Il jeta un coup d'œil autour de lui.

— Où veux-tu que je dépose ceci ?

— Pas dans mon lit.

Incrédule, elle referma la porte et le suivit. Était-il vraiment là ? Chez elle ? Avec le petit déjeuner ?

Il rit.

— Ah, allons... Tu me gâches le plaisir.

— Bon.

Elle contempla son living-room, tout compte fait en assez bon état après trois nuits à l'hôpital.

— Si tu posais tes sacs sur la table basse ? Ou sur la table de salle à manger ?

L'appartement, pourtant petit, disposait d'un espace ouvert qui faisait communiquer la cuisine, le coin repas et la salle de séjour. C'était ce qui lui avait plu quand elle l'avait visité. Ça, et la proximité avec l'hôpital et l'université. Au début elle avait pris une colocataire, mais celle-ci s'était mariée et était partie depuis quelques mois. Kami ne l'avait pas remplacée, puisqu'elle allait bientôt pouvoir acheter sa maison.

Un foyer que personne ne pourrait lui enlever. Un endroit dont elle n'aurait jamais à partir parce qu'il serait à elle. Et où elle pourrait prendre la chatte de sa mère, si elle le voulait.

Avec son prochain versement, elle atteindrait le but qu'elle s'était fixé depuis des années et commencerait des recherches pour transformer son rêve en réalité.

— Prenons la table basse, dit Gabe. Ce sera moins formel.

Mais beaucoup plus formel que sa chambre. Ses joues s'échauffèrent à cette pensée. Elle se figea.

— Pourquoi es-tu ici, Gabe ?

— Il me semble que c'est évident.

Elle haussa les sourcils.

— Je t'avais promis un petit déjeuner.

— En vérité, tu m'as menacée d'un petit déjeuner au lit.

Il reprit les sacs sur la table basse.

— Montre-moi où c'est.

Elle avait pensé que le rouge lui était monté aux joues, mais elles étaient désormais brûlantes à faire fondre la calotte glaciaire.

— Espèce de pitre. Je devrais te prendre au mot. Ça t'apprendrait.

Elle s'efforça de calmer les spasmes de son estomac.

Devant son air malicieux, elle secoua la tête.

— Mais ça ne t'apprendrait probablement rien du tout.

Elle soupira.

— Tu n'iras pas dans ma chambre, Gabe. Ni maintenant, ni jamais.

— Maintenant, qui menace qui ? fit-il, rieur, en reposant les sacs et en déballant les boîtes en plastique. Bon sang, Kam, tu es grognon le matin. Je sais maintenant pourquoi tu travailles la nuit.

Regardant les nombreuses victuailles qu'il sortait, elle demanda :

— Comment se fait-il que tu sois si guilleret alors que tu as été debout toute la nuit ?

Il haussa les sourcils.

— Quel homme n'est pas guilleret quand il n'a pas dormi de la nuit ?

Plutôt que de répondre, elle huma les odeurs qui montaient de la table.

— Pourquoi avoir pris trois boissons ? Cinq ? corrigea-t-elle quand il ajouta une boîte de lait et une bouteille de jus d'orange.

— Je n'étais pas sûr de ce que tu voudrais, alors j'ai pris tout le panel. Je veux te faire plaisir et je boirai ce que tu ne voudras pas.

— C'est attentionné de ta part.

Il eut un grand sourire.

— Je suis un garçon attentionné.

Elle s'affala sur le canapé et le regarda d'un air suspicieux vider un troisième sac.

— D'après mon expérience, quand un homme se montre attentionné, il attend quelque chose en retour.

Il la regarda sérieusement.

— Baxter a de lourdes responsabilités.

Elle secoua la tête.

— Je ne faisais pas allusion à lui.

— Comment s'appelait le type avant lui ? Kent, Kenny, un truc comme ça ?

Elle fut prise de court. Ainsi, il se souvenait de son petit ami précédent ?

— Kent, mais je ne pensais pas à lui non plus. Plutôt aux hommes en général.

— Je ne suis pas comme les autres hommes.

— Mais oui, bien sûr, dit-elle d'un ton narquois même si, au fond, elle était d'accord.

Gabe ne ressemblait à aucun homme qu'elle avait connu. Même si, à l'instar des nombreux petits amis de sa mère, il ne restait jamais longtemps avec une femme, il ne promettait pas qu'il le ferait. En outre, c'était véritablement quelqu'un d'aimable. Elle n'avait apprécié aucun des hommes qui avaient traversé leur vie, à sa mère et elle.

Elle lui décocha le regard le plus méchant qu'elle put.

— Si tu as apporté des cerises et de la crème fouettée, je saurai que tu ne prépares rien de bon.

Les yeux brillant de malice, il ouvrit un récipient. Et évidemment, à l'intérieur se trouvaient un gros tas de crème fouettée et six ou sept cerises à longue queue.

Le souffle de Kami se coinça dans sa poitrine et elle leva les yeux vers lui.

— Oh ! là, là.

Il rit.

— Je vais avoir des ennuis ? demanda-t-il.

— Je commence à penser que tu attires les ennuis, oui, répondit-elle, tentée de prendre une cerise.

Elle adorait ça, mais il n'était pas question qu'elle en mette une dans sa bouche sous le regard de Gabe. En outre, elle avait déjà du mal à respirer ; elle s'étoufferait probablement.

— Au temps pour mon image de chevalier en armure étincelante.

— Je ne t'ai jamais vu comme un chevalier en armure étincelante, répondit-elle.

— Et pan ! C'est une des raisons pour lesquelles tu me plais.

Ignorant son commentaire, elle regarda les nombreuses boîtes ouvertes.

— Qu'as-tu pris pour moi ?

— Ce que je sais que tu aimes.

Comment aurait-il su ce qu'elle aimait pour le petit déjeuner ? Mais au lieu de le lui demander, elle lança :

— Et si je te disais que je n'aime pas les pancakes ?

— Je saurais que tu mens.

Il poussa une boîte vers elle.

— Ceux-ci sont pour toi.

— Aux noix de pécan ?

Plutôt que de prendre un pancake à l'air délicieux, elle plissa le nez.

— Et si j'avais une allergie aux noix ?

Ses yeux pétillèrent. Il rit, secouant la tête.

— Je travaille depuis combien de temps avec toi, Kam ? Je sais que les fruits secs sont tes coupe-faim favoris. Noix de pécan, amandes, noix, cacahuètes…

Il la tenait.

— Mais si tu as soudain des démangeaisons, je te promets que je te gratterai.

Pas question. Mais qu'il ait prêté attention à ce qu'elle grignotait à l'hôpital la surprit.

— Et tu n'as pas non plus d'aversion pour les pancakes, fit-il.

Elle soupira.

— Tu veux me l'entendre dire ?

Il hocha la tête.

— Bon. J'adore les pancakes. Je les aime bien chauds, ce qu'ils ne seront plus si tu n'arrêtes pas de me parler au lieu de me laisser manger.

Il rit. Elle prit une petite bouteille de sirop d'érable, en versa une bonne quantité sur les pancakes aux noix de pécan et goûta une bouchée. Un petit gémissement de plaisir lui échappa.

— Hum... Tu es pardonné d'être si pénible. C'est bon.

— Apparemment.

Elle ouvrit les yeux qu'elle avait fermés sans s'en rendre compte, croisa son regard et sourit.

— Ne prends pas ton air content de toi juste parce que c'est délicieux.

— Est-ce que je ferais ça ?

— Et comment !

Il rit et, au lieu de s'asseoir à côté d'elle, il s'assit par terre.

— Tu aurais pu t'asseoir ici. Je ne t'aurais pas mordu.

— C'est pour cette raison que je choisis le sol.

— Vraiment, Gabe, il faut que tu arrêtes ça.

Elle prit une autre bouchée, qu'elle savoura autant que la première, puis ajouta :

— Un jour, ça te créera des problèmes.

— C'est possible, fit-il en mâchant une tranche de bacon. Mais en attendant, la vie est sacrément amusante.

Elle le regarda.

— Ça doit être bien d'être toi.

— Comment ça ?

— Les femmes te laissent faire ce que tu veux et tu t'en sors toujours.

Il haussa les sourcils.

— Tu m'as laissé t'apporter ton petit déjeuner, c'est de ça dont tu veux parler ?

Elle rit.

— D'accord, c'était gentil. Mais je ne m'y attendais pas vraiment. J'avais oublié que tu m'avais menacée de le faire.

— C'est agréable de savoir que je suis si facile à oublier.

Aucune femme dans l'histoire du monde ne l'avait jamais oublié. Debbie, par exemple. S'il lui avait témoigné de telles attentions — et même plus, puisqu'ils étaient sortis ensemble —, pas étonnant qu'elle veuille tellement le récupérer. Renoncer à un homme comme Gabe ne devait pas être facile, même en sachant que c'était inéluctable.

— Si tu étais arrivé un quart d'heure plus tard, tu aurais dû manger ça tout seul. J'allais me coucher.

Il désigna sa tenue d'un signe de tête.

— J'aime bien ton pyjama.

Elle jeta un coup d'œil à son short et à son T-shirt.

— Il faudrait que tu me voies un matin où je suis à mon avantage.

— C'est une proposition ?

Bonté divine. Si Mindy l'entendait faire ce genre de commentaire, Kami ne pourrait jamais plus la convaincre qu'il ne faisait que plaisanter.

Elle secoua la tête.

— Non, Gabe, ce n'est pas une proposition. Cesse de dire ce genre de bêtise.

Gabe marqua un temps. Kam avait raison. Il fallait qu'il arrête de dire des choses pareilles. Mais il aimait la taquiner, et la prendre un peu à rebrousse-poil le tentait, c'était sûr.

— Tu as peur de faiblir et de dire oui ?

Elle haussa un sourcil.

— Une femme qui te dit oui se montre faible, c'est ce que tu veux dire ?

Il gloussa.

— Jamais.

— Pour information, tu vas me laisser manger ces cerises et cette crème fouettée plus tard, selon mon bon plaisir, et sans toi.

— Si je dis oui, tu interpréteras cela comme une marque de faiblesse de ma part ?

Elle rit.

— Non, comme le geste d'un gentleman n'interférant pas entre une femme et son dessert favori.

— Tu marques un point.

Ils mangèrent quelques minutes en silence, puis Kami se leva et s'étira, attirant le regard de Gabe sur ses jambes, qu'il n'avait jamais vues auparavant.

Elles étaient toujours couvertes par sa tenue d'infirmière. Pourtant, il avait bien dû les voir à la soirée de Noël... Il se creusa les méninges, fouillant dans ses souvenirs.

— Un tailleur-pantalon noir.

Elle haussa les sourcils.

— Pardon ?

— C'est ce que tu portais à la soirée de Noël.

Elle le regarda, pantoise.

— Qu'est-ce que ça a à voir avec...

— Je regardais tes jambes, et...

— Attends, pourquoi regardais-tu mes jambes ?

— Je me disais que je ne les avais jamais vues. Tu as des jambes superbes, Kam. Tu devrais les montrer davantage.

— Mais oui, bien sûr. Je vais aller aux urgences en minijupe.

Il sourit.

— Je ne m'en plaindrais pas.

— J'en suis certaine.

Elle fit claquer ses doigts devant son visage.

— On relève les yeux, Gabe !

— Quel rabat-joie !

Elle rit, et ramassa les restes en secouant la tête.

— Tu as de la chance que je sois pieds nus, sinon je te lancerais mes chaussures à la figure.

Aussitôt, le regard de Gabe tomba sur ses pieds nus. Il eut un choc.

— Ce sont des émoticônes, sur tes ongles d'orteils ?

Elle baissa les yeux et un sourire mystérieux éclaira son visage.

— Des smileys, Gabe. Des visages souriants.

— Alors là ! Je ne pourrai plus jamais te regarder de la même façon. De longues jambes et des smileys sur les orteils... Un homme pourrait trouver pire.

— Oublie que tu as vu mes jambes et mes ongles de pieds, s'il te plaît.

Se levant à son tour, il l'aida à débarrasser.

— Ça ne risque pas d'arriver.

— Ils sont imprimés à tout jamais sur tes rétines ?

Il la suivit dans sa cuisine et nota les murs et la vaisselle aux couleurs vives. *Un air de fête*, se dit-il. *Non, plutôt de fiesta.* La pièce était en parfait accord avec la femme aux pieds nus qui mettait les restes dans le frigo.

— J'ai de quoi déjeuner demain matin, dit-elle.

— Ou je pourrais de nouveau t'apporter ton petit déjeuner.

Elle pivota vers lui, le doigt pointé.

— Non !

— Maintenant que j'ai vu ces orteils, je ne serai pas capable de garder mes distances, Kam, plaisanta-t-il, savourant de la voir rougir. Tu aurais dû y penser avant d'ouvrir la porte les jambes nues.

Elle leva les yeux au ciel.

— Ne te fais pas d'illusions, Gabe. Je t'ai ouvert parce que tu apportais à manger. C'est tout.

Il rit.

— Je n'aurai jamais de problèmes d'ego, avec toi pour me ramener sur terre.

— Tu n'as pas besoin que je flatte ton ego, répondit-elle. Tu as déjà une flopée de femmes pour ça, je ne vais pas rejoindre le fan-club.

Quelque chose dans la façon acerbe dont elle fit la remarque frappa Gabe. Il avait toujours eu quantité de rendez-vous galants, mais il ne s'était jamais vu comme elle le dépeignait. Un homme à femmes.

— Néanmoins tu es une fan, n'est-ce pas, Kam ? demanda-t-il, curieux de sa réponse.

— Ta fan ? demanda-t-elle en s'appuyant au frigo pour le fixer.

Ses yeux brillaient d'un éclat qu'il ne pouvait définir.

— Oui, Gabe. Je suis une groupie totale. Tu le sais.

Son ton et son expression étaient désinvoltes, mais il y avait comme une lueur d'attirance au fond de ses yeux verts.

— Sérieusement, le petit déjeuner était très bien. Mais tu comprendras que je te mette dehors, parce que je suis prête à aller me coucher.

Comme il s'apprêtait à dire quelque chose, elle agita un doigt.

— N'y songe même pas ! Pas si tu tiens à la vie.

Oui, les pensées qu'il venait d'avoir étaient ridicules. Il rit.

— Alors quand tu dis prendre le petit déjeuner au lit avec toi, ça n'implique pas ton lit ?

Elle exagéra son sourire, montrant les dents.

— Exactement.

— On t'a déjà dit que tu es une trouble-fête ?

— Une fois ou deux, fit-elle avec un petit rire. Maintenant, il est temps que tu t'en ailles pour que je puisse me refaire une beauté en dormant.

— Tu n'en as pas besoin.

Elle haussa un sourcil.

— Pardon ?

— Tu n'as pas besoin de dormir pour être belle.

C'était vrai. Il y avait quelque chose d'attirant dans ses cheveux propres rassemblés en une natte, quelques boucles encadrant son visage, sa peau bien récurée avec son léger semis de taches de son sur le nez, son T-shirt et son short amples, ces longues jambes et ces joyeux ongles de pieds.

— Mais oui, fit-elle en secouant la tête. Qu'y avait-il dans le lait que tu as bu ? Des hallucinogènes ?

Peut-être, parce que, en regardant Kami, il voyait certainement des choses qu'il n'avait pas remarquées auparavant. Elle était vraiment magnifique. C'était curieux, il n'y avait jamais pensé avant. Certes, si on lui avait posé la question, il aurait dit que c'était une femme séduisante, mais il ne l'avait jamais réellement regardée avant ce matin. Pas de cette façon.

Pas avec l'idée qu'il aimerait passer les mains sur ses jambes nues et...

— Ce sont les ongles de tes orteils. Ils m'ont ensorcelé.

Elle remua ses doigts de pieds.

— Laisse-les tranquilles, mon gars. Ils me rendent heureuse.

— Puisque tu sembles penser que les jambes nues ne seraient

pas convenables au travail, je pourrais autoriser les sandales ouvertes.

Elle secoua la tête.

— Tu imagines les conséquences ? Le trouble qui en résulterait, les instruments tranchants qu'on laisserait tomber sur nos patients ?

— Tu as raison, dit-il. Peut-être qu'il faut juste que nous passions plus de temps ensemble hors de l'hôpital.

Le sourire de Kami disparut et elle regarda ses pieds.

— Tu ne devrais vraiment pas dire des choses pareilles.

Elle ne cessait de le lui rappeler. Au début, il était d'accord. Mais plus il la taquinait, plus il se demandait pourquoi il aurait dû s'arrêter.

— Pourquoi ?

Semblant déconcertée, elle s'écarta du comptoir.

— Parce que nous savons tous les deux que tu ne les penses pas.

Elle se frottait un pied contre l'autre, nerveuse. Ce geste attira l'attention de Gabe, lui donna envie de toucher ses pieds, de les embrasser et de monter plus haut.

— C'est là où tu te trompes, dit-il autant pour elle que pour lui-même. J'ai passé un super moment. À tel point que j'ai envie de recommencer. Demain matin à la même heure ?

Les yeux de Kami s'élargirent.

— Non. Ni demain matin, ni après-demain matin. Ni plus tard.

— Pourquoi pas ?

Elle parut troublée, comme si elle ne savait pas que dire.

— Parce que... Que tu sois chez moi à cette heure n'a pas de sens.

— Qu'y a-t-il d'insensé à ce que nous prenions le petit déjeuner ensemble ?

— Nous ne sommes pas bons amis à ce point.

C'était ce qu'elle pensait ?

— Nous le deviendrons, répondit-il, formel.

4

Gabe ne se montra pas chez Kami le lendemain matin, mais il lui envoya une photo qui la fit éclater de rire et dissipa la tension qu'elle avait combattue toute la nuit. Elle lui répondit par un texto.

Et voilà. Tu es officiellement un type louche.

Il y a des choses qu'une femme doit voir pour les croire.

Des choses qu'une femme ne devrait jamais voir.

Hé, c'est toi qui sortais avec ce type.

Pas pour ses prouesses sportives.

Alors pour quelles prouesses ? Dis-moi, Kam.

Jamais.

Une fille coquine qui ne l'avoue pas, hein ?

Tu ne le sauras jamais.

Continue à exhiber ces orteils à smileys devant moi et je te prouverai que tu as tort.

Elle serra son portable un peu plus fort en relisant son message. Elle avait de nouveau des papillons dans le ventre. Alors elle se rappela que Gabe était Gabe, rien d'autre, et qu'elle ne devait rien voir de spécial dans ses commentaires. Elle envoya un nouveau texto.

Ha, ha. Je vois que tu as pris ta dose matinale de calcium, de vitamine D et d'hallucinogènes.

Un plein verre. Tu me rejoins pour le petit déjeuner ?

Non. J'ai déjà mangé.

Son cœur ne s'emballait pas parce qu'une part d'elle avait envie d'accepter. Absolument pas.

Dommage. Qu'est-ce que tu as mangé ?

De la crème fouettée et des cerises.

Pourquoi lui avait-elle avoué ça ? Elle était aussi peu sérieuse que lui.

Oublie les ongles des pieds. Je veux voir tes queues de cerise nouées. Montre-moi.

Elle ne devrait pas, mais elle allait le faire quand même.

Se sentant complètement idiote, elle tendit son portable vers les sept queues de cerise parfaitement nouées. Elle les avait posées sur une serviette en papier parce qu'elle n'avait pas eu le cœur de les jeter. Ridicule. Que comptait-elle faire ? Les garder en souvenir ?

En souvenir de quoi ? De Gabe lui apportant son petit déjeuner ? Ils n'étaient qu'amis. N'avaient jamais été qu'amis. Ne seraient jamais qu'amis.

Pourtant, elle lui envoyait une photo de ses queues de cerise nouées et souriait comme une niaise.

Un jour, tu me montreras comment tu fais.

Tu peux toujours rêver.

Je rêve. D'orteils à smileys et de langues habiles.

Pervers.

S'adossant au comptoir de sa cuisine, elle continua à écrire.

Manifestement, tu ne dois pas forcer très fort sur le sport si tu peux mener cette conversation en même temps.

Mener deux choses de front n'a jamais été un problème pour moi. J'ai du talent pour ça. Tu veux que je te montre ?

Kami prit une grande inspiration. Gabe et elle s'étaient toujours répondu du tac au tac au travail, et s'étaient parfois envoyé des textos assez drôles, mais ceci, ils ne l'avaient jamais fait. Il y avait là des sous-entendus sexuels évidents. Une sorte d'énergie sexuelle passait de l'un à l'autre.

Elle ne le comprenait pas, et plus elle lui rappelait qu'il ne devait pas dire des choses aussi ambiguës, plus il semblait déterminé à les dire. D'un autre côté, comment le lui reprocher quand c'était elle qui avait abordé le sujet des cerises et de la crème fouettée ?

Gabe était un homme superbe, un médecin brillant. Des femmes belles, talentueuses, le poursuivaient de leurs assiduités. Sa dernière petite amie était une célébrité de la télévision locale. Kami secoua la tête. Que lui prenait-il d'avoir cette conversation avec elle comme si leur relation s'épanouissait en quelque chose qui dépassait l'amitié ?

Il s'amusait juste avec elle. Rien de plus.

Pourquoi, elle l'ignorait, et peu importait. Ce qui comptait, c'était qu'elle garde les choses en perspective. Sinon, le risque était de se prendre au jeu et de finir blessée. N'avait-elle rien appris des nombreuses erreurs de sa mère ? Du tourbillon permanent d'hommes qui entraient et sortaient de sa vie ?

Le lendemain matin, Gabe ne tomba pas sur l'ex de Kami au gymnase. D'habitude il y passait environ une heure les jours où il ne travaillait pas, mais ce jour-là il avait un excès d'énergie à brûler et il se donnait du mal. Il aurait probablement des courbatures, mais il ne ralentit pas son rythme sur le rameur.

Pas même quand son téléphone vibra, indiquant un texto. Espérant que ce serait une surprise agréable, il baissa les yeux sur sa montre connectée, vit le nom de l'expéditrice et continua à ramer. Ce n'était pas une surprise agréable.

Même s'il ne voulait pas être confronté aux efforts incessants de Debbie pour renouer avec lui — efforts qui s'étaient intensifiés depuis qu'il l'avait contactée pour la collecte de fonds —, son ex n'était pas la source de son agitation.

Kami, si.

Il l'aimait bien, elle lui avait plu dès qu'il était entré aux urgences de Knoxville l'année précédente. On pouvait compter sur elle, elle était drôle, avait l'esprit vif et une langue bien pendue, et n'hésitait pas à le remettre à sa place.

Souvent.

Travailler avec elle était rafraîchissant, et il recherchait toujours sa compagnie à l'hôpital et dans les sorties en groupe auxquelles ils avaient tous les deux pris part. Manifestement, aucune de ces sorties n'avait comporté de cerises, car si elle avait noué une queue de cerise devant lui, il ne l'aurait pas oublié. L'image d'une queue de cerise nouée entre ses lèvres pleines et roses lui fit battre le cœur.

Qu'est-ce qui lui arrivait ?

Il ne pensait pas à elle de cette façon. Non pas que Kami ne soit pas une femme séduisante. Avec ses cheveux blond cendré, son visage en forme de cœur, ses grands yeux verts et ses lèvres pulpeuses, elle l'était. Simplement, il avait toujours préféré les grandes brunes voluptueuses ou les blondes minces et élancées aux petites femmes insolentes.

Mais depuis qu'il avait vu la photo des sept queues de cerise parfaitement nouées, ses pensées sur Kami avaient changé. Ou alors c'étaient ses jambes qui n'en finissaient pas. Ou bien ses pieds nus avec leurs ongles enjoués. Ou la façon dont ses yeux dansaient quand elle lui répondait du tac au tac et ne lui laissait pas le dernier mot. Ou encore le petit bond satisfait qu'elle faisait parfois quand elle avait le dessus. Ou…

Ralentissant l'allure, Gabe s'essuya le front du revers de la main et se força à souffler. Il en avait assez pour la matinée. Il était temps d'aller prendre une douche, de manger, et de ne plus penser à ces images coquines qui l'obsédaient.

Il appréciait leur relation, la camaraderie qu'ils partageaient à l'hôpital. Pourquoi gâcher une superbe relation de travail ? Une amitié formidable ? Il y avait des dizaines de femmes avec qui sortir, sur qui fantasmer. Il ne voulait pas perdre une amitié à laquelle il accordait du prix.

Kami était hors de portée autrement que comme amie. Alors peut-être avait-elle raison de lui rappeler de surveiller ses propos, peut-être devait-il commencer à suivre ses conseils.

Si seulement il avait pu convaincre son corps d'en faire autant…

— Tu n'as pas répondu à mon texto hier, dit Gabe d'un ton accusateur dès qu'il fut seul avec Kami pendant leur service suivant.

Il avait juste fini de suturer un garçon de quinze ans qui s'était ouvert la main sur du verre cassé et avait suivi Kami dans la réserve.

— J'étais occupée.

Au lieu de le regarder, elle continuait à rassembler des fournitures.

Il fronça les sourcils.

— Trop occupée pour me répondre ?

Elle lui jeta un coup d'œil, les sourcils levés.

— Il faut croire.

D'accord. Il l'étudia, notant la tension qui émanait d'elle. Une tension inhabituelle. En général, elle restait souriante et détendue quoi qu'il advînt. Mais là, elle paraissait obnubilée par quelque chose.

Leur flirt était-il le coupable ? Gabe fit la moue. Aurait-il dû endiguer les choses plus tôt ? Cela dit, il l'avait contactée pour le travail, pas pour le plaisir.

— Alors tu te moques que le producteur de Debbie veuille nous rencontrer à propos de la collecte de fonds ?

Elle retrouva aussitôt son entrain habituel.

— C'est génial !

Heureux de voir la lumière revenir dans ses yeux, il n'était toutefois pas tout à fait prêt à lui pardonner sa maussaderie.

— Mais comme tu n'as pas répondu à mon texto, je n'ai pas pu dire à Debbie quand nous pouvions les voir.

Elle plissa les paupières d'un air suspicieux.

— Nous ? Les ?

— Moi, toi, Debbie, son producteur.

Elle fronça les sourcils.

— Debbie et toi ? Pourquoi serez-vous là ? Je ne pouvais pas simplement rencontrer le producteur ?

Comme si elle ne le savait pas !

— Devine, l'amie qui refuse de faire une offre pour le tête-à-tête avec moi.

Il aurait probablement dû arrêter les commentaires acerbes, mais il était irrité qu'elle ait ignoré son message la veille, et sa personne la majeure partie de leur service.

Elle plissa le nez.

— Oh.

— Oui, oh, dit-il avant de lui retourner son regard incisif. Ai-je mentionné que tu as une dette envers moi ?

Elle eut un sourire tolérant.

— Plusieurs fois.

— Je compte sur toi pour ne pas l'oublier.

— Je n'oublie jamais quand je dois quelque chose à quelqu'un. Mais là, tu fais ça pour aider notre collègue, parce que tu es quelqu'un de bien. Ça n'a rien à voir avec moi, alors je ne te dois rien.

Remis à sa place, il ne put argumenter.

— Tu sais t'y prendre pour qu'un homme se sente mal.

Il baissa la tête, feignant d'être penaud, puis la releva et fit un clin d'œil. Elle sourit, cette fois pour de bon, et la tension diminua en Gabe.

— Je te faisais un compliment, dit-elle. Qu'est-ce que j'y peux si tu as mauvaise conscience ?

Son regard soutenant le sien, il fit un pas vers elle et plongea les yeux dans ses grands yeux verts.

— C'est le premier compliment qui me fait l'effet d'une réprimande.

— C'est parce qu'on ne te réprimande pas assez souvent.

Elle abaissa son regard sur sa bouche. Elle prit une petite inspiration, puis détourna les yeux pour fixer quelque chose derrière lui. Il eut envie de toucher son visage, de passer les doigts sur les cheveux qui s'étaient échappés de sa pince, de placer son pouce sous son menton et de le relever.

Pour amener ses lèvres vers les siennes.

Il déglutit.

— Alors, tu es volontaire ? Parce que je suis partant.

Elle ramena son regard sur le sien.

— Gabe, je ne peux pas continuer de cette manière.

— Quoi ? demanda-t-il, conscient qu'ils s'étaient rapprochés car il pouvait sentir son souffle sur son visage, comme elle devait sentir le sien ; il avait envie de sentir davantage.

— Toi. Moi. Ceci.

Elle ferma les yeux, mais au lieu d'en profiter, il attendit.

— Nous ne pouvons pas agir ainsi. Nous le regretterions éternellement.

— Qu'est-ce que nous regretterions éternellement ?

Il savait ce qu'elle voulait dire, mais il avait besoin de l'entendre le dire. Peut-être qu'alors le message passerait, car quand elle avait fermé les yeux, c'était pour cacher non pas la crainte de ce qu'ils pourraient faire, mais le regret de ce qu'ils ne feraient pas. Il en était certain.

— Oups.

Mindy venait d'ouvrir la porte de la minuscule réserve.

— Désolée. Je ne savais pas que vous étiez là-dedans. Ensemble. Seuls.

Les yeux de Kami s'étaient ouverts d'un coup, et remplis de culpabilité et de tant d'autres choses qu'il ne pouvait définir. Il avait envie de l'attirer à lui, de lui dire que tout allait bien, que Mindy jubilerait de les avoir surpris tous les deux, mais rien de plus.

Il avait désiré que quelque chose de physique se produise entre Kam et lui. Il avait eu envie de l'embrasser. Peut-être n'aurait-il pas dû hésiter. Peut-être aurait-il dû couvrir sa bouche de la sienne et étancher sa curiosité, faire enfin l'expérience du contact de ses lèvres.

Mais probablement que non.

Elle était sur la défensive et fuyait son regard.

— Je peux revenir, dit Mindy, manifestement très contente de ce qu'elle avait interrompu.

— Non. Reste. J'ai fini.

Kami recula, heurta une étagère et rougit.

— J'ai ce qu'il me faut.

— J'en suis sûre, répondit Mindy, taquine, en les regardant tour à tour.

Kami tiqua.

— Quant au Dr Nelson, il me donnait de bonnes nouvelles

pour la promotion de la collecte de fonds, dit-elle, le souffle court. Tu devrais l'interroger, puisque tu es la coprésidente et que, moi, j'en ai assez.

Sur ces mots, elle sortit en hâte de la pièce.

— Qu'avez-vous fait, cette fois ? Et pourquoi suis-je sans cesse obligée de vous le demander ?

— Bonne question.

Mindy mit une main sur sa hanche.

— Elle en a assez de quoi ?

Gabe fit la moue. Il n'était pas sûr de la réponse, mais Kam avait voulu parler de lui et de ce qui se passait entre eux, quoi que ce fût.

Mindy lâcha un long soupir et secoua la tête.

— Vous l'avez convaincue de faire une offre aux enchères ?

Il lui jeta un coup d'œil inquisiteur.

— Vous croyez que j'ai une chance de la faire changer d'avis ?

L'infirmière haussa les épaules.

— Je dirais que vous avez généralement une chance dans tout ce que vous entreprenez, y compris l'achat de ce tête-à-tête par ma meilleure amie.

— Nous verrons.

En tout cas, Kami ne semblait pas avoir de problèmes pour le repousser. Ou pour ne pas répondre à ses messages.

En outre, la façon dont il avait réagi physiquement à la proximité de Kami, à ses yeux rivés sur sa bouche, aux étincelles qui volaient entre eux avait été tout sauf « sans risque ». Cela s'appelait même « jouer avec le feu ».

— Je suis désolé.

Malgré son peu d'envie d'accorder de l'attention à Gabe, Kami hocha la tête et mordit dans son sandwich d'après minuit. Ils avaient enfin un moment de calme et elle avait pris sa pause.

Gabe avait été retenu par le départ d'un patient asthmatique qui s'était parfaitement rétabli avec une injection de stéroïdes et un traitement respiratoire.

Il s'assit à la table.

— Je ne veux pas perdre ton amitié, Kami.

— C'est pareil pour moi, répondit-elle en se demandant si ce n'était pas déjà trop tard.

Elle avait ressenti quelque chose, dans la réserve. Quelque chose qui avait longtemps été sous-jacent, qui s'était construit pendant des jours, peut-être plus, mais qu'elle avait jusqu'à présent pu contenir. Elle n'était désormais plus sûre d'être capable de repousser l'alchimie sexuelle qu'elle avait perçue entre Gabe et elle quand il avait semblé fasciné par sa bouche.

Elle avait eu envie qu'il l'embrasse. Qu'il enfouisse les doigts dans ses cheveux et dévore ses lèvres ; qu'il presse son corps contre le sien et... Flûte. Son esprit ne devait pas s'égarer sur cette voie.

— Bon, dit-il. J'ai beau adorer te taquiner, je ne veux rien faire qui sape notre amitié.

Ne sachant que répondre, elle hocha de nouveau la tête.

Il resta assis à côté d'elle, silencieux quelques instants.

— Quelque chose a changé entre nous, n'est-ce pas ?

Elle se tourna vers lui.

— Tu as vraiment besoin de me le demander ?

Il la regarda de longues secondes avant de s'éclaircir la gorge.

— Est-ce que ça va aller pour toi et moi ?

Voulait-il dire individuellement, ou ensemble ? Parce que, malgré toutes les divagations de son esprit depuis l'épisode de la réserve, elle ne pouvait vraiment pas imaginer un « ensemble » pour eux deux. Jamais.

— Ça va aller, dit-elle d'une voix ferme.

Oui, ils iraient bien. Il oublierait ce bref moment d'attirance, quel qu'il ait été, et passerait à la prochaine femme sexy qui attirerait son regard. Elle continuerait à se satisfaire de sa vie et si l'homme qu'il fallait passait par là — un homme solide qui ne l'utiliserait pas, qui ne la quitterait pas —, elle se lancerait de nouveau dans une histoire amoureuse.

Baxter avait été quelqu'un de solide. D'où lui venait cette pensée ? Baxter ne comptait pas. Il n'y avait pas de magie quand il l'embrassait, la touchait. Gabe ne l'avait ni touchée ni embrassée, et pourtant l'incident de la réserve l'avait fortement marquée.

— Tant mieux. Je ne veux vraiment pas te perdre, Kam.

Là-dessus, il lui tapota la main comme un adulte tapoterait la main d'une enfant, puis repoussa sa chaise et la laissa le suivre des yeux.

Rien d'embarrassant dans cette conversation, se dit-elle tandis qu'il quittait la petite pièce de repos. *Rien du tout.*

Il fallait peut-être qu'elle évite Gabe pendant un certain temps. Au moins jusqu'à ce qu'elle comprenne ce qui s'était passé.

Presque passé.

Parce que, en fait, il ne s'était rien passé.

Elle ferma les yeux, se remémorant ce moment. Il ne s'était rien passé de physique, mais quelque chose s'était produit.

Quelque chose d'intense, et elle n'aimait pas ça.

Gabe mettait en péril son immunisation contre lui.

Elle devait peut-être l'éviter et prier que sa mère rentre vite afin de se faire de nouveau inoculer toutes les raisons pour lesquelles déraper avec un homme comme Gabe ne pourrait que la faire souffrir.

5

Kami réussit à éviter Gabe pendant le reste de la nuit et la majeure partie de la nuit suivante. Hélas, ce ne fut pas toujours possible ; certains patients exigeaient qu'ils travaillent ensemble.

Elle était polie. Il était poli. Tout était empreint de gêne.

Un patient victime d'une crise cardiaque arriva en ambulance et fit un arrêt cardiaque quelques minutes plus tard.

Quelles que soient les circonstances, Kami détestait traiter les arrêts cardiaques, parce que la vie d'une personne était en jeu et qu'elle pouvait s'arrêter d'un moment à l'autre. Ce cas, juste à la fin de son service, était de cette gravité-là, et elle pria en silence pour l'homme et sa famille.

Gabe comprimait la poitrine du malade pendant qu'elle lui insufflait de l'air. Mindy était prête à actionner le défibrillateur.

— À trois, on y va, ordonna Gabe. Un, deux, trois !

Kami et lui reculèrent tandis que le corps de l'homme sursautait sous le choc électrique.

Rien.

Gabe reprit ses compressions et Kami redonna de l'air. Puis Gabe redemanda une défibrillation. Le moniteur cardiaque ne montrait toujours rien. Kami s'attendait à ce que Gabe constate l'arrêt cardiaque. Or il continua. Demanda encore une défibrillation, alors que trop de temps avait passé.

Kami croisa le regard de Mindy ; elles étaient toutes les deux perplexes. Il demanda une nouvelle défibrillation qui ne donna rien non plus. Il exerça encore une pression puis, la tête basse, s'avoua enfin vaincu.

Kami avait déjà traité des arrêts cardiaques avec Gabe, mais lui avait-elle vraiment prêté attention lorsque les tentatives échouaient, que l'adrénaline retombait et qu'un profond sentiment d'échec s'installait ? Quelquefois pourtant, cela marchait. Était-ce ainsi que Gabe voyait les réanimations, lui aussi ? Épuisantes émotionnellement, physiquement et mentalement, mais valant la peine si une personne, même une seule, était sauvée ?

Il avait l'air défait. Vulnérable. Il ne ressemblait pas à l'homme qui la taquinait, d'habitude. Ni au Gabe qu'elle connaissait.

L'émotion l'envahit. Elle aurait voulu lui faire retrouver son sourire, cette lueur malicieuse dans ses yeux. Ce qui allait à l'encontre de sa décision de l'éviter. Mais un homme venait de mourir et Gabe semblait vidé. Or il était son ami. Elle se souciait de lui. Elle ne pouvait pas se dérober.

— Ça va ? lui demanda-t-elle.

Il lui jeta un bref coup d'œil et hocha la tête.

— Oui.

Il n'en avait pas l'air. Ses yeux étaient rouges, humides, et le ventre de Kami se noua un peu plus. Elle n'était pas sûre de ce qu'elle devait faire, mais ne rien faire n'était pas une option. Pas pour elle. Pas quand Gabe paraissait aussi dévasté. Elle avait envie de l'attraper par sa blouse, de le tirer dans un lieu à l'écart et de lui faire dire ce qui l'avait tant bouleversé dans cet arrêt cardiaque. En dehors de ce qui était évident, bien sûr.

Mais quel droit avait-elle de le faire ? Aucun. Ils étaient amis, mais elle ne pouvait pas exiger de confidences de sa part. Pas vraiment.

Tendue, elle se remit au travail pendant que Gabe allait annoncer la mort du patient à la famille. Elle ne lui enviait pas cette tâche. Le problème venait peut-être de là : peut-être connaissait-il le défunt et sa famille. Si c'était ça, ce ne serait pas facile.

Le reste de la nuit fut trépidant et elle n'eut pas l'occasion de prendre Gabe à part. À la fin de son service, elle remit avec soulagement son rapport à l'infirmière de jour. Puis, avant de partir, elle chercha Gabe.

Elle l'avait aperçu une fois ou deux après l'arrêt cardiaque, mais toujours occupé avec des patients. Pas de sourires, pas de blagues, pas de mouvements de sourcils… En bref, Gabe n'était pas lui-même.

Elle ne tarda pas à le trouver. Il était assis dans le petit bureau réservé aux médecins. S'assurant qu'il n'était pas en train d'enregistrer un rapport, elle passa la tête à l'intérieur.

— Dure nuit, hein ?

Il se tourna vers elle et hocha la tête.

Quelque chose n'allait pas. Dans sa posture. Dans la façon dont ses entrailles à elle se nouaient. Dans tout ce qui s'était passé après ce funeste arrêt cardiaque. Pourquoi avait-elle envie d'enlacer Gabe et de le garder dans ses bras jusqu'à ce que ce qui le tracassait disparaisse ? Parce qu'il lui avait troublé l'esprit, dans cette réserve. Et même avant.

— Je te montrerai mes orteils, si tu souris.

Comme elle l'espérait, il sourit. Ce n'était qu'un pauvre sourire, mais il l'émut.

— Tu l'auras voulu.

Elle se baissa pour délacer sa chaussure. Les yeux de Gabe s'éclairèrent un peu, et il rit.

— Reste chaussée, Kam.

Puis il retomba dans le silence et elle ne le supporta pas.

— Tu veux venir manger des pancakes avec moi ? demanda-t-elle.

— Tu plaisantes ? répondit-il, manifestement surpris.

Oui. Elle plaisantait. Elle n'invitait pas les hommes à prendre le petit déjeuner avec elle. Surtout des hommes comme Gabe, qui enchaînaient les conquêtes comme si elles étaient jetables. D'un autre côté, elle avait déjà pris un petit déjeuner avec Gabe, alors quel mal y aurait-il à recommencer ?

En amis, bien sûr. Elle irait nourrir Bubbles ensuite.

— J'ai faim et je n'ai pas envie de manger seule.

Comme pour confirmer, son estomac gronda.

Elle crut dans un premier temps qu'il allait refuser, mais il se leva et hocha la tête.

— Laisse-moi prévenir le Dr Williams que je m'en vais.

Il s'en allait avec elle. Parce qu'elle le lui avait proposé et qu'il avait accepté. Cela la mit mal à l'aise. Mais pas autant que son air perdu l'avait fait.

Un Gabe taquin et charmeur était une chose. Un Gabe désorienté en était une autre, et elle ne pouvait pas lui tourner le dos sans tenter ce qu'elle pouvait pour l'aider.

C'était ce que faisaient les amis, non ?

On prétend que tout le monde a un sosie. Gabe venait d'essayer de réanimer un homme qui aurait pu passer pour son père.

Son père qu'il avait été trop jeune pour réanimer et qu'il avait regardé mourir, ne pouvant que pleurer et attendre que les ambulanciers arrivent pour faire ce qu'il aurait dû être capable de faire.

Certes, il n'avait que huit ans, à l'époque. Un gamin. Il avait su appeler une ambulance, mais n'avait pu que sangloter pendant que son père rendait son dernier souffle. Maintenant encore, ce moment lui revenait comme s'il venait d'arriver.

Il avait pris depuis longtemps conscience que sa vocation de médecin urgentiste était née de cette expérience. Et il n'était pas assez sot pour croire que s'il avait pu pratiquer une réanimation cela aurait fait une différence pour son père. Mais qui savait ce qui aurait pu se passer ?

Roger Dillehay, l'homme qui avait fait un arrêt cardiaque dans la nuit, avait démoli Gabe. Il avait de nouveau échoué.

C'était peut-être un signe, la preuve que, malgré tout ce qui était médicalement possible, sauver l'homme qui ressemblait tant à son père était impossible. Que même si, à huit ans, il avait su s'y prendre, le résultat aurait été le même, il aurait grandi sans le soutien et l'amour de son père, seul face aux larmes de sa mère.

— Depuis que je te connais, je n'ai jamais pu te reprocher d'être trop silencieux.

Il battit des cils et regarda la femme assise en face de lui. Ses grands yeux verts exprimaient une douceur qu'il lui connaissait envers les patients, mais qui ne lui avait encore jamais été destinée.

Il n'avait jamais eu de raison de susciter son empathie. Et il ne le voulait pas maintenant.

Elle l'avait évité et il l'avait laissée faire, alternant entre la nécessité de faire marche arrière pour ne pas mettre leur amitié en danger et l'envie de céder à ce qu'il éprouvait en l'embrassant à perdre haleine.

— Je suis désolé, Kam, dit-il en se passant les doigts dans les cheveux. J'aurais dû refuser ce petit déjeuner. Je ne suis pas de bonne compagnie.

— C'est exactement pour ça qu'il fallait l'accepter. Nous sommes amis.

Avait-elle insisté sur le dernier mot ?

— Quelque chose te tracasse et je veux t'aider.

Kami était une guérisseuse. Elle voulait guérir ses patients et désormais le guérir, lui. Il n'avait pas besoin d'être guéri. Il n'était pas brisé, seulement...

— Tu veux en parler ?

— Tu étais là.

— Oui. Tu es allé au-delà des limites, avec cet arrêt cardiaque.

Il grogna.

— Je me suis acharné, c'est ça ?

Elle fronça les sourcils d'un air réprobateur.

— À partir du moment où tu avais une raison médicale de croire qu'il y avait de l'espoir, tu as bien fait de ne pas renoncer.

— Je ne suis pas sûr que ç'ait été le cas, dit-il, incapable de la regarder dans les yeux de peur qu'elle lise en lui. C'était plutôt que le patient me rappelait quelqu'un.

Pourquoi avouer cela ? Il n'avait pas besoin de confier sa triste histoire à Kami. Il était adulte et n'avait que faire de sympathie, et raconter son passé ne changerait rien.

Cela faisait des années qu'il ne parlait pas de son père. Il n'allait sûrement pas commencer aujourd'hui. Surtout avec une femme qui était déjà trop proche.

— Oh ! fit-elle en posant la main sur la sienne. Je suis désolée.

Ce contact avait l'intensité d'un défibrillateur, et Gabe fut surpris de ne pas tressauter.

Son cœur, en revanche, sursauta comme s'il avait été frappé par un éclair. Il fixa la main qui couvrait la sienne.

— Rien de grave.

— Une des choses que j'ai toujours admirées chez toi, dit-elle, c'est que tu es toujours honnête. Maintenant, je sais pourquoi.

Il la regarda, interrogateur.

— C'est parce que tu es un piètre menteur.

On l'avait traité de pire. Il sourit.

— Tu trouves ?

— Après la grosse craque que tu viens de dire ? J'en suis sûre.

Il eut un petit rire ironique.

— Tu as raison.

— Tu aurais simplement pu dire que tu ne voulais pas en parler.

— Et tu m'aurais laissé tranquille ?

— Probablement pas, répondit-elle avec un sourire penaud. Je sais que les choses ont été tendues entre nous, dernièrement, mais je n'aime pas te voir sans un sourire sur le visage.

Cet aveu le réchauffa intérieurement.

— Pourquoi ?

— Parce que nous sommes amis.

Il en avait assez de ressasser le passé ; il se concentra sur la femme qui lui faisait face.

— J'ai de la chance de t'avoir comme amie, Kam.

Comme pour le prouver, il entremêla leurs doigts. Tenir la main de Kami lui semblait juste et lui faisait du bien.

— Qui t'a-t-il rappelé ?

Il tiqua.

— C'était il y a longtemps.

— On dirait le début d'une histoire intéressante.

— Non.

— Laisse-m'en juge.

Il fronça les sourcils.

— Qu'est-ce que tu es insistante !

— Tu ne t'en rends compte que maintenant ?

Il eut un rire sourd, puis baissa les yeux sur son assiette.

— Si ça ne te fait rien, je préfère ne plus en parler.

Elle lui pressa la main.

— Entendu. Mais sache que je suis là si tu en as besoin.

— Merci, Kami. Tu es vraiment une bonne amie.

Le visage de Kami se crispa un instant, puis le bref rictus disparut et elle se remit à plaisanter.

— Tu essaies la flatterie pour me faire changer d'avis sur la vente aux enchères ?

Il rit.

— Peut-être que, si j'avais été en forme, j'aurais profité du moment.

— Dommage, tu as laissé passer ta chance.

Son regard tomba sur leurs mains jointes.

— Je n'en suis pas sûr, dit-il à mi-voix tandis qu'une serveuse leur apportait leur assiette.

Une omelette garnie pour lui et des pancakes à la cannelle et aux noix de pécan pour elle.

— Pardon ? demanda-t-elle en libérant sa main pour prendre ses couverts.

— Je n'ai peut-être pas laissé passer ma chance de t'enduire de beurre.

Avant que Kami puisse l'interroger, Gabe prit son couteau et étala du beurre sur un pancake.

Elle leva les yeux au ciel.

— Maintenant, je t'ai littéralement beurrée.

Elle croisa son regard, la lueur malicieuse était de retour.

— Tu as une idée derrière la tête ?

— Tu sais bien que non.

— Pourquoi ?

— Parce que nous sommes amis. Rien de plus. Avec qui mieux s'enduire de beurre qu'un ami ?

— Peut-être que c'est ce que tu fais avec tes amis, mais ce n'est pas le genre d'amitié dont j'ai l'habitude.

— Alors tu ne sauves pas tes amis des griffes de leurs ex et tu ne les enduis pas de beurre. Qu'est-ce que tu ne fais pas avec tes amis, encore ?

Au lieu de répondre, elle prit un morceau de pancake qui fondait dans la bouche, délicieux.

— Ça paraît exquis, dit Gabe.

— Ça l'est.

— Fais-moi goûter.

Elle faillit lui répondre de se tenir tranquille et de manger son omelette, mais lui tendit finalement sa fourchette.

Les yeux plongés dans les siens, il mit la fourchette dans sa bouche et savoura le morceau de pancake. Il hocha la tête.

— Tu as raison. C'est bon. Si je continue comme ça, je vais devoir doubler mon temps à la salle de sport.

Il rit, pour le plus grand plaisir de Kami. Elle préférait de beaucoup un Gabe rieur à l'homme grave qu'il était devenu après l'arrêt cardiaque. Elle aurait voulu qu'il rebondisse aussitôt, il ne l'avait pas fait, et cela avait touché en elle des zones qu'elle ne voulait pas qu'il atteigne. Ni lui, ni personne.

Qu'elle soit au courant de la manière dont il se comportait avec les femmes était une bonne chose, ou elle aurait pu se laisser séduire par ses brillants yeux bleus, son intelligence vive, ce sourire qui illuminait tout son visage. Car, tout en aimant se croire insensible à ses charmes, elle se rendait compte que son cœur n'en faisait qu'à sa tête et était en proie à toutes sortes de troubles qu'il ne s'était jamais donné la peine de ressentir avec Baxter.

Ni avec qui que ce fût d'autre.

Seulement avec Gabe.

6

— Qu'est-ce qui se passe entre le beau Gabe et toi ?

Kami, les sourcils froncés, dévisagea Mindy.

— Qu'est-ce que c'est censé vouloir dire ?

— Je t'ai surprise à le regarder à plus d'une douzaine de reprises cette nuit, et ne crois pas que j'aie oublié l'autre fois, dans la réserve.

Il valait mieux que son amie ne découvre pas que Gabe et elle avaient pris leur petit déjeuner ensemble, ce matin-là.

— Et alors ?

Hors de question pour Kami d'admettre devant Mindy que quelque chose avait changé dans sa relation avec Gabe. Et depuis un moment. La réserve n'avait été qu'un dérapage supplémentaire.

— Je cherchais des fournitures.

— Et Gabe ? insista Mindy. Qu'est-ce qu'il cherchait ?

Kami rougit.

— Pas ce que tu insinues.

— Pas même un petit baiser ?

— Sois sérieuse. Il n'est pas mon genre.

Pas vraiment. En tout cas, pas le genre de sa tête. Son corps et son cœur, eux, semblaient être sortis avec détermination d'une vie d'hibernation.

— Alors qu'il est intelligent et sexy ?

Comment nier l'affirmation de Mindy ?

— Un vrai play-boy, tu veux dire ! Tu sais comme moi qu'il ne laisse jamais durer une relation plus de deux mois.

Mindy haussa les épaules.

— Peut-être qu'il n'insiste pas quand il se rend compte que ça ne marchera pas à long terme… Peut-être qu'il est simplement efficace pour chercher la femme qu'il lui faut au lieu de perdre son temps avec celles qui ne le sont pas.

— Ou peut-être qu'il se lasse dès que la chasse est finie et qu'il est incapable de s'engager.

— Je doute que Gabe ait à chasser qui que ce soit.

— Alors disons qu'il se lasse une fois passé l'éclat de la nouveauté.

— Je préfère ma théorie.

— Parce que tu envisages d'enchérir et que tu veux voir le meilleur en lui ?

— Je n'ai pas à *vouloir* voir le meilleur en lui. Je pense sincèrement que c'est un type bien, dit Mindy avec une expression de défi. Et toi aussi.

Kami allait répondre quand Gabe arriva au bureau des infirmières.

— La cabine 1 est prête à être renvoyée chez elle.

Pour que Mindy ne dise rien de déplacé à Gabe, Kami lui lança un regard d'avertissement, et répondit :

— Je vais lui enlever son intraveineuse et organiser sa sortie. Tu as besoin que j'envoie des ordonnances ?

Il secoua la tête.

— Je vais le faire par mail.

— Je serais heureuse de m'en occuper pour vous, docteur Nelson, dit Mindy avec un grand sourire.

Déconcerté par son expression enjouée, Gabe regarda une amie puis l'autre.

— Si vous voulez. Merci.

— Je ferais n'importe quoi pour vous, docteur Nelson.

Gabe parut troublé et Kami s'en alla à la hâte pour ne pas en entendre plus.

La meilleure chose serait que Mindy sorte le grand jeu pour Gabe. S'il fréquentait une amie à elle, cela la libérerait sans doute de cette conscience qu'elle avait de lui. Mindy était la bienvenue, si elle voulait Gabe.

Kami l'avait même encouragée à enchérir, et elle était prête à participer à la cause. Seulement… Non, elle n'était pas jalouse à la pensée de Mindy avec Gabe. Elle ne voulait pas que son amie souffre quand il passerait à sa conquête suivante, voilà tout.

À moins que Mindy ait raison et que Gabe soit seulement à la recherche de la femme de son cœur, écartant les autres. Dans ce cas il n'avait rien d'un joueur, mais se comportait simplement en homme intelligent.

Néanmoins, il avait eu des dizaines de petites amies depuis qu'elle le connaissait, alors qu'elle n'avait eu que deux amoureux. Et sachant qu'ils ne feraient pas l'affaire pour toujours, elle était pourtant restée avec eux. Pourquoi ? Parce qu'elle ne voulait pas être comme sa mère ? Parce qu'ils étaient tous les deux sans danger, qu'ils lui permettaient de rester dans sa zone de confort émotionnel ?

Pouah. Elle n'allait pas psychanalyser les motivations qu'elle avait eues pour rester avec Baxter ou Kent. Et peu lui importait que Gabe multiplie les conquêtes, car elle n'était pas intéressée.

Si Mindy croyait en sa théorie, elle pouvait faire une offre pour le tête-à-tête avec lui, ou mieux encore garder son argent et lui demander simplement de sortir avec elle. Ils pourraient prendre leur petit déjeuner ensemble. Comme un couple, pas simplement en amis. Ce serait merveilleux. Super. Génial. Kami hocha la tête avec détermination.

Alors pourquoi perdait-elle ses couleurs en entendant Mindy rire avec Gabe ?

— Debbie veut nous rencontrer ce soir.

— Ce soir ? fit Kami en terminant un nettoyage de dernière minute avant le changement d'équipe. On est vendredi !

— Tu as d'autres plans ?

— Je ne suis pas de service. Bien sûr, que j'ai des plans. Pas toi ?

Elle n'allait pas avouer à Gabe que ses plans consistaient à s'avachir sur son canapé devant son reality show préféré.

— Même si j'en avais, je les annulerais. La vente aux enchères est dans quelques semaines. La promotion par Debbie devra être mise en œuvre rapidement. Si nous attendons, ça n'aura peut-être pas lieu.

Elle se sentit coupable. Il avait raison. Pourtant...

— C'est une chaîne de télévision. Ils ont l'habitude de réagir vite.

— Tu veux que je demande à Debbie de déplacer la rencontre avec son producteur ?

Si le producteur ne pouvait pas se libérer et que la promotion ne pouvait pas avoir lieu, Kami se sentirait très mal. D'autant qu'elle n'avait pas de plans extraordinaires.

— Tu as vérifié si Mindy peut y aller ? Elle est co-organisatrice, après tout.

Il prit un air buté.

— Non. Ou tu viens, ou tout est annulé.

Kami fronça les sourcils.

— Très bien. Je vais reporter mes plans pour que nous puissions rencontrer ton ex et son patron.

Il l'étudia un moment, et sembla changer d'avis.

— Si tes plans sont importants à ce point, je peux voir si Mindy est disponible.

Kami se mordit l'intérieur de la lèvre et s'efforça de ne pas paraître vexée. Voulait-il emmener Mindy ? Leurs rires de l'autre jour signifiaient-ils qu'ils allaient vers une relation plus personnelle ?

Non, Gabe était du genre à demander à une femme de sortir avec lui s'il en avait envie. Il n'avait pas besoin d'excuse.

— Quelqu'un de spécial ?

Elle haussa un sourcil.

— Qui ?

— La personne avec qui tu as des plans.

— Je n'ai pas dit que j'avais des plans avec quelqu'un ! Et de toute façon, ça ne te regarde pas.

— Tu as raison. Je ne devrais pas te taquiner.

— Non, en effet.

Ses taquineries ne la dérangeaient pas. Pas vraiment. Simplement, elle ne voulait pas qu'il sache qu'elle n'avait pas de plans pour son premier week-end de libre depuis près d'un mois.

— Je passerai te prendre à 6 heures.

— Si tu me dis où c'est, je peux prendre ma voiture, répondit-elle.
— À 6 heures, répéta-t-il, s'en allant avant qu'elle puisse lui demander plus amples détails.

Que mettre pour un dîner du vendredi soir avec une présentatrice de télévision, son producteur et un collègue qui était juste un ami, mais dont votre corps était devenu péniblement conscient au-delà des limites de l'amitié ? Surtout quand vous ne saviez pas où la rencontre avait lieu ?

Logiquement, ils iraient dans un bon restaurant. Elle aurait aimé conduire elle-même. Que Gabe passe la prendre chez elle lui évoquait trop une sortie en couple, à quatre. *Cesse d'être ridicule.* Les amis passaient se prendre ; pourquoi en faire toute une affaire ?

Mais qu'allait-elle mettre ?

Elle aurait pu consulter Gabe par texto mais s'y refusait absolument et examina le contenu de son placard. Son regard tombait sans arrêt sur une robe bleue à la fois décontractée et habillée. Elle ne voulait en aucun cas se sentir trop habillée, mais pas non plus paraître négligée à côté de la magnifique ex de Gabe.

Debbie était canon.

Kami porta une main à son front. Qu'est-ce qui n'allait pas chez elle ? Elle n'était pas en compétition avec Debbie pour la remplacer dans la vie de Gabe. Loin de là. Elle ferait mieux d'aller dormir.

Il s'agissait d'une réunion d'affaires pour parler d'une soirée caritative au profit du bébé malade d'une collègue. Rien de plus. Rien de mondain. Absolument rien.

Kami se le répétait encore quand Gabe les conduisit à un restaurant haut de gamme. Elle avait les nerfs en pelote, ce qui ne lui ressemblait pas.

Jeter un coup d'œil à son chauffeur ne la rassura pas. Il était trop beau pour son bien, dans son pantalon noir et sa chemise bleue, aux manches relevées sur ses avant-bras. Des avant-bras virils. Forts et habiles. Elle eut envie de passer les doigts dessus, ce qui n'arrangea pas sa nervosité. Elle n'avait vraiment pas assez dormi.

— Tu es superbe, au fait.

Le compliment de Gabe ne diminua pas son malaise, mais elle murmura un remerciement.

— J'aime beaucoup ta robe.

— Parce qu'on voit mes jambes ?

Bonté divine, pourquoi avait-elle dit cela ?

Une fois garé, il la parcourut lentement du regard, s'attardant sur ses jambes. Après quoi il secoua la tête.

— Non, ce n'est pas pour ça que j'aime ta robe.

Et il sortit de la voiture. Kami, qui s'interrogeait sur sa remarque, fut stupéfaite quand il vint, main tendue, lui ouvrir sa portière.

— Qu'est-ce qui te prend ?

— Ma maman m'a appris les bonnes manières.

— D'accord, mais nous ne sortons pas ensemble.

— Bien traiter une dame ne s'arrête pas à la femme avec qui on sort. Demande à ma mère.

Kami accepta son aide. Puis elle retira sa main et arrangea sa robe. La portière refermée, Gabe posa une main au creux de son dos pour la guider vers l'entrée du restaurant. Elle avait envie de se dégager, mais ne serait-ce pas faire des histoires pour rien ? Sauf que la paume qui lui brûlait la peau à travers le tissu de sa robe n'était pas rien. Ça lui faisait même un peu peur, après toutes ses relations sans émois.

— Je continue à penser que tout aurait pu se régler par téléphone, marmonna-t-elle, de plus en plus intimidée tandis qu'ils pénétraient dans l'établissement chic.

— Tu prêches un convaincu, dit-il en la transperçant de ses yeux bleus. Ce n'est pas moi qui ai insisté pour un dîner.

Elle se sentit fautive. Il ne souhaitait probablement pas plus qu'elle subir cette soirée.

— Debbie a saisi ce prétexte pour passer du temps avec toi.

— Tu crois ? demanda-t-il, feignant la surprise.

Malgré sa nervosité, elle rit.

— Je te remercie vraiment pour ce que tu fais, Gabe. Je l'apprécie à sa juste valeur, comme Beverly, j'en suis sûre.

Un franc sourire éclaira le visage de Gabe.

— C'est volontiers, Kam, pour elle comme pour toi.

— Ça vaut le sacrifice que tu vas faire ce soir ?

Il grimaça.

— Je te le dirai après le dîner.

7

Si Gabe ne passait pas un bon moment, c'était bien imité. Toutefois, son attention n'était pas focalisée sur la femme parfaite qui fascinait Kami par sa beauté, sa grâce et sa distinction. Il n'avait d'yeux que pour Kami. En forçant un peu trop la note.

Si elle n'avait pas été la mieux placée pour savoir, elle se serait cru en couple avec Gabe. La tête lui en tournait. Essayait-il de le faire croire à Debbie ?

Ses petits sourires, ses clins d'œil, sa façon de lui toucher la main ou le bras la perturbaient. La femme assise face à eux leur jetait des regards suspicieux.

Pourtant, elle restait aimable. Kami la pensait agréable de nature, d'où son succès. Sa générosité avait autant d'éclat que sa beauté. Et l'intelligence brillait dans ses grands yeux bruns.

Comment cette femme exceptionnelle aurait-elle pu croire que Gabe soit intéressé par Kami. Quel homme sensé l'aurait été quand une créature de rêve comme Debbie s'offrait à lui ?

— Gabe m'a dit que vous travailliez avec lui à l'hôpital ?

— Je suis infirmière.

Kami but une gorgée d'eau. Elle avait commandé un verre de vin, mais mieux valait ne pas y toucher. Elle avait besoin de tous ses esprits pour ce repas. D'autant plus que Gabe lui décocha un tendre regard et dit :

— Mon infirmière favorite.

— Toutes les infirmières sont tes favorites, répondit-elle en lui donnant un coup de genou sous la table pour qu'il cesse de lui faire du charme.

— Tu sais bien qu'il n'y en a pas deux comme toi, fit-il, frôlant sa jambe.

Tous les sens de Kami furent aussitôt en alerte.

— Tu veux dire quelqu'un qui ne tombe pas à tes pieds ?

— En général, oui, répondit-il en laissant entendre que cela lui était arrivé une fois ou deux.

Elle décida de l'ignorer et de venir à bout de la réunion aussi vite que possible avant de se laisser ridiculiser par ses attentions déplacées.

— Nous apprécions votre offre d'aider à la collecte de fonds pour les Smith, dit-elle. Mais votre émission porte sur la rénovation de maisons, quel angle allez-vous choisir pour financer les frais médicaux de la petite Lindsey ?

Bien. Voilà qui était compétent et professionnel.

Surveillant de près Gabe et Kami, Debbie se tourna vers son producteur et sourit.

— C'est là que Jerry intervient.

L'homme légèrement obèse s'illumina. Kami comprit alors qu'il était complètement épris de sa présentatrice.

— Il va programmer un spot dans notre journal du soir pendant quelques jours, puis nous allons rénover l'intérieur de votre collègue, expliqua Debbie avec un sourire enthousiaste.

— Le bébé a besoin d'un cœur neuf, pas de nouveaux rideaux, dit Gabe.

Debbie fit claquer sa langue.

— Il va y avoir un équipement médical à installer et d'autres aménagements à faire, la rénovation servira à faciliter leur transition de l'hôpital à chez eux.

— J'ignore si Beverly et son mari souhaitent faire rénover leur maison, mais c'est une offre généreuse. Je leur en parlerai, dit Kami. Néanmoins, je m'inquiète du stress supplémentaire que cela pourra leur causer, les problèmes médicaux de Lindsey seront encore aigus.

— Visiblement, vous n'avez pas vu mon émission, fit Debbie avec une petite moue. Nous sommes rapides. Et nous programmerons la rénovation pendant la transplantation cardiaque du bébé. Tout sera prêt quand ils ramèneront Lindsey de l'hôpital.

Elle regarda Jerry, l'excitation pointait presque sous la poudre de ses joues.

— Ce sera une émission fantastique.

— Cela paraît merveilleux, dit Kami, mais ils n'ont pas l'argent nécessaire à une rénovation.

Debbie sourit de nouveau.

— Il n'y aura aucun coût pour eux. En échange nous voulons simplement filmer leur histoire, en particulier quand ils rentreront dans leur maison rénovée.

— Je ne sais même pas s'ils sont propriétaires, dit Kami. Il aurait fallu qu'ils soient là…

— Je suis sûre que Gabe peut arranger une rencontre.

— C'est Kami qui s'occupe de cette opération, pas moi, précisa-t-il aussitôt.

— Gabe chéri, c'est toi qui es en contact avec moi. Et la rénovation n'a rien à voir avec la collecte de fonds, dit Debbie. Mais nous ferons de la publicité à ce sujet, aussi.

— C'est une idée géniale pour l'audience, dit Kami, qui aurait voulu se mordre la langue dès que ces mots lui échappèrent.

Mais Debbie n'eut pas l'air offensé. Son producteur et elle hochèrent la tête.

— C'est un contrat gagnant-gagnant, dit-elle. Votre collègue aura une maison neuve gratuite, et nous une émission phénoménale. N'est-ce pas, Jerry ?

L'homme rayonna.

— C'est brillant.

— Je transmettrai vos coordonnées à Beverly et à son mari, dit Kami. Ce sera à eux d'en juger. Nous, notre but est de faire connaître la collecte de fonds pour réunir autant d'argent que possible. Le reste sera entre vous et les Smith.

— Voilà qui me paraît parfait, dit Debbie avec un sourire hollywoodien. Maintenant, assez parlé boutique. Savourons notre repas.

Kami regarda Gabe, espérant lui faire comprendre qu'elle espérait partir aussi vite que possible. Le dîner était délicieux. La conversation ne fut pas trop indigeste, Debbie se montrant une personne authentique, bien qu'ambitieuse. Jerry était probablement un tueur en affaires, mais ce trait de personnalité s'émoussait lorsqu'il regardait sa star — c'est-à-dire tout le temps. Elle y semblait indifférente, se concentrant sur Gabe qui, lui, se concentrait sur Kami pour détourner son attention.

Kami était épuisée par ce cirque.

— Vous sortez ensemble, tous les deux ? demanda soudain Jerry, l'air intéressé.

— Oui, répondit Gabe alors que Kami répondait « non ».

— Je vois, dit Debbie avec un petit sourire entendu.

Ignorant l'autre couple, Gabe demanda à Kami :

— C'était quoi, le petit déjeuner, cette semaine ?

Elle le fusilla du regard. Que faisait-il ? Mais elle le savait très bien et ça l'irritait.

— De quoi apaiser ma faim.

Il la scruta.

— Les deux fois ?

Le regard noir de Kami s'intensifia. Il essayait de faire penser à Jerry et Debbie qu'il s'était agi de beaucoup plus que de nourriture. Il voulait que Debbie les prenne pour un couple et se désiste de la vente aux enchères. Cela ne le gênait pas de se servir de Kami dans l'opération.

Debbie et Jerry les regardaient avec curiosité et Kami était de plus en plus embarrassée. Elle se pencha vers Debbie.

— Ne vous laissez pas duper par Gabe. Il n'est pas mon genre et je ne suis pas le sien. Nous apprécions notre amitié et le fait d'être collègues. Il joue la comédie. Rien de plus.

Là. Voilà qui allait lever les doutes et apprendre à Gabe à ne pas jouer avec elle. Mais plutôt que de paraître repentant, il posa sa fourchette et la fixa, l'air troublé.

— Qui dit que tu n'es pas mon genre ?

Elle se tourna vers lui, lui intimant du regard de ne pas avoir cette conversation devant les autres.

— Moi. Tu n'es jamais sorti avec quelqu'un comme moi.

— Cela ne veut pas dire que je n'aimerais pas.

Il en faisait des tonnes pour Debbie, et Kami n'appréciait pas du tout d'être utilisée. Elle ignora ses propos et dit à Debbie et Jerry :

— Merci beaucoup de nous avoir rencontrés pour aider la famille de Lindsey. Je donnerai votre carte à Beverly.

Même si elle n'avait mangé que la moitié de son repas, elle repoussa sa chaise.

— Maintenant, si vous voulez bien m'excuser, je viens de me rappeler que j'ai des choses urgentes à faire.

Quand Gabe voulut se lever, elle secoua la tête.

— Non, tu restes et tu profites de ton dîner. Je vais prendre un taxi.

Gabe rejoignit Kami sur le trottoir devant le restaurant.

— Tu ne pensais pas vraiment que j'allais te laisser rentrer en taxi ?

— Tu ne pensais pas vraiment que j'allais te laisser continuer à m'utiliser de cette manière ? répondit-elle d'un ton sifflant, sans le regarder.

— Je suis navré si c'est ce que tu as cru. Laisse-moi te ramener chez toi.

— Ce que j'ai cru ? Tu t'es comporté comme si nous étions en couple, pour décourager ton ex !

— Ne sommes-nous pas un couple ?

— Tu sais très bien que non, insista-t-elle comme ils s'arrêtaient près de la portière du passager.

— Nous nous entendons bien, nous avons flirté ensemble, nous avons partagé un petit déjeuner deux fois cette semaine et un dîner ce soir. Il n'est pas illogique de sous-entendre qu'il y a quelque chose entre nous quand c'est le cas.

— De l'amitié ! lui décocha-t-elle, ses yeux verts lançant des éclairs.

— Oui. Nous sommes amis.

— Rien de plus.

Elle ouvrit la portière, chassa sa main d'une tape, monta et claqua la portière.

Il la raccompagna chez elle, réfléchissant à ce qu'elle avait dit. Il avait lourdement flirté avec elle pendant le dîner. Était-ce seulement pour détourner Debbie de lui ?

Flirter avec Kami lui avait paru juste. Pas parce que Debbie était là, mais parce qu'il aimait les joutes verbales avec Kami. Il aimait l'alchimie qu'il ressentait quand il était avec elle.

Il s'arrêta sur le parking de son immeuble et coupa le moteur.

— Je suis désolé, Kam.

Elle regardait droit devant elle.

— Parce que tu sais que j'ai raison ?

— Parce que je ne veux pas que tu sois fâchée contre moi.

Elle soupira et porta une main à sa tempe.

— Quelle importance ?

— Tu es vraiment mon infirmière préférée.

Elle ferma les yeux.

— Très bien, mais ne m'utilise jamais plus.

— Promis.

Elle fut visiblement surprise par son acquiescement si prompt et le regarda.

— Je ne te demanderai plus de venir à mon secours à la vente aux enchères, si c'est ce que tu veux, dit-il.

Il fit une croix sur son cœur.

— Je n'aurai pas à te sauver d'une femme magnifique ? Oh ! merci ! répondit-elle, sarcastique. J'en suis soulagée.

Gardant le silence, il sortit seulement de la voiture et alla lui ouvrir sa portière.

Elle sortit sans prendre sa main tendue. Femme entêtée.

Il la suivit des yeux tandis qu'elle se dirigeait vers son appartement du rez-de-chaussée, la regarda prendre ses clés et ouvrir la porte d'entrée.

Elle allait rentrer chez elle sans dire un mot de plus. La vie était trop courte pour la laisser partir de cette façon. Il ne le savait que trop bien.

Il courut après elle.

— Kami ? fit-il juste derrière elle comme elle poussait la porte.

À moitié dehors, à moitié dedans, elle se tourna.

— Pourquoi es-tu si fâchée contre moi ?

Au lieu de répondre, elle regarda ailleurs. Ayant besoin de savoir, il lui releva le menton pour qu'elle lui fît face. Finalement elle leva les yeux, le dévisagea un long moment, puis abaissa son regard sur sa bouche.

— Je n'aime pas que tu fasses comme si nous avions une relation que nous n'avons pas. C'est aussi perturbant pour moi que ça l'a été pour nos compagnons de table.

Il était perturbé aussi. Il devait l'admettre. Comment ne pas l'être quand le regard de Kami rivé sur sa bouche lui liquéfiait le cerveau ?

Du coup, il céda à ce qui ressemblait à la chose la plus attirante du monde, mais pouvait être sa plus grosse bêtise si elle ne lui pardonnait jamais. Il se pencha en avant et pressa la bouche sur les lèvres chaudes et douces de Kami.

À ce contact, elle élargit les yeux.

Un léger baiser fut suivi d'un autre.

Elle ne le repoussait toujours pas, ne lui disait pas d'arrêter. Elle scrutait ses yeux tandis que sa bouche explorait la sienne, la goûtait et avait faim de plus.

Beaucoup plus.

Il ne la tenait pas. Elle pouvait s'écarter à tout moment.

Elle ne le faisait pas. Au contraire : elle lui rendait ses baisers.

Lentement au début, d'une façon hésitante et incertaine, puis avec une ardeur croissante qui attisa la sienne.

Il s'avança, les faisant entrer, puis il referma la porte derrière lui et attira Kami à lui pour pouvoir l'embrasser plus profondément. Elle glissa les doigts dans ses cheveux et l'attira plus près, son corps plaqué contre le sien.

Son corps stupéfiant qui n'était pas encore assez proche au goût de Gabe.

Il passa les mains dans son dos, les fit descendre, saisit ses fesses. La soulevant contre lui, il l'embrassa encore plus fort, glissant la langue dans sa bouche.

Un son doux sortit de sa gorge. Elle remua contre lui, ses doigts massant son cuir chevelu tandis que le baiser continuait encore et encore. Tandis que leurs corps se fondaient l'un dans l'autre.

Combien de temps s'embrassèrent-ils, se touchèrent-ils, combien de temps leurs corps se pressèrent-ils étroitement l'un contre l'autre ? Il n'aurait même pas su dire qui s'écarta le premier.

Kami, sûrement. Seul un idiot aurait arrêté de l'embrasser.

Les baisers de Kami avaient été tendres, passionnés, brûlants. Ils avaient tout exigé de lui, qu'il ne retienne rien, qu'il lui donne tout ce qu'il était.

Il voulait l'embrasser de nouveau. La soulever de terre, la porter dans sa chambre et l'embrasser partout jusqu'à ce qu'elle crie d'extase. Jusqu'à ce qu'il la sente exploser de plaisir. Et qu'il fasse de même.

Sa réaction d'homme à leurs baisers était très évidente.

Mais l'esprit et le corps de Kami n'étaient visiblement pas en phase avec les siens. Elle le regarda d'un air troublé.

— Kami, je..., commença-t-il, ne sachant pas très bien que lui expliquer étant donné qu'il ne comprenait pas totalement lui-même ce qui venait de se passer entre eux.

Il ne voulait pas dire ce qu'il ne fallait pas, d'ailleurs les mots à dire existaient-ils vraiment ?

Elle secoua la tête et posa la main sur son torse pour le repousser.

— Comment as-tu pu ? Tu avais promis de ne plus m'utiliser.

— T'utiliser ? répéta-t-il, déconcerté par l'accusation et encore bouleversé par leurs baisers.

— Comme un substitut à une autre femme, ou juste comme quelqu'un à portée de main. Je ne sais pas ce qui t'a possédé.

— Ce qui m'a possédé, avoua-t-il sincèrement, c'est toi.

Alors la vérité s'imposa à lui.

Comme elle aurait dû le faire depuis des mois. Il avait recherché la compagnie de Kami, ri avec elle, flirté avec elle. Ils étaient amis, mais il voulait plus.

Bien plus.

Il avait voulu plus depuis des mois. Pourquoi n'avait-il pas compris plus tôt quels étaient ses sentiments ?

Parce que Kami avait une relation avec Baxter.

Quand elle avait rompu avec le comptable, l'intérêt de Gabe pour n'importe qui d'autre qu'elle s'était dissipé. C'était Kami qu'il voulait.

Rectification : il voulait Kami et, maintenant qu'il l'avait admis, il n'était pas sûr de pouvoir revenir en arrière. D'ailleurs, il n'en avait pas envie.

Elle parut déstabilisée par sa réponse et plissa les paupières.

— Je n'ai rien fait de tel, je ne t'ai pas possédé.

— Je crois que si.

Elle secoua la tête.

— De quoi parles-tu ?

— De ceci.

Il se pencha et posa un doux baiser sur ses lèvres entrouvertes. Aussitôt, elle se laissa aller contre lui et l'embrassa à son tour.

Quelquefois, les mots ne suffisaient pas.

— Voilà ce dont je parle, chuchota-t-il contre sa bouche. Ce que je veux et espère que tu veux aussi. Tu dis que nous ne sommes qu'amis, Kam. Je pense que tu te trompes. Nous sommes tellement plus que ça. Sinon, tu es la seule amie avec qui j'aie envie de sortir, de passer du temps, de faire l'amour. Et ces choses-là, j'en ai plus envie que tu ne peux l'imaginer.

8

Malgré ses pensées qui se bousculaient, Kami avait fini par trouver le sommeil et dormi comme une bûche pendant dix heures.

En se réveillant, elle voulut s'assurer que les événements de la veille avaient été un rêve. Lorsqu'elle toucha sa bouche, elle fut fixée. Elle n'avait pas rêvé que Gabe l'embrassait. C'était réel.

Il l'avait embrassée, lui avait dit qu'il voulait sortir avec elle, faire l'amour avec elle. C'était fou, non ?

Aussi fou que ses baisers.

Des baisers fervents, affamés, l'épice la plus brûlante qu'elle ait jamais goûtée. Quelque chose de si bon, de si addictif qu'il fallait continuer à le savourer même si cela mettait la bouche en feu.

Les baisers de Gabe avaient allumé des brasiers en elle, l'avaient fait fondre jusqu'à la moelle.

Ils avaient été les baisers les plus stupéfiants de sa vie.

Comparer les baisers de Gabe à ceux de Baxter, de Kent ou de n'importe quel autre homme, c'était comme comparer un bâton de dynamite à un pétard.

Se trouver à proximité de quelque chose d'aussi explosif était dangereux.

Elle se leva, vaqua à sa routine quotidienne, passa une heure chez sa mère à jouer avec Bubbles, puis se rendit à l'hôpital où le conseil d'administration avait alloué une salle de conférences pour stocker les dons qui seraient vendus aux enchères.

Elle et quelques autres inventoriaient tout, rassemblaient les objets les plus petits pour en faire des paniers garnis. Travailler à la collecte la distrairait de la veille au soir, il fallait l'espérer.

Ou peut-être que non.

La première personne qu'elle vit fut Gabe. Gabe dans un T-shirt bleu et un jean qui moulaient son corps d'une façon si appétissante.

Ou c'était peut-être son sourire, qui était succulent.

Il riait avec Mindy comme s'il ne lui avait pas accordé une pensée depuis qu'elle l'avait chassé de chez elle. Évidemment. S'il le voulait, il lui suffisait d'un signe du doigt pour faire affluer quantité de femmes prêtes à le satisfaire.

Le ventre de Kami se contracta.

Bon sang. Elle n'était pas jalouse. Elle n'avait aucun droit à faire valoir.

Bien qu'ils se soient embrassés et que ses neurones aient sombré quand elle avait senti son corps durci par le désir.

Ce corps-là, pensa-t-elle, incapable de détacher les yeux du T-shirt qui gainait son torse, ses épaules. Ni trop serré ni trop lâche. Juste bien.

Comme ce qui était sous l'étoffe.

Une onde de chaleur l'envahit au souvenir de ses mains sur ces épaules, lorsqu'elle l'avait attiré à elle pendant qu'il l'embrassait. De la façon dont il s'était penché pour poser un dernier baiser sur sa bouche, presque comme s'il fallait qu'il la touche une dernière fois. Dont il lui avait murmuré de penser à ce qu'il avait dit, avant de s'en aller.

Elle était surprise d'avoir pu dormir, vu le chaos émotionnel que ses lèvres avaient causé en elle. Un tsunami d'adrénaline et d'émotions avait inondé ses sens, chassant toute raison.

Être aussi excitée à propos de Gabe était une erreur. Elle ne voulait pas désirer un homme si ardemment que plus rien d'autre ne comptait. N'avait-elle pas l'exemple de sa mère pour la mettre en garde ?

Il se tourna dans sa direction, croisa son regard et sourit. Un de ces sourires uniques qui éclairaient tout son visage, illuminaient ses yeux et faisaient briller la pièce. Comme le soleil sortant de derrière un nuage.

Voilà qu'elle avait des images romantiques en tête, à présent ! Elle n'avait pas à avoir ce genre d'idées à propos de Gabe.

Comme si rien de monumental ne s'était passé la veille au soir, il lui fit un clin d'œil et retourna à ses affaires. Le cœur de Kami choisit cet instant pour manquer un battement. Oh ! bonté divine. Si elle ne se méfiait pas, elle offrirait son cœur à Gabe pour le petit déjeuner, elle aussi, et lui proposerait le reste de sa personne pour les repas suivants.

Non, non et non. Elle n'était pas au menu.

Il y avait plus d'une douzaine de volontaires dans la salle. Kami avait pensé y passer la journée, mais grâce aux efforts enthousiastes de tous, ils finirent en deux heures, en s'étant bien amusés. Gabe, au mieux de sa forme, avait fait sourire tout le monde, elle comprise malgré ses tentatives pour l'éviter et l'ignorer.

Un par un, les volontaires s'en allèrent. Il ne resta plus que Mindy, Gabe et elle.

— Tu veux aller déjeuner ? lui demanda Mindy.

Dieu merci ! Cette invitation signifiait ne pas rester seule avec Gabe. Cela arriverait, certes, mais elle n'y était pas prête cet après-midi-là. Pas alors qu'elle était encore si remuée par ses baisers.

— Bien sûr ! répondit-elle, rayonnante. Ce serait super.

Déjeuner avec Mindy était l'excuse parfaite pour ne pas s'attarder et parler à Gabe — en supposant que c'était la raison pour laquelle il était resté jusqu'à la fin. Elle n'avait pas besoin qu'il lui dise que ce qui s'était passé la veille ne comptait pas, qu'il ne voyait pas le flirt et le sexe de la même façon qu'elle.

Gabe se racla la gorge.

Mindy lui jeta un coup d'œil, haussa les sourcils, et en réprimant à peine un sourire, s'exclama :

— Oh ! attends ! Désolée, je ne peux pas aller déjeuner avec toi aujourd'hui. J'oubliais que j'avais autre chose à faire.

— Eh bien... Peut-être demain, dit Kami, devinant ce qui avait dû se passer.

Le sourire de Mindy s'élargit.

— Vous devriez emmener ma meilleure amie déjeuner,

docteur Nelson. Elle le mérite, après le travail fantastique qu'elle a fait ce matin.

— Je pourrais le faire, accorda-t-il, l'air candide.

Aucun d'eux n'était innocent. Kami allait avoir une discussion sérieuse avec Mindy. La dernière chose dont elle avait besoin était que son amie joue les entremetteuses.

— C'est ce que je pensais, dit Mindy en lui lançant un regard approbateur. Kami, tu dois aller déjeuner avec Gabe. Sinon, j'aurai des remords.

Sans attendre la réponse, elle étreignit Kami.

— Vas-y, lui dit-elle d'un ton sans appel. Et amuse-toi bien.

Son amie partie, la salle de conférences parut bien plus petite à Kami. Le corps de Gabe semblait occuper toute la place quand elle était seule avec lui.

Elle avait déjà été seule avec lui. Ce n'était pas un problème. Qu'il l'ait embrassée la veille ne changeait rien.

Mais en réalité, cela changeait tout. Avant, elle ne savait pas pourquoi on parlait tant de l'ivresse des baisers. Et que connaître Gabe sur un plan physique faisait d'elle une autre. Être seule avec lui n'était plus la même chose. Comment en aurait-il été autrement quand chaque cellule de son corps palpitait en sa présence ?

Reprends tes esprits, Kami !

Elle jeta un coup d'œil autour d'elle.

— Il faut que je ferme.

Il vint vers elle.

— Je peux t'aider ?

Disparais, pour que je n'aie pas à m'occuper de nous.

Mais même si elle l'avait dit à voix haute, il n'aurait probablement pas obéi.

S'obligeant à sourire, elle secoua la tête.

— Merci, mais c'est tout pour aujourd'hui. Nous porterons tout ça à la salle des fêtes le jour de la vente aux enchères.

Il acquiesça, la suivit dehors et resta près d'elle tandis qu'elle fermait la porte à clé. Comment pouvait-elle être aussi consciente de lui ?

Ils longèrent le couloir de l'hôpital.

— J'ignorais que tu serais là aujourd'hui, dit-elle.

Elle lui jeta un coup d'œil, puis regarda où elle posait les pieds. Elle n'allait pas trébucher devant lui.

— Il y a eu un appel à volontaires. J'ai répondu.

Sa voix était nonchalante. Pourquoi n'y croyait-elle pas ?

Lorsqu'ils se dirigèrent vers le parking, il demanda :

— Je peux t'inviter à déjeuner, Kam ?

Elle supposa qu'il fallait qu'ils parlent, qu'ils dépassent cet embarras, parce qu'elle n'aimait pas cette nouvelle appréhension qu'elle éprouvait en sa présence. Cette nervosité sous-jacente. Le fait de savoir à quel point il était ardent. Comment pourrait-elle jamais le regarder sans se rappeler le contact de son corps pressé contre le sien ?

— D'accord, à condition que ce soit léger.

Elle imaginait que leur conversation serait assez lourde quand elle lui dirait qu'elle espérait avoir bientôt une nouvelle relation, mais pas avec lui.

Certes, il était très doué pour embrasser. Serait doué pour d'autres choses, aussi. Elle n'en doutait pas. Mais elle ne ferait pas l'amour avec quelqu'un qui ne lui laisserait pas entrevoir une relation à long terme. Et Gabe n'était pas le type d'homme à avoir des relations à long terme. Mieux valait étouffer dans l'œuf ce qu'ils avaient partagé.

— Tu dînes dehors ?

— Quoi ?

Ses yeux bleus plongèrent dans les siens.

— Si tu veux déjeuner léger ?

Elle décida d'être honnête. Pour leur amitié.

— Je ne suis sortie avec personne depuis Baxter.

Il prit une expression satisfaite.

— Sans me compter.

— Tu ne comptes pas comme un petit ami.

Il feignit d'être offensé.

— Mais j'y tiens !

— Parce que tu m'as embrassée et que tu as décidé que tu voulais aller plus loin avec moi ?

— Je te trouve séduisante et je veux faire l'amour avec toi. Est-ce si terrible ?

Il avait une mine malicieuse, comme pour dire que, si elle n'était pas sotte, elle le voudrait aussi.

Elle en avait envie, mais elle voulait avant tout protéger leur amitié. Gabe signifiait plus pour elle qu'un bon moment dans un lit. Elle ne voulait pas perdre le lien spécial qui les unissait. Le sexe changerait tout.

Elle lui lança un regard de défi.

— À toi de me le dire. Le sexe avec toi est-il si terrible ?

— Personne ne s'est jamais plaint.

Devant son sourire coquin, elle ne sut si elle devait rire ou grogner.

— Je m'en doute.

Dans ses yeux pétillants, quelque chose suggérait que, malgré ses taquineries, il se souciait de sa réponse.

— Parce que tu as aimé mes baisers ?

— Je n'ai pas dit ça.

Il eut un grand sourire.

— Mais tu as aimé.

— Qu'est-ce qui t'en rends si sûr ?

— Tu es venue à ma voiture, pas à la tienne.

Elle battit des cils. Il avait raison. Elle rougit.

— C'est pour économiser de l'essence en prenant une voiture au lieu de deux.

Il ouvrit la portière passager et elle monta. Il était debout dans la lumière, superbe. Aucune femme sensée n'aurait fait la fine bouche devant ses baisers. Un Adonis doué.

Il contourna la voiture et se mit au volant. Elle soupira.

— Tu me donnes envie de renoncer.

Il lui jeta un coup d'œil.

— Au déjeuner, tu veux dire ?

Même si elle n'en était pas sûre, elle hocha la tête.

— Parce que tu veux aller tout droit chez toi et m'embrasser partout ?

Des images d'elle le déshabillant et semant des baisers sur sa peau envahirent l'esprit de Kami. Oui, en elle, une part féminine et charnelle en avait envie. Par chance, elle était assez raisonnable pour ne pas céder à ses pulsions.

Elle leva les yeux au ciel.

— Non, et tu le sais.

— Pardon. C'était juste un souhait.

Ce fut plus fort qu'elle ; elle se sentit frustrée.

— Vraiment ? Si je disais oui, tu m'emmènerais chez moi et nous ferions l'amour, juste comme ça ?

— Ça paraît cru quand tu le dis ainsi, mais oui.

Il la regarda dans les yeux, son sourire disparu.

— Nous ferions l'amour tout de suite. Mais ne t'y trompe pas, ensuite je prendrais mon temps et il n'y a pas que moi qui apprécierais le contact de nos corps.

Elle pressa les doigts sur ses tempes qui la lançaient soudain. Une partie d'elle disait « oui, oui ! », mais une autre lui rappelait qu'une relation autre qu'amicale avec Gabe serait un suicide émotionnel.

Ils roulèrent en silence. Il n'alla pas loin de l'hôpital et s'arrêta dans un parc. Elle le regarda, surprise.

— Je croyais que nous allions déjeuner.

Il sourit, l'air fier de lui.

— C'est ce que nous allons faire.

— Au parc de l'Exposition universelle ?

— Il y a des camions qui vendent de la nourriture.

Un hot dog ou un hamburger constituerait un repas léger, après tout. Mais cela ne collait pas avec leur conversation précédente. S'il essayait de la séduire, il aurait sûrement choisi un endroit plus adéquat.

— Tu veux que je t'emmène ailleurs ? demanda-t-il comme ils sortaient de la voiture.

— Non, j'ai la tenue qu'il faut. Simplement, je ne m'attendais pas à ça.

— Ne dis jamais que je suis prévisible. On est samedi. Il y a toujours des performances sur la pelouse le week-end. Nous pourrions nous promener au bord du lac, manger et prendre l'air. Sans pression.

Elle lui jeta un regard suspicieux.

— Sans pression ?

— Je me conduirai très bien. Parole de scout. Détendons-nous, profitons du beau temps et du fait que nous ne sommes pas à l'hôpital, ou à récupérer d'une nuit stressante.

C'était tentant.

— Dis oui, Kami.

Sa voix était basse, son sourire charmeur, ses yeux captivants.

— Amusons-nous cet après-midi. Je te ramènerai à ta voiture dès que tu le demanderas, promis.

Le pétillement de son regard, si familier, si chaud, atténua la tension qui avait couvé en Kami tout le matin.

— D'accord.

Un après-midi au parc avec Gabe. De grands espaces. Des gens tout autour. Ça semblait sans risque. En outre, le soleil printanier et la brise légère étaient délicieux. Et déjà, elle entendait un bon orchestre jouer sur la pelouse. Sans compter les odeurs appétissantes qui lui venaient aux narines. Elle avait faim.

— J'ai entendu parler d'un festival « Bière et barbecue », ce week-end. Ça te dit ? demanda Gabe.

— Ah, c'est pour ça que tu es venu ici ! fit-elle en riant.

— Tu n'es pas du genre bière et barbecue ?

— Tu sais bien que je suis du genre champagne et caviar, plaisanta-t-elle. Mais puisque nous sommes ici, je veux aller voir ce qui sent si bon. Ensuite, nous mangerons sur la pelouse en écoutant la musique.

— Parfait pour moi. Alors champagne et caviar ? Je m'en souviendrai.

9

Gabe avait décidé d'emmener Kami au parc pour la détendre. Il la savait encore nerveuse à la suite de leurs baisers ; il l'avait senti dès qu'elle était arrivée à l'hôpital ce matin. Il comprenait, mais il ne laisserait pas son appréhension s'accroître. Et son plan fonctionna à merveille.

Quand ils s'allongèrent sur la couverture qu'ils avaient achetée pour profiter du soleil, il lui prit la main. Pour son plus grand plaisir, elle ne se déroba pas et mêla même ses doigts aux siens. Ce n'était pas grand-chose, mais tenir la main de Kami lui semblait capital.

Oui, c'était un après-midi parfait.

Le gâcher n'avait aucun sens, pourtant il ouvrit la bouche et se risqua à le faire.

— L'arrêt cardiaque, l'autre nuit…

Elle tourna la tête vers lui, et il envisagea de s'arrêter, mais il avait besoin de se confier à elle.

— Cet homme m'a rappelé mon père.

Elle ouvrit de grands yeux.

— Oh ! je suis désolée. Ça n'a pas dû être facile.

Elle lui pressa les doigts.

— Je ne t'ai jamais entendu parler de tes parents, avant.

— Oui, nous n'en parlons pas beaucoup, n'est-ce pas ?

Elle plissa le nez.

— Il y a une raison à ça pour moi, mais parlons des tiens.

— Ma mère est super, elle m'a toujours entouré d'amour et d'affection, et elle m'a probablement gâté-pourri.

Avec un petit sourire mélancolique, elle fit claquer sa langue.

— Elle est responsable de bien des choses.

— Elle a fait de son mieux.

— Et ton père ?

— Il est mort d'un arrêt cardiaque. Quand j'avais huit ans. J'étais seul avec lui.

Elle se tourna vers lui.

— Oh ! Gabe..., murmura-t-elle, les yeux mouillés.

— Je ne veux pas de ta pitié, dit-il avec brusquerie. Je voulais juste que tu saches.

Elle le dévisagea un moment, puis le surprit en portant leurs mains jointes à sa bouche et en posant un baiser sur la sienne.

— Je suis contente que tu me l'aies dit.

Embarrassé, et plus vulnérable qu'il ne l'avait été depuis des années, il hocha la tête, puis roula sur le dos pour contempler le ciel. Elle fit de même et ils restèrent ainsi une demi-heure, peut-être. Puis l'orchestre fit une pause, et elle s'assit pour s'étirer.

— Je pourrais m'endormir, dit-elle d'un air penaud. Il faut que je bouge.

— Tu as mal dormi cette nuit ?

— Non. J'ai très bien dormi.

Content qu'elle ne revienne pas sur leur conversation précédente, il rit.

— Et moi qui croyais que tu étais peut-être restée éveillée en pensant à moi !

— J'ai dormi comme une bûche.

— Il ne faut pas compter sur toi pour booster mon ego, hein ?

— Tu n'en as pas besoin.

Elle secoua la couverture et la plia.

— Pourtant, ça ne ferait pas de mal de temps en temps.

En riant, elle le suivit.

— Je m'en souviendrai.

Ils mirent la couverture dans la voiture et allèrent se promener au bord de l'eau. À un moment donné, ils s'arrêtèrent pour contempler le lac, puis Kami se tourna vers la Sunsphere, la sphère du soleil, emblème du parc.

— Elle est magnifique, non ?

Oui, mais ce n'était pas à elle qu'il pensait.

Regardant sa compagne plutôt que la grande structure dorée de vingt-six étages, il haussa les épaules.

— Elle est en or, alors je comprends qu'elle te plaise.

Kami fronça les sourcils.

— Qu'est-ce que ça veut dire ?

— Les femmes aiment les bijoux, c'est connu.

Elle lui jeta un regard de pitié et secoua la tête.

— Ça, mon ami, c'est la chose la plus sexiste que j'aie jamais entendue, et ce n'est pas rien.

Il la regarda, candide.

— Je ne pensais pas à mal.

Elle agita ses doigts dénués de bagues.

— Tu ne devrais pas mettre toutes les femmes dans le même panier.

— En particulier celle qui est avec moi en ce moment, dit-il avec un grand sourire.

— Exactement.

Elle ne voulait pas être mise dans le même sac que toutes les femmes qu'il avait connues, même si elle ne savait pas très bien ce que cela signifiait.

— Je ne suis pas comme les autres femmes, insista-t-elle.

— Effectivement.

Surprise, elle le regarda.

— Qu'est-ce que c'est censé vouloir dire ?

— Tu es différente.

Elle plissa les paupières.

— Différente en bien, ou différente « bizarre » ?

— Définitivement bizarre, répondit-il avec un grand sourire. Mais il était bien vrai qu'elle était différente.

Elle lui donna une tape joueuse sur le bras.

— Rappelle-moi pourquoi je suis ici avec toi ?

— Parce que tu m'aimes bien.

— Dieu sait pourquoi.

Qu'elle ne réfute pas son affirmation lui fit chaud au cœur. Souriant, il désigna la sphère dorée.

— Tu veux y monter ?

— Sérieusement ?

— C'est l'une des premières choses que j'ai faites en arrivant à Knoxville. On a une vue superbe, de là-haut.

— Moi je ne l'ai jamais fait, dit-elle, l'air un peu triste. Je devais y aller avec l'école, une fois, mais je n'ai pas pu faire cette sortie.

— Alors c'est réglé. On y va.

Il lui prit la main et, de nouveau, se réjouit qu'elle ne se libère pas.

Kami inspira profondément. Gabe avait raison. La vue sur la ville et les montagnes était spectaculaire. Comme l'homme à côté d'elle.

Quand elle oubliait tout ce qu'elle savait de lui et s'autorisait à savourer ses attentions et son sourire, il était facile de sourire en retour, de céder à l'alchimie entre eux. Mais quand une petite voix insistante lui rappelait toutes les femmes avec qui il était sorti depuis qu'elle le connaissait, elle bouillonnait de nervosité. Il fallait absolument qu'ils établissent qu'ils ne seraient jamais plus que des amis, pourtant elle ne cessait de remettre cette conversation.

Elle aurait probablement dû le faire quand ils étaient sur la couverture, au soleil, mais elle avait été trop bien, sa main dans la sienne. Ça semblait si naturel, comme tout dans cet après-midi merveilleux.

Parce qu'elle était heureuse. Se promener avec Gabe dans un parc la rendait heureuse.

Qu'il lui ait confié ce qui était arrivé à son père la rendait heureuse, aussi. Elle avait compris à sa voix rauque, hésitante, qu'il ne l'avait pas fait souvent. L'après-midi n'en était que plus spécial.

— Pense un peu : si tu achetais la journée avec moi, nous pourrions explorer ces montagnes.

C'en était fait de son sentiment de paix, de bonheur. Elle s'éclaircit la gorge.

— Tu m'avais promis que tu ne me le redemanderais pas.

— Je ne te le demande pas. Je fais juste une observation.

Elle leva les yeux au ciel.

— Ha, ha. Tu es tellement malin.

— Il est temps que tu le remarques, dit-il avec un grand sourire.

Et il se lança dans des explications sur la sphère.

— Tu as plus l'air d'un guide que d'un docteur, dit-elle, taquine, impressionnée par ses connaissances.

— Un homme aux multiples talents.

— C'est ce que je découvre.

— Ce n'est qu'un début, dit-il en se rengorgeant.

— Toujours cet ego !

— J'attends que tu le dégonfles.

Elle secoua la tête.

— Pas cette fois.

— Quoi ? Tu ne désavoues pas mes talents ?

— Comme tu disais, je les connais à peine.

Il l'étudia un moment, les yeux pétillants.

— Il faut y remédier.

Son regard tomba sur les lèvres de Kami et toute sensation de paix s'évanouit en elle, remplacée par du trouble. Par la vive conscience de la virilité de l'homme qui tenait sa main, de la façon dont il la regardait, de celle dont elle tremblait à l'intérieur.

Arrête, Kami. Ne flirte pas avec lui. Tu es censée lui dire que vous ne pouvez être qu'amis. C'est pour cela que tu es venue. Pas pour un pseudo-rendez-vous.

Un pseudo-rendez-vous ? Cet après-midi l'emportait sur ses douze dernières sorties avec des hommes ! Et même plus.

— Comment allons-nous nous y prendre ? demanda-t-elle.

Ce n'était pas ce qu'elle était censée dire. Pas plus qu'elle n'était censée fixer sa bouche, ces lèvres merveilleuses qui avaient caressé les siennes moins de vingt-quatre heures auparavant.

— Tu as besoin d'un apprentissage accéléré.

Ce serait fabuleux, plein de plaisir et de bon temps. C'était le mot « accéléré » qui l'inquiétait.

— Voilà qui paraît dangereux.

— Tu n'aimes pas vivre dangereusement, Kami ?

— Non. J'aime la sécurité avant tout.

Mais si cela avait été vrai, ils n'auraient pas cette conversation et elle ne repenserait pas à ses baisers.

— Je peux l'apprécier.

— Tant mieux, parce que je ne compte pas changer pour un homme, quel qu'il soit.

Sa mère le faisait chaque fois qu'un nouveau petit ami entrait dans sa vie. Non, pas pour elle, merci.

— C'est pour ça que tes relations précédentes n'ont pas marché ?

— Tu veux dire que tu changes pour que tes relations marchent, toi ? le défia-t-elle, n'en croyant rien.

Il considéra la question.

— D'emblée je répondrais que oui, mais en vérité probablement pas.

Il soutint son regard et ajouta :

— C'est la raison pour laquelle ces relations appartiennent au passé. Pour qu'une relation marche, les deux parties doivent se soucier assez de l'autre pour donner, échanger, s'adapter. Sinon, c'est perdu d'avance.

C'était une bonne amorce pour dire pourquoi une relation entre eux ne marcherait jamais. Et pourquoi ils devaient s'arrêter avant d'endommager irrémédiablement leur amitié.

Pourtant, elle ne le fit pas. À la place, elle se tourna pour fixer les montagnes et laisser vagabonder son esprit. *Et si... ?*

Elle avait passé des moments tellement merveilleux avec lui aujourd'hui. Elle jubilait de sentir les picotements que sa main tenant la sienne envoyait dans tout son corps.

Et s'ils *pouvaient* avoir une relation et rester amis ensuite ?

— Je te ramène en parfait état, comme promis, dit Gabe en se garant près de la voiture de Kami.

— Merci pour ce délicieux après-midi.

— Je t'en prie. Il faudra recommencer un jour.

Pour lui, le plus tôt serait le mieux. Il avait vraiment aimé cette journée.

Il y eut un silence, puis elle saisit sa poignée de portière.

— J'aimerais te revoir, Kami.

Elle le savait sûrement, mais il ne voulait pas laisser planer de doute.

Avec un grand sourire, elle pointa un doigt sur lui.

— Tu as de la chance, tu travailles avec moi trois ou quatre nuits par semaine.

Elle crevait encore sa bulle.

— Ce n'est pas ce que je voulais dire.

— J'apprécie notre amitié.

Lui aussi.

— Tu apprécierais encore plus de sortir avec moi.

Il s'en assurerait. Elle se mordit la lèvre.

— Je... Je ne sais pas.

— Je suis attiré par toi et je veux que nous explorions ce qu'il y a entre nous.

Elle fixa ses doigts posés sur la poignée.

— Et c'est quoi, exactement ?

— Quelque chose qui vaut la peine qu'on prenne le temps de le définir.

— Je ne pense vraiment pas que j'aie besoin d'être ici, dit Kami en sortant de la voiture de Gabe le lendemain après-midi.

Elle observait la façade d'un blanc délavé de la maison des Smith.

Debbie travaillait vite. Elle avait organisé une réunion et insisté pour que Gabe et Kami y assistent. Ou peut-être juste Gabe, et ce dernier avait-il prétendu que Kami devait aussi y être. Elle avait essayé de se défiler, mais il avait tenu bon : s'il devait passer l'après-midi avec Debbie, elle aussi.

— C'est parce que tu es sans cœur et que tu n'as pas de scrupules à me jeter aux loups, répondit-il en l'accompagnant dans l'allée pavée.

— Que tu es dramatique ! Tu t'es vraiment trompé de métier, Gabe. Tu aurais été super en prime-time à la télé.

— Moi, priver nos patients de mes tendres soins ? Non, merci. En plus, je te manquerais.

— Tu marques un point, répondit-elle en frappant à la porte de Beverly.

Elle lança un regard nerveux à Gabe.

— J'espère que ça n'ajoutera pas au stress de Beverly et de sa famille. Je ne peux même pas imaginer ce qu'ils traversent en ce moment.

— Si son mari et elle ne veulent pas que leur histoire apparaisse dans l'émission de Debbie, ils n'ont qu'à refuser.

Il toucha son bras nu en un geste qui se voulait rassurant. Mais ses doigts sur sa peau ajoutèrent à la tension de Kami. Elle haussa un sourcil.

— Comme tu sais dire non à Debbie ?

Il rit.

— Bien envoyé. Mais sérieusement, c'est à eux de décider. Debbie ne peut rien leur imposer.

Kami le savait, mais se sentait néanmoins responsable de ce qui arrivait.

La porte d'entrée s'ouvrit sur une infirmière de vingt-cinq ans au visage fatigué et son mari du même âge.

— Je n'étais pas sûre que vous soyez là tous les deux, dit Kami à Beverly tandis qu'ils s'installaient sur le canapé.

— Mes parents sont avec Lindsey, dit Beverly, l'air coupable. Quitter l'hôpital a été dur, mais... Mais Gregg dit qu'il faut qu'on le fasse.

Elle haussa les épaules.

— Je sais qu'il a raison.

Son mari lui prit la main pour l'embrasser et hocha la tête.

— Le reste mis à part, tu avais besoin de t'éloigner un peu de l'hôpital, de prendre une douche dans ta salle de bains et de passer un moment seule avec ton mari.

Ils échangèrent un regard et, malgré leur situation épouvantable, Kami éprouva une bouffée d'envie.

C'était ce qu'une relation devait être. Un amour profond brillait dans leurs yeux lorsqu'ils se regardaient, en dépit de leurs angoisses émotionnelles et financières, de leurs soucis pour leur petite fille.

Debbie et son producteur arrivèrent peu après, avec un cameraman qui s'assit, attendant les instructions pour filmer.

Debbie demanda plusieurs fois l'avis de Gabe et lança des commentaires à Jerry, mais à part quelques sourires et plaisanteries polies, elle n'avait pas grand-chose à dire à Kami, qui se sentait inutile. À part répondre à quelques questions sur l'événement, elle ne dit pas un mot.

Puis Debbie fit signe au cameraman et questionna les Smith sur leur relation, sur la grossesse de Beverly, sur le moment où ils avaient découvert les problèmes cardiaques de leur fille et sur l'état actuel de Lindsey.

La main serrée sur celle de son mari, Beverly laissa tomber ses épaules et dit d'une voix tremblante :

— Vous imaginez, prier pour que votre enfant trouve un cœur, en sachant que le bébé de quelqu'un d'autre doit mourir pour ça ?

Les yeux de Kami s'emplirent de larmes. Elle comprenait la souffrance de son amie.

En quelques minutes, Jerry présenta aux Smith un contrat donnant à la chaîne de télévision les droits de l'enregistrement de ce jour-là, la permission de filmer les moments importants à venir, des scènes intimes, et l'autorisation pour Debbie de rénover leur maison comme elle l'entendrait.

Les deux époux ne paraissaient ni nerveux ni hésitants. Kami était suffisamment nerveuse pour eux deux.

— Vous êtes bien sûrs ? leur demanda-t-elle.

Ils hochèrent la tête sans ciller.

— Nous en avons parlé avant que vous arriviez dit Beverly. Notre plus grand espoir, c'est que cela attire l'attention sur l'importance des dons d'organes. Si partager notre histoire y concourt, alors ça en vaut la peine.

Le cœur empli d'admiration pour sa collègue, Kami les regarda signer les papiers. Elle était très heureuse que Mindy et elle aient organisé cette collecte de fonds, et l'histoire des Smith pourrait peut-être aider d'autres familles, aussi. Gabe lui avait dit que, s'il n'était pas déjà donneur d'organes, il se serait inscrit après le témoignage émouvant de Beverly.

Quelques minutes plus tard, alors que Debbie et son équipe continuaient à filmer la maison, Kami se retrouva dans la voiture de Gabe.

— Tu as faim ? demanda-t-il.

Elle allait dire non, mais son estomac gargouilla.

— Champagne et caviar ?

Elle sourit ; il se rappelait sa plaisanterie de la veille.

— Tu comptes m'acheter avec des aliments et des boissons de luxe ?

— Ça marcherait ?

Elle secoua la tête.

— C'est bien ce que je pensais. Si nous allions dans mon restaurant de viande préféré ? Ils ont du choix et je n'ai jamais été déçu.

Le restaurant était bon. Gabe prit une côte de bœuf et Kami une entrecôte. Ils discutèrent du déroulement de l'après-midi, puis se retrouvèrent à parler de Baxter et de la raison pour laquelle Kami avait rompu.

— Disons que notre alchimie n'était pas bonne.

Il l'étudia un moment, mais ne la poussa pas à en dire plus.

— J'en suis content.

— Pourquoi ?

— Parce que si tu avais eu une bonne alchimie avec lui, tu ne serais pas ici avec moi.

— Ceci n'est pas un tête-à-tête romantique.

— Mon commentaire n'en reste pas moins vrai. Tu ne serais pas là.

Elle lui concéda ce point. Si elle avait éprouvé avec Baxter ce qu'elle éprouvait avec Gabe, elle n'aurait voulu être qu'avec lui. Ce qui n'était pas le cas.

Baxter n'avait pas été l'homme idéal, mais il était rassurant. Gabe n'était pas rassurant, ce qui n'empêchait pas son esprit frivole de se demander : « Et si… ? » Si elle s'abandonnait à cette alchimie et avouait à Gabe qu'elle avait envie de lui ?

Quoi qu'il advienne entre eux, amitié ou davantage, elle ne

se ridiculiserait pas avec lui. Si — et c'était un grand « si » — ils nouaient une relation, elle ne s'attacherait pas et serait celle qui partirait. Elle garderait le contrôle.

Une fois l'histoire finie, elle ne le poursuivrait pas, comme ses ex tendaient à le faire, et ne garderait pas pour lui des sentiments inopportuns.

Elle était mieux avisée.

Elle n'envisageait évidemment pas que quelque chose arrive, mais si jamais...

10

Alors que Kami savourait son gâteau aux carottes, les yeux fermés, la bouche arrondie autour de sa fourchette, elle rouvrit les paupières. Gabe l'observait et ce qu'elle faisait lui faisait de l'effet. Elle fit une petite grimace.

— Désolée. Je ne cesse d'oublier.

— D'oublier quoi ?

— Rien.

— Tu crois vraiment que je vais te laisser t'en tirer comme ça ?

Elle haussa les épaules.

— Tu ne peux me faire dire que ce que j'ai envie de dire.

— Et la seule chose que tu veuilles me dire, c'est « rien » ?

— Peut-être.

— Je ne t'ai jamais prise pour une allumeuse, Kami.

— Oh ! je te taquine depuis des mois. C'est ce qu'on fait sans arrêt, toi et moi. C'est drôle et pas dangereux, et malgré tes écarts momentanés, c'est probablement tout ce qu'il devrait y avoir entre nous.

Ravi par son « probablement », Gabe l'étudia, essayant de déchiffrer si elle était sérieuse ou si elle le testait.

— Mes écarts ? Ça ne t'est pas arrivé, à toi aussi, quand tu m'as rendu mes baisers ?

— Oh ! j'ai fait un écart, d'accord. Un gros écart.

— Et tu regrettes ?

Elle pinça les lèvres comme pour retenir ses secrets et il ne put s'empêcher de sourire. Elle ne pouvait pas admettre qu'elle avait aimé leurs baisers, mais elle ne pouvait pas mentir, non plus.

Quelles que fussent ses raisons pour refuser une relation plus physique, elle n'était pas indifférente à l'alchimie qui les liait. Loin de là.

— Très bien. Tu refuses de me dire si tu regrettes, mais ce que je veux savoir, c'est quand tu me laisseras t'embrasser de nouveau.

Elle s'étrangla sur son gâteau. Elle toussa, but de l'eau et toussa encore.

— Pas exactement la réaction que j'attendais, dit-il, le coin de ses lèvres frémissant.

— J'imagine, dit-elle avant de boire de nouveau. Mais s'il te plaît, arrête.

— Quoi ?

— De dire des choses qui me prennent de court.

Il rit.

— Ça t'a prise de court ? Toi qui as toujours une repartie prête ?

— Eh bien, pas là.

Elle poussa son assiette vers lui.

— J'ai fini. Mange le reste.

Il appela la serveuse, demanda la note.

— Je peux payer ma part, dit Kami.

— Non. C'est mon tour.

Lorsqu'ils sortirent du restaurant, le ciel était strié d'orange, de rose et de jaune.

— Oh ! Superbe coucher de soleil ! s'exclama-t-elle.

— Oui. Quel dommage de mettre un terme à une si belle soirée. Tu veux qu'on aille au centre-ville prendre quelques verres ?

Elle s'apprêtait à lui dire de la ramener chez elle. Il le lut sur son visage. Puis elle prit un air déterminé.

— D'accord. Allons boire quelques coups, dit-elle, un défi dans les yeux.

Il n'aurait pas pensé qu'elle accepterait, mais elle ne cessait de le surprendre. Ils se rendirent dans un club qu'il connaissait.

Il la prit par la main, ils trouvèrent deux tabourets libres au bar et commandèrent des boissons. Une heure plus tard, ils riaient de tout et de rien.

Gabe n'était pas ivre, mais il se sentait bien. Trop bien. Pas à cause de l'alcool, mais à cause de la femme qui souriait et riait avec lui.

Elle voulut commander une autre tournée, mais il secoua la tête.

— Pas pour moi. Je dois nous ramener. Mais vas-y, toi.

Sa bouche dessina un « O », puis elle se commanda un nouveau cocktail.

— Ça va toujours ? lui demanda-t-il.

Elle hocha la tête en souriant.

— Étonnamment, oui, même si je ne bois jamais autant. Tu viens ici souvent ?

— Je suis venu quelques fois.

— Avec Debbie ?

Il fronça les sourcils.

— Non.

— Une autre femme ?

— Attention, Kam ! Tu parais presque jalouse.

Elle détourna les yeux.

— Je ne le suis pas. Je sais que tu as été avec quantité de femmes. C'est pour ça que tu embrasses diaboliquement bien.

— Merci du compliment, dit-il en riant.

— Je t'en prie.

Elle était magnifique. Absolument magnifique. Ses yeux étincelaient, son menton pointait en avant et elle avait les lèvres entrouvertes. Il eut du mal à ne pas se pencher, saisir son visage et prendre sa bouche insolente en un autre baiser « diabolique ».

À la place, il descendit de son tabouret et lui tendit la main.

— Veux-tu danser, Kami ? Je promets de ne pas te marcher sur les pieds moins de douze fois.

Il avait envie de la tenir dans ses bras, de savourer chaque moment avec elle parce que la vie était courte. Il fallait la vivre à plein. Toutefois, il se contenterait de ce qu'elle lui donnerait jusqu'à ce qu'elle comprenne qu'ils étaient faits pour être ensemble.

Comme ses parents. C'était ce qu'il voulait, ce qu'il avait cherché et n'avait jamais trouvé. *Jusqu'à maintenant*, pensa-t-il en la regardant dans les yeux et en sentant son torse se gonfler d'émotion.

Kami et Gabe dansèrent d'abord en ligne, une danse country. Gabe n'était pas pire danseur que Kami. Quant à elle, c'était peut-être l'alcool qui lui faisait penser qu'elle ne se débrouillait pas trop mal. Quoi qu'il en fût, elle riait, virevoltait et s'amusait. Avec Gabe. D'une manière complètement différente de ce qu'ils avaient fait jusqu'ici. Et ça lui plaisait beaucoup.

Puis ce fut un slow. Elle voulut regagner leurs sièges, mais il lui prit la main et l'attira à lui.

— Pas si vite, ma petite. Cette chanson pourrait bien être ma chanson préférée.

— Pourrait ? releva-t-elle en lui passant les bras autour du cou et en se mettant au même rythme que lui.

Il eut un grand sourire.

— Je te le dirai quand la musique s'arrêtera.

— D'accord.

Elle posa la tête sur le torse de Gabe, s'émerveillant de sentir battre son cœur sous sa joue, de sentir ses bras autour d'elle, ses mains sur sa taille. Pourquoi avait-elle combattu ce genre de chose ? L'avait-elle repoussé ? Cela semblait si bon, si juste.

Soudain, elle pouffa.

— Qu'y a-t-il de si drôle ? demanda-t-il.

Elle lui sourit.

— J'ai l'impression de danser avec le plus beau garçon du lycée.

Les paupières de Gabe se plissèrent aux coins.

— Ce n'était pas moi, tu sais. Toutes les filles couraient après Tommy Smithson. Nous n'avions que ses restes.

— Il doit être stupéfiant, roucoula-t-elle en jouant avec les cheveux de sa nuque. Je veux le rencontrer à votre prochaine réunion de classe.

Il secoua la tête.

— Tu crois que je prendrais le risque de te présenter à Tommy ? Je me débats déjà pour te convaincre d'être plus que mon amie. Et tu sais quoi ? Je pense que tu danses merveilleusement.

Le cœur de Kami manqua un battement.

— Ah, c'est que tu as trop bu.

— Non, mais tu vas si parfaitement dans mes bras que même si tu me marchais sur les pieds je ne le remarquerais pas.

Elle ne pouvait le contredire. Elle allait parfaitement dans ses bras. Pour s'en assurer, elle se blottit plus étroitement contre lui. Oui, c'était parfait.

Gabe bougeait sur la musique douce, enlaçant Kami, sa tête sous son menton, et il décida que c'était vraiment sa chanson préférée. Puis une autre suivit, et une autre, et elles lui plurent toutes. Parce qu'il savait que, quand la musique s'arrêterait, il la ramènerait chez elle et s'en irait.

Non qu'il en ait envie. Ce qu'il voulait, c'était faire l'amour à la femme qu'il tenait dans ses bras. Mais il ne le ferait pas. Pas ce soir.

Pas alors qu'elle avait bu et pourrait avoir des regrets plus tard. Il avait beau la désirer, il ne voulait pas qu'elle pense que ce n'était que physique, et qu'il avait profité de la première occasion où elle avait baissé sa garde.

Il voulait plus que du sexe. Beaucoup plus.

Il était heureux. Au septième ciel. Un peu ivre. Mais pas aussi ivre de plaisir que lorsqu'il la ramena chez elle, l'accompagna jusqu'à son appartement et qu'elle l'embrassa.

Complètement, profondément, sans rien retenir, les mains dans ses cheveux, le corps pressé contre le sien.

Sa libido grimpa en flèche.

— Kami, marmonna-t-il, se demandant comment il allait se dégager quand tout ce qu'il voulait était se perdre dans ses bras. Il faut que j'arrête.

— Pourquoi ? murmura-t-elle en faisant glisser sa bouche le long de son cou, et en promenant les mains dans son dos. Je ne veux pas que tu arrêtes.

— Tu es ivre.

— Pas tant que ça.

— Suffisamment.

Elle tira sa chemise de son pantalon et passa les mains sur sa peau nue. Il en eut la chair de poule. Son sexe se durcit, douloureusement comprimé par son jean. Il était très dur de s'écarter de Kami, mais il y parvint.

— Non, dit-elle, ses yeux verts flamboyant. Tu ne peux pas arrêter. Pas maintenant, alors que je te veux.

Il inspira et prit son visage dans les mains.

— Tu n'as pas idée de ce que t'entendre dire ça me fait.

Elle le fusilla du regard.

— Pourtant tu vas partir, n'est-ce pas ?

Il hocha la tête.

— C'est la chose à faire.

Elle poussa un long soupir. Elle ne lui facilitait pas la tâche, avec ses yeux suppliants, sa moue sensuelle et sa façon de chanceler légèrement, comme pour une danse de séduction.

Il déglutit et fit appel à toute sa volonté.

— Qu'est-ce que je devrais faire à ton avis, Kami ?

Elle le dévisagea un moment, puis ferma les yeux.

— Je pense que tu devrais monter dans ta voiture et rentrer chez toi. Seul. Sans moi. Pour aller retrouver un lit froid et solitaire en sachant que j'aurais ébranlé ton univers.

Sachant qu'il faisait ce qu'il fallait, il se pencha pour l'embrasser sur le front et lui ouvrit la porte de son appartement.

— Pour information, tu ébranles mon univers chaque jour.

Là-dessus il la souleva, la posa à l'intérieur et referma la porte.

Il était enfermé dehors. Et heureusement, car Dieu lui vienne en aide, il commençait déjà à regretter sa décision de s'en aller.

11

— Tu viens prendre un petit déjeuner avec moi ?

Kami, qui avait presque atteint sa voiture, pirouetta vers Gabe sans cacher sa surprise : il l'avait suivie hors de l'hôpital et avait couru pour la rattraper.

Elle l'avait vu plusieurs fois au cours de la nuit, avait travaillé avec lui, ils avaient parlé de leurs patients, mais elle était assaillie par un sentiment d'humiliation et il y avait de la tension entre eux.

Son invitation la prit donc vraiment de court. Comme elle ne répondait pas tout de suite, il ajouta :

— Tu choisis où nous allons.

Elle se mordit la lèvre, puis acquiesça.

— D'accord.

Pourquoi pas ? Elle ne pouvait de toute façon pas se ridiculiser davantage que sur le seuil de son appartement, l'autre soir.

— J'ai essayé de t'appeler hier. Avant-hier, aussi, dit-il quand ils furent installés dans sa voiture.

— Je n'avais pas envie de parler.

— Et maintenant ? Tu te sens de parler de ce qui s'est passé l'autre nuit ?

— Il ne s'est rien passé, lui rappela-t-elle en croisant les bras.

Pourquoi avait-elle accepté sa proposition ?

Il lui lança un bref coup d'œil.

— Je me demandais ce dont tu te souvenais. Si c'était pour ça que tu ne répondais pas à mes appels.

— Si tu veux me faire croire qu'il s'est passé quelque chose que j'ai oublié, je ne marche pas.

— Désolé, ce n'est pas ce que je voulais dire. Tu n'es pas fâchée parce que je suis parti, n'est-ce pas ?

Elle ne l'était pas. Pas énormément.

— J'aurais voulu rester, dit-il, les yeux braqués sur la route, mais je ne voulais pas que tu aies des regrets, après. À présent, j'ai l'impression que tu en as, de toute façon.

Elle regarda son profil concentré, ses mains crispées sur le volant. Il essayait d'arranger les choses. Elle s'appuya contre l'appuie-tête et prit une profonde inspiration. Ils étaient amis. Rien n'était arrivé. Cette gêne était ridicule. Elle soupira.

— Pardon de ne pas t'avoir répondu. J'avais besoin de mettre de la distance entre nous.

— Je comprends. Il t'en faut encore, maintenant ?

Elle secoua la tête.

— Ne pas te parler comme d'habitude m'a manqué, cette nuit. Je ne veux pas perdre notre complicité. C'est ce qui me fait peur dans ce qui nous arrive, dit-elle.

— Moi aussi. J'aurais dû te prendre à part pour éclaircir les choses, mais je ne voulais pas te demander pardon à l'hôpital.

— Tu croyais que je t'en voulais ? C'est pour ça que tu étais si froid ?

— Tu ne m'en voulais pas ?

— J'étais plus ulcérée par moi-même que par toi. J'ai vraiment dépassé les bornes.

Il s'arrêta à un feu rouge et la regarda.

— Mais tu as cru que je ne voulais pas coucher avec toi, n'est-ce pas ?

Ses yeux étaient si bleus, si intenses !

— Je pense que tu veux coucher avec des tas de femmes.

— À t'entendre, je n'ai aucun scrupule, je couche avec n'importe qui.

— Ce n'est pas vrai ?

— Non.

— De toute façon, ça ne me regarde pas.

— Mais je veux que ça te regarde, Kam !

Il redémarra et garda le silence jusqu'au parking d'un restaurant, où il se gara près de l'entrée. Sans couper le moteur, il se tourna vers Kami et attendit qu'elle parle.

Elle savait bien que cette conversation n'était pas terminée ! Elle prit une grande inspiration.

— Malgré ce que tu peux penser de ma conduite l'autre nuit, le sexe est une grande affaire pour moi.

— Pour moi aussi.

— Non, répondit-elle. Tu prends le sexe à la légère.

— Qu'est-ce que tu en sais ?

Elle se tourna dans son siège et le regarda dans les yeux.

— Tu n'as jamais fait l'amour à la légère, Gabe ?

Il ne cilla pas.

— Je n'ai pas dit ça.

Elle saisit la poignée de la portière. Elle avait le ventre si noué qu'elle n'était pas sûre de pouvoir manger. Elle aurait dû lui demander de la ramener à sa voiture.

— Le sexe entre nous ne serait pas frivole, Kami. Si tu crois ça, tu te trompes et tu nous prives de quelque chose qui serait incomparable, j'en suis sûr.

— Ce qui est incomparable, pour moi, c'est notre amitié, et j'y tiens. Toi, tu es déterminé à la détruire.

— Tu crois qu'on ne peut pas être amis et amants ? C'est la vraie raison pour laquelle tu ne veux pas faire l'amour avec moi ?

— En ce moment, je ne suis même pas sûre que nous puissions être amis, rétorqua-t-elle.

— Alors qu'est-ce qui t'empêche de me demander de t'emmener chez moi tout de suite ?

La main sur la poignée, elle darda sur lui un regard noir.

— Quoi ? Pour que tu me rejettes encore ? Non, merci.

— Tu en reviens toujours là ! Je suis parti parce que je ne voulais pas profiter de toi. Parce que je tiens à toi et que je veux que les choses se passent bien quand nous franchirons ce pas capital.

Le cœur de Kami tambourinait dans sa poitrine. Ses mains tremblaient sur ses genoux.

— Ramène-moi chez moi, Gabe.

— Très bien.

Débordant manifestement de frustration, il redémarra et

sortit du parking. Il conduisit en silence, s'arrêtant devant son immeuble. Quand elle voulut sortir, il se pencha vers elle.

— Je suis désolé, Kam.

— Moi aussi, dit-elle avec un soupir résigné et un petit haussement d'épaules. Surtout parce que ma voiture est restée à l'hôpital et qu'il va falloir que tu me ramènes là-bas.

Kami travailla ses trois nuits, fut de repos le vendredi et le samedi, puis reprit son service le dimanche, lundi, mardi et mercredi.

Gabe et elle n'avaient pas trouvé de terrain d'entente.

Elle n'était pas heureuse de la façon dont ils marchaient sur des œufs, se parlant sans se regarder, et n'abordant aucun sujet en dehors du travail.

— Le scanner de la cabine 2 présente un calcul non obstructif dans le rein droit.

Kami, qui nettoyait la cabine voisine, croisa le regard de l'homme vers qui toutes ses pensées allaient.

— Je vais imprimer quelques ordonnances, dit-il sans la regarder. Nous le transférerons en urologie demain.

— D'accord.

Il l'observa un moment, puis s'en alla. Elle termina son ménage, puis alla chercher les documents qu'il avait rédigés.

— Merci, dit-il en les lui tendant.

Leurs doigts se touchèrent.

Elle retint son souffle. Le regard de Gabe chercha vivement le sien, comme s'il avait lui aussi ressenti une décharge électrique.

Elle hésita quelques instants, voulant parler, voulant qu'il parle, puis se fustigeant de son idiotie. Elle prépara le départ du patient et alla rédiger son rapport. Gabe était toujours assis au bureau, renversé dans un fauteuil, les yeux fermés et le visage tendu. Le cœur de Kami se serra. Que dire ? Il fallait espérer que la tension entre eux se dissiperait avec le temps.

— Ça va ? demanda-t-elle.

Il ouvrit les yeux et hocha la tête.

— Je déteste cette situation, dit-il.

Avait-il lu dans son esprit ?

— Moi aussi, avoua-t-elle en se laissant tomber sur la chaise face à lui.

Il jeta un coup d'œil alentour et se pencha vers elle.

— Tu me manques, Kami. Tout de toi me manque.

Elle mordit sa lèvre. Il reprit, le regard intense :

— Je ne comprends pas que tu refuses de nous laisser une chance.

Oh ! comme il aurait été facile de lui céder, de lui dire à quel point elle le désirait. Qu'elle rêvait de ses baisers, de…

Arrête, Kami. Arrête ça.

— Nous voulons des choses différentes dans la vie.

— Tu en es sûre ? Pas moi.

— Dois-je te rappeler que c'est toi qui m'as laissée en plan ?

— Non, tu me l'as assez dit.

Il soutint son regard.

— Invite-moi de nouveau, Kam, et je t'assure que je ne commettrai pas deux fois la même erreur.

12

Le défi de Gabe hanta Kami toute la fin de son service. Sa voix lui résonnait dans la tête.

Inviter Gabe dans son lit ne changerait pas le dénouement de leur histoire. Elle ne pouvait tomber dans le même piège que sa mère. Elle valait mieux que ça. Ou pas ?

Car avant de quitter l'hôpital, elle céda à son envie de voir Gabe et le trouva seul dans le bureau des médecins. Il leva les yeux vers elle, et elle y lut une question. Elle ne détourna pas le regard, elle se laissa captiver par le bleu de ses yeux, consciente qu'elle allait tout changer entre eux.

Même si, en fait, leur relation avait commencé depuis des semaines. Elle était lasse de nier la réalité. Elle était une femme, avec des besoins, des espoirs et des désirs. Une femme qui voulait Gabe plus qu'elle n'avait jamais voulu personne.

C'était effrayant, mais aussi excitant.

Balançant une hanche de côté, elle lui décocha ce qui, elle l'espérait, passerait pour un regard de séductrice.

— Tu es invité. Ne fais pas l'erreur de me décevoir une seconde fois.

Gabe attendait ce moment depuis des semaines. Et même plus. Maintenant qu'il était là, dans la chambre de Kam, il n'allait pas se précipiter. Du moins, il allait faire de son mieux pour ne pas aller trop vite.

Ce qu'il voulait en réalité, c'était lui arracher ses vêtements et goûter chaque fraction d'elle sans attendre. Mais il voulait aussi la laisser donner le ton de leur rencontre. Il était encore stupéfait que Kami ait franchi ce pas. Avec lui. Il n'était pas sot. Il savait ce que cela signifiait d'être là, avec elle. Enfin, elle mesurait ce qu'elle représentait pour lui, elle s'abandonnait à ce qu'il y avait entre eux.

Quand il était entré dans sa chambre, il s'était montré calme, contrôlé, comme s'il ne tremblait pas intérieurement d'impatience de lui faire l'amour. Maintenant, il attendait de voir ce qui allait se passer avec cette femme adorable qui monopolisait toutes ses pensées.

Comme chez lui, les stores étaient baissés, laissant la chambre sombre. Elle alluma une lampe. Il vit d'abord des coussins. Des tas de coussins. Puis du jaune. Un jaune pâle, couleur du clair de lune. Et des gris. Il n'y avait qu'une photo dans la pièce, sur la table de chevet, mais elle la retourna quand ses yeux tombèrent sur le cadre.

— Ce n'était pas prévu, alors je n'ai pas de protections, dit-elle, gênée. Mais je prends la pilule. Je ne l'ai pas arrêtée après Baxter.

Il n'aimait pas penser à elle avec Baxter ou un autre homme, mais le passé ne comptait pas. Ce qui importait, c'était qu'elle soit là, avec lui, et qu'elle accepte enfin qu'ils aient un avenir ensemble.

— J'en ai, moi.

Elle hocha la tête, comme si elle s'en doutait. Puis, sans rien dire, elle souleva ses cheveux sur sa nuque. Il la regarda un moment, avant de comprendre qu'elle attendait qu'il la déshabille. Les mains tremblantes devant l'importance de ce qui arrivait, il releva lentement son T-shirt, révélant sa chair crémeuse. Il se garda de toucher sa peau, allant doucement pour savourer chaque seconde de ce moment tant attendu. Un contact, et il s'emballerait.

Il s'emballait déjà. Incapable de résister, il glissa les doigts dans la ceinture de son pantalon et le baissa, posant des baisers sur ses cuisses. Elle eut la chair de poule et glissa les doigts dans ses cheveux. Les genoux de Gabe flanchèrent. Pourtant il s'arrêta, la regarda et demanda :

— Tu es sûre que c'est ce que tu veux ?

— Si tu me laisses maintenant, je ne te le pardonnerai jamais.

Kami voulait ceci. Elle le voulait, lui, Gabe. S'il changeait d'avis, elle en pleurerait. Elle voulait profiter de son extraordinaire expérience sexuelle, même si elle en payait le prix plus tard. Elle avait décidé que ce qu'elle obtiendrait en valait la peine. Aussi longtemps que leur liaison durerait, Gabe serait à elle. Son ami et son amant.

— Je ne vais nulle part.

Elle trembla quand ses doigts effleurèrent sa peau. En soutien-gorge et culotte assortis, elle attendit sa prochaine caresse. Elle ne fut pas déçue. Il embrassa ses genoux. Délicatement. Puis il se releva et embrassa son cou tandis qu'il passait les paumes sur ses bras, ses épaules. Lui prenant la main, il recula et la contempla. Ses yeux devinrent d'un bleu foncé.

— Miséricorde.

Elle sourit. Pourquoi demander s'il aimait ce qu'il voyait ? Elle le lisait sur son visage, le sentait dans ses caresses, dans son baiser brûlant lorsqu'il s'empara de sa bouche. Il la voulait vraiment autant qu'elle le voulait.

Elle avait envie de le toucher, de le voir ; elle sortit sa chemise de son pantalon, mais il l'arrêta.

— Non.

Elle dégagea ses mains, la surprise fonçant ses yeux.

— Tu ne vas pas m'empêcher de te toucher, moi aussi !

Elle ne voulait pas rester passive. Alors il l'aida à le dévêtir.

— Je suis tout à toi.

Elle le souhaitait, et cela l'effrayait. Mais ce n'était pas le moment d'avoir ce genre de pensée. Il fallait profiter de l'instant, parce qu'il serait éphémère. Elle comptait bien le faire. Savourer chacune de leurs caresses, chacun de leurs baisers.

— Gabe, gémit-elle lorsqu'il l'allongea sur le lit, jetant les coussins par terre.

Il la dévora des yeux tandis qu'il mettait un préservatif, puis la rejoignit, se plaçant au-dessus d'elle. Ses yeux étaient sombres, brûlants.

— J'ai désiré ceci pendant si longtemps.

— Moi aussi, avoua-t-elle. Je te veux, Gabe. Maintenant.

Elle saisit ses épaules, se haussa vers lui, prête à tout ce que ses yeux et son corps lui promettaient.

— Kami…, murmura-t-il en s'unissant à elle.

Elle garda les yeux rivés sur les siens tandis qu'il prenait possession d'elle, créant un rythme qui la faisait fondre et l'incendiait à l'intérieur. Jusqu'à ce qu'elle explose de plaisir. Et il recommença.

Épuisée, Kami fixait le plafond en reprenant son souffle. Elle ne serait plus jamais la même. Ni son corps, ni son esprit, ni son cœur. Elle se tourna pour regarder Gabe, voir s'il était aussi affecté qu'elle. Il lui prit la main et la serra.

— Il faut que tu partes, dit-elle d'une voix éraillée par l'intensité de leurs étreintes.

Faire l'amour avec lui était un marathon, avec des orgasmes à n'en plus finir. Qui eût cru que son corps pût receler autant de plaisir ? Exploser en un million d'étoiles et rester entier ? Comment vivait-on sans ces extases après les avoir connues ? Comment allait-elle vivre sans Gabe après cette expérience avec lui ?

— Tu veux que je m'en aille ? demanda-t-il en roulant sur le côté pour la regarder, les yeux pleins de trouble. Pourquoi ?

— Parce que moi je vis ici.

— Je ne te quitterai pas, Kam. Pas après ce que nous venons de partager. Cela a été stupéfiant. Je sais que tu l'as senti aussi. Alors pourquoi me demandes-tu de partir ?

Elle ferma les yeux.

— Parce que tu t'en iras un jour ou l'autre, Gabe. C'est ce que font les hommes.

— C'est toujours toi qui romps, je le sais. Pourquoi ?

Elle se redressa sur le lit et lui jeta un regard noir.

— Tu veux que j'attende que tu te lasses ? C'est ça ? Pour partir le premier ?

— Une femme délicieuse m'a averti un jour que, si elle me laissait une chance, ce ne serait pas moi qui la quitterais, je ne l'ai pas oublié.

— Je bluffais, parce que tu étais trop sûr de toi.

Il l'étudia.

— C'est de ça qu'il s'agit ?

— Non, répondit-elle en se couvrant de la courtepointe dans l'espoir de se sentir moins vulnérable.

— Alors quoi ?

— Je ne veux pas être comme toutes les autres, Gabe. Si tu me quittes et que j'en souffre, ça me rendra... faible.

— Kam, je ne veux pas te quitter. Ni maintenant, ni cet après-midi, ni même cette nuit. Mais à un moment donné, je rentrerai chez moi. Je ne veux pas que, pour autant, tu remettes mes sentiments en question. Je tiens à toi.

Il avait l'air sincère.

— Moi aussi, avoua-t-elle.

Il lui prit la main et la baisa.

— C'est un joliment bon départ, je dirais.

Elle tremblait à l'intérieur, d'émotion.

— Un bon départ pour quoi ?

— Le temps nous le dira. Mais pour le moment, je reste. Je veux dormir avec toi dans mes bras.

Un peu plus tard, Gabe écarta des cheveux du visage de Kami.

— Je suis fou de toi.

Elle lui sourit.

— Tu es fou, en effet. Pour information, je suis assez dingue de toi, moi aussi.

Elle s'attendait à un sourire taquin, ou à une plaisanterie. Mais il la dévisagea avec une expression indéchiffrable. Plus il la regardait, plus elle se sentait mal à l'aise, et elle dit la première chose qui lui passait par la tête, pour dire quelque chose.

— J'ai rendez-vous avec un agent immobilier, la semaine prochaine.

Pourquoi lui racontait-elle ça ?

— Tu vas déménager ?

Elle haussa les épaules.

— Peut-être. J'épargne depuis longtemps et j'ai maintenant un apport personnel suffisant pour acheter une maison. Je ne suis pas pressée, mais je ne veux pas laisser passer une affaire si elle se présente.

Il se redressa sur un coude pour la regarder.

— Qu'est-ce que tu cherches, exactement ?

Elle eut un petit rire.

— Je rêve d'un endroit à moi, pas trop loin de l'hôpital, mais avec un terrain correct. Un terrain avec des arbres. Et je pense que j'aimerais un animal de compagnie.

— Un animal de compagnie ?

— Oui. Je n'en ai jamais eu. Nous déménagions trop souvent. Et toi, tu en as eu ?

— Quelques-uns. Surtout des chiens, mais aussi des chats. Ma mère aimait remplir sa maison. Pour ne pas penser à mon père.

— Il a dû beaucoup lui manquer.

Il inspira profondément.

— Oui. Il nous manquait à tous les deux. Pendant des années, j'ai fait des cauchemars à propos de sa mort.

— Oh ! Gabe...

— Je l'ai vu mourir. J'ai mis longtemps à accepter de n'avoir rien pu faire pour lui.

Elle l'étreignit.

— Je suis désolée, Gabe.

— Heureusement, je n'ai que de bons souvenirs de lui, dit-il avant de changer de sujet. Et toi ? Tu parles de ta mère, mais jamais de ton père.

Elle soupira.

— Mon père n'était qu'un petit ami de passage, comme les autres.

— C'est triste. Elle est heureuse maintenant, au moins ?

— Oh ! elle trouve souvent le bonheur. Mais ça ne dure jamais. Les hommes s'en vont toujours.

Il lui prit la main.

— Les hommes ne sont pas tous comme ça, Kami. Je ne suis pas comme ça.

Elle ne fit pas de commentaire. Il soupira, puis, après un bref silence, posa un baiser sur ses doigts.

— Bonne chance avec l'agent immobilier la semaine prochaine. Si tu veux que quelqu'un t'accompagne voir des maisons, je suis ton homme.

— À moins de tomber sur une offre avec quelque chose de parfait, je ne commencerai pas à chercher avant la vente aux enchères.

— C'est bien, dit-il en s'endormant.

Elle se pencha sur lui et l'embrassa sur la joue.

— Fais de beaux rêves, Gabe.

Quelques jours plus tard, Kami dut aller consoler sa mère, aux cent coups parce que Sammy, « l'homme de sa vie », l'avait quittée.

Alors que Kami tentait de lui dire que Sammy était comme tous les autres, Eugenia se rebiffa.

— Qu'est-ce que tu en sais ? Tu n'as jamais été amoureuse, tu ne sais pas ce que c'est d'aimer, alors ne me juge pas.

Kami ouvrit la bouche pour protester, pour dire qu'elle avait été amoureuse, qu'elle *l'était*, puis, abasourdie, elle se mordit la langue. Ébranlée jusqu'au tréfonds de son âme par cette découverte, elle essaya encore de réconforter sa mère. Finalement, celle-ci s'endormit sur le canapé et Kami fit le ménage dans l'appartement en désordre. Puis elle s'installa dans un fauteuil et Bubbles sauta sur ses genoux pour se faire câliner, ronronnant de plaisir.

— Je ne l'aime pas, dit-elle à la chatte. Enfin, je l'aime comme ami, mais je ne suis pas amoureuse de lui.

Elle caressa Bubbles de la tête à la queue.

— Mais si je ne fais pas attention, c'est ce qui va arriver.

Son regard se posa sur sa pitoyable mère, qui n'avait rien dans sa vie parce qu'elle avait tout donné à des hommes qui ne le méritaient pas. Tout le reste de la matinée, Kami se sentit mal.

Ce serait son tour, bientôt. Dans combien de temps Gabe perdrait-il tout intérêt pour elle ? Passerait-il à quelqu'un de nouveau et la laisserait-il le cœur brisé, comme sa mère ?

Kami dormit un peu, mais elle était agitée et finalement elle se leva pour aller faire des courses et s'occuper de son linge, tout en combattant ses démons. Le soir, quand Gabe appela, elle décommanda le dîner en prétendant qu'elle avait besoin de dormir.

Le lendemain matin, lorsqu'il rappela, elle refusa sa proposition de petit déjeuner avec lui sous prétexte de ménage en retard.

Pour se garder l'esprit occupé, elle sortit tous ses vêtements du placard et se mit à les trier. Quand on frappa à la porte, elle sursauta, tout en se doutant de la personne qui se trouvait de l'autre côté.

— Gabe, dit-elle en ouvrant. Que fais-tu ici ?

— Deux paires de mains valent mieux qu'une, répondit-il en souriant.

— Tu veux m'aider à trier mes affaires ?

— Si c'est ce que tu fais.

— Viens voir.

Elle l'emmena dans sa chambre et lui montra le tas de vêtements empilés sur le lit. Il les regarda, dubitatif.

— Tu veux que je te dise ce qui te va ou pas ?

— Non, c'est tout à donner.

— Je peux les charger dans ta voiture.

Elle haussa les épaules.

— Si tu veux.

Quand il revint, elle l'attendait au salon.

— Quoi d'autre ? demanda-t-il.

— Rien. Je finirai plus tard.

Il l'étudia un moment.

— Tout va bien ?

— Oui.

— Pourquoi je ne te crois pas ?

Elle détourna les yeux. Il soupira.

— Tu ne me feras jamais confiance, n'est-ce pas ?

— Comment ça ?

— Aussi longtemps que nous serons ensemble, tu attendras que je m'en aille, comme les petits amis de ta mère.

— C'est comme ça.

Abattu, il se laissa tomber sur le canapé.

— Tu ne crois pas en nous.

Elle ne répondit pas.

— Kami, les dernières semaines ont été merveilleuses. Mais malgré tout ce que nous avons partagé, tu ne me fais pas plus confiance que le premier jour.

Elle se mit sur la défensive, le menton levé.

— Ne prétends pas que tu comptes rester, Gabe. Nous savons tous les deux que ce n'est pas ton style.

Il l'étudia.

— C'est ce que tu veux que je dise ? Que je ne te quitterai jamais ? Tu me croirais, si je te le disais ?

Elle secoua la tête.

— C'est bien ce que je pensais.

Il se passa les doigts dans les cheveux.

— Je tiens à toi, Kami. Si tu ne l'as pas encore compris, tu ne le comprendras jamais.

Était-ce ainsi qu'il s'y prenait ? En essayant de convaincre les femmes que c'était leur faute s'il partait ?

Son cœur se brisant, elle croisa les bras.

Il ajouta, le visage crispé :

— Je suis venu parce que je voulais être avec toi. Dommage que tu ne puisses pas le croire.

Il se leva, sortit de l'appartement et referma doucement la porte derrière lui.

13

Kami venait de se disputer avec Mindy qui l'accusait d'avoir rompu avec Gabe, et de ne pas lui avoir laissé sa chance.

— Je lui ai donné tout ce que j'avais à donner, conclut Kami, furieuse. Ce n'est pas ma faute si ce n'était pas assez.

Elle pirouetta pour s'en aller et faillit percuter un Gabe au visage cramoisi.

— Il faut qu'on parle.

— Je ne peux pas. Nous sommes au travail.

Il jeta un coup d'œil à Mindy. Elle comprit.

— Je vous appellerai si on a besoin de vous, dit-elle.

Tenant fermement le bras de Kami, Gabe l'emmena dans le bureau des médecins et ferma la porte.

— Tout ce que tu avais à donner n'était pas assez ? Sérieusement ? C'est ce que tu penses ?

— Tu n'aurais pas dû surprendre cette conversation.

— Il ne fallait pas parler de moi, si tu ne voulais pas que j'entende.

— C'est ridicule. Nous n'avons rien à nous dire.

— Faux, dit-il en posant une main sur la porte. Nous avons beaucoup à nous dire. Ce n'est peut-être pas le meilleur endroit, mais je ne vais sûrement pas te laisser partir sans t'expliquer !

— Je ne te dois rien. Tu ne peux pas m'obliger à rester ici.

Elle atteignit la porte.

— C'est vrai. Mais tu as tort, Kami.

Elle hésita.

— Tout ce que tu avais suffisait. Le problème, c'est que tu

ne l'as jamais donné totalement. Loin de là. Peut-être que c'est moi qui n'ai pas suffi.

Le reste de la nuit passa vite. Ils eurent de nombreuses urgences. Kami travailla avec Gabe en faisant comme s'il n'y avait rien entre eux. Comme si son cœur ne se brisait pas. Comme si elle n'avait pas perdu quelque chose, *quelqu'un*, de spécial.

— Oh ! Kami ! Nous avons reçu l'appel.

Au ton nerveux de Beverly, Kami comprit aussitôt : un cœur avait été trouvé pour Lindsey. Elle éprouva un mélange d'excitation pour son amie et de chagrin pour la famille qui avait perdu un enfant.

— L'équipe de transplantation la prépare pour l'opération. J'ai tellement peur ! Gregg et moi voulions que tu sois prévenue.

Kami regarda sa montre. Elle avait quantité de choses à faire ce jour-là, en particulier réunir des dons pour la vente aux enchères, mais cela ne comptait pas à côté de ce qui arrivait aux Smith.

— Je serai là.

— L'opération va durer des heures. Tu ne vas pas attendre avec nous ! Je voulais juste que tu saches. Tu as tant fait pour ma famille. Nous t'aimons.

La poitrine de Kami se contracta.

— Je veux être là. À tout à l'heure.

Quand Gabe entra dans la salle d'attente du service de transplantation, la première personne qu'il vit fut Kami. Il tiqua, mais il aurait dû se douter qu'elle serait là.

Plusieurs heures avaient passé, mais Lindsey était toujours en salle d'opération.

Kami avait le regard fuyant. La colère et la frustration envahirent Gabe. Elle ne leur avait pas laissé leur chance.

L'ignorant, il alla saluer Beverly et Gregg et parla un moment avec eux. Quand il voulut s'asseoir, la seule chaise libre était celle à côté de Kami. Il faillit rester debout, mais cela aurait été ridicule.

Il lui adressa un signe de tête, s'assit et sortit son téléphone portable. Cinq, dix, quinze minutes embarrassées s'écoulèrent ; il était extraordinairement conscient de sa présence, mesurait à quel point elle lui manquait.

Mais elle avait fait son choix, et il ne l'en blâmait même pas. Il avait assez de problèmes personnels pour ne pas fouiller dans les siens.

Le vendredi soir précédant la vente aux enchères, les volontaires travaillèrent tard pour finaliser les questions d'organisation. Comme il l'avait promis, Gabe vint, aida, et fit rire tout le monde en faisant le pitre. Mais pas Kami. Elle ne le regardait même pas. Il refusa de se laisser abattre.

Plus d'une semaine avait passé depuis la greffe de Lindsey et la petite fille s'en sortait très bien. Elle avait encore un long chemin à faire, mais elle tenait bon.

Quand tout fut terminé, Kami remercia tout le monde de leur dévouement pour leur collègue et sa famille.

— Je ne sais pas vous, fit Gabe, mais moi je meurs de soif. Si on allait prendre un pot ?

Kami plissa les yeux. Tant pis. Il n'allait pas marcher sur des œufs parce qu'elle l'avait lâché.

— Se détendre un peu avant le grand événement paraît parfait, dit Mindy. J'espère que ça va pour toi, Kami, comme tu es venue avec moi. Nous ne rentrerons pas tard, je te promets.

Kami fut sur le point de discuter, puis elle hocha la tête.

Gabe et Kami échouèrent l'un à côté de l'autre sur une grande banquette ronde, des amis de part et d'autre. Il doutait que ç'ait été accidentel. Leurs collègues savaient tous qu'il s'était passé quelque chose entre eux et ils jouaient les entremetteurs pour les remettre ensemble.

Bonne chance à eux.

Kami demanda de l'eau et lui aussi. Elle ne lui parla pas directement, mais la conversation allait bon train. Ils rirent beaucoup. Sauf que rien ne sonnait juste. Pas pour Gabe.

Il fallait qu'il l'oublie et aille de l'avant. Il pouvait le faire. Il allait le faire.

Il se tourna et se mit à discuter de base-ball avec Eddie, un brancardier.

Le samedi matin, il faisait beau. Kami sauta du lit pour attaquer la journée. Elle allait être longue, mais bonne. Du moins l'espérait-elle. L'argent qu'ils avaient récolté en vendant des billets de tombola et des tickets de repas couvrirait les dépenses de la soirée et compléterait la cagnotte des Smith. À la fin, ils auraient assez pour payer leurs factures pendant des mois et pourraient se consacrer à Lindsey.

Avec Gabe et d'autres volontaires, elle porta les paniers et autres dons à la salle des fêtes où l'événement devait se tenir.

— Hé, laisse-moi te prendre ça, dit Gabe alors qu'elle saisissait un panier particulièrement lourd.

— Merci.

Elle se mit de côté et le regarda entrer dans le bâtiment, tellement emplie de frustration qu'elle avait envie de hurler. De frustration contre lui. Contre elle-même. Contre le monde entier. Une frustration qui l'avait empêchée de dormir. La veille, il l'avait humiliée en lui tournant publiquement le dos. Aujourd'hui, il était tout aimable. Quelle mouche le piquait ?

Peu importait. Au moins, leurs amis les laisseraient tranquilles, désormais. Quand la vente aux enchères serait terminée, elle redeviendrait elle-même. Pas cette femme nerveuse, tendue, qui analysait tout en permanence.

Avec un soupir, elle prit un panier moins lourd et suivit Gabe à l'intérieur.

— Où veux-tu que je mette ça ? lui demanda-t-il quand elle le rejoignit près d'une table d'exposition.

— Tous les articles sont numérotés. Tu n'as qu'à suivre l'ordre.

Il déposa le panier à sa place, puis se tourna vers elle.

— Tout est fantastique. Tu as fait un travail sensationnel.

— Mindy et les autres se sont occupés de la décoration et des repas. Moi, je me suis concentrée sur les lots. Nous verrons ce que ça donnera ce soir.

Il montra les nombreux articles à vendre.

— Je dirais que tu as fait du bon boulot.

— Je l'espère pour les Smith.

— Ils viennent ce soir ?

Ils bavardaient comme si de rien n'était. Après ce qui les avait liés, cette conversation avait l'air d'une farce. Le cœur de Kami lui faisait mal.

Incapable de regarder Gabe dans les yeux, elle répondit :

— Si Lindsey va bien, ils viendront.

On vint lui demander des directives, et elle les donna. Gabe en profita pour s'éclipser.

Vers le milieu de l'après-midi, une fois les tables dressées, Kami consulta sa montre et regarda Gabe.

— Tu ne devrais pas aller prendre une douche ? Il faut que tu sois superbe, pour rapporter beaucoup d'argent.

— On croirait que tu parles d'un morceau de viande ! s'offusqua Mindy, qui avait entendu.

— Et vous ? répondit Gabe. Vous ne devez pas aller vous faire belles, aussi ?

— Je dois attendre l'orchestre.

Mindy offrit de rester, mais Kami refusa.

— File, lui ordonna-t-elle. Tu me remplaceras à ton retour si je suis encore là.

Mindy l'étreignit et partit. Kami se tourna vers Gabe qui n'avait pas bougé. Il était si beau que son cœur se serra.

— Tu devrais y aller. L'heure va arriver avant qu'on s'en rende compte.

Il croisa son regard, se passa la main dans les cheveux et fit un pas vers elle.

— Kami, je...

L'arrivée des musiciens l'interrompit. Elle le regarda, se demandant ce qu'il avait voulu dire, et si les mots pouvaient changer quoi que ce fût. Son visage s'était durci. Elle s'occupa de placer l'orchestre, et quand ce fut fait Gabe avait disparu.

Tant mieux. Il fallait qu'il revienne vite, il allait être la vedette de la vente aux enchères. Pour elle, mais aussi parce qu'il voulait aider les Smith, bien sûr.

Kami avait espéré pouvoir prendre son temps pour se préparer, chez elle. Hélas, elle dut prendre une douche en vitesse, se coiffer et se maquiller en toute hâte et plus que d'habitude.

Lorsqu'elle revint à la salle des fêtes, elle vit Gabe, splendide dans son smoking, et en eut le souffle coupé. Et à tort ou à raison, considérant l'état de leur relation, elle voulait qu'il la trouve belle, aussi. Était-ce pour cela qu'elle avait enfilé une robe courte, en lamé, qui mettait ses jambes en valeur ?

Il avait dit qu'il aimait ses jambes.

Mais quand il se tourna vers elle et vit qu'elle l'observait, il ne les regarda pas. Ses yeux bleus soutinrent les siens un instant, puis il détourna le regard. Parce qu'elle ne l'intéressait plus.

Un peu plus tard, après un aparté avec un technicien, Kami se retrouva seule avec Gabe. Un peu tendus, ils se remirent à parler superficiellement de la soirée et du travail des volontaires. Puis, soudain, Kami vit approcher une belle blonde en robe d'un rouge brillant.

— À propos de partenaires extérieurs...

Gabe se tourna et fronça légèrement les sourcils.

— Laisse-moi le temps de me préparer.

— Pourquoi dis-tu ça ? Elle paraît aimable.

— Oh ! elle l'est...

La présentatrice de télévision fondit sur eux.

— Tout a l'air parfait, dit-elle. Mon cameraman et moi allons filmer les arrivées, avec quelques commentaires.

Kami hocha la tête.

— Nous apprécions vraiment tout ce que vous faites pour aider les Smith.

— Ce soir, après le flash d'information, il y aura une plate-forme de dons en ligne. Elle devrait rapporter beaucoup d'argent. En particulier avec les images que nous avons de cet adorable bébé.

Elle poussa un profond soupir.

— Les bébés malades émeuvent toujours les gens, cela fait des émissions formidables.

Kami trouva cela déplacé, et s'excusa pour aller superviser la préparation des repas. Au moins, elle avait embelli la soirée de Debbie en la laissant seule avec Gabe.

Elle ne s'en souciait pas. Enfin, pas beaucoup.

Heureusement, tout allait bien. Cinq cents repas allaient être servis par les pompiers et les secouristes volontaires. Mindy l'étreignit.

— Je suis folle de joie. Et tu es splendide !

Kami s'empourpra.

— Merci.

À ce moment-là, un rire féminin résonna dans la salle. Debbie riait avec Gabe. Mindy plissa le nez.

— Tu ne vas pas la laisser le gagner ? Je suis sûre que tu t'es fait belle pour lui.

Kami s'efforça de garder un air indifférent.

— C'est une enchère pour une seule journée. Ce qu'il fera après le regarde.

Debbie ôta une poussière imaginaire du smoking de Gabe. Un prétexte pour le toucher, sans doute.

Elle l'avait touché, elle. Pendant qu'ils dansaient, qu'ils s'embrassaient, qu'ils faisaient l'amour.

Mindy soupira.

— Ça paraît tellement dommage que tu laisses cette opportunité te passer sous le nez.

— Quelle opportunité ?

— Celle de reconquérir Gabe.

— Comme si j'allais acheter un tête-à-tête avec lui dans l'espoir de le reconquérir ! répondit Kami, acerbe.

— Tant pis pour toi, dit Mindy, l'air déçu. Mais je pense que cette femme a des serres qu'elle rêve de lui planter dans le cœur.

Kami regarda le couple. Malgré ses jérémiades, Gabe ne semblait pas pressé de s'écarter de sa superbe ex. Au contraire. Kami serra les poings. Non, elle n'était pas jalouse. Elle n'était pas jalouse ! Simplement...

Elle croisa le regard plein de pitié de Mindy.

— Quoi ?

Son amie soupira de nouveau.

— Quelles que soient tes raisons pour ne pas t'accrocher à cet homme, j'espère que tu ne le regretteras pas.

Kami l'espérait aussi, mais elle savait qu'elle avait fait le bon choix à long terme, pour son cœur et sa santé mentale. Même si elle n'avait pas vraiment choisi. C'était Gabe qui était parti, qui n'avait plus téléphoné ni envoyé de textos. C'était lui qui était sorti de sa vie. Fin de l'histoire.

Le dîner se déroula sans anicroche et l'orchestre joua pendant que les gens mangeaient. Ce fut un vrai succès. Après quoi le commissaire-priseur prit le contrôle de la scène. Le moment de la vente aux enchères était venu.

Les paniers garnis et autres lots furent vendus les premiers. Ils trouvèrent tous acquéreurs. Kami remporta un panier plein de produits de beauté et en fut très fière.

— Tu t'entraînes pour tout à l'heure ? murmura une voix masculine à son oreille.

Se tournant vers Gabe, elle sentit son eau de toilette épicée, un parfum qu'elle aurait voulu garder en elle pour toujours.

Son cœur s'emballa.

Il t'a quittée, tu te souviens ? Certes, tu l'as poussé, mais il est parti.

Se ressaisissant, elle sourit.

— Tu peux toujours rêver.

— J'aime que tu aies retrouvé ton sens de la repartie.

Un homme plus beau que lui avait-il jamais existé ?

— Je ne l'ai jamais perdu.

Il haussa les sourcils.

— Tu ne t'en servais plus avec moi, alors ?

Il parcourut la salle du regard et s'arrêta sur l'équipe de télévision installée à une table devant l'estrade.

— Je parierais que Debbie se voit choisir de la vaisselle avec moi dans un proche avenir.

— Pauvre Gabe. C'est si dur d'être toi, et d'avoir à repousser de si belles femmes.

Sans sourire, il scruta un moment son regard vert.

— La seule belle femme qui m'intéresse ne voudrait même pas me donner l'heure.

Le cœur de Kami tambourina dans sa poitrine. Son corps réagit vivement. Sans le vouloir, elle ferma les yeux.

— Kami ?

Elle rouvrit les paupières et lui décocha un sourire de façade avant de regarder sa montre.

— Il est presque 8 heures.

— Tu vas enchérir ? demanda-t-il comme s'il avait vu sur son visage quelque chose qui le lui laissait penser.

— Seulement dans tes rêves.

Il l'étudia quelques instants et dit doucement :

— Si tu savais ce que tu fais dans mes rêves...

Malgré sa curiosité, elle se força à ne pas le demander. À quoi bon ? Elle n'allait pas agir en fonction de ce que prétendait Gabe. Elle l'avait déjà fait, et avait une amitié détruite et un oreiller trempé de larmes pour le prouver.

14

Les recettes de la soirée allaient être incroyables, même avant la participation de Gabe. Les Smith devaient être très soulagés.

Kami regarda le couple assis à l'avant de la salle. Malgré le stress des derniers mois, son amie souriait et profitait de ce moment avec son mari. Le fait que Lindsey aille si bien y était pour beaucoup.

Le maître de cérémonie qui tenait lieu de commissaire-priseur présenta le dernier lot à vendre avant celui de Gabe.

Son tour allait arriver. L'estomac de Kami se noua et elle souhaita soudain ne lui avoir jamais demandé de participer à cette vente aux enchères. Ce qui était ridicule. Les rendez-vous avec les autres hommes étaient partis pour des sommes à quatre chiffres. Le sien allait rapporter un beau montant aux Smith.

Elle devait chasser ses pensées égoïstes. Ils avaient eu leur moment. Il ne revenait jamais à une femme après l'avoir quittée. Il lui avait reproché de ne pas s'être ouverte à lui, de ne pas lui avoir fait confiance. Elle *s'était* ouverte. Simplement… pas assez.

Le cœur battant, elle secoua la tête pour s'éclaircir les idées.

— De grâce, dis-moi que tu secoues la tête à cause de ce qui va arriver.

Kami regarda Mindy.

— Quoi ?

— Le fait que tu laisses passer ta dernière chance avec Gabe.

— Il est parti. C'était notre dernière chance.

— C'est l'amour-propre qui parle, Kami ? Je ne comprends pas que tu ne te sois pas battue pour le ramener à toi.

— Tu oublies qu'il m'a demandé d'enchérir ce soir pour se débarrasser d'une de ses ex ?

— Tu es vraiment aveugle ! Tu n'as pas compris que ce n'est pas Debbie qui l'inquiète mais qu'il veut que *tu* achètes ce tête-à-tête avec lui ? Qu'il ne s'agit que de toi depuis le début ?

Non, elle n'y avait pas pensé. Et ne le croyait pas. Gabe ne l'avait pas harcelée à ce sujet parce qu'il s'intéressait à elle.

L'avant-dernière vente s'acheva et le maître de cérémonie annonça la sortie avec le Dr Gabriel Nelson à Gatlinburg.

La mise à prix, de mille dollars, grimpa vite à cinq mille, avec Debbie qui renchérissait dès que quelqu'un faisait une offre. Les autres candidats avaient fait du charme au public pour faire monter les enchères. Kami avait pensé que Gabe ferait son numéro, lui aussi, mais non. Il resta sobre. Après tout, il n'avait besoin que de se tenir là et de sourire. Son charme faisait le reste.

C'était bon d'être lui. D'avoir des femmes qui vous voulaient au point de vider leur porte-monnaie pour passer du temps avec vous. Mais l'argent et la séduction avaient toujours fait bon ménage... Sa mère elle-même se ruinait pour des hommes au point de ne pas pouvoir payer son loyer. Combien de fois avaient-elles déménagé à cause de ça ?

— Fais une offre ! lui chuchota Mindy.

Kami fronça les sourcils.

— Occupe-toi de tes affaires.

— Tu es ma meilleure amie. Ton bonheur est mon affaire. Bats-toi pour lui. Montre-lui qu'il compte, que votre relation compte et que tu veux ce tête-à-tête avec lui.

— Tu te trompes, répondit Kami en surveillant les enchérisseuses. Il ne veut pas vraiment sortir avec moi. Il veut juste...

Que voulait Gabe ? Refaire l'amour avec elle ? Pourquoi ? Ce n'étaient pas les prétendantes avides qui manquaient !

Mindy la regarda avec l'air de penser : « Pauvre idiote. » Les yeux de Kami s'arrondirent.

— Quoi ? Tu veux que je recouche avec lui en sachant que ça ne durera pas ? Qu'il finira par me faire souffrir ? Tu es une drôle d'amie !

Son cœur battait si fort que tout le monde devait l'entendre.

Elle avait des buts dans la vie et se faire utiliser par un homme n'en faisait pas partie, même s'il était aussi fabuleux que Gabe. Mais s'il était vraiment parti à cause d'elle ? Parce qu'elle avait provoqué elle-même ce qu'elle redoutait le plus ? C'était bel et bien ce qu'elle avait fait.

— Fais une offre, Kami. Maintenant.

— Tu es folle, ou sourde ? Les enchères dépassent de loin mes capacités.

Financièrement et émotionnellement.

— Il en vaut la peine et tu le sais, insista Mindy. Enchéris avant qu'il soit trop tard. Blâme-moi si tu veux, mais *fais une offre*.

Les spots dirigés vers la scène empêchaient Gabe de voir qui enchérissait, mais peu importait. Debbie ne laisserait personne d'autre l'emporter. Même si, par miracle, Kami envisageait de faire une offre, les enchères étaient trop hautes, maintenant.

Qui eût cru qu'une journée avec lui vaudrait si cher ?

En particulier alors qu'il ne pouvait convaincre la seule femme avec qui il désirait faire cette sortie de lui ouvrir son cœur et de croire à ce qu'il y avait entre eux ?

Il avait pensé… Mais ça n'avait plus d'importance. Kami ne voulait rien risquer pour leur relation. Elle avait toujours gardé ses défenses en place.

Peut-être n'aurait-il pas dû escompter davantage. Qu'est-ce qui le faisait penser qu'il méritait plus dans la vie ? Qu'il était en droit d'obtenir ce que peu de gens atteignaient ?

L'amour.

C'était ce que ses parents avaient partagé, ce qu'il avait voulu vivre avec Kami, mais il fallait être deux pour cela.

— Une fois…, annonça le commissaire-priseur. Deux fois… Attendez, nous avons une nouvelle enchérisseuse !

Gabe ne pouvait voir qui c'était, mais son estomac se retourna. Il sut instinctivement de qui il s'agissait. Son cœur qui tambourinait follement le lui disait.

Kami venait d'enchérir pour la journée avec lui. Pourquoi ?

Par culpabilité ? Par pitié ? Il ne voulait ni l'une ni l'autre. En tout cas, c'était inattendu et il ne savait pas trop qu'en penser.

— Oui ! cria Mindy en dansant sur place. Oui, oui, oui !

Kami ignora les gesticulations de son amie et garda les yeux rivés sur Gabe. Parce que, si elle regardait ailleurs, elle se demanderait pourquoi elle avait surenchéri.

Elle avait offert beaucoup d'argent. Tellement qu'elle en avait mal à l'estomac.

Bien sûr, Debbie renchérit aussitôt, essayant de voir qui était sa nouvelle concurrente. Elle paraissait ennuyée, agacée, mais déterminée. Elle avait bien l'intention d'emporter le tête-à-tête avec Gabe. De ramener Gabe chez elle.

— Vous montez ? demanda à Kami le volontaire qui avait pris sa première offre.

Ravalant la boule qu'elle avait dans la gorge, elle fit signe que oui. L'homme cria son offre. Debbie l'augmenta de mille dollars.

Kami se mordit la lèvre. Que faisait-elle ? Pourquoi ?

— Je te donnerai quelques centaines de dollars, proposa Mindy. Enchéris encore. Ne perds pas Gabe. C'est important, tu le sais.

Kami n'avait pas vu cette vente aux enchères comme l'occasion de gagner ou de perdre Gabe. Mais soudain, c'était l'impression qu'elle avait. Que si elle ne l'emportait pas ce soir, elle le perdrait pour toujours. Qu'elle n'aurait plus jamais d'autre chance de lui montrer qu'il était important pour elle, qu'elle regrettait de l'avoir laissé partir.

Il fallait qu'elle prenne ce risque. Elle fit une autre offre que Debbie contra par une nouvelle somme à cinq chiffres. Bigre ! Ça devenait sérieux. Devenait ? Ça l'était depuis un bon moment. Ils parlaient de sommes qui représentaient de nombreux mois de salaire. Surenchérir encore du montant de son PEL serait complètement fou.

Elle renoncerait à son rêve de sécurité. Elle miserait tout ce qu'elle avait sur un homme, comme sa mère.

Mais c'était pour une bonne cause, non ? Elle se rappela l'émotion de Beverly lors de l'enregistrement de l'émission.

Qu'était un apport personnel pour une maison à côté des frais médicaux nécessités par un précieux bébé ?

À côté du seul homme qui vous nouait le ventre parce que vous ne vouliez pas qu'il sorte avec son ex ? Ni avec aucune autre femme.

Seulement avec vous.

Il s'agissait de miser sur lui pour lui prouver que vous aviez confiance en lui, en ce qui se passait et s'était passé entre vous.

Miser toutes ses économies était une folie, aussi le geste qu'elle fit fut-il insensé. Elle leva son numéro et indiqua la somme qu'elle avait sur son livret.

— Quoi ?

Mindy étouffa une exclamation et essaya de lui rabattre le bras. L'homme qui prenait les offres la fit répéter pour être sûr qu'il avait bien entendu. Elle répéta.

Manifestement impressionné, l'homme transmit le montant au commissaire-priseur. Cette fois, le regard de Debbie rencontra le sien et la présentatrice la fixa pendant quelques secondes qui semblèrent une éternité. Ses yeux lançaient des dagues, cherchaient à la déstabiliser.

Aucune importance. Ni Debbie ni aucune autre femme n'auraient Gabe sans lutte. Sans que Kami lui montre à quel point il comptait pour elle. S'il ne pouvait pas lui pardonner sa stupidité, elle ne pourrait s'en prendre qu'à elle-même.

Mais d'ici là, elle ne renoncerait pas.

Brandissant son numéro, Kami retint son souffle, attendant de voir ce que Debbie allait faire. Pour un cent de plus, sa concurrente aurait Gabe.

La sortie avec lui, en tout cas. Parce que Kami avait misé tout ce qu'elle possédait. Tandis qu'elles se mesuraient du regard, Kami comprit que son adversaire savait qu'elle avait abattu toutes ses cartes. Mais quand le maître de cérémonie appela une surenchère, Debbie surprit toute la salle en secouant la tête et en disant :

— J'arrête. Il est à elle.

— Adjugé ! À la jolie jeune femme en robe bleue, annonça le

commissaire-priseur, suscitant des applaudissements nourris de toute l'assemblée — sauf trois personnes.

Debbie, Kami et Gabe.

Elle venait d'acheter une excursion à Gatlinburg avec Gabe. En utilisant son PEL. En prouvant qu'elle était comme sa mère. Elle avait perdu la tête. Mais peut-être, peut-être n'avait-elle pas perdu Gabe, lui murmura une petite voix.

Gabe regarda une Kami choquée poussée vers la scène par un public enthousiaste.

— Ma petite dame, dit le maître de cérémonie dans le micro, assurez-vous que ce garçon vous en donne pour votre argent.

— Oh ! j'en ai bien l'intention, répondit-elle, provoquant des rires.

L'homme la conduisit jusqu'à Gabe. S'efforçant d'enregistrer le fait que Kami avait misé sur lui et venait d'emporter son lot, Gabe se pencha, l'embrassa sur la joue et lui prit la main.

Elle ne le regarda pas directement, mais fit face à la foule, nerveuse, en levant le pouce de sa main libre. Le photographe officiel tourna autour d'eux, prenant des clichés. Gabe se sentait étourdi, et pas par la lumière des flashs.

Pendant que le maître de cérémonie faisait monter les neuf autres couples sur la scène pour des photos, il se pencha vers Kami et demanda :

— Qu'est-ce qui t'a fait changer d'avis ?

— Je… Tu es mon ami. Je ne pouvais pas ne pas venir à ton secours.

— Un sauvetage coûteux.

Sans croiser ses yeux, elle hocha la tête.

— Je suppose que je vais garder mon appartement plus longtemps que prévu.

Quoi ?

— Tu as utilisé ton PEL pour renchérir ?

Jamais, au grand jamais, il n'aurait imaginé qu'elle dépenserait ses économies. Pour lui.

Un peu pâle, elle acquiesça.

— Pourquoi ?

Comme elle refusait de le regarder, il tourna son visage vers lui.

— Dis-moi pourquoi, Kami.

— On nous regarde, murmura-t-elle, les dents serrées. Souris, Gabe.

Il avait oublié où ils se trouvaient. Il sourit pendant qu'on les photographiait encore, puis escorta Kami au bas de la scène. Dès qu'ils furent hors des projecteurs, il la fit se tourner face à lui.

— Pourquoi, Kami ?

Elle haussa les épaules.

— C'était pour une bonne cause.

Il avait souhaité qu'elle mise sur lui, avait secrètement désiré qu'elle fasse cette démarche parce qu'elle ne voulait pas le voir avec une autre femme, fût-ce une seconde, même pour une action caritative. Mais il n'aurait pas voulu que ça lui coûte aussi cher.

Ça lui avait coûté son rêve.

Pourquoi avait-elle fait ça pour lui ? La seule raison possible le frappa et il la contempla avec stupeur. Il ne pouvait pas la laisser dépenser ainsi ses économies.

— Je paierai pour ton offre.

Sans le regarder en face, elle secoua la tête.

— C'est moi qui ai renchéri. Pas toi. En outre, je voulais aider Beverly et sa famille.

Il la considéra un moment. Était-ce la vraie raison ? Soudain, elle l'avertit :

— Ne regarde pas. Nous allons être accostés. Est-ce qu'elle va s'en prendre à moi ?

— Tu disais qu'elle était aimable.

— C'était avant que je t'arrache à elle. Maintenant, je suis terrifiée.

Kami et Gabe affichèrent des sourires de façade pour saluer Debbie et Jerry.

— Je le savais ! dit le producteur en tendant la main à Gabe. Félicitations.

Fixant Kami, Gabe se rendit compte qu'elle ne lui avait pas retiré sa main depuis qu'ils étaient descendus de la scène. Et elle avait fait bien plus que ça. Qu'elle s'en rendît compte ou non, Kami avait pris une décision monumentale concernant leur relation.

En gros, elle avait reconnu qu'ils en avaient une et qu'elle valait la peine de se battre, de faire des sacrifices, de changer pour la conserver.

Ce qui lui inspirait quels sentiments, exactement ?

Kami, perplexe, regarda le producteur. Elle avait gagné une journée avec Gabe. Rien de plus. Cet homme en faisait sans doute un peu trop, en serrant avec tant d'enthousiasme la main de Gabe ?

— J'ai su qu'il ne servait à rien de monter plus haut, quand j'ai compris que vous étiez la nouvelle enchérisseuse, dit Debbie pendant que les hommes étaient distraits.

— Je n'aurais pas pu monter plus haut, avoua Kami.

— Je m'en doutais, et je savais que j'aurais pu gagner en offrant juste un peu plus.

— Pourquoi ne l'avez-vous pas fait ?

— Parce que, à partir du moment où vous étiez en lice, je ne pouvais pas gagner ce que je convoitais réellement.

La présentatrice haussa une épaule avec un pauvre sourire, puis surprit Kami en l'enlaçant.

— Félicitations. Puissiez-vous le garder plus longtemps que moi. Quelque chose me dit que vous y parviendrez.

— Je... Euh... Eh bien, merci, répondit Kami, bafouillant, étonnée de ne pas avoir de marques de griffes.

Debbie était-elle gentille à ce point ?

L'heure qui suivit passa dans une brume où Gabe ne quitta pas Kami. Le maître de cérémonie annonça sous les applaudissements l'énorme somme qui avait été réunie.

— Tu as besoin que je reste pour aider à ranger ? demanda Gabe.

Encore choquée par tout ce qui était arrivé et ne sachant pas très bien ce qui allait se passer par la suite, ni comment elle dirait à Gabe ce qu'elle éprouvait pour lui, elle secoua la tête.

— Non. Une équipe médicale va s'occuper d'enlever les décorations et de les donner. La salle des fêtes se chargera du nettoyage.

Avec une expression indéchiffrable, il demanda :

— Tu as des raisons de rester ?

Kami croisa le regard de Mindy qui organisait le travail des volontaires. Son amie semblait lui dire : « File, à présent, j'ai les choses en main et je suis trop heureuse pour toi. »

L'estomac de Kami se noua. Mindy était peut-être heureuse pour elle, mais elle ne savait pas encore dans quoi elle s'était engagée.

Que signifiait le fait d'avoir acheté la journée avec Gabe ? Hormis qu'elle était sur la paille et qu'elle ne pourrait pas acheter de maison avant des années ? Pourrait-il lui pardonner de ne pas lui avoir fait confiance ?

Peu importait. Elle était tombée amoureuse de lui comme si elle avait plongé la tête la première dans cet état, avec le même enthousiasme que sa mère.

Luttant contre la nervosité qui lui faisait papillonner le ventre, elle s'obligea à sourire.

— Je peux partir dès que tu seras prêt.

Il la regarda un long moment.

— Tu pars avec moi ?

Pourquoi ne souriait-il pas, ne lui disait-il pas ce qu'il pensait ? Où en était son cœur ?

Mentalement, elle prit une grande inspiration et tenta de se convaincre qu'elle ne faisait pas la plus grosse bêtise de sa vie. Mais elle était dedans jusqu'au cou, maintenant, alors quelle importance ?

Sauf que Gabe signifiait tout pour elle.

Certes, elle s'en sortirait s'il partait. Elle ne sombrerait pas dans le désespoir. Elle travaillerait, poursuivrait ses objectifs, mettrait de côté un autre apport personnel. Mais rien ne serait aussi étincelant sans Gabe avec qui partager sa vie.

Elle le regarda dans les yeux et sut qu'elle n'abandonnerait pas sans se battre.

— Oui, je pars avec toi. Tu es à moi, tu te souviens ? Je t'ai acheté.

Ses yeux bleus foncèrent et un coin de sa bouche se releva.

— Tu veux en avoir pour ton argent, c'est ça ?

Enfin un sourire. Ce sourire était sans prix.

— Seulement si c'est ce que tu veux aussi. Ta seule obligation est cette journée à Gatlinburg. Pour le reste, à toi de voir.

Elle lui prit la main, entremêla leurs doigts et espéra que son regard lui dirait tout ce qu'elle éprouvait. Puis elle se rendit compte qu'espérer être comprise ne suffisait pas. Il fallait qu'elle prononce les mots.

— Mais sache qu'entre maintenant et notre journée en tête à tête je passerai chaque jour à m'assurer que tu comprennes combien tu es important pour moi. Et que je n'ai pas l'intention de te laisser repartir sans faire tout ce que je pourrai pour te convaincre de rester.

— Ah oui ?

Ses yeux pétillaient de malice et il lui caressa la joue.

— J'ai tout dans mon arsenal, dit-elle en tournant la tête pour embrasser sa paume. Et je suis prête à ne pas jouer à la loyale, s'il le faut.

Le sourire de Gabe fit pâlir la salle. Il regarda Kami dans les yeux avec plus d'émotion qu'elle n'en avait jamais reçu. Son cœur se contracta dans sa poitrine, battant bizarrement, et elle en eut le tournis.

— Et si je veux beaucoup plus qu'un tête-à-tête à Gatlinburg ? demanda-t-il.

Elle lui passa les bras autour du cou.

— C'est très bien, parce que, sinon, je pourrais demander à être remboursée.

— Tu m'as manqué, Kam.

Kami pressa la joue sur le torse de Gabe, écoutant battre son cœur.

— Pas autant que tu m'as manqué.

— Tu vas me dire ce qui s'est passé ce soir ?

Elle joua avec la fine toison qui parsemait son torse, réfléchissant. Son regard alla à la photo qu'elle avait remise en place.

— J'ai décidé que je voulais être davantage comme elle.

Il regarda le portrait.

— Ta mère ? Tu lui ressembles beaucoup.

Elle hocha la tête.

— J'ai passé toute ma vie à ne pas vouloir l'imiter. Ce qui m'a presque fait te perdre.

— Que fait-elle de si grave ?

— Elle aime de tout son cœur, tout le temps, ce qui fait d'elle une cible facile pour les profiteurs.

— C'est arrivé souvent, je suppose ?

— Sans arrêt. Toute ma vie, j'ai attendu qu'elle tire les leçons de ses expériences et ne se jette pas dans l'amour à cœur perdu. Elle ne l'a jamais fait. Je pensais qu'elle était faible et sotte.

Elle se redressa sur un coude et regarda Gabe.

— Jusqu'à ce que je mise tout mon PEL sur une vente aux enchères.

— Laisse-moi au moins partager avec toi, Kam. J'apprécie ce que tu as fait pour moi, crois-moi, mais je ne veux pas qu'être avec moi te coûte ton rêve.

Elle secoua la tête.

— Cet argent m'a permis d'avoir ce dont j'ai le plus besoin : toi.

Il lui caressa tendrement la joue du pouce.

— Avant que tout ceci soit fini, tu te diras que tu as fait une bonne affaire, dit-il avec un grand sourire.

Elle se pencha pour l'embrasser sur les lèvres.

— Je le pense déjà.

Il l'enlaça et la serra contre lui.

— Je ne te quitterai jamais.

— Je sais, murmura-t-elle, sachant qu'il était sincère. Et je ne te laisserais pas faire, d'ailleurs.

Il rit.

— Je t'aime, Kam.

Le cœur de Kami s'emplit de joie. Il pensait ce qu'il disait, elle le voyait dans ses yeux. Et c'était ce qu'elle éprouvait elle-même.

— Je t'aime aussi, Gabe.

Épilogue

— Tu sais, tu me fais un peu peur, avoua Kami en ajustant sur ses yeux le bandeau que Gabe avait exigé qu'elle mette avant de quitter son appartement.

— Oh ! femme de peu de foi ! Supporte encore ce bandeau quelques minutes.

— Facile à dire pour toi. Ce n'est pas toi qui es trimballé à travers la ville à l'aveuglette.

— Tu me fais confiance, n'est-ce pas ?

— De tout mon cœur.

C'était vrai. Gabe et elle avaient été inséparables ces six derniers mois et elle était impatiente de fêter leur premier Noël en couple dans quelques jours.

— Bien répondu.

— Répondu sincèrement. On arrive bientôt ?

Où l'emmenait-il ? À un spectacle ? Ou peut-être avait-il loué un chalet à Gatlinburg pour les vacances ? Ils avaient passé une si bonne journée là-bas pour leur « tête-à-tête ».

Il lui avait certainement rendu son argent au centuple. Chaque fois qu'elle le regardait dans les yeux et y voyait son amour, elle remerciait sa bonne étoile qu'il soit à elle.

— Est-ce une surprise pour Noël ? demanda-t-elle, espérant un indice sur ce grand secret.

— Je ne te dirai rien, alors il ne sert à rien d'essayer de deviner.

Elle imagina, assis au volant, l'homme merveilleux dont elle était si éperdument amoureuse. Il l'aimait si totalement, emplissait son cœur si complètement !

— Hé, on s'est arrêtés ! dit-elle en réalisant qu'il avait coupé le moteur. Je peux ôter mon bandeau ?

— Pas encore, mais bientôt. N'essaie pas de glisser un œil.

Il sortit de la voiture et vint lui ouvrir sa portière. Une bourrasque d'air froid s'engouffra dans l'habitacle.

— Brrr. J'espère que nous allons dans un endroit chauffé. Je gèle.

Elle le sentit se placer devant elle, dénouer le bandeau et le lui enlever. Il était à quelques pouces d'elle, un sourire à la fois béat et excité sur les lèvres.

— Qu'est-ce que tu mijotes ? demanda-t-elle en le regardant dans les yeux, ses magnifiques yeux bleus.

Elle voulut se pencher pour l'embrasser, mais il s'écarta.

Le regard de Kami se porta au-delà de lui.

— Gabe ? Où sommes-nous ?

Elle le regarda de nouveau. Son sourire s'était encore élargi. Il lui donna une adresse.

— Pourquoi sommes-nous ici ? Qui habite cette maison ?

— À ton avis ?

Elle admira la magnifique maison entourée d'arbres et d'un grand terrain.

— Elle est splendide, mais… Gabe ?

— Veux-tu entrer te mettre au chaud ?

— Euh… Oui.

Lorsqu'ils arrivèrent à la porte d'entrée, il sortit une clé de la poche de son manteau et ouvrit.

— Chez qui sommes-nous ? redemanda-t-elle en s'avançant, et en constatant qu'il n'y avait pas de meubles.

— Viens. Faisons un tour.

Il lui prit la main et la guida à travers la demeure. Elle enregistra le superbe escalier, la vaste salle de séjour avec plein de fenêtres, l'immense cuisine avec des comptoirs en granit et des éléments en bois massif, la chambre de maître avec salle de bains adjacente et les trois autres chambres, avant qu'ils reviennent au salon.

— Waouh ! C'est une maison magnifique, Gabe.

Son regard tomba sur un petit paquet posé sur le manteau de la cheminée.

Gabe vit ce qu'elle regardait et, avec un grand sourire, prit le cadeau et le lui tendit.

— C'est pour toi.

— Ce n'est pas du jeu. Noël est dans quelques jours et je n'ai pas apporté ton cadeau.

— Tu es mon cadeau. Pour Noël et tous les autres jours de l'année.

Elle l'embrassa sur les lèvres.

— Merci.

Elle baissa les yeux sur le petit paquet.

— Je peux attendre Noël, si tu veux.

— Ouvre-le, Kam.

Elle rit.

— Si tu insistes...

Elle ôta soigneusement le papier et regarda le petit écrin carré, en velours. Elle en perdit le souffle et leva les yeux vers Gabe. Son regard bleu rayonnait de joie, d'excitation, d'impatience et peut-être d'un peu de nervosité, aussi.

Les mains tremblantes, elle souleva le couvercle et déglutit en découvrant une bague sertie d'un diamant étincelant.

Avant qu'elle pût dire quoi que ce fût, il lui prit la main et se mit sur un genou.

— Gabe...

Sa voix se brisa.

— Épouse-moi, Kam.

Incrédule, elle hocha la tête.

— Oui.

Des larmes ruisselèrent sur son visage.

— Oui. Oh ! oui.

En souriant, il prit la bague, saisit sa main et glissa le solitaire à son annulaire gauche.

Il posa un baiser sur son doigt, se releva et l'embrassa avec tant d'amour qu'elle crut s'évanouir.

— La maison est à nous si tu en veux. J'ai dit à l'agent immobilier ce que tu souhaitais. J'ai cherché pendant des semaines. Quand je suis entré dans celle-ci, j'ai eu l'impression que c'était la tienne, que je rentrais chez nous.

Elle le dévisagea, stupéfaite par tout ce qu'il avait fait pour elle.

— J'ai parlé à ta mère. Dès qu'ils seront assez grands, tu seras la première à choisir parmi les chatons de Bubbles.

Elle élargit encore les yeux.

— Elle me laissera avoir Sunshine ?

— L'espiègle petit chaton roux que tu câlines abondamment chaque fois que nous y allons ?

Elle hocha la tête.

— Je pense qu'elle compte que tu le prennes. Que tu prennes la maison, le minet et moi.

Il eut un grand sourire.

— J'espère que des enfants sont quelque part sur la liste de tes souhaits, parce que cette maison est bien trop grande pour nous deux. Et un jour, si nous avons un fils, j'aimerais lui donner le nom de mon père.

Des enfants avec Gabe. Il n'y avait que dans ses rêves les plus fous qu'elle aurait pu imaginer cela possible, quelque temps auparavant.

— Un fils s'appelant comme ton père me semble parfait. Je t'aime, chuchota-t-elle.

— Je sais.

Un coin de sa bouche se releva.

— Une femme qui dépense les économies d'une vie pour passer une journée avec moi doit forcément être amoureuse.

— Oui, eh bien, assure-toi que j'en ai pour mon argent, et pendant longtemps, répondit-elle, taquine, en lui passant les bras autour du cou, le cœur dans les yeux.

— Chaque jour du reste de ma vie, promit-il.

Et il tint parole.

LOUISA GEORGE

Nouveau départ pour Rose

Traduction française de
CHRYSTELLE POULAIN

BLANCHE

HARLEQUIN

Titre original :
A NURSE TO HEAL HIS HEART

Ce roman a déjà été publié en 2019.

1

Encore elle !

C'était le troisième jour d'affilée que l'inconnue passait devant la barrière de Joe.

Il ne prêtait d'habitude guère attention aux randonneurs. La région montagneuse du Lake District, au nord de l'Angleterre, offrait de beaux points de vue et les marcheurs longeaient régulièrement son cottage sans que cela ne suscite d'intérêt particulier en lui.

Mais comment ne pas remarquer la jeune femme ? Avec son manteau écarlate assorti d'un couvre-chef orange, elle se distinguait !

Un manteau tricoté plutôt qu'un coupe-vent...

Faisait-elle partie des inconscients qui, au grand dam des secouristes, s'aventuraient sur les chemins sans consulter la météo ? Devait-il la mettre en garde ?

Au fond, cela ne le concernait en rien. Moins il se mêlait de la vie des autres, mieux il se portait.

Et pourtant... Qu'il était difficile de détourner le regard ! Avec sa tenue flamboyante, la promeneuse lui faisait l'effet d'un rayon de soleil dans la grisaille matinale.

Planté derrière la fenêtre de sa cuisine, il l'observait, fasciné par les boucles d'or qui cascadaient sur ses épaules. Sa silhouette, menue, dégageait une incroyable vitalité, et quand elle se posta sur une jambe en ouvrant grand les bras, il secoua la tête, estomaqué. Pratiquer le yoga en pleine nature, au-dessus d'Oakdale ? Il fallait de tout pour faire un monde...

Comme si elle se sentait observée, la femme se retourna et sourit. Elle avait le teint frais, les joues roses, l'air bien dans sa peau. Il se surprit à lui rendre son sourire, ce qui était un événement en soi car il n'était jamais très gai...

Dix secondes plus tard, il sortait sans l'avoir réellement voulu. Après tout, ne devait-il pas faire preuve de sens civique ? Le vent était glacial. Un déluge menaçait.

Il rejoignit l'inconnue sur le chemin... et son cœur manqua un battement.

Des traits réguliers. Des pommettes hautes. Un regard ambré, pénétrant et lumineux... Cette femme était magnifique !

— Hum... Bonjour. Il va pleuvoir.

— Je sais. J'ai lu les prévisions météo avant de partir, répondit-elle.

Sa voix, douce, aux inflexions profondes, était en adéquation totale avec son physique. À son léger accent, elle devait venir du sud du pays. Il avait donc vu juste : elle ne soupçonnait pas le danger imminent.

— Mais vous ne portez ni ciré ni guêtres, répondit-il.

Son manteau de laine et ses leggings noirs allaient être trempés. Elle risquait l'hypothermie. Quelle inconscience !

— Le temps change très vite en montagne, dit-il. Si vous êtes prise sous l'averse, vous serez gelée et désorientée. Les secouristes interviennent régulièrement pour sauver des gens comme vous, mal préparés et mal équipés. Ils s'en passeraient bien, croyez-moi.

Le sourire radieux de la jeune femme s'évanouit. Elle fronça les sourcils et le détailla, s'attardant sur la chemise bleu ciel, le pantalon de toile beige et les élégants sneakers en cuir qu'il portait ce matin-là.

— Vous n'êtes pas équipé non plus, fit-elle. De quoi vous mêlez-vous ?

— Je me mêle... de rendre service.

— Ai-je l'air d'avoir besoin d'aide ? J'adore la pluie.

— Tant mieux, car vous allez recevoir une bonne saucée.

Avec ses boots de marche, elle éviterait peut-être la chute. Ce serait toujours ça...

— Parfait ! répondit-elle, ses yeux dorés lançant des éclairs.

Il pesta intérieurement. Voilà ce qu'on gagnait à jouer les bons Samaritains. On ne l'y reprendrait pas de sitôt.

— Papa ? Qu'est-ce que tu fais dehors ? J'ai faim, moi ! Et le petit déjeuner ? On peut manger des pancakes, dis ?

La voix de Katy, sa fille, le ramena aussitôt dans son univers habituel. Il fit volte-face et la découvrit plantée derrière lui, en pyjama et pieds nus.

— Rentre vite, mon cœur, tu vas attraper froid.

Sans un regard en arrière, il lui prit la main pour l'entraîner vers la maison. Quel idiot ! Il aurait mieux fait de s'occuper de sa fille au lieu de se tracasser pour une inconnue !

Dans la cuisine, il frictionna vigoureusement le dos de Katy puis la fit asseoir à table.

— Je n'ai pas le temps de faire des pancakes un jour d'école, dit-il gentiment. On va prendre du porridge.

— Oh ! non ! C'est pas juste ! Chez mamie, y'en a tous les matins, des pancakes.

Katy esquissa une moue boudeuse. À bientôt huit ans, sa princesse — son adorable bébé — glissait, l'air de rien, vers l'âge rebelle. Il ne l'avait pas vue grandir.

— Tiens, dit-il en déposant un bol devant elle. Avec ça, tu auras plein d'énergie pour la récréation.

— Oui, mais je déteste le porridge.

Elle avait l'air réellement triste et le cœur de Joe se serra. Katy aurait été beaucoup plus heureuse avec ses deux parents. Il faisait le maximum, mais comment pallier l'absence d'une mère ?

Il rêvait souvent de disposer de quarante-huit heures par journée et c'était pire ces dernières semaines. Avec deux personnes en moins au cabinet, il n'avait pas été très disponible.

— Tu sais quoi ? dit-il. Demain matin, je mettrai le réveil plus tôt et on les fera, tes pancakes.

— Youpiii !

En trois secondes, Katy avait retrouvé sa bonne humeur. Que les choses étaient simples, à cet âge-là ! Le temps béni de l'enfance ne durerait pas éternellement, pas plus pour elle que pour quiconque, mais il essayerait toujours de la chérir et de la protéger au mieux.

Depuis cinq ans, elle était sa seule raison de vivre. La lumière qui l'avait empêché de sombrer corps et âme...

Le petit déjeuner expédié, il envoya sa fille se brosser les dents et débarrassa la table. La pluie fouettait maintenant les carreaux, l'inconnue avait dû récolter ce qu'elle méritait : une bonne douche froide.

Bien fait. On n'avait pas idée d'avoir aussi peu de jugeote.

La journée, qui avait mal commencé, se poursuivit de la même manière.

La sœur de Joe disait souvent qu'il « suffisait de faire un effort pour être de bonne humeur », mais il en était incapable. Il avait terminé ses consultations avec une heure de retard et, pour ne rien arranger, il avait repensé plusieurs fois à la promeneuse au manteau rouge. Le souvenir de leur altercation lui trottait dans la tête, il avait dû prendre sur lui pour rester aimable avec ses patients... Sans y parvenir tout à fait.

— Tu veux un thé ?

Maxine, la réceptionniste, était plantée sur le seuil du bureau. Il opina.

— Oui, s'il te plaît. Peux-tu le mettre dans mon gobelet thermos ? Je suis déjà en retard pour mes visites.

— Ça marche.

Elle vint vers lui d'un pas traînant. Elle était percluse d'arthrose et devrait probablement partir bientôt à la retraite. Comment se débrouillerait-il sans elle ? Elle était l'âme du cabinet, leur maman à tous...

— J'aimerais que tu salues la nouvelle infirmière avant de partir, dit-elle. Elle ne commence que demain mais elle est venue se présenter.

Maxine avait l'air enthousiaste, ce qui le surprit. La pauvre n'était plus très joyeuse depuis quelques années...

— Ah bon ? fit-il.

— Elle est là en intérim pour un mois. Cela nous soulagera

le temps qu'on embauche quelqu'un. Avec les vacances d'Alex, vous n'êtes plus que deux médecins, Jenny et toi. Et comme il nous manque aussi une infirmière à plein temps, son arrivée tombe à pic. Elle s'appelle Rose. Sois gentil, ne la fais pas fuir.

— Je suis toujours gentil.

— ... Ou pas ! Allez viens, ça te prendra deux minutes.

Il aurait dû se montrer poli et reconnaissant envers la bonne âme qui s'aventurait jusqu'à son coin perdu, mais la sociabilité n'était plus sa qualité première.

— Je suis débordé, répondit-il. J'ai beaucoup de monde à voir avant les consultations de l'après-midi.

— Pas de problème, je vais le lui dire. Heureusement, elle est sympa, elle prendra sûrement bien la chose. C'est bizarre, mais... j'ai une impression de déjà-vu sans la connaître. En tout cas, je la trouve souriante et très agréable, alors gare à toi si tu l'enquiquines.

Sur quoi Maxine fit demi-tour. Pourtant, arrivée à la porte, elle s'arrêta net et chercha son souffle.

— Maxine ? fit-il, alarmé. Ça va ?

— Mais oui, je dois faire une petite indigestion, répondit-elle en se frottant l'estomac. J'ai beau dire à David de ne pas mettre d'oignons dans mes sandwichs, il n'écoute rien. Et comme je viens de finir de manger...

Il accourut vers elle.

— Assieds-toi. Je vais t'ausculter.

Elle lui lança le regard exaspéré qu'il connaissait bien.

— Depuis l'accident, tu veux sauver le monde entier, Joseph Thompson ! Mais c'est impossible. Arrête de te miner pour tout et n'importe quoi.

— Je m'inquiète *pour toi*, que cela te plaise ou non. Laisse-moi t'examiner.

Têtue comme toujours, Maxine secoua la tête et, d'un geste, le renvoya vers son bureau.

— Tout va bien, Joe. Décompresse un peu, le temps que je prépare ce thé. Je boirai le mien avec Rose.

Décidément, la remplaçante avait plu à Maxine. Peut-être

aurait-il dû faire un effort. Mais quand cette femme verrait le planning, elle comprendrait !

Il mettait rapidement ses dossiers à jour sur l'ordinateur quand un cri s'éleva depuis le hall.

— Quelqu'un, à l'aide ? Docteur... Euh... Code rouge !

En dix secondes, il fut à la réception et son cœur fit un violent soubresaut. Maxine était allongée sur le sol. Agenouillée près d'elle, une femme blonde à la queue-de-cheval en pétard lui maintenait le menton en arrière, déjà prête à lui faire du bouche-à-bouche.

Maxine. Non. Non !!!

— Elle s'est effondrée. Elle doit faire une crise cardiaque. Elle se tenait la poitrine.

L'infirmière tourna la tête. Il croisa un regard mordoré, puis, presque immédiatement, la jeune femme se rembrunit.

— Ah ! maugréa-t-elle. C'est vous...

— Dr Joe Thompson.

— Rose McIntyre.

Le médecin s'était agenouillé sur le carrelage près de Maxine, et Rose ravala sa surprise. Ainsi, l'homme arrogant de la colline était son patron ? Quelle déveine ! Ce genre d'individus lui rappelait son ancienne vie, et c'était justement pour s'en détacher qu'elle s'était éloignée de chez elle.

Mais dans l'immédiat, seules les compétences du Dr Thompson l'intéressaient. Pourvu qu'il soit à la hauteur, lui qui semblait si exigeant avec les autres !

— Pouls carotidien faible. Dyspnée. Je l'ai rattrapée au vol et je l'ai couchée sur le carrelage, on peut donc exclure la commotion, résuma-t-elle.

Rien qu'à voir le visage convulsé de Maxine, elle avait la nausée. La réceptionniste l'avait accueillie avec chaleur, et sa prévenance l'avait touchée.

— Mon bras... Ma poitrine... J'ai mal, balbutia celle-ci.

— Calme-toi. Tout va s'arranger.

Joe Thompson s'était exprimé avec une indéniable gentillesse. Il aimait visiblement beaucoup son employée.

— Je passerai un savon à David pour les oignons, fit-il.

Rose fit la moue. Des oignons ? Maxine faisait une crise cardiaque. Allait-il passer à côté d'un diagnostic aussi évident ?

— Elle a des douleurs thoraciques qui irradient dans le bras gauche. Le pouls est faible, elle est essoufflée. Je doute que ce soit un embarras gastrique, dit-elle.

Il la dévisagea comme si elle tombait de la planète Mars.

— J'ai bien relevé les symptômes, merci.

— Vous faites allusion à un problème digestif, donc...

— L'électrocardiographe, l'oxygène et le défibrillateur sont sur un chariot en salle de soins. Deuxième porte à droite. Amenez-moi tout ça et appelez une ambulance. Dites-leur que vous êtes au cabinet médical. Ils connaissent.

Ravalant une riposte acerbe, elle serra les dents et se rua dans le couloir. Le Dr Thompson n'était pas plus agréable au travail qu'à l'extérieur. Pourtant, avec ses allures de Viking et ses yeux bleus, il avait un physique à tomber.

Tu connais ce genre d'hommes. Sûrs d'eux, arrogants, dominateurs. Tu les évites comme la peste, maintenant.

Elle ne connaissait pas encore les locaux, mais rapporta au plus vite le matériel demandé, ainsi qu'une civière pliante. Pendant qu'elle alertait les secours, le Dr Thompson vérifia les constantes de Maxine : pouls, tension artérielle et saturation. Il avait déjà installé la patiente sur la civière lorsque Rose raccrocha.

— Tu respires mieux ? demanda-t-il à Maxine.

La réceptionniste souleva le masque à oxygène.

— Un peu, mais... j'ai mal.

— Je vais te donner un antalgique. Mademoiselle, pouvez-vous fixer les électrodes pendant que j'installe la perfusion ?

— Bien sûr.

Mais effectuer une manipulation pour la première fois, en situation de crise, devant un patron désagréable, n'était pas chose aisée. Les protections adhésives des électrodes collaient aux doigts de Rose et se prenaient dans les tuyaux.

Gênée par le regard scrutateur du Viking dont l'agacement était palpable, elle sentit ses mains trembler.

— Désolée, fit-elle.

— Je sais. Ça colle.

Après avoir tout mis en place, elle fut récompensée par un soupir exaspéré et ferma les yeux. Puis elle prit une profonde inspiration et compta jusqu'à dix. Jamais plus elle ne permettrait à quiconque de la rabaisser. *Jamais*.

Elle se considérait comme une bonne infirmière. Il lui avait fallu des mois pour prendre confiance en elle. Cet homme ne réussirait pas à la déstabiliser.

Le monitoring de l'électrocardiographe bipa, confirmant ses craintes : Maxine faisait une crise cardiaque aiguë.

— Ma belle, ton cœur te joue des tours, dit le Dr Thompson. L'ambulance va te conduire à Lancaster, mais je vais commencer le traitement tout de suite. D'abord, on va te mettre un petit cachet sous la langue.

Joignant le geste à la parole, il prit sur le chariot une trousse qui contenait plusieurs médicaments et il en glissa un dans la bouche de Maxine. Celle-ci lui agrippa la main.

— Je... ne veux pas mourir, Joe.

— Chut. Laisse fondre le cachet. Et tu ne vas pas mourir, parce que je te l'interdis !

Les veines fuyantes ne posaient apparemment aucun problème à ce médecin. Malgré la difficulté — et l'émotion du moment —, il perfusa Maxine avec une habileté confondante. Puis il lui pressa tendrement la main.

— On va te soulager, promit-il.

Il sortit une ampoule de morphine de la trousse, emplit une seringue et la brandit devant Rose pour la contre-vérification du dosage. Elle eut à peine le temps de hocher la tête : déjà, il faisait passer le produit dans la perfusion.

Dès qu'il eut terminé, Maxine essaya de s'asseoir.

— Il faut... appeler David.

— Je m'en occupe. Je lui dirai d'aller directement à l'hôpital.

— Ça tombe... mal. On est à court de personnel...

— Ne t'occupe pas de ça. Tais-toi, arrête de penser aux autres et économise tes forces, dit-il en caressant les cheveux de Maxine.

— Tu diras à Katy que je l'aime ?

— Bien sûr, mais elle le sait déjà.

Le regard du médecin s'était chargé d'émotion. Rose s'interrogea, peut-être l'avait-elle mal jugé : ses dehors revêches masquaient probablement une certaine sensibilité.

— Et trouve quelqu'un qui te rendra heureux, s'il te plaît. Tu le mérites..., balbutia Maxine.

Mille questions affluèrent à l'esprit de Rose. Joe Thompson, lui, eut l'air gêné. Il aurait sans doute préféré qu'elle n'assiste pas à cette conversation ô combien personnelle...

— J'entends la sirène, fit-il d'une voix rauque.

Quand les secouristes découvrirent qui ils étaient venus chercher, l'effervescence fut à son comble. Le médecin chef rassura Maxine et lui promit qu'elle serait bientôt de retour derrière son comptoir. Joe Thompson proposa de la suivre à l'hôpital, mais, malgré sa faiblesse, elle refusa, arguant qu'il avait « trop de travail » et qu'il serait « beaucoup plus utile auprès de ses malades ».

Après le départ de l'ambulance, il appela comme promis David et, là encore, s'exprima avec une indéniable gentillesse. Rose haussa les épaules, son côté grincheux devait lui être exclusivement réservé.

Après qu'il eut raccroché, ils s'activèrent pour remettre de l'ordre et ranger le matériel qui encombrait l'accueil. Heureusement, l'incident s'était déroulé pendant l'heure du déjeuner et aucun patient n'avait été témoin de la scène.

Le silence devint vite oppressant pour Rose. Sa psychologue lui avait souvent dit que parler était une excellente façon d'évacuer le stress.

— Maxine est adorable, dit-elle d'une voix timide. J'espère que tout ira bien.

Un regard bleu glacial se posa sur elle.

— Moi aussi.

— Elle va vous manquer.

— Oui.

Il parut hésiter, puis ajouta :

— Maxine est aussi, et surtout, ma belle-mère.

Cette information, qui expliquait beaucoup de choses, n'était pas en soi très étonnante. Dans une si petite communauté, les liens de parenté devaient être fréquents. Et puis, tout le monde se connaissait. C'était d'ailleurs ce qui avait conduit Rose loin de Londres et de ses foules.

L'annonce d'emploi lui avait semblé prometteuse, idyllique même. Elle avait estimé qu'Oakdale serait le lieu idéal pour réparer son cœur fragile — dans tous les sens du terme.

Mais voilà qu'à peine arrivée, elle se trouvait face à un mystère. Pourquoi la belle-mère de Joe Thompson lui avait-elle conseillé de « trouver quelqu'un » ?

— Le stress fait parfois dire beaucoup de choses, fit-il comme s'il avait lu dans ses pensées.

— Bien sûr... Maxine a eu très peur. Quand on frôle la mort, on remet tout en perspective.

— Exactement.

Son air détaché l'intrigua. Après le sauvetage périlleux d'un membre de sa famille, il aurait dû manifester une émotion, même discrète. Or ce n'était pas le cas.

Elle respira profondément, puis se lança :

— Vous devriez prendre cinq minutes pour décompresser. Une tasse de thé vous ferait peut-être du bien ? C'est normal d'être un peu secoué après ce qui vient de se produire.

Il la dévisagea comme si elle avait perdu la tête.

— Je ne suis pas « secoué », répondit-il. Je manque de personnel. J'ai du travail par-dessus la tête. Je suis en retard pour mes visites. C'est déjà assez, non ?

Et sur un dernier regard furieux, il tourna les talons et disparut dans le couloir.

2

En rentrant de ses visites, Joe avait trouvé la nouvelle infirmière — il avait déjà oublié son nom — assise derrière le comptoir.

Chaque fois qu'il sortait de son bureau, il la trouvait discutant et plaisantant avec les malades. Elle avait même réussi à dérider le vieux Dennis Blakely, lui qui ne riait jamais !

Avec son chemisier sans manches à col montant et son pantalon slim noir, elle était d'une élégance irréprochable. Le manteau rouge et le bonnet étaient maintenant suspendus à la patère murale, vision qui provoquait une curieuse sensation de chaleur en Joe dès qu'il passait dans le vestibule.

Curieux, tout de même. C'était comme s'il sortait d'une longue hibernation. Pendant cinq ans, il avait consacré toute son énergie à Katy. Il avait survécu en se focalisant sur son petit univers. Et voilà que, pour la première fois, une femme éveillait son intérêt.

Une soudaine vague de panique déferla sur lui. Non, il n'était pas prêt à « avancer ». Il ne voulait pas oublier sa défunte épouse…

Allons, il s'égarait. Cette infirmière était venue travailler à son cabinet et, en tant que patron, il lui devait des excuses. Si jamais elle partait, Maxine l'apprendrait tôt ou tard et il passerait un mauvais quart d'heure !

Par chance, la fin d'après-midi se déroula sans encombre. Après avoir raccompagné son dernier patient, il alla déposer au comptoir deux prélèvements sanguins et quelques dossiers à traiter en urgence.

— Vous êtes toujours là, dit-il gauchement.

— Après ce qui est arrivé, je me suis dit que je pourrais me rendre utile.

La réponse lui parut sèche, mais à quoi aurait-il pu s'attendre ? Sa nouvelle recrue avait toutes les raisons de se méfier de lui !

— Le Dr Jenny m'a donné son feu vert, ajouta-t-elle. Ça m'a permis de prendre mes marques tranquillement. Au fait, elle a trouvé une secrétaire, qui commencera demain matin.

— Bien sûr, je… D'accord. C'est super.

Chère Jenny ! Sans elle, Alex et Maxine, le cabinet serait sans doute parti à la dérive. Lui-même avait erré pendant des années dans le brouillard. Aujourd'hui, les nuages se dissipaient-ils enfin ?

Il supposait que c'était le cas, même si l'idée ne lui plaisait guère. Il refusait d'être *attiré* par une jolie femme, encore moins par une employée de passage. À quoi bon se lier à quelqu'un qui repartirait très vite ? Il avait assez souffert…

— Tout s'est bien passé cet après-midi, dit-elle. Je trouve votre mode de classement simple et pratique.

— Enfin, quelqu'un y comprend quelque chose !

Il avait voulu détendre l'atmosphère, mais cela lui arrivait si rarement qu'il eut l'impression que son humour tombait à plat. D'ailleurs, la remplaçante accueillit sa boutade d'un simple hochement de tête.

— Maxine m'a l'air très organisée, pourtant.

— Je sais. C'est une perle, nous avons beaucoup de chance de l'avoir. Je… hum… plaisantais.

— Ah. J'ignorais que vous en étiez capable.

Un demi-sourire ponctua la remarque, mais la jeune femme restait méfiante. Il devait faire amende honorable pour rompre la glace.

— Si on repartait de zéro ? suggéra-t-il. Je vous présente mes excuses.

— Pour lequel de vos méfaits, au juste ?

Il n'allait pas s'en tirer à bon compte. Il aurait dû s'en douter !

— *Primo*, dit-elle en levant un pouce, vous avez critiqué ma tenue vestimentaire.

Elle ajouta l'index, et poursuivit :

— *Secundo*, vous avez douté de mes compétences dans une

situation critique. Et *tertio*, conclut-elle en dépliant le majeur, vous m'avez envoyée promener avec une rare impolitesse.

L'annulaire de sa main gauche ne portait pas d'alliance, mais Joe distingua la trace d'une bague, sans doute enlevée récemment. Il se traita d'imbécile pour avoir remarqué ce détail, leva les yeux…

La nouvelle venue le défiait du regard. Au moins, elle ne prendrait pas de pincettes avec lui. Il était temps que quelqu'un lui tienne tête.

Son entourage l'avait beaucoup protégé, depuis le drame. Absorbé par son chagrin, il s'était replié sur lui-même, au point de perdre le sens des conventions sociales les plus élémentaires.

— Je m'excuse pour… tous mes torts, et aussi pour le reste, répondit-il en souriant. L'extinction des dinosaures, le réchauffement climatique, le mensonge à propos de la Petite Souris…

Cette fois, il atteignit son but : elle éclata de rire.

— Stop, ça ira ! Mais tout de même, je suis déçue, dit-elle, l'air faussement peiné. La Petite Souris n'existe pas ?

— Je sais. J'ai eu du mal à m'y faire, moi aussi. Surtout, ne dites rien à ma fille si vous la croisez. Elle ne me le pardonnerait jamais.

— Promis, juré !

Elle porta un doigt à sa bouche et Joe remarqua ses lèvres pleines, bien dessinées. Cette moue irrésistible le réchauffait de l'intérieur et faisait pétiller le sang dans ses veines.

« Pétiller » ? En bon scientifique, il aurait dû savoir que le sang n'était pas du champagne !

Mal à l'aise, il toussota.

— Bien, reprenons. Je m'appelle Joseph Thompson, Joe pour les intimes. Les patients disent « Dr Joe ». Je réponds aussi à « vieille branche », et à certaines invectives que les gens d'ici utilisent par gentillesse. Je suis certain qu'il vous en est passé quelques-unes par la tête aujourd'hui !

— J'ai arrêté de compter à la cinquante-septième…

— Je suis vraiment désolé. Je vous dois une fière chandelle. Merci beaucoup pour votre aide.

Elle lui sourit.

— Vous êtes pardonné, mais de justesse. Et à l'avenir, tâchez de me faciliter les choses. La vie est trop courte pour se la compliquer inutilement.

— Vous avez raison.

Il connaissait mieux que personne l'exactitude de ces propos. Et malgré cela, il s'était enfermé cinq ans dans sa tour d'ivoire...

— Reprenons donc, fit-elle, non sans malice. Je m'appelle Rose McIntyre. Je suis l'infirmière envoyée par l'agence d'intérim.

Il prit la main qu'elle lui tendait, une main délicate et féminine, aux doigts fuselés. En la serrant, il se sentit « pétiller » de nouveau. Avait-elle ressenti cette curieuse vibration, elle aussi ?

Apparemment, non. En tout cas, elle n'en avait pas l'air.

— À votre accent, je suppose que vous êtes du Sud ? demanda-t-il d'un ton plus professionnel.

Les joues de Rose McIntyre se colorèrent un peu.

— Exact. J'ai toujours vécu à Londres.

— Mais ?

Cette fois, elle rougit franchement.

— Mais quoi ?

— Il doit y avoir un « mais » pour que vous débarquiez à Oakdale, au milieu de nulle part.

— Cette région est magnifique et... j'avais besoin de changer d'air.

— Vous vous êtes lassée des lumières de la grande ville ?

— On peut dire ça, oui.

Elle se détourna pour prendre son sac sous le comptoir, mettant un terme à la discussion. Au moins, les choses étaient claires : elle n'avait pas l'intention de lui raconter sa vie.

Il fut déçu, sans bien savoir pourquoi. D'habitude, quand une remplaçante arrivait, il ne s'intéressait absolument pas à elle !

Après avoir enfilé sa veste, elle éteignit l'ordinateur et contourna l'accueil.

— Avez-vous des nouvelles de Maxine ? demanda-t-elle. Pardonnez ma curiosité, mais... je m'inquiète beaucoup.

— C'est bien naturel, répondit-il gentiment. D'ailleurs, je ne vous remercierai jamais assez de lui avoir sauvé la vie. Le cardiologue de Lancaster a confirmé le diagnostic d'infarctus. Elle est stable, mais elle restera hospitalisée au moins huit jours.

— Quand vous la verrez, dites-lui que je pense bien à elle.

— Ce sera fait dès ce soir, j'y vais maintenant.

Il jeta un coup d'œil à sa montre et soupira. Le temps passait beaucoup trop vite.

— À cette heure-ci ? demanda-t-elle, incrédule.

— Je vais emmener Katy, ma fille. On ne s'attardera pas, mais sa grand-mère sera contente de la voir.

— Oui, j'imagine...

Il aurait vraiment dû partir, mais ses pieds refusaient d'obéir aux ordres de son cerveau.

— Vous avez apprécié votre promenade matinale ? L'épisode de l'autochtone grincheux mis à part, bien sûr, fit-il en souriant.

Elle eut un sourire moqueur.

— Le paysage m'a vite fait oublier cet « autochtone grincheux », heureusement. Je comprends pourquoi vous habitez là-haut. C'est un endroit magnifique.

Pippa, sa défunte épouse, était tout de suite tombée sous le charme, elle aussi. Il avait acheté le cottage pour elle, en pensant à l'avenir. Ils avaient rêvé d'une famille nombreuse, d'une vie tranquille et sans nuage...

Son torse se serra sous l'effet de la douleur. En une fraction de seconde, son chagrin était remonté à la surface. Il se croyait prêt à avancer, mais ce n'était qu'une illusion. Il n'y arriverait probablement jamais.

Il fixa ses chaussures et toussota.

— Bien... Il faut que j'y aille.

— Je viens avec vous.

— Mais non, je...

— Je voulais dire « dehors », dit-elle avec un sourire en coin. Il faut que je sorte en même temps que vous. Je n'ai pas la clé pour fermer.

Mais bien sûr ! Où avait-il la tête ? Pendant une seconde, il s'était imaginé qu'elle voulait l'accompagner à Lancaster. Comme si c'était possible ! Comme si elle n'avait pas autre chose à faire que de lui tenir compagnie...

Le sourire flottait toujours sur les lèvres de Rose quand ils sortirent sur le parking.

Il prit congé maladroitement, avec l'impression d'être un parfait idiot.

— Tu prends tes médicaments, au moins ?

— Bien sûr que je les prends ! répondit Rose. Ils m'aident à rester en vie, je ne risque pas de les oublier.

Il était normal que sa mère s'inquiète pour elle, mais cette sollicitude constante lui pesait.

— Pourquoi es-tu si essoufflée ? Tu es malade ?

— Non, maman, je suis en pleine forme. Je viens de grimper une côte assez raide, à pied. Je suis sur une montagne.

Peu importait la distance, sa mère la surveillerait toujours. Mais au moins, elle ne débarquerait plus à l'improviste comme elle le faisait à Londres !

— Sur une montagne ? À la nuit tombée ? Qu'est-ce que tu fabriques, ma chérie ?

Bonne question. Rose marqua une pause pour contempler le majestueux paysage qui s'offrait à elle.

La lune éclairait un ciel sans nuages. Les lumières d'Oakdale se détachaient, tels de petits vers luisants, au pied des contreforts rocheux. L'ensemble offrait une impression de sérénité absolue qui lui allait totalement.

Tout était si beau, si calme…

Ici, personne ne la connaissait. Personne ne pourrait étudier ses bilans médicaux. Personne ne lui répéterait à longueur de temps qu'elle avait changé. Elle serait enfin tranquille… Ou presque.

Car depuis sa rencontre avec un certain médecin, elle ne pensait qu'à lui. Ce Viking un peu sauvage l'intriguait plus que de raison. Sa peau avait même fourmillé lorsqu'ils avaient échangé une poignée de main.

Ennuyeux, tout cela. Elle était venue à Oakdale pour repartir de zéro, sûrement pas pour s'intéresser à un homme, aussi beau et mystérieux soit-il. Les relations amoureuses, c'était fini !

Elle en avait assez qu'on lui dise toujours quoi faire, quoi dire, quoi manger. Après de longs mois passés à l'hôpital, elle ne voulait plus recevoir d'ordres, encore moins de son entourage.

Gonflant ses poumons au maximum, elle essaya de se calmer comme elle l'avait appris en cours de relaxation. Tout était silencieux autour d'elle, hormis le léger sifflement qui montait de sa poitrine après cet exercice inhabituel.

— Rose ? Tu es toujours là ? demanda sa mère d'une voix paniquée.

— Oui, oui, pardon ! Je vais juste déposer... un paquet chez quelqu'un.

— Ah bon ? Chez qui ?

Chez le Viking. Il me fait penser à Thor, le dieu guerrier de la mythologie nordique...

Elle sourit malgré elle. Lorsque Joe daignait sourire, lui aussi, son visage se transformait complètement, mais elle aurait pu parier que quelque chose le bloquait. Il avait dû avoir un problème grave pour être aussi renfermé.

— Chez mon patron, répondit-elle d'un ton neutre.

— Quoi ? Quel genre de patron te fait gravir une montagne à la nuit tombée ? Sait-il que ton cœur...

— Non ! coupa-t-elle. Je n'ai aucune raison de lui en parler. L'agence d'intérim a vu mon dossier et, pour eux, je suis apte au travail. C'est tout ce qui compte. Je suis en très bonne santé, maman. Je fais beaucoup d'exercice, je me nourris bien. Je suis mon traitement à la lettre et le cardiologue a donné son feu vert.

Elle n'avait pas l'intention de révéler à ses collègues qu'elle avait été malade. Elle avait trop peur qu'on la plaigne. Entendre « ma pauvre » à longueur de journée ? Non merci ! Et puis, elle ne supportait plus qu'on lui demande ce qui était arrivé à l'« autre personne ».

Sa mère, hélas, avait du mal à le comprendre.

— Je m'inquiète pour toi, Rose. Je ne vois toujours pas pourquoi tu as choisi cette reconversion. En tant qu'infirmière, tu vas être exposée à des tas de maladies. Tu pourrais attraper quelque chose de grave.

— Arrête, s'il te plaît. On en a déjà discuté cent fois.

— Tu avais un super job dans les relations publiques. C'était notre monde, ça te correspondait parfaitement.

C'est ton monde, mais ce n'est plus le mien.

— Et Toby, dans tout ça ? demanda sa mère.

Rose avait retrouvé son calme, mais l'évocation de son ex-petit ami affola plus encore son rythme cardiaque. Rien qu'à entendre « Toby », elle voyait rouge.

Jetant un coup d'œil à la ronde, elle n'aperçut aucune voiture et soupira de soulagement. Elle allait laisser son paquet devant la porte et rebrousser chemin. Elle ne savait d'ailleurs pas quelle mouche l'avait piquée de venir…

— Je n'ai plus rien à faire avec ce type, martela-t-elle.

— Sois raisonnable, chérie. Si tu rentres à Londres et que tu lui parles, je suis sûre qu'il acceptera de revenir avec toi.

— Mais moi, je refuse ! Faut-il te rappeler qu'il m'a plaquée ? Apparemment, j'étais devenue trop sérieuse et plus assez glamour. Je faisais tache dans son univers. Il n'a pas accepté mes nouveaux choix de vie, ma volonté de rendre ce que j'avais reçu.

Pour ne pas peiner sa mère, elle s'abstint de lui assener toute la vérité. Si Toby l'avait quittée, c'était par crainte des problèmes de santé qu'elle pourrait avoir. Son « amour » n'avait pas été assez fort pour supporter cette complication.

— Tu aurais pu faire un choix différent, Rose. Tu aurais pu t'engager auprès d'œuvres de bienfaisance. Cela aurait suffi.

Avant qu'elle ait pu répondre, sa mère enchaîna :

— Ne gâche pas tes chances avec Toby Fletcher par fierté. Même si tu es stérile, il dit que cela n'a aucune importance.

— Non, en effet ! Il ne voulait pas d'enfant, de toute manière. J'ai été très affectée, mais pas lui.

— C'est plutôt une bonne nouvelle, non ? Et puis, si tu l'épouses, ton avenir financier sera assuré…

— Maman, ça suffit ! Tu crois vraiment que je vais épouser Toby parce qu'il est riche, pour assurer mes arrières ? Quitte à mettre ma personnalité entre parenthèses et à devenir ce que je ne suis pas ? Tu rêves !

— Rose ?

La voix masculine et rocailleuse dans son dos la fit sursauter.

— Joe, vous êtes rentré… Il faut que je te laisse, maman. À plus tard. Bisous. Salut.

Elle pivota, avec l'impression que son cœur se décrochait dans sa poitrine. Planté sur le seuil du cottage, Joe Thompson la dévisageait sans sourire.

— Je… n'ai pas vu votre voiture…, bafouilla-t-elle.

— Elle est au garage.

— Ah, d'accord. Je… ne pensais pas que vous seriez de retour si tôt. Comment va Maxine ?

— Comme ci, comme ça. Elle était très fatiguée, on n'est restés que dix minutes. Les médecins vont lui faire un pontage dans quelques jours. Elle vous remercie de l'avoir sauvée. Elle a bien insisté pour que je vous le dise.

— N'importe quelle infirmière aurait fait la même chose…

— Peut-être, mais pour elle, maintenant, vous êtes une star ! Vous avez gagné sa confiance, et croyez-moi ce n'est pas facile. Les gens d'ici vont vous manger dans la main.

S'écartant, il lui fit signe d'entrer. Quand elle passa devant lui, elle lui trouva l'air si fatigué qu'elle eut envie de tendre la main pour lui effleurer la joue. Pourquoi réagissait-elle ainsi ? Pourquoi était-elle à la fois nerveuse… et exaltée ?

— À part crier sous mes fenêtres que vous refusez d'épouser un homme riche, aviez-vous besoin de quelque chose ? demanda-t-il.

— Je…

— Un bon conseil : ne le faites pas. Restez comme vous êtes et, surtout, gardez votre personnalité.

Oh ! non. Il devait la prendre pour l'idiote de service ! Jamais elle n'avait été si mal à l'aise.

— Je suis désolée… que vous ayez entendu ça. J'étais juste venue… vous apporter un plat chaud.

Le regard du médecin se réduisit à deux minces fentes.

— Pourquoi donc ?

— Pour vous éviter de faire à dîner à cette heure-ci. À moins que Mme Thompson n'ait préparé quelque chose ? Mais j'ai pensé qu'elle était allée voir sa mère avec vous…

— Il n'y a pas de Mme Thompson.

Oh ! non. Que n'avait-elle tenu sa langue ! Joe avait l'air si fermé qu'elle ne savait plus quoi dire.

— Papa ! C'est quoi, ça ?

La fillette que Rose avait aperçue ce matin venait de faire irruption dans le vestibule. Avec ses couettes blondes décoiffées et son sourire édenté, elle était adorable.

Penchée sur le sac, elle reprit :

— C'est notre dîner ? J'ai faim ! Mais... Papa dit toujours qu'il ne faut pas manger de plats tout faits, c'est mauvais pour la santé.

Soulagée par cette interruption, Rose lui sourit.

— Ne t'inquiète pas, celui-là est fait maison, et c'est un plat très sain : des nouilles sautées au poulet et aux légumes, avec du chou frisé.

Joe s'était détendu comme par magie en voyant sa fille apparaître. Il lui lança un regard indulgent, puis inspira théâtralement.

— Ça sent bon, en tout cas, dit-il. C'est bien mieux que les sandwichs chauds que j'allais préparer. Va vite mettre la table, Katy. Et dis merci à Rose.

— Merci, Rose ! claironna la fillette. Tu es très gentille.

Elle partit comme une flèche, suivie plus tranquillement par Joe et Rose.

Le vestibule donnait sur un vaste séjour, avec un espace cuisine intégré où trônaient une table de ferme et des meubles en bois brut. Pour le plus grand plaisir de Rose, Katy chantonnait en sortant les assiettes du placard.

— Vous avez égayé sa soirée, dit Joe. Vous dînerez bien avec nous ?

Elle embrassa la pièce du regard. Tout, depuis le coffre à jouets débordant de « trésors » jusqu'aux coussins de fenêtre en passant par le canapé en tissu et le poêle à bois, conférait un caractère extrêmement chaleureux à cet espace de vie.

Ne manquait qu'une présence féminine.

Elle observa les cadres disposés sur une commode ancienne. On y voyait Joe, Katy, et une jolie femme brune qui ressemblait beaucoup à Maxine. Aucun cliché n'était récent, mais le bonheur familial de Joe et de son épouse irradiait de chaque photographie.

Une tristesse soudaine envahit Rose. Elle comprenait maintenant l'énormité de sa gaffe. Il *n'y avait plus* de Mme Thompson...

Quant à elle, elle n'avait rien à faire dans cette maison. Après s'être distinguée de la sorte, elle devait partir !

— C'est gentil mais non, merci, répondit-elle en refoulant ses larmes. Il est tard, je vais rentrer. À demain.

3

— Je suis désolée. Maisie n'est pas comme ça d'habitude, mais c'est un peu long pour elle, dit Janice.

— Ne vous inquiétez pas, je comprends.

Rose gratifia la mère de sa jeune patiente d'un sourire navré. Sa première journée de travail avait démarré sur les chapeaux de roues. Le système informatique était tombé en panne et l'ordre des urgences n'avait pas été respecté. Maisie, une fillette de quatre ans, avait donc attendu une heure et demie avant d'être examinée.

À la demande de Jenny — l'autre généraliste de garde —, Rose avait préparé le nécessaire pour plâtrer l'entorse dont souffrait la petite. Ce soin faisait partie de ses attributions et elle était capable de l'effectuer sans problème. Seul hic : Maisie venait d'envoyer valser plâtre et bol d'eau sur le carrelage en hurlant à pleins poumons...

Rose prit une poignée de serviettes en papier sur le chariot et commença à éponger son plateau, puis le sol. Mais plus elle frottait, plus le mélange s'étalait !

— Bon, je verrai ça plus tard, dit-elle. On va d'abord s'occuper de cette cheville. Maisie se sentira mieux après.

— Merci beaucoup, répondit Janice. Je vais m'asseoir de l'autre côté et tenir sa jambe valide pour qu'elle s'agite moins.

La maman se leva pour contourner le chariot. Au même moment, Rose repéra une petite flaque qui avait échappé à son attention.

— Méfiez-vous, ça glisse ! s'écria-t-elle.

Trop tard. Elle vit les pieds de Janice partir d'un coup vers l'avant. Déséquilibrée, la jeune femme tomba au pied de la table d'examen.

— Aïe !

Rose, paniquée, écarta le chariot avec plus d'énergie que nécessaire et se crispa lorsqu'il finit sa course dans la porte. Les choses allaient de mal en pis !

Elle s'agenouilla près de l'infortunée Janice.

— Ça va ? Où avez-vous mal ?

— Pas de mal, rassurez-vous. J'ai juste les fesses trempées. Mon ego devrait survivre, répondit la jeune mère en riant.

— Je suis désolée...

— Maman ! cria Maisie, se rappelant à leur bon souvenir.

Rose sentit son optimisme naturel vaciller. Elle qui gardait d'habitude son calme en toutes circonstances, être aussi tendue ne lui ressemblait pas.

— Que se passe-t-il, ici ?

Pivotant, elle découvrit Joe planté sur le seuil. Stéthoscope autour du cou, il observait la scène en fronçant les sourcils.

Génial. Il ne manquait plus que lui.

Le cœur de Rose se mit à battre la chamade. Sans doute à cause du chaos qui régnait dans la pièce ? Elle refusait d'admettre que Joe puisse perturber son rythme cardiaque. Et pourtant, ce n'était pas la première fois...

— C'est ma faute, bredouilla-t-elle. Nous avons renversé de l'eau et Janice a glissé.

— Mais quelle déveine ! Comment vous sentez-vous, Janice ?

Entrant dans la pièce, il fit asseoir la jeune femme dans un fauteuil, puis effectua un rapide check-up. Il se montrait agréable, efficace et hyper compétent. Rose se sentit encore plus gênée.

— Très bien, sincèrement, répondit Janice. Dès que Maisie sera plâtrée, on lèvera le camp. Elle se calmera à la maison.

— Vous avez raison, dit Rose avec une assurance de façade. Je vais me dépêcher.

Elle reprit de l'eau à l'évier, mal à l'aise car elle avait conscience que Joe l'observait. Entre eux, décidément, rien ne serait jamais simple !

Quand elle se retourna, elle le fusilla du regard. Il la dévisagea d'un air glacial.

— J'ai deux ou trois choses à vous dire, fit-il.

— Je viendrai vous voir quand j'aurai terminé.

— Dans combien de temps ?

Elle jeta un coup d'œil sur la pendule murale et se crispa de nouveau.

— J'avais une prise de sang à 11 heures...

— Et il est déjà 11 h 45.

— Je le sais bien, docteur Thompson.

Par égard pour les patientes, elle s'approcha de lui et baissa la voix.

— Ensuite, j'ai encore un bilan glycémique à faire, puis un pansement. Je travaille aussi vite que je peux.

Il hocha brièvement la tête.

— Très bien. Venez me voir... dès que vous aurez cinq minutes. Je vous attendrai.

— D'accord.

Il la dévisageait avec une telle sévérité qu'elle faillit claquer des talons et ajouter « bien, mon capitaine ». Et dire qu'elle avait fui un homme trop directif ! Là, elle ne pouvait pas s'en aller puisque Joe Thompson était son patron. Mais tiendrait-elle un mois dans cette ambiance ?

Oui, se chapitra-t-elle. La vie lui avait forgé un caractère de battante. Elle n'avait pas l'habitude d'abdiquer à la première difficulté. Sinon, elle n'aurait plus été de ce monde...

Elle finit par réussir à plâtrer la cheville de Maisie puis, pendant l'heure suivante, elle rattrapa son retard sans presser les malades pour autant. Cela fait, elle se résigna à aller trouver Joe.

Si le cottage était chaleureux, il en allait tout autrement pour son cabinet, une pièce impersonnelle aux murs blancs et aux espaces bien ordonnés.

En le voyant pianoter sur le clavier de l'ordinateur, elle eut une pensée subite. Et si ces grandes mains lui effleuraient la joue ou lui encerclaient la taille, quel effet cela ferait-il ?

Elle se sentit rougir. L'air du Nord ne lui réussissait pas ! Elle allait devoir rester sur ses gardes.

Joe leva les yeux et lui fit signe d'approcher.

— Rose ! À propos de tout à l'heure...

— Je n'ai pas respecté les règles de sécurité. Je m'en excuse. J'aurais dû mettre un panneau « sol glissant ».

Même sans avoir complètement tort, faire profil bas était souvent le meilleur moyen de désamorcer une crise. Elle le savait par expérience. Si seulement elle avait pu recommencer cette journée de zéro !

— La matinée a été chaotique, dit-elle en soupirant.

Une étrange lueur brilla dans le regard azur de Joe.

— D'habitude, Maxine...

— Tout le monde est déboussolé parce qu'elle est absente. C'est normal, je comprends. Mais Beth est une super réceptionniste. Elle n'a pas ménagé sa peine pour régler les problèmes informatiques et maintenant...

Il leva les deux mains.

— Stop ! S'il vous plaît, laissez-moi en placer une.

Elle se couvrit la bouche de la main. Quand elle avait le trac ou qu'elle affrontait une situation gênante, elle devenait un moulin à paroles.

— Désolée, dit-elle.

— Je voulais juste vous expliquer que d'habitude, le premier jour, Maxine organise un déjeuner de bienvenue pour les nouveaux. Hélas, je n'ai pas eu le temps de m'en occuper et maintenant il est trop tard, les consultations vont reprendre. On remet ça à demain, si ça vous va ?

Stupéfaite, elle le fixa. Elle s'attendait à un sermon, et voilà qu'il se montrait aimable ! Elle devait être pivoine, maintenant...

— Ne vous embêtez pas, bredouilla-t-elle. Ce n'est pas nécessaire.

— Bien sûr que si. Nous faisons tout pour mettre nos collaborateurs à l'aise, mais vous avez eu un démarrage en fanfare. Avez-vous des questions ? Je suis passé à un mauvais moment, tout à l'heure...

— Oui, on peut le dire. Je n'ai pas l'habitude de redécorer les salles de soins, ni d'attirer des clients supplémentaires en les faisant tomber. Même pour moi, c'est une première.

La remarque arracha un petit sourire à Joe. On était sur la bonne voie. Encouragée, elle poursuivit :

— Il me manque un casier pour ranger mes affaires. J'aurais aussi besoin d'un mot de passe. J'utilise celui de Maxine.

— Désolé, c'est ma faute. En tant qu'associés, Jenny, Alex et moi nous partageons les tâches. Je gère les ressources humaines… mais Maxine le fait souvent à ma place. Ne vous inquiétez pas, je vais m'en occuper. J'espère juste que le système informatique voudra bien se montrer coopératif. Après ce que j'ai vu ce matin, ça promet d'être beau.

« Beau ». Cet adjectif lui allait comme un gant. Lorsqu'il daignait sourire, son visage s'éclairait comme par magie. De petites paillettes irisées brillaient dans son regard bleu, aussi pur qu'un lever de soleil en montagne…

Non sans effort, elle revint à la discussion.

— Ces pannes se produisent souvent ?

— Pas du tout. À ma connaissance, c'est la première.

— Ça doit être ma faute, alors. J'ai dû jeter un mauvais sort sur le cabinet. D'abord il y a eu Maxine, puis le bug informatique, et enfin la salle de soins inondée !

Elle rit, imitée par Joe. Il avait un rire agréable, bas et profond, mais il se rembrunit en moins de cinq secondes.

— Je ne crois pas aux mauvais sorts, répondit-il d'un ton grave.

— Très bien. On dira que « c'est la faute à pas de chance », selon l'expression consacrée.

— Je n'y crois pas non plus. Tous les actes ont des conséquences positives ou négatives, voilà tout.

— Que faites-vous du destin ? Des coïncidences heureuses ? Des bonnes surprises ? Cela existe aussi.

Comment décrire autrement ce qui lui était arrivé ?

Sept ans plus tôt, elle avait cru qu'elle était perdue. Elle avait failli mourir. Elle revenait de loin et cette « renaissance » lui avait ouvert les yeux. Elle avait pris conscience à quel point sa vie « d'avant » était terne, sans perspectives. Rien n'expliquerait jamais un pareil bouleversement.

— Je suis médecin, Rose. Je crois à la science, à la logique. Pour moi, le destin n'existe pas.

— En somme, vous ne croyez pas à grand-chose.

— Je crois en mon travail et à l'idée de faire au mieux avec ce qu'on a.

— C'est un peu triste, non ?

Il se leva et fourragea dans sa mallette, d'où il sortit un tas de notes. Puis il la regarda sans sourire.

— Peut-être, mais c'est la réalité, Rose.

Cet homme avait dû vivre quelque chose de terrible pour être sérieux et fermé à ce point. Tout le monde avait besoin de s'évader. Tout le monde avait des rêves, mais apparemment pas lui.

— La réalité peut être sympa aussi, parfois, répondit-elle. Moi, je veux *vivre* et profiter de la vie. Il y a beaucoup de choses à faire pour ça.

— Par exemple, du yoga sur la montagne ?

Il l'avait observée en plein exercice, quand elle avait les cheveux en bataille et le visage rougi par le vent ? Et il s'en amusait ? C'était plutôt inattendu, et rien qu'à le savoir, elle se sentit toute drôle.

— Par exemple, oui, répondit-elle. C'est original et justement c'est ce qui me plaît.

— Dans le genre inattendu, qu'avez-vous fait d'autre ?

— Je… suis venue ici. Normalement j'aurais dû prendre un poste à Londres, épouser mon ex et mener une vie tranquille.

— Mais pourquoi avoir choisi Oakdale ?

En toute franchise, elle l'ignorait. Bien sûr, elle avait trouvé l'annonce sympathique et pleine de promesses. Mais surtout, elle avait senti qu'elle *devait* faire ce choix, comme si une main invisible la poussait vers le Nord. Le destin…

Elle commençait presque à le regretter, désormais.

Être attirée par un beau Viking grincheux était clairement hors sujet. Elle voulait aider les autres, voyager, s'amuser. L'amour ne faisait plus partie de son vocabulaire. Elle n'infligerait pas à un homme la douleur de sa disparition prématurée, si jamais elle retombait malade.

— J'avais besoin… de me remettre en question, dit-elle. Il faut savoir le faire, parfois. Vous-même, par exemple… Pourquoi n'essaieriez-vous pas le yoga sur la montagne au lever du soleil ?

Ou alors, vous pourriez rire un peu plus souvent. Ça fait du bien, je vous le garantis.

Le sourire de Joe s'évanouit comme par enchantement. Elle était sûrement allée trop loin, mais cela partait d'une bonne intention. Il avait encore de très belles choses à vivre et elle voulait qu'il le sache.

— J'en prends bonne note, dit-il enfin.

Puis il secoua la tête et alla droit vers la porte.

— Désolée. Je n'aurais... pas dû dire ça.

Il pivota vers elle, l'air sérieux.

— Si, au contraire. Vous êtes la première personne à avoir cette franchise. Tout le monde marche sur des œufs avec moi. Quand vous êtes au fond du trou, vous faites de votre mieux pour survivre. Les gens veulent m'aider en évitant de me contrarier, je pense.

Son intonation résignée serra le cœur de Rose. Si elle s'était écoutée, elle l'aurait pris dans ses bras.

— Ça a dû être une période très difficile, dit-elle dans un murmure.

— Vous n'imaginez même pas...

Il eut une petite moue puis secoua les épaules comme s'il voulait se libérer d'un poids. Elle eut l'impression que les nuages dans son regard s'évaporaient d'un coup.

— Je suis sorti d'affaire, heureusement, dit-il. Enfin... Je vous embête avec mes histoires...

Au contraire, elle aurait voulu en savoir davantage. Mais si elle le questionnait, il risquait de se fermer.

— Absolument pas ! On a tous un passé, qui est parfois difficile à porter.

— Le vôtre s'appelle Toby ?

— Entre autres.

— Mais vous n'en direz rien.

— Non. Je veux regarder devant moi, pas derrière. Ça évite les torticolis.

Levant les yeux vers lui, elle remarqua une grosse marque blanche sur le haut de sa chemise.

— Oh ! vous êtes taché ! C'est... du plâtre ?

Il baissa la tête en fronçant les sourcils.

— Plutôt de la pâte à pancakes séchée, à mon avis. J'en ai fait pour Katy ce matin, mais la plupart sont restées collées à la poêle. Elles étaient à peine mangeables.

— Vous les avez donc recyclées en teinture de vêtement.

Pour son plus grand plaisir, il éclata de rire.

— Savez-vous que personne ne m'a rien dit, ce matin ? dit-il. C'est incroyable !

— Les gens ont peur de vous froisser. Mais moi, je parle beaucoup et je réfléchis moins.

— C'est une excellente chose.

Il se dirigea vers l'évier, et, humectant un papier absorbant, il essaya de nettoyer sa chemise. Mais la tache s'élargit au lieu de disparaître, et Rose dut se retenir de voler à son secours. Effleurer un torse musclé bien visible sous un tissu qui collait à la peau n'était pas l'idée du siècle.

— Je doute que la franchise soit toujours recommandée avec son patron, dit-elle. Si vous préférez, je peux me taire comme les autres.

Alors qu'il passait devant elle pour jeter son papier dans la corbeille, elle lui posa une main sur le bras… et l'enleva presque aussitôt. Ce contact était trop fort, trop intense. Elle avait l'impression de connaître Joe depuis une éternité, mais c'était absurde. Ils venaient à peine de se rencontrer !

Tandis qu'ils restaient là, les yeux dans les yeux, l'air se chargea d'électricité.

Non, cet homme n'avait pas envie qu'elle se montre prudente avec lui. Il avait… envie d'elle. Cela faisait bien longtemps qu'elle n'avait pas vu le désir flamber dans un regard masculin.

Un frisson d'excitation la parcourut. Cette connexion était intense, primitive, effrayante et excitante à la fois…

Troublée par le parfum citronné de Joe et par la chaleur qui émanait de son corps musclé, elle eut soudain l'impression de manquer d'air. Finalement, il recula d'un pas.

— Jamais de la vie, dit-il d'une voix rauque. Je vous encourage à rester vous-même. Vous êtes une bouffée d'air frais.

— Vous ne direz plus ça quand j'aurai repeint toutes les salles de plâtre blanc !

Ils sortirent dans le hall. La réception était vide, mais les premiers patients de l'après-midi allaient se présenter d'une minute à l'autre. Rose avait mieux à faire que de flirter !

Flirter ? S'agissait-il réellement de cela ?

Joe fit le tour du comptoir, vérifia quelques renseignements à l'ordinateur, puis leva la tête.

— Je vous dois une fière chandelle pour hier soir, dit-il. Katy-la-difficile a dévoré votre plat.

— Tant mieux, répondit-elle presque timidement. Ce n'était pas grand-chose, vous savez.

— Pour moi, c'était beaucoup, et Katy n'a pas arrêté de chanter vos louanges. On va faire un tour avec *Lila* samedi matin, avant d'aller voir Maxine à l'hôpital. Aimeriez-vous nous accompagner ?

« On » voulait dire « lui et Katy ». Il ne s'agissait donc pas d'un rendez-vous galant, d'autant moins qu'il y aurait une tierce personne.

Bien sûr. Un homme aussi séduisant devait avoir une petite amie. S'il l'invitait, elle, c'était uniquement pour la remercier. Il lui proposait une sortie amicale et rien d'autre.

— Si cela ne dérange pas Lila, je viendrai avec plaisir, merci. Mais je ne voudrais pas m'imposer...

Il rit.

— Je suis sûr que *Lila* sera muette comme un poisson. C'est mon bateau, il est ancré dans la marina de Windermere. Y êtes-vous déjà allée ?

Aucune petite amie à l'horizon. Rose enregistra cette nouvelle avec un tressaillement de joie.

— Je n'ai pas eu le temps de voir grand-chose, répondit-elle. J'avais l'intention d'aller à Windermere, justement.

— Dans ce cas, ça tombe bien ! Katy va être ravie. Si j'invite une de ses amies, ce sera même le top du top.

Des *amis*. Elle en avait bien besoin, elle qui ne connaissait personne ici. Joe et elle deviendraient-ils proches ? Elle en doutait, mais elle choisit, comme toujours, de prendre le bon côté des choses.

— Adjugé, vendu, répondit-elle. J'ai hâte de découvrir votre magnifique région.

— Je viendrai vous chercher. Où habitez-vous ?

— Dans les cottages neufs de Berry Street. Au numéro 6.

— Très bien. Je passerai à 11 heures. N'oubliez pas de prendre un imperméable, et bien sûr, votre maillot de bain.

— Un maillot de bain ?

Elle porta la main à sa clavicule. Son pauvre cœur battait encore plus vite, maintenant.

Pour elle, « bateau » voulait dire « ferry ». Elle n'avait jamais imaginé qu'elle devrait se promener en bikini sur le pont d'un voilier. Elle allait devoir se munir d'une combinaison intégrale qui montait jusqu'au cou.

— On va sortir sur le lac. Attendez-vous à être mouillée ! répondit Joe, qui n'avait, heureusement, pas perçu son malaise.

Ce n'était pas l'eau qui l'inquiétait. C'étaient les fantômes de son passé, sa cicatrice, et toutes les explications qu'elle devrait fournir si quelqu'un la remarquait.

Tout bien réfléchi, cette excursion était sans doute une très mauvaise idée.

4

Joe secoua la tête. Il avait dû avoir un court-circuit dans le cerveau. Jamais sinon il n'aurait invité Rose à faire cette excursion sur le lac.

À sa décharge, il avait été séduit par son caractère gai et pétillant.

Comment résister à un tel tourbillon de vie ? Elle n'avait pas tort, du reste : il avait besoin de sourire davantage. Jusqu'alors, il avait été trop occupé à survivre, mais il devait sortir de sa bulle et s'extérioriser.

Quand elle lui ouvrit sa porte, ce samedi matin, il eut l'intuition qu'il était sur le bon chemin. Avec ses deux tresses blondes surmontées du fameux bonnet orange, sa robe jaune moulante et ses santiags rouges, on aurait dit qu'elle partait pour un rodéo ou un festival de musique, plutôt que pour une journée en bateau !

Comment ne pas succomber au charme de ce sourire lumineux ? Il s'éclaircit la gorge. Tous ses sens étaient en alerte rien qu'à la regarder.

— Bonjour, capitaine Thompson, dit-elle d'un ton gai. Parée à l'abordage !

Quand elle claqua les talons pour rire, il se surprit à l'imiter. Sa bonne humeur était décidément contagieuse.

— Salut, moussaillon ! répondit-il. Mettez donc vos affaires dans le coffre.

Comme il l'observait, elle se crispa légèrement et agrippa l'anse de son cabas de plage à rayures blanches et bleues.

— Que regardez-vous comme ça ? demanda-t-elle. Il y a un problème ?

— Mais non ! Je trouve juste votre tenue... originale.

D'habitude, pour faire du bateau, les gens mettaient un jean et des baskets ou, mieux encore, des chaussures de pont, comme lui. Mais avec Rose, il aurait dû s'attendre à un choix décalé !

— En dehors du travail, je ne mets que des choses qui me font du bien, répondit-elle. Vous auriez dû me dire qu'il y avait un uniforme pour ce genre de sorties.

Il lui sourit.

— Je vous imagine mal en uniforme. Et tant que vous ne glissez pas sur le pont...

— J'enlèverai mes bottes. C'était prévu.

Après avoir rangé son cabas dans le coffre, elle s'installa sur le siège passager, et se retourna pour saluer Katy et son amie Emily.

— Coucou, les filles ! On a de la chance, la météo annonce un grand soleil !

— Coucou ! répondirent en chœur les deux fillettes.

— J'adore ton chapeau, dit Katy avec un sourire timide.

Joe, qui l'observait dans le rétroviseur, sentit son cœur se serrer. C'était la première fois qu'il faisait entrer une femme dans leur univers. Comment sa puce allait-elle prendre la chose ?

Allons, il se faisait des films. Il ne *sortait pas* avec Rose. Il l'avait invitée en toute camaraderie pour lui montrer la région. Il ne se passerait rien d'autre. Il aurait été ridicule de croire le contraire.

Furieux contre lui-même, il démarra et prit la direction de Bowness-on-Windermere.

— ... Et ce bonnet orange est mon préféré du moment, mais j'en ai plein d'autres, dit Rose. Je t'en tricoterai un, Katy, de la couleur que tu veux. N'importe laquelle, pourvu que ce soit gai.

— Hum. Rose... Non, violet. Mais j'aime beaucoup le jaune de ta robe, aussi. C'est trop dur de choisir ! dit Katy en soupirant.

— Pourquoi pas rose et violet à rayures jaunes ?

Dans le rétroviseur, Joe vit sa fille écarquiller les yeux, réaction qui n'échappa apparemment pas à Rose.

— On s'en tiendra au violet pour commencer ! dit-elle en riant. Et toi, Emily, que choisiras-tu ?

— Un bleu, s'il te plaît !

— Va pour le bleu. Sur ma lancée, je vous en tricoterai un, Joe. Les filles, donnez-moi une idée de couleur.

— Marron ! s'exclama Katy. Tous les messieurs portent du marron.

Il voulut protester, mais à quoi bon ? Il préférait les tons neutres et peu voyants. En fait, il ne s'était jamais posé la question. Les hommes ne se préoccupaient pas de ces choses-là !

— Tu as raison, Katy, dit-il. Mais je porte du bleu aussi. Regarde ma chemise.

— Un bleu ciel *très classique,* dit Rose d'un ton exagérément navré. Je vous en ferai un pointu comme un chapeau de sorcier, aux couleurs de l'arc-en-ciel.

— Pitié, non ! Si vous tenez à m'en tricoter un, marron sera parfait. Ou alors, du gris… Au cas où je serais énervé.

— Joe Thompson, énervé ? J'aimerais bien voir ça.

Qu'à cela ne tienne. Je vous montrerai.

Une vague de chaleur intense le submergea. Sa réaction physique était plus que de l'attirance : c'était une onde de choc, qu'il ne comprenait pas plus qu'il ne la souhaitait.

Rose représentait un danger dans tous les sens du terme. Elle le poussait à se remettre en question sans rien vouloir livrer d'elle-même. Et surtout, elle était de passage. Il n'aurait même pas dû la présenter à Katy, qui, vu la tournure que prenaient les choses, risquait de regretter son départ.

— … Et je les tricote au crochet. C'est très facile, disait maintenant Rose. Je te montrerai, si tu veux. On pourra aussi fabriquer des fleurs pour coudre sur le tien. Ce sera encore plus gai.

Ignorant les signaux d'alarme émis par son cerveau, Joe se surprit à sourire. C'était comme si tout, en lui, s'éclairait de l'intérieur. Mais à être aussi distrait, il allait faire une sortie de route. Il devait se concentrer sur sa conduite !

L'idée d'un potentiel accident le refroidit sur-le-champ : il ne dit plus rien jusqu'au port.

À l'arrivée sur le bateau, il équipa ses passagères de gilets de sécurité puis se hâta vers la cabine de pilotage, pour mettre le moteur en marche.

La vision des montagnes majestueuses se reflétant sur les eaux claires du lac l'apaisa. Il inspira profondément, espérant que l'air pur lui remettrait les idées en place. Mais avec Rose debout près de lui, c'était presque mission impossible.

— C'est un bateau magnifique, dit-elle, effleurant le bois verni du tableau de commandes.

— Eh oui, c'est ma fierté. Après Katy, bien sûr.

Il l'avait acheté après la mort de Pippa, pour se créer une échappatoire le week-end. Parfois, au début, il aurait voulu partir pour ne jamais revenir. Seule la présence de Katy l'en avait empêché.

Voyant les filles, assises sur la banquette, qui jouaient avec la tablette de Katy, il secoua la tête et les interpella.

— Dites donc, mesdemoiselles, on est là pour profiter du lac ! Si vous alliez vous baigner ? Ensuite, on ira acheter des glaces.

— Oui ! Youpi ! s'écria Katy.

— Nagez loin des roseaux et...

Avant qu'il ait fini d'énoncer ses consignes, les deux fillettes avaient couru vers le pont. Resté seul avec Rose, il pivota vers elle et, malgré lui, fixa ses lèvres roses illuminées d'une touche de gloss.

Quel goût auraient-elles ? Celui du café, du dentifrice ? Ou plus probablement, le délectable parfum du sourire ?

Assez ! Il était sur une pente dangereuse !

— Bien... Maintenant que les filles sont à l'eau, si vous alliez faire trempette dans nos eaux frisquettes ? Ou alors un petit tour de bouée géante ?

— Franchement, l'eau froide ne me tente pas. J'aimerais mieux sauter cette étape et manger une glace !

Le goût de la glace serait fabuleux aussi. Joe pourrait le savourer sur sa bouche...

— Où est passé votre côté aventureux ? demanda-t-il. Je croyais que vous sauteriez sur l'occasion de « profiter de la vie » !

— Vous retournez mes propos contre moi, dit-elle en riant. Mais soit, je vais le faire. Où puis-je me changer ?

— Dans la cabine, en bas.

Quand elle passa devant lui, la brise fit voleter sa robe,

découvrant ses longues jambes. Il dut agripper le bastingage pour s'empêcher de la toucher.

— Génial, je... vais rappeler les filles. Vous ferez de la bouée à trois, ce sera plus sympa.

À la réflexion, c'était lui qui aurait dû plonger dans l'eau froide. Il en avait bien besoin.

— Waouh, c'était génial.

Assise sur la bouée géante traînée à pleine vitesse, Rose s'était fait éclabousser, secouer, balancer, mais elle avait ri aux éclats. Elle n'avait pas vibré ainsi depuis très longtemps !

Elle reprit son équilibre sur le pont en titubant. Chaque pore de sa peau fourmillait. Elle tremblait d'excitation. Son cœur battait la chamade, mais elle n'en avait cure : elle s'amusait. Elle profitait de la vie.

— J'ai l'impression que mon visage a été sablé, dit-elle. Je dois être affreuse, mais tant pis. J'ai adoré.

De toute façon, dans cette combinaison intégrale en néoprène, elle ne risquait pas de passer pour un top model.

— Vous êtes ravissante. Échevelée, mais ravissante.

Il avait répondu d'un ton neutre mais son regard, lui, ne l'était pas. Il la dévisageait avec une telle intensité qu'elle eut soudain très chaud. Tous ses sens étaient en alerte, exacerbés par le parfum subtil d'un homme et la proximité de son corps musclé...

Allons, elle devait se calmer. Il y avait des enfants à bord !

Joe avait dû penser la même chose car il se détourna pour envelopper Emily dans un drap de plage. Puis il frictionna les bras de Katy qui avaient bleui sous la brise, et Rose se sentit fondre devant ce papa poule. Il était adorable, prévenant, et pas seulement avec Katy, d'ailleurs. Tout son entourage proche avait droit aux mêmes attentions.

— Alors, les filles, comment Rose s'est-elle débrouillée ?

— Elle a failli tomber ! dit Katy, hilare. On a dû la retenir.

— Tu exagères, miss Thompson, dit Rose, faussement sévère. J'ai eu quelques problèmes d'équilibre, voilà tout.

— Vous avez géré comme un chef. La prochaine fois, je ferai

quelques fantaisies, dit-il en actionnant brusquement la barre à droite, puis à gauche.

— Oh ! vous en avez fait bien assez. On allait très vite.

— Un peu plus que maintenant, je l'admets. La vitesse est limitée par ici.

Il manœuvra habilement vers un petit port où quelques bateaux étaient ancrés devant de jolis pontons. Un grand restaurant avec une terrasse en planches, équipé d'un bar donnant sur la plage, accueillait de nombreux visiteurs en ce début de week-end. Joe coupa le moteur quelques mètres plus loin, et Rose l'observa tandis qu'il nouait une grosse amarre autour d'une borne prévue à cet effet.

Avec ses manches de chemise relevées sur ses avant-bras bronzés, recouverts d'un fin duvet blond, il dégageait une incroyable masculinité. Et si ces grandes mains agiles se posaient sur elle ? Et si...

Et si, rien. Elle n'avait pas le droit de s'intéresser à lui.

Comme elle aurait voulu l'embrasser, pourtant ! Elle lui trouvait une bouche irrésistible depuis qu'il avait appris à sourire. L'impressionnant Thor était devenu formidable.

Thormidable...

La trouvaille l'amusa. Elle retint de justesse le rire qui lui montait aux lèvres. Il lui aurait fallu s'expliquer, ce qui aurait été pour le moins gênant.

N'empêche. Elle avait inventé le surnom idéal.

Certes, ce géant blond était grincheux et renfermé, mais il dégageait aussi un incroyable sex-appeal. Et puis, il avait un solide sens de l'humour lorsqu'il était détendu. Comme en ce moment...

— Je, hum... Vous avez besoin d'aide ? bafouilla-t-elle.

Sans lâcher l'amarre, il se retourna et lui sourit.

— Non, merci, j'ai presque terminé. Les filles, si vous voulez manger une glace, c'est maintenant ou jamais.

— Maintenant ! s'exclama Katy.

Il se redressa, donna de l'argent à Katy, et les deux fillettes partirent comme des flèches, leurs draps de bain volant au vent.

— Ne courez pas sur le ponton ! cria-t-il. Installez-vous sur l'herbe, on vous rejoint. Rose va se changer.

C'était en effet indispensable. Elle ne se promenait jamais en maillot, sauf sur la plage. De plus, elle ne voulait pas risquer de prendre froid.

Il vint vers elle au moment où elle enlevait son gilet de sauvetage.

— Vous avez la chair de poule, dit-il. Tenez.

Avant qu'elle ait pu réagir, il lui enveloppa les épaules dans une grande serviette.

— Quand vous serez habillée, on pourrait aller grignoter quelque chose au restaurant ?

— Génial, j'ai faim !

— L'exercice, ça creuse. J'espère que vous passez une bonne journée ?

— Une excellente journée, répondit-elle, sincère.

— Tant mieux. Tout le monde n'apprécierait pas d'avoir deux gamines de huit ans dans les pattes.

Elle lui lança un regard étonné. Qui aurait pu être gêné par ces adorables fillettes ? Pour elle qui ne pourrait sans doute jamais être mère, côtoyer des enfants était un privilège !

— Elles ont essayé de m'apprendre tout un tas de choses, sur la bouée, dit-elle en riant. J'espère devenir rapidement une vraie fille du Nord.

Il éclata de rire.

— Vous avez encore du chemin à faire.

— Donc, il va me falloir plus de leçons.

— Ça tombe bien, je suis un excellent professeur...

La voix rauque et le regard brûlant de Joe donnèrent le vertige à Rose. Elle prit conscience qu'il avait laissé les mains sur ses épaules quand il les fit courir le long de ses bras, lentement, avec une sensualité folle.

— Joe...

La magie du moment était trop forte, trop intense. Elle ne voulait pas la rompre, mais appréhendait que les choses aillent plus loin...

— Comment s'appelle ce sommet, sur la gauche ? demanda-t-elle d'une voix mal assurée.

— C'est Orrest Head. Il y a une belle balade à faire jusqu'à là-bas. De là-haut, on voit les montagnes plus au nord, Langdale Pike par exemple, ou Scafell Pike. Elles seraient parfaites pour votre yoga, même si elles sont un peu hautes.

— Si vous m'accompagnez, je vous apprendrai quelques exercices.

— Oh ! pas la peine. J'ai des postures bien à moi...

Du bout des doigts, il traça un sillon de son cou à sa pommette droite. Elle sentit sa peau fourmiller, ses jambes se dérober. Son corps vibrait sous l'effet d'un désir si intense qu'elle en avait la chair de poule.

— Vous avez... des postures ?

Lentement, il inclina la tête et effleura ses lèvres. Puis il se redressa, la questionnant du regard.

— Oui...

Son murmure se perdit dans la brise. Doutant qu'il l'ait entendue, elle fit preuve d'une hardiesse inhabituelle : elle se mit sur la pointe des pieds et l'embrassa.

D'abord, ce fut un baiser timide, presque hésitant. Mais lorsqu'elle gémit sous la caresse, Joe répondit par un grognement sourd. Alors, elle eut l'impression que l'univers se désintégrait autour d'eux.

Paniquée, elle s'écarta. Tout ceci était trop merveilleux pour être réel. Tout allait beaucoup trop vite. Mais c'était si bon... Et après tout, ce n'était qu'un baiser...

Ignorant le signal d'alarme envoyé par son cerveau, elle jeta les bras autour du cou de Joe. Cette fois, il écrasa la bouche sur la sienne, et elle se pressa si fort contre lui qu'elle en eut le souffle coupé.

Emportée par un tourbillon frénétique, elle entrouvrit les lèvres pour s'offrir à la délicieuse caresse de sa langue.

Il avait un goût d'épices, un parfum subtil et masculin, aussi frais que l'odeur du thym sauvage sur la lande. Il était... lui-même, tout simplement.

Avec douceur, il lui captura le visage. Il la désirait, mais il la traitait avec respect et délicatesse, ce qui l'emplit d'une joie incommensurable. Il la voulait, *elle*, Rose McIntyre. Il ignorait tout de son passé et ne s'inquiétait pas de l'avenir. Il vivait pour l'instant présent, avec elle.

Quand ses mains puissantes glissèrent le long de son dos, elle perdit la notion du temps et de l'espace. Sa place était là, dans les bras de cet homme. C'était comme si le destin en avait décidé ainsi...

Ils échangèrent un baiser brûlant. Joe fit ensuite courir les lèvres sur son menton et trouva le petit creux à la base de son cou. Elle se blottit contre lui en frissonnant.

— On descend ? chuchota-t-il d'une voix rauque.

Ces deux petits mots la ramenèrent d'un coup à la raison. Elle se redressa, fit un grand pas en arrière. Puis elle inspira profondément pour ralentir son rythme cardiaque.

À présent, doute et passion se mêlaient dans le regard bleu de Joe. Sa conscience le rappelait à l'ordre, lui aussi. Elle allait lui épargner un cruel dilemme en se montrant raisonnable.

— Non, répondit-elle d'un ton calme. On ne devrait pas faire ça.

— Vous avez... Tu as raison. C'est trop compliqué.

— Oui. On n'a pas besoin de ça.

Il s'avança et appuya le front contre le sien avec une tendresse bouleversante.

— Crois-moi, dans une autre vie, je n'aurais pas hésité une seconde, murmura-t-il. Mais...

— Mais dans cette vie-là, c'est impossible.

La petite étincelle mourut instantanément dans le regard de Joe. Il fronça les sourcils d'un air inquiet.

— Katy a besoin de stabilité. Quand elle a perdu sa maman, on s'est accrochés l'un à l'autre. Elle ne m'a jamais vu avec une autre femme. Je ne sais pas comment elle réagirait.

— Tu t'imagines rester seul jusqu'à la fin de tes jours ?

Elle s'était habituée à cette idée pour elle-même. Néanmoins, depuis peu, tous ses repères volaient en éclats...

— Peut-être pas, dit-il, sincère. Mais je ne veux courir aucun risque.

— Et moi j'en suis un, avec mon mode de vie instable. Je comprends.

Ce mois à Oakdale risquait d'être compliqué si elle ne prenait pas ses distances avec Joe. Mélanger travail et plaisir n'était jamais une bonne chose. Elle en avait la preuve. Elle allait passer trois semaines à regretter ce qu'elle ne pouvait pas avoir !

— C'était… fantastique, dit-elle d'une voix hésitante.

— Fantastique, et bien plus que ça ! J'aimerais vraiment que les choses soient différentes !

Joe lui attrapa le bras, laissa remonter la main vers son épaule. Mais soudain, il se rembrunit et promena l'index sur sa clavicule.

— C'est quoi, cette cicatrice ? Ça n'a pas l'air d'être un petit bobo !

Elle se détourna et baissa les yeux. La fermeture de sa combinaison était descendue de quelques centimètres. Il l'avait sans doute baissée quand…

S'il te plaît. Ne me pose pas de questions. Pas encore.

Le cœur battant, elle se rajusta. Il était beaucoup trop tôt pour qu'il apprenne la vérité. Elle ne supporterait pas qu'il la plaigne, comme tout le monde, sa mère en tête…

— C'était il y a longtemps. Rien de grave.

— Rose, je suis médecin ! On n'ouvre pas la cage thoracique pour un eczéma ou une migraine. Tu vas bien ?

Elle tendit la main vers le port dans l'espoir de détourner son attention. Des voix excitées montaient de la plage.

— Si on allait rejoindre les filles ? dit-elle. Elles ont peut-être besoin de nous.

— On t'a posé une valve mitrale ? demanda-t-il, insistant, le regard brillant d'inquiétude et de compassion.

— Sérieusement, il y a quelque chose.

Cette fois, elle n'avait pas dit cela pour détourner la conversation. Elle distinguait des cris de plus en plus perçants. Des cris d'angoisse.

— Joe, il y a un problème !

En une fraction de seconde, il se tendit comme un arc. Se retournant d'un bond, il scruta le carré de gazon où les filles devaient s'installer pour manger leur glace. Deux serviettes roses étaient étendues côte à côte… mais il n'y avait personne dessus.

Il se précipita sur la jetée. Rose le suivit.

— Katy ! Emily !

Les cris se rapprochèrent. Emily était assise sur un ponton, à leur gauche, elle hurlait à pleins poumons.

— Où est Katy ? cria Joe sans cesser de courir.

Emily tendit la main vers le lac. Alors, Rose eut l'impression que son cœur s'arrêtait de battre.

La fille de Joe était en train de se noyer.

5

Joe avait de l'eau dans les narines et dans les yeux. Ses poumons le brûlaient.

Katy… Katy, où es-tu ?

Il donna un grand coup de pied pour descendre vers les profondeurs ténébreuses du lac, sentit le froid lui cisailler les jambes. Il n'y voyait presque rien et ses doigts grands ouverts n'attrapaient que des algues. Si Katy était là, près de lui, il le saurait, tout de même ?

Katy !

Son corps tout entier hurla le prénom de sa fille. Il ne *pouvait pas* la perdre, elle aussi. Il ne la *perdrait pas* !

Mais il avait besoin de respirer…

Dans un élan désespéré, il refit surface et emplit ses poumons d'air. Puis il tourna la tête dans tous les sens, mais sa fille adorée n'était visible nulle part. Rose, en revanche, s'agitait frénétiquement à côté d'Emily. Il eut l'impression qu'elle parlait, sans que les mots arrivent jusqu'à lui. Qu'aurait-elle pu dire, de toute façon ?

— Katy ! hurla-t-il.

Il devait retrouver son bébé, sa petite puce chérie. Dire qu'il s'était juré de la protéger envers et contre tout ! Si seulement il l'avait surveillée au lieu de…

— Katy ! Joe !

Les cris de Rose attirèrent son attention. Elle montrait un point du doigt et il tourna vivement la tête… juste à temps pour apercevoir le beau visage crispé de sa fille, avant qu'elle disparaisse sous l'eau.

— Non !

Nageant plus vite qu'il ne l'avait fait de toute sa vie, il rejoignit sa fille, plongea et la saisit par la taille. Quand il la souleva, elle se mit à tousser en tremblant contre lui.

— Je te tiens, mon cœur. Tu es sauvée.

Un regard plein d'amour se riva au sien… Puis Katy ferma les paupières et s'affaissa, inerte, entre ses bras.

— Non ! Non ! Allez, ma chérie, respire !

Ils étaient plus loin du bord qu'il ne le croyait mais, galvanisé par la peur, il atteignit très rapidement le rivage. Ce n'était pas possible, il devait halluciner. Il était en train de vivre son pire cauchemar, le scénario qu'il redoutait depuis cinq ans. Tout ça parce qu'il avait négligé son rôle de père…

— Il faut l'allonger, dit Rose.

Ensemble, ils installèrent Katy en position latérale de sécurité. Vive et précise, Rose s'agenouilla et chercha le pouls carotidien. Quand elle releva la tête, il lut la culpabilité dans son regard. Elle aussi se reprochait ce qui était arrivé. Il en était sûr.

— Tachycardie, annonça-t-elle. C'est peut-être juste l'essoufflement et la panique. Il faut la faire cracher.

Avec douceur, elle frictionna le dos de Katy pendant qu'il lui appuyait sur le ventre. Elle se montrait calme, compétente et professionnelle, et il retint de justesse les paroles amères qui lui montaient aux lèvres.

Rien n'était sa faute à elle. C'était lui le responsable. Il ne voulait pas qu'elle se fasse des reproches. Mais il avait d'autres priorités pour l'instant…

Désespéré, il pressa plus fort l'abdomen de Katy. Et c'est alors que le « miracle » se produisit. Un filet d'eau coula de la bouche de sa fille, un autre de son nez…

— On est là, trésor. Allez, reviens à toi !

— Pa…

Les mots s'étranglèrent dans la gorge de Katy. Elle se mit à tousser et à cracher, le corps secoué de tremblements.

— C'est bon, je suis là. Tu es en sécurité, ma puce. Tout va bien.

Tout allait *presque* bien, mais on avait frôlé le drame.

Le soulagement, la colère et la frustration le submergèrent

d'un coup. Il ouvrit et ferma les poings plusieurs fois pour évacuer ce trop-plein d'adrénaline. Puis il fit asseoir Katy et l'attira dans ses bras.

— Tu m'as fait une sacrée peur, bébé...

— Ou... i.

Elle se détourna et vomit, franchement cette fois. Puis elle se mit à pleurer en s'agrippant à lui, et il eut l'impression que son cœur se déchirait.

Il l'enveloppa dans son drap de bain, l'étreignant de toutes ses forces. Si seulement il avait pu revenir en arrière ! Il aurait voulu que rien ne soit arrivé, même pas sa rencontre avec Rose...

Rose, toujours elle, consolait maintenant Emily. Elle lui parlait avec douceur pour la rassurer, car il était évident que la petite était secouée, elle aussi.

Leurs regards se croisèrent par-dessus les têtes des filles. Celui de Rose reflétait la compassion, le soulagement. Peut-être le regret ? Lui-même ne savait plus quoi penser après ce baiser magique. Heureusement, en tout cas, qu'ils s'étaient arrêtés là...

Plusieurs minutes passèrent dans un silence total. Enfin Katy commença à se détendre et il lui caressa la joue.

— Que faisais-tu dans l'eau ? Tu connais les consignes : tu dois toujours m'avertir avant d'aller te baigner.

— Je... suis désolée, papa. J'avais chaud.

— N'exagère pas, Katy. D'accord, cette journée est magnifique, mais on est au mois de septembre. Tu avais le temps de venir me voir avant de sauter à l'eau. Tu ne risquais pas d'attraper un coup de soleil ! Moi, je vous croyais installées tranquillement, en train de manger une glace.

— On avait fini et... on ne vous voyait plus.

Prenant sur lui pour rester calme, il se tourna vers Emily.

— Que s'est-il passé, ensuite ?

La fillette se blottit plus étroitement contre Rose.

— On a... fait la course sur le ponton et on a sauté dans l'eau. Je suis... désolée, docteur Thompson.

Joe secoua légèrement les épaules de Katy.

— Alors tu as désobéi. Bravo. J'ai cru que j'allais te perdre ! Ne me refais plus jamais une frayeur pareille, tu entends ?

Il se rendit compte, mais trop tard, qu'il avait crié. Katy, se libérant de son étreinte, courut vers Rose et posa en sanglotant la tête sur ses genoux.

Quel imbécile ! Il avait très mal réagi, mais il avait eu si peur qu'il n'avait pas pu se contrôler.

Rose lui jeta un coup d'œil incertain et se détourna. Pendant qu'elle consolait les filles, il resta coi, assis un peu à l'écart. C'est lui qui aurait dû s'occuper de sa fille… Il avait vraiment tout faux.

— Tu nages très bien, Katy, dit Rose. C'est bizarre, ce qui t'est arrivé. T'es-tu cognée contre quelque chose ? As-tu ressenti une douleur ?

— Pas… une douleur, mais j'ai eu des fourmis dans le pied droit et… je ne pouvais plus le bouger. J'ai essayé de donner des grands coups avec l'autre jambe, mais c'était dur.

Quand elle se remit à tousser, Joe se promit de l'ausculter dès leur retour sur le bateau. Heureusement qu'il ne partait jamais sans sa sacoche !

— J'ai eu… de plus en plus mal. J'ai oublié de battre de la jambe gauche. J'ai avalé de l'eau et… j'ai eu très peur.

— Je comprends. Moi aussi, j'aurais eu peur à ta place, dit-il gentiment.

Elle devait comprendre la portée de ses actes, mais le moment était mal choisi pour la sermonner. Il lui parlerait plus tard, chez eux, quand la tension serait retombée et qu'il ne risquerait plus de se mettre en colère.

Cette dernière pensée l'étonna. D'habitude, il ne se méfiait pas autant de ses propres réactions. Sans doute était-ce la bonne influence de Rose, qui lui avait ouvert les yeux sur son « mauvais » caractère. Pourtant, malgré tout, elle l'avait embrassé. Que devait-il en conclure ?

Allons, il y penserait plus tard. Le moment n'était pas bien choisi pour cela non plus !

— Tu es sauvée, maintenant, dit-il à Katy. Ne t'inquiète pas. Je t'aime, ma chérie.

— Je t'aime aussi, papa, répondit-elle d'une petite voix.

Quand elle se leva pour revenir dans ses bras, il poussa un

soupir de soulagement. Rose se leva aussi, incitant Emily à faire de même.

— Il faut aller aux urgences, dit-elle doucement. Ils garderont Katy en observation quelques heures. Dans un premier temps, il faut déjà la réchauffer, elle risque l'hypothermie. Et toi aussi, d'ailleurs.

En l'entendant, il sentit le froid le transpercer d'un coup. Il avait les mains toutes bleues, mais il ne s'en était pas rendu compte.

— Oui, dépêchons-nous, dit-il.

Ils regagnèrent le bateau dans un silence complet. Après avoir examiné Katy, Joe leva l'ancre. Quand Rose le rejoignit à la barre, elle s'était changée et coiffée.

— Ça va ? demanda-t-elle.

— Mon cœur commence tout juste à battre moins vite.

— Pareil pour moi. Je n'imagine même pas ce que tu as dû ressentir, Joe.

— Je... n'allais pas la perdre ! Je...

Ses mains se mirent à trembler sous le coup d'une violente émotion. Il crispa les poings pour se calmer.

— Elle est là, avec nous, grâce à toi, répondit Rose d'un ton apaisant.

— Mais j'aurais dû la surveiller !

— Elle est malheureuse, tu sais. Elle regrette vraiment d'avoir fait une bêtise.

Il soupira.

— Je m'en doute. Tout va bien, en bas ?

— Oui, elles jouent à un jeu de mode sur la tablette. J'ai pensé... que ça les calmerait.

— Qu'elles jouent autant qu'elles veulent, je m'en moque ! Au moins, c'est plus sûr. Et au fait... Merci d'avoir proposé à Katy de lui apprendre le crochet. Ce n'est pas trop le truc de Maxine. Pippa faisait beaucoup de choses, mais moi, je suis incapable de recoudre un bouton !

Les yeux de Rose se voilèrent de compassion.

— Pippa ? murmura-t-elle.

— Ma femme. Elle est morte.

— J'avais compris. Je suis... désolée, Joe.

— Que veux-tu, c'est la vie…

Et inutile de se voiler la face, il souffrait toujours. Il lui arrivait maintenant de rester plusieurs jours sans penser à Pippa. Mais tout d'un coup, le chagrin remontait sans crier gare à la surface et tout son univers s'obscurcissait…

Le chagrin, et bien sûr, cet horrible sentiment de culpabilité. Il avait des remords pour l'accident, mais aussi parce qu'il était là, toujours vivant, alors qu'elle n'avait pas eu la chance de voir leur fille grandir ou de profiter de la belle existence qu'il lui avait promise.

Une chose était sûre, néanmoins : Pippa n'aurait pas voulu qu'il passe le restant de ses jours à pleurer.

— Tu as dû traverser des moments affreux. Quand… cela est-il arrivé ? demanda Rose d'un ton calme.

Elle se frictionna la cage thoracique, geste qu'il l'avait déjà vue faire à plusieurs reprises. Puis elle leva la main et la posa sur la sienne. Ce contact chaud et doux lui donna le frisson, en même temps qu'il lui procura un étrange sentiment de réconfort.

— Pippa est morte dans un accident de voiture. Katy était avec elle, mais je ne pense pas qu'elle s'en souvienne. Du moins, je l'espère. Elle me dit que sa maman lui manque, même si elle ne doit pas beaucoup se souvenir d'elle, hélas.

Rose plongea le regard dans le sien. Il n'aurait pas dû se laisser tenir la main alors qu'il parlait de sa défunte épouse. Ce n'était pas correct…

— Enfin… De l'eau a coulé sous les ponts, dit-il d'une voix enrouée.

— C'est normal que tu aies encore de la peine, Joe. N'essaie pas de me le cacher.

— Je n'essaie pas de te le cacher. Simplement, je ne sais pas quoi dire de plus.

Il s'abstiendrait d'évoquer la dispute que Pippa et lui avaient eue ce fameux soir, avant qu'elle parte sur un coup de tête, sous la pluie battante. Ni la décision insupportable qu'il avait dû prendre à l'hôpital.

Il s'était répété un million de fois qu'il aurait préféré mourir à la place de son épouse…

— Katy était toute petite, j'imagine ?

— Elle n'avait pas encore trois ans.

— Quel courage il a dû te falloir pour te lever le matin, aller au travail, élever ta puce !

C'était la première fois qu'il évoquait le drame avec une personne extérieure à sa famille. Mais, bizarrement, Rose ne lui semblait pas être une étrangère.

— Heureusement, j'ai eu de l'aide, répondit-il.

— Oui, tu avais Maxine.

Malgré ses encouragements, que dirait sa belle-mère s'il « refaisait sa vie » ? Prendrait-elle cela comme une trahison envers Pippa ?

— Il y a Maxine, oui, et aussi ma mère et ma sœur. Elles vivent à Bowness. Nous sommes très proches, même si leur présence ne remplacera jamais celle d'une mère pour Katy.

— La pauvre… Si tu savais comme je suis triste pour elle !

— Et moi donc.

— Tu l'élèves dans du coton, mais malheureusement… tu ne pourras pas toujours tout empêcher.

— Je suis bien placé pour le savoir, merci !

Les pommettes de Rose se colorèrent de rouge vif.

— Je sais, tu as vécu des choses horribles. Mais tu n'es pas le seul, répondit-elle plutôt sèchement.

La vision de sa cicatrice lui revint aussitôt en mémoire. Elle avait essayé de détourner son attention quand il l'avait repérée. Et puis, elle avait quitté un fiancé, sa famille, ses amis. Que lui était-il arrivé pour qu'elle prenne cette décision radicale ? Il n'en avait pas la moindre idée, mais il avait la ferme intention de le découvrir.

— Excuse-moi, marmonna-t-il. Je ne voulais pas être agressif, ni impoli.

Elle eut un petit sourire et lui tapota l'épaule.

— Au moins, maintenant, tu t'en rends compte. Tu progresses.

Son parfum fleuri lui chatouillait les narines. Il fixa sa bouche et sentit son cœur s'emballer. Submergé par un désir aussi violent qu'incongru, il ferma brièvement les paupières.

— Si on rentrait ? dit-elle. N'oublie pas qu'on doit passer à l'hôpital.

— Tu... as raison. Nous avons eu assez d'émotions fortes pour aujourd'hui.

Il y avait eu l'accident de Katy et ce fameux baiser. Les deux événements n'avaient rien de comparable, mais tout se mélangeait dans sa tête. Il se sentait envahi par une foule d'émotions confuses et déstabilisantes.

C'était la preuve qu'il ne pouvait plus se laisser distraire par Rose. Elle était trop dangereuse pour son équilibre et pour sa famille. Il avait failli le payer très cher.

Pourtant, malgré ce qui était arrivé, il avait encore envie de la prendre dans ses bras.

La prochaine fois — si cela se produisait un jour —, il veillerait à l'embrasser sur la terre ferme.

6

Le lundi matin, une épidémie de gastro-entérite au lycée eut le mérite d'occuper pleinement l'esprit de Rose.

Au moins, elle n'avait plus le temps de penser à Joe. Elle avait culpabilisé tout le dimanche et n'imaginait même pas ce qu'il avait pu ressentir.

Après avoir isolé les patients contaminés dans une pièce, elle regagna l'accueil. Beth leva les yeux de son ordinateur en souriant.

— Tout va bien, Rose ? Il ne manquerait plus que tu attrapes cette saleté aussi !

— Ne t'inquiète pas, j'ai pris mes précautions. Et puis, avec un peu de chance, je suis déjà immunisée contre le virus.

Du moins l'espérait-elle, elle ne pouvait pas se permettre de tomber malade. Heureusement que sa mère n'avait aucune idée de ce qu'elle faisait ! Sinon, elle aurait pris le premier train pour venir la rejoindre…

La jeune réceptionniste hocha la tête.

— En tout cas, j'ai retrouvé le protocole à distribuer dans ces cas-là. Je pourrais l'envoyer par mail au proviseur du lycée ?

— Excellente idée, merci ! Tu prends de très bonnes initiatives. Pourtant, tu n'es là que depuis quelques jours.

— Tu es gentille, mais tout le mérite revient à Maxine et à son sens de l'organisation. Et puis, maman m'a bien briefée.

— Ah, bon ?

— Elle remplaçait Maxine pendant ses congés, mais maintenant, ce n'est plus possible. Elle souffre de polyarthrite. Nos voisins l'aident quand je ne suis pas à Oakdale, mais la vie quotidienne est un casse-tête.

— Oh ! mince, je suis désolée… Dans son malheur, ta mère a de la chance d'habiter une petite ville où « solidarité » veut encore dire quelque chose.

— Absolument.

Elles saluèrent du geste une maman qui repartait en tenant son fils par le bras. Rose soupira.

— Il faudra demander à la femme de ménage de désinfecter complètement la salle de soins, dit-elle. Et on va être à court de sacs à vomi…

— Je m'en occupe tout de suite.

Beth griffonna sur son carnet de notes, puis désigna du geste un gros bouquet de roses rouges qui trônait sur le comptoir.

— Tu as vu ça ?

Occupée comme elle l'était, Rose n'avait rien remarqué. Peut-être parce qu'elle appréciait peu les fleurs homonymes de son prénom ? On lui en avait souvent offert. Elle avait accueilli ces gestes avec reconnaissance, mais les roses lui rappelaient de trop mauvais souvenirs…

— Elles sont jolies, dit-elle néanmoins.

— Et elles sont pour toi !

— Oh…

Joe les avait-il fait envoyer ? C'était peu probable, mais peut-être avait-il voulu s'excuser ou lui faire passer un message ?

Le cœur battant, elle dégrafa l'enveloppe accrochée à la cellophane, l'ouvrit et en sortit une petite carte. L'écriture lui sembla familière. Et pour cause !

Ma chérie,

Je suis vraiment désolé pour tout. Rentre à la maison, je t'en supplie. J'ai beaucoup de choses à te dire.

Je t'embrasse très fort. Toby.

Son excitation retomba aussitôt, laissant place à un vide incommensurable. La *maison* ? Où était-ce ? Ce n'était certainement pas l'appartement qu'elle avait autrefois partagé avec

Toby. En aucun cas elle n'abandonnerait ses rêves pour retourner dans un endroit où elle s'était sentie dévalorisée en permanence.

Elle lança la carte à la poubelle, déçue. Quelle idiote ! Il était évident que Joe n'allait pas lui offrir des fleurs !

— Garde-les si tu veux, dit-elle à Beth d'un ton morne.

— Je préférerais avoir l'admirateur plutôt que les fleurs. C'est ton copain ?

— Mon ex. Et crois-moi, il n'en vaut pas la peine.

Beth eut un sourire amusé.

— Alors tu es célibataire.

— Oui, et heureuse de l'être !

— Tant mieux, parce que, d'après maman, il y a une pénurie d'hommes dans le coin. À ce qu'elle dit, tous les gars intéressants sont partis en ville. Quoique... Joe n'est pas trop mal, pour celles qui aiment le genre viking, dit Beth avec un clin d'œil malicieux.

— Viking ? Oui... Peut-être. Je n'ai pas trop fait attention.

— Arrête ! Tout le monde a remarqué que ça fait des étincelles entre vous.

Beth se mit à battre des cils d'une façon si comique que Rose éclata de rire.

— Tu ne vas pas remplacer Maxine pour ça aussi, quand même ? Pendant sa crise cardiaque, elle a suggéré à Joe de trouver quelqu'un. Tout le monde veut le caser, ou quoi ?

— Les gens l'aiment beaucoup, et ils adoraient Pippa. On était amies d'enfance, elle et moi. Ses proches ont vécu sa disparition comme une tragédie absolue. Heureusement, une partie d'elle a survécu grâce au don d'organes.

Rose sentit les poils se hérisser sur ses bras.

— Que... Comment ?

— La famille a accepté de donner certains organes de Pippa. Ils n'en ont plus jamais parlé, mais... tout le monde y pense encore. Personnellement, je ne sais pas si j'en aurais eu la force.

La cicatrice de Rose la démangeait, et elle se mordit les lèvres pour refouler ses larmes. Elle s'était trouvée de l'autre côté de la barrière. Joe comprendrait-il ce qu'elle avait vécu, si elle se confiait à lui ? Ou cela raviverait-il des souvenirs pénibles ?

Peut-être lui en voudrait-il d'avoir survécu alors que sa femme était décédée…

Même si elle brûlait d'en savoir davantage, elle ne voulait pas éveiller les soupçons de Beth en la questionnant. Et puis, il n'aurait plus manqué que Joe arrive !

— Maxine et Joe ont de la chance d'avoir des amis comme toi, dit-elle. Tu es… célibataire aussi ? demanda-t-elle pour détourner la conversation.

— Eh oui ! Je n'ai pas encore trouvé chaussure à mon pied.

— Tu cherches ?

— Pas vraiment. Je suis malchanceuse en amour. J'ai un faible pour les beaux gosses à l'humour ravageur, option inaccessibles !

— Y a-t-il un beau gosse en particulier ?

— Non. Personne.

Beth, qui avait répondu beaucoup trop vite, mordilla soudain son crayon, et Rose la soupçonna de s'être fixé un idéal impossible, ou d'aimer quelqu'un sans espoir de retour.

— De toute manière, je vais changer mon fusil d'épaule, dit la jeune femme, confirmant son intuition. Et puisque nous sommes toutes les deux célibataires, on pourrait aller boire un verre au Queen's Arms un de ces jours ? Ils invitent des groupes de musique le vendredi, c'est très sympa.

— Excellente idée, répondit Rose, enthousiaste.

Beth et elle avaient sensiblement le même âge et elle la trouvait très sympathique. Même si elle passait peu de temps à Oakdale, ce n'était pas une raison pour raison cloîtrée chez elle pendant un mois !

La perspective d'une sortie lui mit du baume au cœur. Elle oublia Toby, son bouquet malvenu, et se concentra de nouveau sur son travail.

Vers 13 heures, alors qu'elle étudiait la liste des rendez-vous de l'après-midi en salle de soins, Joe parut sur le seuil.

— Tu as cinq minutes ? demanda-t-il.

Le souvenir de leur baiser brûlant lui revint tel un flash. Au temps pour son professionnalisme. Elle avait encore du chemin à parcourir pour se convaincre qu'il n'y aurait jamais entre eux autre chose qu'une relation de travail.

Pourtant, c'était clairement le cas. Joe était du même avis, et l'accident de Katy l'avait certainement conforté dans son opinion. Il se sentait coupable de ne pas avoir surveillé sa fille. Sans ce baiser, rien ne serait peut-être arrivé...

— Bien sûr, répondit-elle d'un ton neutre.

— Je voulais te donner les dernières nouvelles du lycée. Soixante-douze gamins et cinq professeurs sont malades. Il s'agit probablement d'un norovirus. Le principal a fait imprimer et distribuer notre protocole, puis il a renvoyé tout le monde à la maison. Au moins, maintenant, les parents savent quoi faire, mais je pense que certains viendront consulter quand même par sécurité.

— Il y aura donc sans doute un surplus de rendez-vous.

— Oui, c'est probable.

Elle s'attendait à ce que Joe reparte, au lieu de quoi il ferma la porte derrière lui et s'avança dans la pièce. Sa haute stature sembla emplir tout l'espace, en même temps que son parfum désormais familier lui chatouillait les narines.

— Tu... voulais me dire autre chose ?

Il opina.

— Je voulais m'excuser pour samedi.

— Tu n'as pas à t'excuser. On a tous eu très peur.

— Ça, tu peux le dire ! Merci d'avoir calmé les filles. Je n'ai pas arrangé les choses en m'énervant.

— Tu as sauvé la vie de Katy, Joe. C'est le principal.

Jamais elle n'oublierait la manière dont il s'était jeté à l'eau, sa détermination, son courage. Une fois Katy hors de danger, il avait voulu se contrôler sans y parvenir réellement, mais au moins avait-il essayé.

C'était un homme bon et généreux, avec un cœur gros comme ça. Cerise sur le gâteau, il embrassait divinement bien...

Quand il lui sourit, elle crut voir un rayon de soleil illuminer la grisaille de cette journée épuisante.

— Katy demande si tu es toujours partante pour lui donner des leçons de crochet. Elle a peur que tu sois fâchée contre elle. Je lui ai dit que j'allais quand même te poser la question.

— Tu as donné ton feu vert pour ce loisir sans risque ? C'est plus sûr que la natation, j'en conviens. Il n'y a pas mieux que le crochet pour élever sa fille dans du coton, ou dans la laine !

Elle le taquinait, mais elle ne valait en réalité guère mieux. Elle l'avait appelé le samedi soir, et deux fois la veille, pour s'assurer que Katy allait bien.

Il leva les deux mains.

— D'accord, tu m'as eu ! répondit-il. Mais sérieusement, elle parle de toi sans arrêt. Je crois que tu as une admiratrice dans la famille. Deux admirateurs, en fait...

Elle eut soudain très chaud. Jamais elle n'aurait cru qu'il repartirait sur cette voie dangereuse.

— Arrête, s'il te plaît, chuchota-t-elle. On était d'accord.

— Absolument. Mais je tenais à te dire... que je n'ai pas l'habitude d'inviter des femmes sur mon bateau et de les embrasser dans la foulée. C'était une grande première.

— J'en suis ravie, répondit-elle d'un ton léger.

Cela ne changeait rien au problème : elle devait rester sur ses gardes. Mais d'un autre côté, elle avait fait une promesse à Katy et elle n'était pas du genre à revenir sur sa parole.

— Si je passais chez toi ce soir ? dit-elle. J'ai tout le matériel nécessaire pour faire du crochet, tu n'auras à t'occuper de rien.

— C'est gentil, mais on va voir Maxine en fin de journée.

— D'accord. Ce n'est que partie remise.

— Pourquoi pas demain ? Comme cela, j'irai à l'hôpital tout seul. Je dois parler aux médecins à l'abri de petites oreilles indiscrètes.

Finalement, un scénario idéal se profilait. Elle allait passer un bon moment avec Katy, en toute décontraction puisque Joe ne serait pas là.

— D'accord pour demain. J'ai hâte, dit-elle.

— Tant mieux...

Sur un regard énigmatique, il prit congé et quitta la pièce. Réussiraient-ils à devenir amis ?

Personnellement, elle rêvait d'autre chose, mais elle saurait se montrer raisonnable.

Ce n'était pas comme si elle avait le choix.

7

Il y avait des colliers de marguerites partout. Accrochées au portemanteau, sur les poignées de portes et les meubles de l'entrée, les fleurs blanc et jaune égayaient le vestibule de Joe.

Éberlué, il marqua une pause pour les admirer. Comment les filles avaient-elles pu crocheter toutes ces guirlandes en trois heures, dîner compris ? C'était incroyable...

Quand il entra dans le salon, Katy courut vers lui en poussant des cris de Sioux. Elle avait des fleurs dans les cheveux, et Rose aussi.

— Papa ! Regarde ce qu'on a fait !

Il avisa les nouvelles décorations fleuries du living et sourit. La pièce ressemblait à une peinture impressionniste. Tout était très joli, très vivant. À l'image de Rose, qu'il évitait du regard tant sa présence le troublait.

Cette petite fée avait amené un joyeux chaos dans sa vie. Il ne pouvait pas s'en plaindre, d'autant que Katy était aux anges.

— C'est... impressionnant, dit-il.

Rose eut un rire malicieux.

— Tu trouves qu'il y en a trop, peut-être ? On s'est dit qu'elles égayeraient la pièce.

— Pas du tout, c'est très bien ! Mais... Et les fameux bonnets ? Ne devais-tu pas m'en tricoter un, Rose ?

— Je t'en ferai un la prochaine fois, papa, c'est promis, claironna Katy. Je commence juste à apprendre, il faut me laisser du temps.

Son cœur se serra quand Rose et sa fille échangèrent un regard entendu. Il était ravi de leur complicité, et en même temps il craignait qu'elles ne deviennent trop proches, car Rose allait partir.

Il ne supporterait pas que Katy souffre. Depuis cinq ans, il faisait tout pour lui épargner le moindre tracas...

Mais devait-il pour autant la priver de vie sociale ? Comme Rose l'avait laissé entendre, il ne pourrait pas éternellement l'enfermer dans une bulle protectrice. Les amis allaient et venaient, les gens aussi. Le mieux qu'il pourrait faire serait d'être présent dans les mauvais moments. Et dans les bons !

D'ailleurs, la leçon valait pour lui aussi. Que risquerait-il à se lâcher un peu la bride ? Jamais, depuis une éternité, une femme ne l'avait attiré comme Rose. Pourquoi passer à côté d'une belle histoire, aussi éphémère fût-elle ?

— Papa, tu m'écoutes ? Rose me les donne pour m'entraîner. Je les emmènerai à l'école demain et j'apprendrai à Emily pendant la récréation.

Il reporta son attention sur sa fille qui brandissait un paquet d'aiguilles et une pelote de fil jaune.

— Super ! C'est dommage qu'Emily n'ait pas pu venir ce soir. On la réinvitera la prochaine fois.

— Excellente idée, dit Rose. Plus on est de folles, plus on rit. Je n'oublierai pas de prendre ma laine bleue bien terne pour le bonnet de papa, Katy.

— Génial, répondit la fillette en riant.

Puis elle bâilla à s'en décrocher la mâchoire, et Joe prit conscience que l'heure du coucher était largement passée. Elle était encore fatiguée depuis l'accident du lac, mais au moins, ce soir, c'était de la bonne fatigue avec beaucoup de joie et de rires !

Il lui effleura les cheveux en prenant garde de ne pas toucher à la guirlande de marguerites.

— Au lit, maintenant ! dit-il. Monte vite te brosser les dents. Je viendrai te border dans cinq minutes.

— OK, papa !

Elle se jeta dans les bras de Rose pour lui dire bonsoir, et toutes les deux chuchotèrent quelques mots avec des airs de conspiratrices. Puis Katy sortit comme une flèche, direction le couloir et l'escalier.

— Tu as fait une heureuse, dit-il en souriant.

— Je suis contente aussi, répondit Rose. On a passé un bon moment. Katy apprend vite, c'est incroyable.

Elle rangea son matériel dans un grand cabas en toile, puis se leva.

— Je vais y aller. Il est tard.

— Reste au moins boire un verre... Tu l'as bien mérité.

La voyant hésiter, il regretta immédiatement sa proposition.

— Oublie, fit-il. C'était une mauvaise idée.

— Mais non, au contraire ! Je vais rester un peu et comme ça, tu me raconteras pour Maxine.

Elle esquissa un sourire timide qui alla droit au cœur de Joe.

— Installe-toi, je t'en prie, répondit-il gentiment. Je reviens tout de suite.

Il monta dire bonsoir à Katy. En redescendant, il prit une bouteille de vin rouge dans le cellier, deux verres, après quoi il regagna le salon. Il s'assit sur le canapé à une distance « amicale » de Rose, c'est-à-dire assez loin pour ne pas être tenté de la toucher !

— Alors, comment va Maxine ? demanda-t-elle.

— Plutôt bien, mais elle s'ennuie. Elle a peur que Beth ne s'en sorte pas. Elle voulait signer une décharge pour quitter l'hôpital et revenir travailler à mi-temps. Comme tu l'imagines, je l'en ai fermement dissuadée.

Pour une fois, Maxine avait cédé à ses injonctions. Et pour cause : un autre sujet lui tenait, semblait-il, beaucoup plus à cœur. Elle l'avait questionné sans fin pour savoir comment il s'entendait... avec Rose. Mais ça, il n'allait pas le lui raconter.

— Tu m'étonnes ! répondit-elle. Il faut rester tranquille après un pontage. Elle côtoie assez de patients pour le savoir, tout de même.

— Tu ne la connais pas. Elle est têtue comme une mule.

Rose but une gorgée de vin, puis reposa son verre en souriant.

— Si c'est le travail qui l'inquiète, dis-lui que Beth se débrouille très bien. Franchement, elle m'impressionne.

— Tout baigne pour l'instant, mais au retour d'Alex, ce ne sera peut-être plus la même musique.

— Alex, ton associé qui est en vacances ?

— Lui-même.

— À tout hasard, ce ne serait pas un beau gosse avec un humour ravageur ?

Quoi ? Même s'ils étaient d'accord pour que rien ne se passe entre eux, il n'appréciait guère qu'elle « cherche » déjà ailleurs !

— N'étant pas une femme, je suis mal placé pour te répondre sur le premier point. Quant à l'humour, Alex en a une bonne dose, c'est vrai.

— Et il est totalement inaccessible, je suppose ?

— Pourquoi cette question ? Il ne reste jamais longtemps célibataire, si tu veux savoir. Mais il est allergique aux relations longue durée.

— Je vois le genre.

— C'est un genre que tu apprécies ?

Elle lui tapota la main en riant.

— Relax, Joe Thompson. Ne crois pas que je me languis en attendant qu'un beau médecin vienne me faire tourner la tête. Je n'attends rien ni personne ! Ce baiser, l'autre jour, était une exception.

— Je ne t'imagine pas en train de te languir. Tu es beaucoup trop indépendante pour ça.

Quant à lui faire tourner la tête, il n'avait rien contre. En aurait-il le courage ? Il ne tenait qu'à lui de se secouer un peu... avant qu'elle s'intéresse à un autre homme et le rende malade de jalousie !

Depuis cinq ans, il ne vivait plus. Aujourd'hui, il se sentait prêt à sortir de sa torpeur. Il pensait à l'avenir et à des choses impossibles... qui ne l'étaient peut-être pas tant que ça.

Avec douceur, il glissa une main sur celle de Rose.

— J'aime être l'exception, ajouta-t-il d'un ton tendre.

Elle eut l'air étonné, puis, après quelques instants, ses doigts se détendirent sous les siens.

— Je te pose la question parce que Beth m'a dit qu'elle n'avait pas de chance en amour. Son type d'homme est inaccessible, selon elle.

Il éclata de rire.

— D'accord, je comprends mieux ! Apparemment, il s'est

passé quelque chose avec Alex. Ce n'est pas clair. Personne ne connaît le fin mot de l'histoire.

— Hum. Intéressant...

Sans lâcher sa main, Rose se déchaussa, pivota sur le canapé puis glissa ses pieds nus vers lui, sous ses jambes. Heureux qu'elle soit aussi détendue, il l'attira plus près. La chaleur diffuse qui lui réchauffait le corps se mua aussitôt en un feu dévorant qu'il eut toutes les peines du monde à contrôler.

— Personnellement, je m'intéresse surtout à *toi*, chuchota-t-il. Pourquoi ne te promènes-tu plus par ici ? Je ne t'ai pas vue depuis deux jours...

Elle eut un sourire taquin.

— Il y a plein d'endroits magnifiques pour se balader. Tu l'as dit toi-même.

— Oui, et l'autre jour, tu m'as proposé quelques leçons de yoga en échange de ma compagnie.

Quand elle se pencha vers lui, il éprouva une furieuse envie d'embrasser ses lèvres roses.

— Je ne suis pas professeur de yoga, répondit-elle en riant. Je le pratique parce que ça me fait du bien. Si tu es vraiment intéressé, je t'enverrai le lien d'un tutoriel en ligne. Il m'a beaucoup servi, au début.

Un tutoriel ? C'était aux antipodes de ce qu'il espérait !

— Je n'ai jamais trop accroché avec les cours en ligne, répondit-il. Je préfère les vraies démonstrations, le contact humain...

Les joues de Rose devinrent pivoine et il eut un sourire triomphant. Le désir lui faisait oublier sa réserve légendaire. Il n'avait jamais été attiré par une femme à ce point, et en même temps, il avait peur de précipiter les choses et de la faire fuir.

— Si tu n'y vois pas d'inconvénient, bien sûr, dit-il. Mais tu préfères peut-être réserver tes leçons à ton admirateur ?

— Mon... Quoi ? Attends... Beth t'a dit que Toby m'avait fait envoyer des roses. Bonjour la solidarité féminine !

— Pas du tout. J'ai demandé à qui elles étaient parce qu'on évite d'habitude de laisser des fleurs sur le comptoir, à cause des allergies au pollen. En plus, les bouquets sont de vrais nids à microbes. Beth m'a répondu qu'elles étaient à toi.

— Et tu en as tiré tes conclusions.

Il éclata de rire.

— Ce n'était pas difficile. Mais entre nous, des roses… Quel manque d'originalité !

— Ah, oui ? Que choisirais-tu, toi, si tu voulais envoyer des fleurs à une dame ?

Son sourire ravageur et son regard brillant firent tressauter le cœur de Joe. Elle le provoquait. Elle flirtait ouvertement avec lui, et même s'il n'avait pas joué à ce jeu-là depuis très longtemps, il connaissait toujours les règles.

Avec une lenteur délibérée, il tendit la main pour effleurer la couronne de marguerites dans ses cheveux. Elle inspira et resserra la pression sur ses doigts.

Malgré les doutes et les incertitudes, elle voulait qu'ils s'embrassent. Il en était convaincu. Mais elle avait probablement souffert par le passé et il devait faire attention.

— Des marguerites, sans doute, chuchota-t-il. Quoique… Tu les fabriques très bien toute seule. À la réflexion, je ne t'enverrais pas de fleurs pour te faire passer un message. Ce n'est pas mon style

— Parce que tu as un style, toi ?

Elle rit, la tête en arrière. Le petit creux à la base de son cou était tellement sexy qu'il eut envie de le butiner sur-le-champ. Au lieu de cela, il enroula une mèche dorée autour de son doigt. Le frisson qui parcourut Rose vibra jusqu'au plus profond de lui.

— Si je voulais que tu reviennes — car je suppose que c'était l'idée —, je me déplacerais pour te parler. Je t'écouterais, j'essaierais de comprendre ce que tu veux. Et je ferais le maximum pour que ça marche.

— Même si je souhaitais reprendre ma liberté ?

— Ton bonheur serait plus important que le reste, donc oui. Même si certaines choses font mal, il faut savoir les accepter.

Elle le dévisagea d'un air surpris.

— Tu me laisserais partir ?

— Si tel était ton désir, oui. Mais pas sans me battre.

— Tu te battrais contre moi ? Ça devient passionnant…

Elle se mordilla la lèvre et lui sourit. En la voyant ainsi, mutine et provocatrice, non, il n'avait pas envie d'une bagarre. Sauf s'il y avait une réconciliation sur l'oreiller et qu'il pouvait lui faire l'amour toute la nuit !

— Je te convaincrais de rester, dit-il d'une voix rauque. Je peux être très persuasif.

Il laissa courir les doigts sur sa joue et lui releva le menton pour qu'elle le regarde. Il connaissait déjà la réponse à la question qu'il s'apprêtait à poser :

— Que veux-tu faire, Rose ? Là maintenant, tout de suite, as-tu envie de partir ?

— Non, murmura-t-elle.

— Dis-moi ce que tu veux, alors.

— C'est toi que je veux...

Ayant dit cela, elle lui captura le visage et l'embrassa.

Depuis leur retour du lac, Rose avait rêvé de ce moment une centaine de fois.

Joe était l'homme qu'elle avait attendu toute sa vie sans le savoir. Cet être exceptionnel, fort et sensible, intelligent et drôle, correspondait à son idéal masculin avec un grand I.

Elle aimait sa générosité, sa façon de se démener pour les autres. Même quand il voulait tempérer son côté protecteur, le naturel reprenait le dessus, mais elle n'allait pas s'en plaindre : avec lui, elle se sentait précieuse et unique.

Quant à ses baisers... Ils lui faisaient complètement tourner la tête. Elle ne pouvait pas s'empêcher de l'embrasser. Le désir annihilait tous ses efforts pour garder un semblant de raison.

Au contact des lèvres de Joe, une onde de chaleur irradia vers sa poitrine. Lorsqu'elle atteignit son abdomen, ce fut comme si un incendie se propageait au tréfonds d'elle-même. Puis Joe glissa la langue dans sa bouche et elle crut mourir de plaisir.

Il l'attira sur ses genoux. Assise à califourchon sur lui, elle sentit la force de son érection et se pressa plus fort contre son ventre.

Mais la barrière des vêtements était presque insupportable. Elle voulait le sentir nu contre elle. Elle avait envie qu'il la touche, qu'il l'emmène jusqu'au paradis inconnu qu'elle était en train de découvrir entre ses bras.

Ils échangèrent un long baiser ardent. Puis Joe s'écarta légèrement, et sous son regard, elle eut l'impression d'être la plus belle femme de la Terre. Oubliés, les souvenirs, les doutes et la peur : ce soir, plus rien n'existait que ce moment unique.

La bouche incendiaire de Joe descendit lentement, explora le petit creux à la base de son cou. Lorsqu'il glissa les mains sous son T-shirt, puis son soutien-gorge, elle gémit doucement et s'offrit sans réserve à ses caresses.

Mais soudain, un froid polaire s'abattit sur elle. Joe était en train de la déshabiller...

La cicatrice.

Il allait voir sa cicatrice. Elle n'était pas prête à la lui montrer.

Elle mit les deux mains sur son torse pour rompre le contact.

— On... était d'accord pour ne plus faire ça, dit-elle, désespérée.

Il appuya le front contre le sien, lui embrassa le bout du nez et sourit. Son regard était si tendre, si compréhensif, qu'elle en eut mal au cœur.

— Je sais, Rose, chuchota-t-il d'une voix enrouée. Mais c'est plus fort que moi. Je ne peux pas être raisonnable.

Elle opina.

— J'ai du mal à comprendre... J'admets qu'il y a quelque chose de très fort entre nous, mais ça me perturbe.

Comment réagirait-il quand il apprendrait la vérité sur sa maladie ? Cela changerait-il quelque chose ?

— Moi aussi, admit-il. Et pourtant, je ne peux pas m'empêcher de penser à toi, Rose. Je t'ai dans la tête en permanence. J'ai besoin de te voir, de sentir ton parfum. Je crois que je deviens fou !

— Bienvenue au club, répondit-elle en souriant. Mais... on n'est pas plus avancés.

Elle embrassa la pièce du regard. Les photos de Pippa sur la commode lui rappelèrent à quel point il avait besoin d'une famille, d'un avenir stable. Toutes choses qu'elle ne pourrait pas lui donner.

— Il y a un problème ? demanda-t-il. C'est à cause de Pippa ?

— Oui et non. C'est... compliqué. Je sais que vous vous aimiez beaucoup. Je sais également que tu appréhendes la réaction de Katy, le jour où elle te verra avec une autre femme que sa mère. Tout ceci… est très confus. Ce n'était pas censé arriver. Je suis venue à Oakdale pour me simplifier la vie, pas pour me la compliquer en tombant dans les bras d'un inconnu.

Il se rejeta en arrière et hocha gravement la tête.

— Je comprends. Demande-moi ce que tu veux savoir.

— Tout simplement, comme ça ? Tu crois que ça va marcher ?

— Mais oui, pourquoi pas ? Tu me poses une question, je t'en pose une. On ne juge pas, on écoute, et on ne répond que si on est à l'aise. Comme cela, on apprendra à mieux se connaître.

Elle se laissa glisser près de lui sur les coussins. Il lui entoura les épaules, un sourire encourageant aux lèvres.

— Je ne sais même pas quoi te demander, dit-elle, sincère. Évoquer la mémoire de Pippa est douloureux pour toi. Je ne voudrais pas réveiller des souvenirs pénibles.

— J'en ai aussi des bons, heureusement. On s'est connus à la fac de médecine. On s'est rendu compte qu'on venait du même coin, mais nos routes ne s'étaient jamais croisées. C'est bizarre, non ? Je suis revenu m'installer ici pour être avec elle. On s'est mariés, on a eu Katy… Et puis elle est morte. Je pensais que ma vie était terminée, et me voilà, cinq ans plus tard, avec toi. Je ne m'en serais jamais cru capable.

Elle le comprenait parfaitement. Elle aussi avait cru que sa vie allait s'arrêter, au sens littéral du terme. Le destin lui avait offert une seconde chance…

Il lui caressa tendrement les cheveux, puis reprit :

— J'ai beaucoup changé, et toi, tu n'es pas Pippa. Ne va surtout pas croire que je veuille te comparer à elle. Notre histoire… est différente. Elle se déroule ici et maintenant, et je t'apprécie pour toi-même, Rose McIntyre. Même si tout est allé très vite et que je suis perdu, moi aussi !

— Ça va nous passer, dit-elle, affolée par la tournure que prenait la situation.

— Peut-être, ou peut-être pas. J'avoue que, pour une fois, je n'ai pas envie de me poser trop de questions. Je suis heureux de vivre cette… expérience, et toi aussi, je pense. Si on prenait les choses comme elles viennent ? Qu'en penses-tu ?

Elle lui sourit.

— On a beaucoup à s'apporter mutuellement. Je te rends moins grincheux. Et toi...

— ... Et moi, je te rends plus sage.

— Mais je suis sage, à ma manière !

— Ah oui, j'oubliais. Tu profites de la vie... As-tu une idée de ce que tu veux faire dans deux ou cinq ans ? Songes-tu à fonder une famille ?

L'intonation était trop neutre, trop détachée pour être honnête. Visiblement, ce sujet lui tenait à cœur.

— J'aime... beaucoup les enfants, bafouilla-t-elle.

— Mais ? Car je sens qu'il y a un « mais ».

— Je ne pourrai sans doute pas en avoir. C'est compliqué.

— Je t'écoute. J'ai tout mon temps.

— Je ne suis pas sûre que ça t'intéresse.

— Rose ! Quel genre d'hommes as-tu fréquenté pour être aussi peu sûre de toi ? Ceux qui t'envoient des roses, probablement ! Je suis désolé. Tu mérites mieux.

— Ce qui m'est arrivé n'est la faute de personne...

— Explique-moi, alors.

Elle hésita un long moment, sentit que Joe ne renoncerait pas et se lança :

— Avant d'être infirmière, je travaillais dans les relations publiques. C'est là que j'ai rencontré Toby. On s'est fiancés, notre avenir était tout tracé, et puis... à un moment, je n'ai plus correspondu à ses attentes.

Joe lui pressa doucement la main.

— Cela a-t-il un rapport avec les enfants ?

— Oui, et avec ma carrière. C'était un tout.

— J'aimerais te dire que je suis désolé, mais non. Je t'imagine mal dans les relations publiques. Tu es trop indépendante pour fréquenter ce genre de milieu. Quoique... Te voir en talons aiguilles ne me déplairait pas !

— Toi, tu es bien un homme !

Il rit.

— Ravi que tu t'en sois aperçue... Mais tu sais, ce que je préfère, c'est ton bonnet orange, lui chuchota-t-il à l'oreille.

Puis il se remit à l'embrasser avec une telle ardeur que la tête lui tourna.

Il tenait à elle. Il l'appréciait. Peut-être ne serait-il pas gêné de savoir qu'on lui avait greffé un cœur ?

Mais ensuite ? Certes, il voulait goûter l'instant présent, mais il n'était pas homme à se contenter d'une aventure.

Pour lui, l'engagement avait un sens. Solide et responsable, il méritait de bâtir la famille de ses rêves avec celle dont il tomberait amoureux. Comment pourrait-il s'attacher à une femme probablement stérile, à l'espérance de vie incertaine ?

Bouleversée, elle s'arracha à son étreinte.

— Je... ne peux pas, Joe. Je vais y aller.

— Quoi ? Maintenant ?

— Oui. J'ai besoin de réfléchir.

Elle se leva, se rechaussa et prit ses affaires.

Il la raccompagna dans l'entrée. Son visage exprimait une incommensurable gentillesse. Elle se sentit encore plus mal.

— Reste au moins pour discuter, Rose. Explique-moi ce qui ne va pas. S'il te plaît.

— C'est juste... que tout va trop vite. J'ai du mal à faire face. Je suis désolée.

Craignant de changer d'avis, elle sortit à la hâte et courut jusqu'à sa voiture.

Pour quelqu'un qui voulait vivre sa vie, elle se posait là !

Elle avait fui lamentablement à la première difficulté.

8

— Beth m'a dit que tu avais besoin de moi ?

Joe pivota vers Rose, qui venait d'entrer dans son cabinet. Dynamique et souriante, elle ne montrait rien de la gêne qui s'était installée entre eux. Pourtant, il la savait tendue. Il le voyait à son regard fuyant et à sa posture légèrement raidie.

Depuis trois jours, sauf nécessité absolue, elle lui parlait à peine. Et dire qu'il croyait avoir eu la bonne attitude avec elle ! À présent, il n'y comprenait plus rien. Cela prouvait combien il était « rouillé » dans le domaine des sentiments !

Il ravala un soupir. Il avait demandé un coup de main, mais il aurait préféré voir arriver une autre infirmière ou Jenny, sa collègue. N'importe qui, plutôt que Rose...

D'un geste discret du menton, il désigna la fillette de sept ans allongée sur la table d'examen. Molly — une amie de Katy — n'était pas allée à l'école ce jour-là. Cette petite gymnaste, d'habitude assez remuante, était complètement amorphe. Elle avait vomi plusieurs fois et paraissait au bord de l'évanouissement.

— Puis-je avoir un glucomètre, s'il te plaît ? demanda-t-il à Rose.

— Tout de suite. Je vais en chercher un.

Elle sortit rapidement, et il poursuivit son examen clinique.

— Depuis quand vomit-elle ?

Allison, la mère de Molly, secoua la tête d'un air navré.

— Depuis deux jours. J'ai failli venir hier, mais je me suis dit que c'était viral...

— Tout va s'arranger. Ne vous inquiétez pas.

À l'auscultation, il avait trouvé que le cœur battait un peu vite, mais que Molly n'avait pas de fièvre.

— De quoi s'est-elle plainte, encore ?

— Elle ne s'est pas vraiment plainte, mais... elle a tout le temps soif. Elle boit beaucoup depuis une semaine. Elle a même mouillé son lit la nuit dernière, chuchota Allison. Qu'est-ce qu'elle a, Joe ?

— J'ai besoin de faire quelques tests. Nous serons bientôt fixés.

Il prit la main de la patiente. Même si elle s'hydratait, sa peau était un peu sèche.

— As-tu mal au ventre, ma puce ?

— Oui... Et... À la tête aussi.

L'odeur fruitée de son haleine confirma les soupçons de Joe. Il était presque sûr qu'elle faisait une acidocétose, une complication grave du diabète durant laquelle le corps fabriquait plus d'acétone pour compenser le manque de glucose, lié à une déficience en insuline.

Pendant ce processus, les déchets acides trop nombreux perturbaient le bon fonctionnement cellulaire, avec un risque de coma pour le malade. Molly n'en était pas là, mais il fallait agir vite.

Il allait tester sa glycémie et lui faire une bandelette urinaire. Dès qu'il aurait confirmé son diagnostic, il l'enverrait aux urgences.

Avec douceur, il fixa le tensiomètre au bras de Molly. La fillette battit des paupières, grimaça... et soudain, elle pivota sur le côté pour vomir.

Allison se prit la tête à deux mains, l'air horrifié.

— Votre pantalon, docteur ! Je suis désolée.

— Ce sont les risques du métier, répondit-il gentiment. Cela n'a aucune importance.

Sur ces entrefaites Rose reparut, apportant le glucomètre. En un coup d'œil, elle évalua la situation. Joe étala quelques feuilles de papier absorbant sur le carrelage avant qu'elle s'approche.

— Je peux faire le test, si tu veux, proposa-t-elle.

— Mais enfin, que se passe-t-il ? s'écria Allison.

À mots choisis, Joe lui révéla ses inquiétudes. Rose, qui s'était penchée sur Molly, se redressa calmement.

— Score de Glasgow à 12, annonça-t-elle.

Le score, utilisé pour évaluer l'état de conscience d'un malade, avait été de 15 sur 15 à la première auscultation. Il n'y avait pas une minute à perdre.

Pendant que Rose rassurait Molly, il se précipita dans le couloir et demanda à Beth d'appeler une ambulance. Lorsqu'il revint, la malade s'était laissé piquer le bout du doigt sans pleurer.

— Tu es vraiment courageuse, ma chérie, dit Rose. Tu vas vite aller mieux, tu verras. Vous avez eu raison de venir, Allison. Ne culpabilisez pas. Vous ne pouviez pas prévoir ce qui est arrivé.

Comme toujours, sa douceur et sa gentillesse touchèrent Joe en plein cœur. En matière de relations humaines, il pouvait prendre exemple sur elle...

Le lecteur de glycémie affichait un chiffre vertigineusement haut. Il s'efforça néanmoins d'adoucir la nouvelle pour Allison. La jeune mère avait bien compris que la situation était grave : il était inutile de l'affoler en la submergeant de détails.

— Je vais perfuser Molly pour la réhydrater, dit-il. Je vais également lui injecter de l'insuline. À l'hôpital, elle sera prise en charge par un service spécialisé, qui contrôlera sa glycémie pendant plusieurs jours.

— Est-ce que... ça va aller ?

Allison était aussi blême que sa fille. Quand elle commença à se tordre les mains, Rose les prit dans les siennes.

— Le diabète exige une discipline rigoureuse, mais il se traite bien, dit-elle d'un ton apaisant. Au début, c'est toute une gymnastique, sachant qu'il faudra surveiller la glycémie et adapter l'alimentation. Mais avec votre aide, Molly pourra mener une vie tout à fait normale. On arrive à soigner beaucoup de choses, de nos jours.

Elle parlait d'expérience, Joe en était sûr. Cette empathie, cette compassion profonde ne pouvaient résulter que d'un vécu personnel. Mais hélas, elle refusait de le partager avec lui.

Au travail, elle portait toujours un foulard, une tunique à col montant ou un chemisier boutonné jusqu'en haut. Sa cicatrice n'était jamais apparente, mais depuis qu'il l'avait vue sur le bateau, il se posait mille questions...

Avec son aide, il parvint à rassurer Molly et sa maman jusqu'à l'arrivée des secours. Ils les escortèrent jusqu'à l'ambulance puis, après leur départ, regagnèrent son cabinet, où il commença à nettoyer le sol pendant que Rose s'occupait du reste.

Un silence absolu régnait dans la pièce. C'était insupportable. Ils travaillaient ensemble. Ils devaient communiquer un minimum !

— Rose ?

Il eut un coup au cœur lorsqu'elle leva le nez du lavabo. Non, il n'avait pas rêvé, l'autre soir. Elle éprouvait la même chose que lui. Simplement, pour une raison obscure, elle choisissait de garder ses distances. Il devait respecter sa décision.

— Merci pour ton aide avec Molly. Tu as été géniale. Si tu as des choses à faire… je peux me débrouiller, maintenant.

— Pas de souci. D'accord.

Elle se sécha les mains et il crut qu'elle allait sortir, mais non. Elle le dévisagea avec un sourire en coin.

— Désolée de te le dire, mais… tu sens le vomi. Tu devrais te changer avant d'aller voir Maxine.

Il secoua la tête, prit quelques feuilles de papier et tamponna son pantalon.

— Je vais repasser chez moi, répondit-il. Tu peux y aller, j'ai presque fini.

— Attends une seconde… J'ai quelque chose à te dire. Je voulais… m'excuser de m'être enfuie, l'autre soir.

Il haussa les épaules.

— Je suis un grand garçon, tu sais. J'ai sûrement mal compris les choses. Ce serait plutôt à moi de m'excuser.

— Tu n'as rien à te reprocher ! Et tu as très bien interprété ce qui se passait entre nous. J'avais envie de t'embrasser. J'en ai toujours envie, d'ailleurs. Seulement… C'est compliqué. Je te dois une explication, mais surtout, ne t'affole pas.

— Que se passe-t-il ?

La petite étincelle avait disparu du regard ambré de Rose. Elle paraissait inquiète et il sentit une sourde angoisse lui nouer l'estomac.

— Je t'en prie, parle-moi.

Toujours rien. Elle triturait nerveusement son col de chemise. Au bout d'un moment, n'y tenant plus, il s'écria :

— Rose ! Tu as des ennuis ? Tu es… mariée, ou quoi ?

Elle se mit à rire, s'avança et lui prit la main. Elle le fit asseoir derrière son bureau, puis s'installa dans le fauteuil réservé aux patients.

— Mais non, idiot, je ne suis pas mariée ! Écoute, je veux… te parler de ma cicatrice. Je sais qu'elle t'intrigue, et c'est important pour nous, alors j'espère… que tu comprendras.

— D'accord.

Elle évoquait un sujet sensible, et c'était visiblement compliqué. Il l'encouragea du regard, la vit reprendre son souffle…

— Alors voilà, dit-elle. J'ai eu une greffe de cœur.

— Donc, ce n'était pas une valve mitrale.

Joe avait dû déployer un effort surhumain pour se contrôler. La révélation de Rose avait fait remonter une série d'images terrifiantes à sa mémoire. Pippa allongée, inerte, sur ce lit d'hôpital. Les appareils et les « bips » continus du monitoring. La signature des formulaires de consentement…

Bien plus tard, il avait reçu une lettre de remerciement écrite par la personne qui avait reçu le cœur de sa défunte épouse. Il avait jeté ce courrier. Il aurait aimé qu'on lui rende sa femme plutôt qu'on le remercie !

Il secoua la tête. C'était Rose, là, assise en face de lui. Elle avait besoin qu'il soit compréhensif, pas distrait et perturbé.

Se penchant, il lui effleura les cheveux.

— Tu es en pleine forme, dit-il doucement. Je n'aurais jamais deviné.

Soudain, il réalisa tout ce que la situation impliquait pour elle : une stérilité probable — elle le lui avait dit —, une espérance de vie hasardeuse, les risques de rejet du greffon…

— Merci, chuchota-t-elle. D'habitude, quand les gens l'apprennent, soit ils se sauvent, soit ils ont pitié de moi. C'est insupportable. Je suis en parfaite santé.

— Oh ! que oui.

— J'aurais dû te le dire avant, mais… j'ai eu du mal à trouver le bon moment. C'est délicat. Je n'en parle jamais, d'habitude. S'il te plaît, ne me regarde pas comme ça.

— Ce n'est pas de la pitié, Rose, crois-moi ! C'est juste…

Il s'interrompit. Il avait cru s'éloigner de son passé, mais tout le ramenait à ce terrible drame.

— Je suis désolé, mais ton histoire me fait penser à Pippa, avoua-t-il. C'est une étrange coïncidence, sachant que Maxine et moi avons consenti à un don d'organes.

— Beth me l'a dit. Pour moi aussi, c'est bizarre. Mais en un sens, ce vécu commun nous rapproche… Quels organes Pippa a-t-elle donnés ?

— Le cœur, un rein et les deux cornées. Nous avons respecté son souhait. On en avait parlé ensemble.

— J'espère que, dans votre malheur, ce geste vous a un peu réconfortés, toi et Maxine. En tout cas, je tiens à te remercier au nom de tous les receveurs. C'est une très belle action.

Il soupira.

— Quelque part, j'ai l'impression que la boucle est bouclée. Comment vas-tu ? Tu suis bien ton traitement ?

Son instinct lui criait de ne pas jouer au médecin avec elle. Mais malgré lui, il ressentait le besoin de la protéger. Il en avait toujours eu envie, et là, c'était encore pire…

Elle mit les mains sur les hanches en fronçant les sourcils.

— Ai-je l'air malade ? Non ! Je prends mes médicaments et je fais de l'exercice. Je mets toutes les chances de mon côté pour mener une belle vie, saine et équilibrée. J'en profite comme si chaque jour était le dernier.

— D'où le yoga et les couleurs vives… Je comprends tellement de choses, maintenant. Mais tout se bouscule dans ma tête. Je suis heureux pour toi, et en même temps…

— … Tu regrettes que Pippa n'ait pas eu la même chance. C'est normal, Joe. Je pense tous les jours à la personne qui m'a donné son cœur. Et j'essaie de mener une vie riche et utile, par égard pour lui — ou elle.

— Tu ne connais pas l'identité du donneur ?

Il avait beau faire, tout le ramenait à son histoire. Il s'était demandé mille fois qui avait reçu les organes de Pippa…

— Pardon, c'est un peu glauque, se reprit-il.

— Mais non, pas de souci. Et pour répondre à ta question, je n'en ai aucune idée. J'ai envoyé une lettre de remerciement à la famille par le biais de l'hôpital, mais je n'ai pas osé leur réécrire ensuite, de peur de raviver leur chagrin. Alors maintenant, le 21 mars, j'envoie un baiser au ciel. C'est mon deuxième anniversaire. Celui de ma renaissance.

Un frisson glacé le parcourut. Non, impossible. C'était simplement une coïncidence…

— Le… Quoi ?

Il avait crié malgré lui. Elle se rencogna dans son siège.

— Le 21 mars, murmura-t-elle.

— Quand ? Il y a deux ans, trois ans, dix ans ?

— C'était… il y a cinq ans. Je suis désolée de raviver des souvenirs pénibles pour toi, Joe. Peut-être aurais-je dû me taire, mais j'ai voulu me montrer honnête. On m'a déjà rejetée une fois, et je ne voulais pas aller plus loin avec toi sans que tu saches… Sans que tu mesures les conséquences… Je m'excuse de t'avoir fait de la peine.

De la peine ? Elle n'avait pas la moindre idée du tsunami qui s'était déclenché en lui !

— Où as-tu été opérée ? J'ai besoin de savoir.

— À l'hôpital St. Mary, à Londres. Pourquoi ?

Londres. C'était là que l'hélicoptère avait emporté les organes de Pippa… Non, ce n'était pas possible. Il nageait en plein cauchemar !

— Si c'est une plaisanterie, elle ne m'amuse pas, dit-il d'un ton sévère.

— Quoi ? Mais qu'est-ce que tu racontes ? Tu es fou…

Une confusion totale s'était peinte sur le visage blême de Rose. Elle le regardait comme s'il avait perdu l'esprit.

— Beth ne t'a pas donné la date du décès de Pippa ?

— Mais enfin, non… Je n'ai pas demandé de détails !

— Pippa est morte le 20 mars. Il y a cinq ans.

En quelques secondes, Joe avait érigé une barrière invisible entre eux.

Rose avait vu son expression se figer d'un coup, et maintenant, elle était sous le choc. Elle éprouvait une douleur sourde au niveau de la cage thoracique, là où son cœur battait follement.

Elle ne voulait pas croire à cette coïncidence. Chaque année, environ deux cents transplantations cardiaques étaient pratiquées en Angleterre. Ç'aurait été un hasard incroyable qu'elle ait reçu le cœur de Pippa.

Et pourtant, elle avait senti que le destin la « poussait » vers Oakdale. Elle s'était entendue avec Maxine, la mère de Pippa, comme si elles se connaissaient depuis toujours...

— Tu n'imagines pas que j'ai fait exprès de venir ici, quand même ? chuchota-t-elle.

— Mais alors, pourquoi ? J'ai l'impression d'halluciner !

— On est deux.

Elle porta une main machinale à son encolure. Comme chaque fois qu'elle était angoissée ou tendue, sa cicatrice la brûlait. La psychologue avait beau dire que c'était un trouble nerveux, et qu'il était normal qu'elle ait des palpitations, ce phénomène n'en restait pas moins très désagréable.

— Je n'y comprends rien, fit-il entre ses dents. Tu es venue pour vivre sa vie, en quelque sorte ?

Il s'était pris la tête à deux mains, enfermé qu'il était dans sa bulle. Comment lui faire entendre raison ?

— Joe, s'il te plaît, écoute-moi ! Je ne savais rien... Et non, je ne veux pas vivre la vie de Pippa. Ce serait « glauque », comme tu dis ! Je n'avais jamais entendu parler d'elle avant de te rencontrer.

Quand il se leva, elle se rendit compte qu'il tremblait.

— J'ai la nausée ! dit-il.

— Moi aussi, je me sens mal.

Il se mit à arpenter la pièce de long en large et s'arrêta finalement devant la porte.

— Est-ce que tu veux savoir, Rose ?

— Il... faut que j'y réfléchisse. Et toi ?

— Non ! Ça me ferait un drôle d'effet d'apprendre... que le cœur de ma femme bat dans ta poitrine. As-tu idée du nombre de fois où je me suis demandé qui elle avait bien pu sauver ? Cela m'a aidé à traverser les pires moments de ma vie. Mais maintenant, je ne veux plus savoir. Et si jamais c'était toi... Que dirions-nous à Maxine, à Katy ? Comment réagiraient-elles ? Non, non, non !

— Je n'en sais rien, Joe. Je suis... tellement désolée. Si j'avais su, je ne serais jamais venue ici.

Entre Joe et elle, plus rien ne serait pareil, désormais. De toutes les désillusions qu'elle avait connues depuis son opération, celle-ci était la pire. Elle n'avait pas autant souffert quand Toby s'était détaché d'elle !

Elle souffrait, alors que rien n'était sa faute. Elle essayait juste de faire au mieux avec ce que la vie lui avait donné...

— Tu sais quoi ? Je vais partir, dit-elle.

— Bonne idée. On a besoin de réfléchir.

Elle se leva. Joe ouvrit la porte en grand ; il avait vraiment hâte de se débarrasser d'elle.

— Je voulais dire... Je pense démissionner.

— N'importe quoi ! Ça ne changera rien au problème !

Elle sortit, la tête haute. Quand la porte claqua, elle eut l'impression que son cœur fragile se brisait.

9

Joe se débattait en plein cauchemar.

Rose n'avait pas le droit de lui faire ça. Avait-elle pensé aux conséquences ? À Katy et Maxine ?

Jusqu'alors, il avait cru s'engager dans une histoire « classique » où deux personnes essayaient tant bien que mal de refaire leur vie. Mais là, c'était différent. La tournure que prenaient les choses était insupportable.

Il avait été séduit par Rose, sans doute plus que de raison. Et il tombait de très haut...

La sonnerie de son portable l'arracha à ses amères réflexions. La voix de Katy lui arracha un sourire crispé. Heureusement que sa puce ne pouvait pas le voir !

— Papa ? Ça va ? Dis, je peux dormir chez tatie ?

Ce vendredi soir, il avait laissé Katy chez sa sœur avant d'aller voir Maxine à l'hôpital. Il s'apprêtait justement à aller la chercher.

— Dormir chez tatie ? Pourquoi ?

— On voulait faire des gâteaux et on n'a pas eu le temps. S'il te plaît, papa !

Comment aurait-il pu refuser ? Il n'allait pas être de très bonne compagnie ce soir, et puis, il était de garde le lendemain jusqu'à midi...

— Ça marche, reste chez tatie. Gardez-moi du gâteau !

— Youpiiii ! Papa, est-ce que Rose travaille demain ?

— Euh... Oui. Pourquoi ?

— Dis-lui que j'ai essayé de tricoter un bonnet. J'ai regardé le tutoriel en ligne, mais je me suis embrouillée. J'ai besoin d'aide.

Il étouffa un juron. Rose et ses maudits tutoriels. Rose et ses maudits mensonges.

Elle avait menti par omission, mais c'était presque pire. Elle l'avait attiré dans ses filets avant de lâcher sa bombe !

— Est-ce que je pourrais la voir demain soir ? insista Katy comme il se taisait.

— Je ne sais pas si elle sera libre, ma puce.

— Papa, c'est le week-end et Rose ne connaît personne !

Il imaginait bien Katy en train de lever les yeux au plafond. Comment aurait-elle pu deviner qu'elle lui demandait l'impossible ?

— On a des choses à faire, répondit-il pour temporiser. Le ménage, le rangement, passer voir mamie à l'hôpital…

Jamais il ne pourrait dire la vérité à Katy. Elle était trop jeune, c'était trop compliqué. Et puis, elle s'était attachée à Rose.

Pour leur malheur, ils s'étaient tous les deux attachés à elle.

Rose venait de vivre son pire week-end depuis l'opération.

Elle avait renoncé à ses promenades matinales par crainte de tomber sur Joe et Katy. Elle avait même annulé sa sortie au pub avec Beth, prétextant qu'elle avait attrapé le virus de la gastro-entérite.

Elle n'aurait pas pu s'amuser ni même faire semblant d'être gaie et détendue. Et si Beth lui avait posé des questions, elle aurait sans doute fondu en larmes !

Heureusement, le cauchemar allait bientôt prendre fin. Elle avait décliné l'offre de l'agence d'intérim de prolonger son contrat. Encore deux semaines et elle dirait adieu à Oakdale.

Mais d'ici là, il fallait bien se motiver pour aller au travail… Et pour affronter Joe.

Se maquiller avec des larmes qui coulaient sans arrêt n'était pas simple, mais elle fit de son mieux. Elle alla ensuite en vitesse dans la cuisine se préparer un repas à emporter, et elle avait presque terminé lorsqu'on frappa à sa porte.

Joe… Cela ne pouvait être que lui. Elle ne connaissait personne hormis les gens du cabinet.

Paniquée, elle courut ouvrir. Allait-il lui réclamer sa démission, finalement ?

Quand elle le vit, livide et le regard brillant de larmes, planté sur le seuil, elle faillit éclater en sanglots. Il était encore sous le choc et visiblement très malheureux.

— Rose. Crois-tu qu'il y ait la moindre possibilité que tu...

— Je ne sais pas. Je ne peux pas savoir.

Il tendit une main vers elle.

— Puis-je... ?

— Bien sûr.

Il l'attira à lui et inspira profondément en ouvrant et fermant son poing libre. Puis il lui posa une main tremblante sur la poitrine, au niveau de la cicatrice, et la dévisagea.

Bouleversée, elle resta muette. Qu'aurait-elle pu dire ? Ils devaient renouer un lien, s'ils le pouvaient encore...

Il se mit à respirer au même rythme qu'elle. Ses traits se détendirent un peu, mais il serrait toujours les lèvres en plissant les paupières.

Tant de souffrance. Comme elle aurait voulu pouvoir l'absorber ! Quoi qu'il advienne, ils partageraient toujours cette expérience unique et bouleversante...

— As-tu réfléchi, Rose ? Est-ce que tu veux savoir ?

— Non. Je crois qu'il vaut mieux en rester là. Et toi ?

— Je partage ton point de vue, murmura-t-il.

— Je suis vraiment... désolée.

— Non ! Ne t'excuse jamais d'avoir survécu. C'est juste... une histoire incroyable et elle nous arrive, *à nous*. J'ai du mal à réfléchir calmement. Je n'arrête pas d'y penser. Katy m'a accusé d'être redevenu « grognon ». J'ai eu l'impression de t'entendre.

Elle eut un petit rire crispé.

— Katy a beaucoup de bon sens, je trouve.

— Absolument... Et, hum... Elle voulait que tu l'aides pour son tricot. Je lui ai répondu que tu n'avais pas le temps.

— Tu ne veux plus que je la voie, c'est ça ?

— Je me suis dit que ce serait mieux.

— Mieux pour qui ? Pour elle ou pour toi ?

— Pour tout le monde ! Je ne veux pas qu'elle souffre.

— Parce que moi oui, peut-être ? C'est n'importe quoi ! Que va-t-elle penser si je ne tiens pas mes promesses ? Que les adultes sont des menteurs sur qui elle ne peut pas compter ? Ou qu'elle a fait une bêtise ? Elle est intelligente, Joe. Si je n'y vais pas, elle va croire que je lui en veux pour une raison ou une autre. C'est absurde.

À sa façon de serrer les mâchoires, elle comprit qu'il réfléchissait à cent à l'heure.

— D'accord, céda-t-il.

— Merci pour elle. Alors, qu'est-ce qu'on fait ?

— Passe à la maison demain à 18 h 30, si cela te va. Je vous laisserai tranquilles toutes les deux.

Il ponctua sa phrase d'un bref hochement de tête. Il était clair que ce scénario ne lui plaisait pas, et qu'il faisait un effort pour Katy. Elle lui prit la main et la serra.

— Je voulais dire… Qu'est-ce qu'on fait pour nous deux ?

Il se dégagea de son étreinte en soupirant.

— Je n'en ai pas la moindre idée, Rose. On verra bien.

Au cabinet, Rose se demanda si elle n'avait pas rêvé la visite de Joe.

Non seulement il la traitait comme si rien ne s'était passé, mais il était d'une humeur massacrante, au point que Beth la prit en aparté à l'heure de la pause.

— Qu'est-ce qu'il a ? chuchota la jeune femme. Il aboie sur tout le monde. Et tu n'as pas l'air dans ton assiette non plus.

Beth eut un clin d'œil taquin et Rose se sentit rougir.

— Je… ne sais pas. Il a dû passer un mauvais week-end.

— Tu ne sais vraiment pas ?

Le bruit de la porte d'entrée la dispensa de répondre. Quand elles se retournèrent pour accueillir le visiteur, Beth poussa un cri de surprise.

— Maxine !

— Bonjour, ma belle. Bonjour, Rose.

— Bonjour, Maxine, répondit-elle, interloquée.

La belle-mère de Joe devait quitter l'hôpital ce jour-là, mais personne n'aurait imaginé qu'elle viendrait au cabinet !

Rose se précipita et, sourde aux protestations de Maxine, la fit asseoir en salle d'attente.

— Qu'est-ce que vous fabriquez ici ? demanda-t-elle. Vous devriez être à la maison, en train de vous reposer.

— Je voulais voir comment vous vous débrouilliez sans moi, les filles.

— Oh ! c'est dur ! répondit Beth d'un ton gai. Mais on va gérer le temps qu'il faudra.

— Les médecins du cabinet m'ont tous dit de ralentir. Comme si j'allais les écouter ! J'ai connu Alex au berceau, alors il a intérêt à bien se tenir avec moi. Quant à Joe... Il ferait mieux de s'occuper de lui, dit Maxine en gratifiant Rose d'un clin d'œil.

— Entièrement d'accord ! répondit Beth, malicieuse.

Gênée, Rose baissa les yeux et s'assit à côté de Maxine. Celle-ci se pencha vers elle, l'air tout à coup sérieux.

— Si je suis venue, c'est aussi et surtout pour vous remercier, Rose. Sans vous, je ne serais plus là.

— J'ai fait... ce que tout le monde aurait fait à ma place. C'est une chance que j'aie été présente au bon moment.

— Oui, heureusement ! Et tant qu'on y est, je vous remercie pour Joe. Vous l'avez réveillé et il en avait besoin. Il lui reste des progrès à faire, mais il est en bonne voie ! Je ne l'avais pas vu sourire depuis très longtemps. Je sais que vous y êtes pour quelque chose.

Formidable. Tout le monde s'occupait des affaires d'autrui, dans ce village ?

Les joues en feu, elle se leva.

— Puis-je vous offrir un café ou un thé ?

— Je préférerais un gin, mais... Ne faites pas cette tête, je plaisante ! Je prendrai un café noir sans sucre, puisque le cardiologue m'a mise au régime... Oh ! qu'avez-vous là ?

Pour la première fois depuis son arrivée, Rose portait un T-shirt à col en V. Elle avait décidé de ne plus se cacher. À quoi bon, puisque cela lui causait des problèmes ? Mieux valait assumer. Elle aurait dû le faire depuis le début.

Maxine ouvrit deux boutons de son chemisier fleuri, révélant une fine cicatrice rouge vif.

— On est jumelles, Rose ! Que vous est-il arrivé ?

Elle hésita. Elle devait dire la vérité, bien sûr, mais sans entrer dans les détails...

— Maxine ! Comme d'habitude, tu n'en fais qu'à ta tête !

La voix de Joe fit sursauter Rose. Il traversa la salle d'attente et prit sa belle-mère dans ses bras. Qu'avait-il entendu de la conversation ?

— Salut, Joe, répondit Maxine. Je voulais voir comment ça allait, par ici. Rose et moi étions en train de comparer nos cicatrices. Alors dites-moi, ma chérie, que vous est-il arrivé ?

Rose inspira profondément, puis se lança :

— J'ai eu une transplantation cardiaque.

Aide-moi, Joe. S'il te plaît. Je suis tellement désolée...

Il ferma les paupières. Quand il les rouvrit, il souriait.

— Rose est en pleine forme, comme tu vois...

— Oh ! ma pauvre, ça n'a pas dû être une partie de plaisir, dit Maxine avec compassion. Mais le jeu en valait la chandelle. Regardez-vous, maintenant. Vous êtes sublime ! Avez-vous été opérée à Lancaster ? Ce serait une drôle de coïncidence...

— Non, pas du tout. C'était dans le Sud, il y a longtemps. Avant mes études d'infirmière.

Moins elle donnerait de précisions, mieux cela vaudrait. Maxine n'avait pas besoin d'émotions fortes après avoir subi un pontage !

— Nous avons donné le cœur... de ma fille, Pippa, vous savez, chuchota la réceptionniste, au bord des larmes.

Pippa resterait toujours présente dans les mémoires. C'était bien normal. Mais Rose ne voulait pas lutter contre un fantôme. Elle n'en avait ni le désir ni le courage.

— Je sais, répondit-elle gentiment. Et ce geste magnifique a sauvé la vie de quelqu'un. J'espère que cela vous a un peu réconfortée.

— Oui, beaucoup. J'y pense encore tous les jours.

Refoulant ses larmes, Rose lança un regard en coin à Joe, qui la dévisageait intensément. Elle sentit son cœur se contracter et prit sur elle pour rester calme.

— Personnellement, je... me suis juré de vivre pour deux, par égard pour la personne qui m'a donné son cœur. — Savez-vous qui c'était ?

Maxine montrait quelques signes d'agitation, à présent. Rose hésita, et décida que le silence serait pire que la franchise.

— Non. J'ai écrit à sa famille via l'hôpital. Et j'en suis restée là. Je n'ai pas voulu raviver leur peine en leur faisant envoyer d'autres lettres. C'est dur de perdre un proche.

Joe s'avança et leur mit à chacune une main sur l'épaule.

— C'est dur et on pense qu'on ne va jamais s'en remettre. Mais finalement, la vie continue, dit-il d'un ton doux.

Il prit Maxine par la taille, et reprit :

— Tu as vu, tout baigne ! Tu vas pouvoir rentrer chez toi l'esprit tranquille. David attend dans la voiture ?

— Oui, mais... Rose allait me faire un café et je voulais jeter un coup d'œil au classement des dossiers...

— David te fera un café à la maison !

Sourd aux protestations de sa belle-mère, Joe l'entraîna doucement vers la porte.

— Tu travailleras quand je t'aurai donné mon feu vert, dit-il. Allez, ouste. Les consultations vont bientôt reprendre.

Sur ce, il escorta Maxine à l'extérieur et Rose laissa échapper un soupir de soulagement. Il l'avait tirée d'un mauvais pas. Heureusement qu'il était sorti, car elle aurait pu lui sauter au cou !

Au fond, le problème restait le même.

Malgré leurs divergences, il l'attirait toujours. Elle avait envie de se jeter dans ses bras dès qu'elle le voyait.

Hélas, elle n'en aurait plus l'occasion.

10

— C'est bien, comme ça ? J'ai encore perdu une maille !

Penchée sur son ouvrage, Katy se concentrait à fond sur sa tâche sous le regard indulgent de Rose.

Joe, qui s'était éclipsé comme prévu, avait effectué quelques visites à domicile. Et maintenant, de retour chez lui, il avait glissé la tête dans l'entrebâillement de la porte du salon.

Assises sur le canapé, Katy et Rose étaient si absorbées par leur tâche qu'elles ne l'avaient pas entendu arriver !

— Tu t'en sors très bien, Katy. Tu es une excellente élève, dit Rose avec une gentillesse qui alla droit au cœur de Joe.

— Et toi, tu as appris comment ? Sur internet ?

— Non, pas du tout. C'est une dame âgée qui m'a montré les points. J'étais dans la même chambre qu'elle à l'hôpital — quand j'ai eu le petit bobo dont je t'ai parlé tout à l'heure. Elle m'a dit que ça me détendrait, et elle avait raison. Sauf qu'au début, je m'énervais beaucoup parce que j'étais obligée de tout défaire, dit-elle en riant.

Joe sentit sa poitrine se contracter. Avec sa délicatesse habituelle, Rose avait trouvé le moyen d'évoquer sa cicatrice avec Katy sans l'effrayer.

Et lui, qu'avait-il fait ? Avait-il essayé de se mettre à sa place ?

Elle avait dû voir la mort de près pour subir une opération pareille. Elle avait sans doute été affaiblie, angoissée, malheureuse. En vraie battante, elle avait survécu et à présent, elle était un rayon de soleil pour tout le monde, à commencer par Katy et lui-même.

Mais en imbécile égoïste, il n'avait su que lui crier dessus et l'accuser injustement !

Au fond, il savait qu'elle n'avait rien prémédité, et que sa venue à Oakdale était simplement une incroyable coïncidence. Le « hasard du destin ». Mais comment accepter l'idée qu'elle vivait peut-être avec le cœur de Pippa ?

En toute honnêteté, il l'ignorait. Il savait juste qu'il l'aimait beaucoup, depuis le début. Or, cette attirance n'avait rien à voir avec Pippa. Elle lui plaisait... pour elle-même.

— Quel âge avait la dame ? Elle était plus vieille que toi ? demanda Katy.

Le rire mélodieux de Rose fit revenir Joe sur terre.

— Dis donc, coquine ! répondit-elle. Elle était beaucoup plus âgée que moi.

— Comme mamie Maxine, alors ?

— Encore plus !

Elles se concentrèrent de nouveau sur leur tâche. Au bout d'un moment, Katy regarda Rose d'une manière étrange, en tout cas pour Joe qui ne lui connaissait pas cette expression.

— Moi aussi, je suis allée à l'hôpital une fois, dit-elle.

Rose posa ses aiguilles sur l'accoudoir du canapé.

— Ah bon ?

Joe, bouleversé, attendit la suite. Sa fille n'abordait jamais ce sujet avec lui...

— Oui, quand j'ai eu l'accident de voiture avec maman. Elle est morte ce jour-là.

— J'en ai entendu parler, ma puce, répondit Rose en prenant la main de Katy. C'est vraiment triste. Tu as dû avoir beaucoup de chagrin.

— Oh ! oui ! Dis, comment tu t'es fait ton bobo, toi ? Tu as eu un accident aussi ?

Joe aurait bien voulu être aussi résilient que Katy. En quelques secondes, il aurait pu occulter le passé et revenir aux joies du présent. Mais c'était le privilège de l'enfance...

Rose, elle, semblait gênée. Avait-elle besoin d'une diversion ? Il poussa la porte.

— Coucou, les filles ! Vous vous amusez bien ?

— Bonsoir, Joe. On va ranger nos affaires. Il est tard.

Son regard glacial le peina. Mais à quoi aurait-il pu s'attendre ?

— Ne vous arrêtez surtout pas pour moi, dit-il.

Même si c'était déraisonnable, il voulait qu'elle reste. Il aurait pu la regarder toute la nuit…

— On commençait à fatiguer. On avait fini, de toute manière, répondit-elle sèchement.

Depuis deux jours, elle lui témoignait la même froideur au cabinet. Elle ne manifestait aucune émotion. Elle ne le regardait plus.

Le sourire dont elle gratifia Katy, en revanche, était doux et chaleureux.

— Je t'enverrai les vidéos dont je t'ai parlé, promit-elle.

— Super, merci, Rose ! Au fait, papa, j'ai une idée.

— Ah, oui ? Laquelle ?

— On pourrait aller à la grotte tous les trois, samedi ? Même si c'est notre coin secret, ce serait trop cool ! Tu viendras ? demanda Katy en pivotant vers Rose.

Occupée à ranger ses affaires, celle-ci se tourna vers lui et, visiblement embarrassée, le questionna du regard. Que dire ? Sa présence faisait du bien à Katy. Quant à lui… La perspective de la voir en dehors du travail le comblait de joie.

— C'est tout près d'ici, expliqua-t-il. Katy a eu une bonne idée. Si tu es libre, tu pourrais nous accompagner ?

— Je… D'accord. Ça marche.

Elle embrassa Katy et prit congé. Quand il la raccompagna dans le couloir, elle le regarda sans sourire.

— Ne t'inquiète pas pour samedi. Je trouverai une excuse de dernière minute, dit-elle.

— Mais non, ce n'est pas la peine ! On va faire une belle balade, tu verras.

L'incompréhension se peignit sur son beau visage.

— Tu es… sûr ?

— Certain.

— Dans ce cas… Je viendrai, pour Katy.

Viens aussi pour moi, Rose. S'il te plaît.

— Tu es prête ?

En tenue de randonnée, les cheveux décoiffés par la brise matinale, Joe était si sexy que Rose sentit ses genoux trembler.

Elle se demanda pour la centième fois si elle n'aurait pas dû annuler cette excursion. Elle avait eu peur de décevoir Katy, mais...

Tendant le cou, elle ne vit personne sur le siège arrière de la voiture.

— Où est Katy ?

— Figure-toi qu'à la dernière minute elle a voulu passer la journée chez Emily. Mais elle a insisté pour qu'on maintienne la promenade. Elle m'a fait préparer un pique-nique et... me voilà.

Ils allaient se retrouver en tête à tête ? Oh ! non !

— On peut annuler sans lui dire, si tu veux, proposa-t-elle.

— J'ai des vivres pour un régiment. Et puis, tu as mis tes bottes en caoutchouc. Ce serait dommage.

Quel romantisme ! songea-t-elle, sarcastique. Mais au fond, elle n'aurait pas dû s'en plaindre. Le romantisme était hors sujet pour eux, désormais...

— Pourquoi veux-tu que je vienne ? demanda-t-elle.

Il hésita. Il avait beau être l'homme le plus franc et honnête de sa connaissance, là, il semblait perdu.

— Il faut qu'on parle, dit-il enfin. On ne peut pas continuer comme ça.

Il avait raison. La politique de l'autruche ne ferait pas avancer les choses. Elle était bien placée pour le savoir.

— Qui pourrait résister à ce genre d'invitation ? répondit-elle, mi-figue, mi-raisin.

Contre toute attente, il lui sourit. L'atmosphère se détendit et ils s'installèrent en voiture.

Après un court trajet, Joe se gara au pied d'Oak Top. Ils gravirent la colline, puis traversèrent deux champs bordés de murs en pierre calcaire typiques de la région. Joe emprunta ensuite un sentier qui longeait un ravin. À mi-pente, il bifurqua vers un alignement de chênes touffus qui masquaient l'entrée d'une cavité dans la paroi.

Il alluma sa lampe torche et s'engagea dans la grotte. Rose hésita à le suivre.

— Hum. Je ne sais pas si je peux te faire confiance, dit-elle d'un ton morne.

— Bien sûr que oui. Crois-tu que je viendrais avec Katy si c'était dangereux ? Allez, viens. Ça en vaut la peine.

— Si tu le dis...

L'enthousiasme de Joe emporta sa décision. Elle le suivit et, avec de l'eau jusqu'aux chevilles, ils rejoignirent une petite salle, en se baissant pour éviter les stalactites qui descendaient du plafond bas et inégal.

— Mets ton dos contre la paroi, dit Joe. Je vais éteindre la lampe. N'aie pas peur.

— Je n'ai pas peur.

Dans ce cas, pourquoi tremblait-elle ? Pourquoi son pouls s'affolait-il ?

Elle comprit que ce n'était pas à cause de l'obscurité, mais à cause *de lui*. Et surtout, à cause de tout ce qui les séparait. Ils auraient pu vivre une belle histoire s'il n'avait pas réagi aussi mal en apprenant la vérité.

Mais malgré cela, elle avait encore des *sentiments* pour lui. Elle ne pouvait pas s'empêcher de le désirer, ce qui la mettait hors d'elle...

— Je suis très en colère, Joe Thompson ! dit-elle.

Il rit.

— Tu choisis bien ton moment pour le dire.

Et il osait rire, par-dessus le marché. C'était le bouquet !

— Au moins, dans le noir, je n'ai pas envie de me jeter sur toi, maugréa-t-elle. Je me demande ce qui me plairait le plus, d'ailleurs : t'embrasser ou t'étrangler. Ça change toutes les deux minutes.

L'obscurité avait quelque chose de thérapeutique. Bizarrement, elle se sentait plus à l'aise pour parler, et c'était tant mieux car elle détestait les non-dits.

— Sais-tu ce qui m'a le plus blessée ? Tu ne m'as pas fait confiance, Joe. Mais moi, je n'ai pas cherché cette situation. Si j'avais su, je t'aurais parlé de mon opération dès le début, avant... qu'on soit trop liés l'un à l'autre.

— Je sais, répondit-il d'une voix grave.

— Notre histoire aurait pu être géniale. Exceptionnelle.

— Je sais, répéta-t-il.

Et maintenant, quoi ? Le problème était insoluble...

— J'ai eu l'agence d'intérim. Je vais rester une semaine de plus pour dépanner, mais ensuite, je m'en vais. Réjouis-toi, je pars dans quinze jours.

— Pourquoi penses-tu que je vais me réjouir, Rose ? Qu'est-ce qui te fait croire une chose pareille ? Tu t'enfuis, c'est tout !

L'écho de la voix de Joe se répercuta en elle comme une onde de choc.

— Je m'en vais... pour ne blesser personne, surtout pas toi, répondit-elle. Je n'aurai jamais ma place à Oakdale. Et de toute façon, je comptais bouger, voir du pays... Je ne sais pas ce que la vie me réserve.

— Moi non plus ! L'équation est la même pour tout le monde.

Elle voulait bien admettre qu'il avait eu son lot de souffrances. Mais elle n'y était pour rien...

— Rallume, s'il te plaît. J'aimerais sortir.

— Juste une minute, chuchota-t-il. Regarde en l'air, Rose.

Intriguée, elle s'exécuta... et battit des paupières. Rêvait-elle ? On aurait dit que des centaines de petites loupiotes s'étaient allumées au-dessus d'eux, comme des étoiles minuscules et féeriques.

— Ce sont des vers luisants ? demanda-t-elle tout bas.

— Oui.

— C'est trop beau...

À l'idée qu'il avait voulu partager ce spectacle avec elle, elle sentit sa colère retomber.

— Tiens, tiens. Tu sais faire des surprises, finalement !

— Pas aussi bien que toi, mais j'apprends, Rose.

Son rire était si communicatif qu'elle ne put s'empêcher de l'imiter. Elle se sentait de nouveau en osmose avec lui, bien que de manière différente. Et déjà, l'espoir renaissait...

— Tu as des coins secrets en réserve ? demanda-t-elle.

— Quelques-uns, oui. J'aimerais beaucoup te les montrer.

Il faudra faire vite. Je pars dans deux semaines...

— Pourquoi es-tu si gentil, tout à coup ?

— Parce que j'ai réagi comme un imbécile. J'étais très mal, mais ce n'est pas une excuse. J'ai dit, et fait, n'importe quoi.

Il ralluma sa lampe. Elle s'avança pour sortir, trébucha sur un gros caillou...

Il tendit la main pour la retenir et leurs doigts se mêlèrent instinctivement.

— Joe ?

— Rose ?

Le baiser qu'elle espérait ne vint pas. Il lui lâcha la main et la fit passer devant lui, en éclairant le chemin pour éviter qu'elle ne trébuche.

Le moment était passé. La magie aussi.

— Quel festin ! Tu es le roi du pique-nique.

Rose et Joe s'étaient installés en haut de la colline, sur une couverture, pour déjeuner au soleil. Rose mangeait à belles dents, mais Joe s'arrêta après quelques bouchées et lui lança un regard contrit.

— Je m'excuse d'avoir été si méchant avec toi, dit-il. Tu ne méritais pas ça, après tout ce que tu as vécu. Je m'en veux d'avoir perdu mon sang-froid. J'ai eu un tel choc quand tu as parlé du 21 mars...

— Moi aussi, j'ai eu du mal à digérer ça.

Après avoir exprimé sa colère dans la grotte, elle se sentait mieux. De plus, elle était soulagée que Joe lui ait présenté ses excuses. Pourtant, ils avaient encore du chemin à parcourir.

— Je suis désolée... d'avoir ravivé ta peine, dit-elle en soupirant.

Il secoua la tête.

— Je ne suis pas vraiment triste, Rose. J'ai du mal à mettre des mots sur ce que j'éprouve. C'est très bizarre. Tu ne ressembles pas à Pippa, mais vous avez des points communs. Le sens de l'humour, votre manière de parler avec les mains...

— Elle n'avait pas un faible pour les bonnets orange, quand même ? demanda-t-elle, bouleversée.

Quand il la regarda, elle eut l'impression que son sourire

appréciateur lui était destiné, à elle et à personne d'autre. Mais comment le savoir ? Peut-être la comparait-il sans arrêt à Pippa ?

— Non, répondit-il. Elle portait des vêtements classiques.

— Et pas des choses excentriques.

Elle désigna du geste son T-shirt violet customisé avec des fleurs jaunes. Elle-même le trouvait un peu voyant, mais ce matin, elle avait eu besoin de le mettre pour booster son moral.

— Je ne dirais pas « excentriques ». Plutôt… extraordinaires.

Il scruta son visage, et elle devina la lutte qui se jouait en lui. Le désir n'avait pas disparu. Il fixait sa bouche d'une manière dénuée d'équivoque, mais il se retenait de l'embrasser, tout comme elle s'empêchait de poser les mains sur lui…

— Je suis content que tu ne caches plus ta cicatrice, dit-il d'une voix rauque.

— Je ne veux plus me cacher. Je l'ai fait pendant trop longtemps. Maintenant, j'assume ce que je suis devenue. Ce sera beaucoup plus cohérent avec mes choix de vie.

Il la dévisagea avec une indéniable chaleur. Comme ce regard lui avait manqué !

— *Tu* es extraordinaire, Rose. Nous avons beaucoup de chance de t'avoir.

— Tu le penses vraiment ? Après tout ce qui s'est passé ?

— Bien sûr que je le pense. Sinon, je ne le dirais pas.

Une petite musique commença à chanter en elle, qu'elle fit pourtant rapidement taire. Car au fond, rien n'était réglé.

Huit jours plus tôt, Joe l'aurait embrassée pour lui prouver ses dires.

Là, il s'était absorbé dans la contemplation du paysage.

11

Comme si voir Rose ne suffisait pas, Joe avait l'impression que tout le monde complotait pour les faire travailler ensemble.

Pas plus tard que ce jour-là, Beth les avait missionnés pour aller donner un cours d'hygiène au lycée suite à l'épidémie de gastro-entérite. Il se retrouvait donc avec Rose en voiture, à sentir les effluves de son parfum délicat. Il essayait de se concentrer sur la route, dans un silence pesant. La promenade du samedi n'avait pas tout aplani entre eux, tant s'en fallait.

— Que c'est joli ! dit-elle lorsqu'il se gara sur le parking du lycée. J'adore ce toit végétal, et tous ces arbres. Les élèves ont beaucoup de chance.

— Je parie qu'ils n'y font même pas attention. À cet âge-là, ils ont d'autres centres d'intérêt.

— Tu as raison.

Il lui jeta un coup d'œil en coin. Finalement, après presque un mois de collaboration, il ne savait rien d'elle.

— Où es-tu allée à l'école, toi ?

— Dans une institution privée, à Londres, spécialisée dans les filières artistiques. C'était génial. À l'époque, j'allais souvent au théâtre ou au musée. Mes parents sont avocats tous les deux ; ils n'avaient pas beaucoup de temps à me consacrer, mais ils trouvaient important que je développe ma culture personnelle.

Elle ponctua sa phrase d'une moue charmante qui donna le frisson à Joe. Curieux, tout de même. Son corps persistait à ignorer les signaux d'alarme envoyés par son cerveau. S'il avait suivi son instinct, il l'aurait enlacée et...

Non. Il devait déjà essayer de la connaître mieux. Son temps était limité.

— Tes parents ne voulaient-ils pas que tu fasses du droit ?

— Oh ! que si. Quand mon frère a marché sur leurs traces, je suis devenue le mouton noir de la famille. Ensuite, ils n'ont plus pensé à ça. Ils voulaient juste que je reste en vie. Ma mère est un peu... envahissante depuis l'opération. Elle a toujours peur qu'il m'arrive quelque chose.

Leurs deux familles avaient connu des expériences difficiles. Il pouvait se mettre à la place de cette dame.

— C'est la hantise de tous les parents, dit-il. Elle se fait du souci pour toi.

— Je sais.

Le sourire de Rose disparut, et elle se détourna. Elle lui en voulait encore. À juste titre d'ailleurs, car il avait été odieux. Au lieu de lui témoigner son soutien, il l'avait accusée d'être une intrigante. Il l'avait repoussée au moment où elle avait le plus besoin de lui.

Elle ouvrit sa portière.

— C'est l'heure. Allons porter la bonne parole ! dit-elle.

Elle fit basculer ses longues jambes sur le côté hors de la voiture, et s'éloigna. Il la suivit, en se demandant combien de fois il aurait le privilège de marcher dans son sillage avant qu'elle sorte de sa vie. C'était une question de jours, désormais.

Il ne pouvait pas accepter qu'elle s'en aille fâchée et malheureuse à cause de lui. L'idée même de son départ lui était insupportable, et leur différend ne faisait qu'aggraver les choses...

Pourtant, parce qu'il le fallait bien, il se concentra sur sa mission.

Ils passèrent une heure à expliquer à un groupe d'enseignants — et aux responsables de la cuisine — les méthodes pour éviter les épidémies. Comme d'habitude, Rose charma ses interlocuteurs, au point qu'ils remontèrent en voiture les mains chargées de gâteaux pour toute l'équipe.

— Voilà une bonne chose de faite, dit-il, après avoir repris la direction d'Oakdale.

Le soleil commençait à se coucher sur Orrest Head, baignant le paysage de jaunes orangés chaleureux. Les couleurs de Rose. Les couleurs de l'espoir...

Soudain, il eut une idée.

— Ça te dirait de faire un détour ? demanda-t-il.

Elle pivota vers lui en fronçant les sourcils.

— Tu ne vas pas chercher Katy ?

— Elle fait ses devoirs chez Emily.

— Alors, je... D'accord, si ce n'est pas trop long. J'ai rendez-vous avec un plat de lasagnes surgelé.

— Tu seras à l'heure ! répondit-il en souriant.

À la sortie de la ville, il se gara sur un parking réservé aux promeneurs. Quand ils descendirent de voiture, Rose lança un regard circonspect au sentier qui serpentait entre les arbres et les champs en direction du sommet de la colline.

— Tu ne veux pas me faire grimper là-haut, tout de même ?

— Bien sûr que si !

— Tu as vu ma tenue ? fit-elle en désignant son pantalon slim, son chemisier et ses bottines à petits talons.

— Depuis quand est-ce un problème ? Tu te balades sous la pluie en manteau tricoté ! répondit-il en riant. Sincèrement, ça ira. Il faut vingt minutes pour arriver là-haut. Je vais prendre un plaid et des lampes frontales au cas où.

Elle eut un petit sourire.

— Tu ne pourrais pas faire un truc normal, comme... m'inviter dans un bon restaurant ?

— Ça te plairait, ce « truc normal » ?

— Pas vraiment, non.

— C'est bien ce que je pensais !

Cette fois, elle rit. Cela ne dura pas longtemps, mais assez pour lui rendre espoir.

Il récupéra son matériel dans le coffre et tendit la main à Rose.

— Prête ? Tu ne risques rien avec moi.

L'inverse était loin d'être vrai, mais il n'en dit rien.

Rose n'était pas d'accord. Elle avait pris un gros risque en acceptant cette promenade avec Joe. Elle ne craignait rien physiquement, mais pour le reste, c'était moins sûr !

Lorsqu'ils atteignirent le sommet, elle s'adossa à la grande plaque de granit qui servait de table d'orientation.

Elle avait apprécié la montée. Comme chaque fois qu'elle faisait de l'exercice, elle aimait sentir les battements accélérés de son cœur. Cinq ans après avoir été si malade, elle s'émerveillait toujours d'en être capable.

Joe avait tenu parole : il l'avait accompagnée au sommet d'une montagne. Et le coucher de soleil sur le lac Windermere était une telle débauche de couleurs qu'elle en eut le souffle coupé.

Cette région allait lui manquer. Joe allait lui manquer.

— Rose.

Elle pivota vers lui.

— Mais… Qu'est-ce que tu fabriques ?

— Je respecte ma promesse.

Il se tenait sur une grosse pierre plate, une jambe levée, genou fléchi, les bras au-dessus de la tête. Sa posture de l'arbre était très bancale, et il riait tellement qu'elle redouta qu'il tombe à la renverse.

— Je te l'avais dit, rien n'est impossible ! dit-il.

Certaines choses l'étaient, si. Mais elle appréciait qu'il essaie de la dérider.

— Joe Thompson, tu mérites l'Oscar de la meilleure surprise de l'année !

— Profites-en, parce que je ne le referai pas de sitôt. Je préfère bouger. Le yoga, ce n'est pas mon truc.

Il chancela et remit le pied par terre. Puis, d'un pas beaucoup plus sûr, il vint vers elle, l'attira vivement dans ses bras et l'embrassa comme si sa vie en dépendait.

Incapable de résister, elle s'abandonna contre lui. Elle le désirait de toute son âme, pleinement consciente qu'ils vivaient une histoire unique. Oubliés, le chagrin, la colère et la frustration : ce baiser lui révélait tout ce qu'elle avait besoin de savoir.

Galvanisée par la conscience du temps qui fuyait, elle noua les bras autour du cou de Joe. Elle voulait cet homme, ici et maintenant. Elle voulait profiter de chaque minute tant que c'était encore possible.

Déjà, des mains tendres et possessives glissaient sous son chemisier. Lorsque Joe gémit doucement, elle se pressa contre son érection.

Leurs langues entamèrent un ballet enfiévré qui la laissa sans forces. Cette communion de deux âmes perdues était trop belle, trop forte. Où qu'elle aille, elle en garderait éternellement le souvenir...

À bout de souffle, elle s'écarta.

— Qu'est-ce... que ça veut dire, Joe ?

— Ça veut dire « je suis désolé ». Ça veut dire... que j'ai envie... Que j'ai besoin de toi, même si je n'y comprends rien. À ce stade, il n'y a plus rien à comprendre.

Son portable sonna au moment où il lui ouvrait les bras. Il le sortit de sa poche en soupirant.

— C'est un texto de Katy. Emily et elle ont fini leurs devoirs.

Elle sentit combien il était tiraillé et lui sourit. Quoi qu'il advienne, Katy devait rester sa priorité. Elle n'aurait pas supporté qu'il en soit autrement.

— Redescendons vite, alors, répondit-elle.

Il lui effleura les lèvres du pouce.

— Et nous, Rose ?

N'ayant pas la réponse à cette question, elle lui caressa la joue.

— Pense à Katy d'abord. C'est le plus important.

L'un dans l'autre, ce fut une semaine épuisante.

Après l'expédition sur la colline avec Joe et le baiser qu'ils avaient échangé, Rose avait flotté toute la soirée sur un petit nuage. Mais rien n'était résolu et, le vendredi soir, elle ferma avec soulagement la porte du cabinet pour se rendre au pub avec Beth.

Elle avait besoin d'une soirée en bonne compagnie, d'un verre de vin et de musique pour se changer les idées.

— On va pouvoir souffler un peu ! dit Beth en poussant la porte du Queens' Arms. Je suis éreintée.

— Moi aussi. J'ai eu ma dose, cette semaine.

Il était tôt, et la salle était encore à moitié vide. Les musiciens étaient en train de s'installer et, sur le chemin du comptoir, Beth salua les habitués du vendredi.

Rose la regarda avec envie. Appartenir à une petite communauté soudée devait avoir du bon. Elle-même ne risquait pas de nouer des contacts si elle voyageait autant qu'elle l'avait prévu !

Leur verre à la main, elles allèrent s'asseoir à une table près de la cheminée. Rose était ravie de passer la soirée avec Beth, qui était charmante et unanimement appréciée.

— Alors, raconte-moi, dit-elle. Que faisais-tu avant de revenir à Oakdale ?

— Je suis vétérinaire, répondit Beth en souriant.

— Ah, bon ? C'est génial, ça ! Tu es associée dans un cabinet quelque part ?

— Je travaillais à Glasgow et j'adorais mon métier. Mais quand ma mère a eu besoin de moi, j'ai dû partir.

Le regret était perceptible dans sa voix, la décision avait dû être difficile à prendre.

— Tu pourrais sûrement trouver un poste à Bowness ou dans les environs, dit gentiment Rose. Ce ne sont pas les animaux à soigner qui manquent.

— Non, c'est sûr. Mais pour l'instant, j'attends de voir venir, le temps qu'on s'organise pour maman. Je ne me ferme aucune porte.

— Tiens, tiens. Bienvenue au club.

— On va trinquer à l'avenir, décida Beth. Tchin !

Elles entrechoquèrent leurs verres et prirent une gorgée de vin. Puis Beth regarda Rose avec curiosité.

— Et toi, alors ? Que vas-tu faire en partant d'ici ?

— L'agence d'intérim m'a proposé un remplacement de deux semaines à Plymouth. Ensuite, mystère. J'irai là où on aura besoin de moi.

Disant cela, elle sentit une vague de nostalgie la submerger. Elle s'était attachée à Oakdale et n'aurait vu aucun inconvénient à prolonger son séjour. Pour quelqu'un qui voulait conquérir l'Angleterre puis partir travailler en Australie ou au Canada, elle se posait là !

— Ça n'a pas l'air de t'enchanter, dit Beth, fine mouche. Ton manque d'enthousiasme ne serait pas lié à un certain Dr Joe, par hasard ?

Que répondre ? Beth n'était pas du genre à colporter des ragots. Peut-être pouvait-elle lui faire confiance ?

— Franchement ? C'est compliqué, admit-elle.

— Comme toujours... Les hommes sont trop difficiles à cerner. Voilà pourquoi j'adore les animaux. Au moins, ils sont toujours contents de te voir. Je vais adopter un chiot, moi, dit Beth en riant.

— Bonne idée ! Je l'aurais déjà fait si je n'avais pas décidé de voyager.

— Mais... Tu gardes le cap, malgré tout ? Je pensais que tu changerais d'avis. Tu as l'air de bien aimer Joe.

Inutile de mentir. Ses joues empourprées l'auraient trahie de toute façon.

— Oui, avoua-t-elle.

— Alors reste ! L'hiver approche, on a besoin de renforts. Reste et vois comment ça évolue avec Joe.

Rose se mit à jouer nerveusement avec un sous-bock. La conversation prenait un tour un peu trop personnel à son goût, mais elle allait dire la vérité à Beth.

— Je ne peux pas. Cette histoire n'a aucun avenir.

— À cause de ta transplantation cardiaque ? C'est ça qui t'empêche d'avancer ?

— En partie, oui. Je ne pourrai sans doute jamais avoir d'enfant. De plus, je risque de retomber malade. Même si je suis en pleine forme, mon avenir est incertain.

— Peut-être que Joe ne voit pas aussi loin ? Et s'il avait juste envie de profiter de la vie sans se poser de questions ? Tu lui as demandé ce qu'il voulait ?

— Non, c'est trop dur. Après ce qu'il a traversé...

— Justement. Il a déjà connu le grand amour. Et s'il avait besoin d'une histoire plus légère ? Essaie, tu ne risques rien. Couche avec lui et basta !

— Ce n'est pas mon genre.

— Non, mais tu devrais peut-être essayer. Juste pour le fun.

Beth éclata de rire. Mais soudain, le rire mourut sur ses lèvres et elle rougit comme un coquelicot.

— Ah, super. Génial, maugréa-t-elle.

Rose suivit la direction de son regard et se figea. Joe venait d'arriver, accompagné d'un homme brun de haute taille. Ce dernier se dirigea vers le bar tandis que Joe se frayait un chemin parmi les clients pour venir vers elles.

« Génial », en effet. Elles pouvaient dire adieu à leur soirée entre filles.

Résignée, elle inspira profondément et se prépara à accueillir Joe. Mais, à sa grande surprise, il se posta près de Beth.

— Salut, euh... Je suis désolé, mais Alex vient de rentrer de vacances et il m'a appelé pour sortir. J'ai essayé de l'emmener au White Hart, mais il voulait écouter de la musique. Donc... Nous voilà.

Beth haussa les épaules.

— Chacun est libre de faire ce qu'il veut, répondit-elle.

Rose décala sa chaise et, politesse oblige, proposa à Joe de s'installer à leur table.

Elle le regretta aussitôt en voyant l'air paniqué de Beth. Quelle idiote ! Elle aurait dû réfléchir cinq secondes !

Mais il était trop tard ; déjà Joe attrapait une chaise pour s'installer près d'elle. L'espace était si exigu que leurs genoux se touchèrent.

— Où est Katy ? demanda-t-elle.

— Chez ma sœur, comme tous les vendredis ou presque.

— Et pour une fois, tu vas faire semblant d'avoir une vie ! commenta une voix masculine.

Pivotant, Rose découvrit le jeune homme brun posté derrière Joe. Il déposa deux pintes sur la table, puis lui tendit la main.

— Bonsoir. Je suis Alex, le troisième médecin du cabinet.

Elle comprit sur-le-champ pourquoi Beth était tombée sous le charme. Alex était très séduisant, avec ses cheveux bruns coupés court, ses yeux bleus et sa silhouette athlétique. Il aurait pu sans problème faire la couverture d'un magazine de mode, mais pour elle il ne serait jamais aussi beau que Joe. Elle préférait le style viking, rugueux et sauvage...

Elle lui serra la main en souriant.

— Enchantée. Moi, c'est Rose. Je suis juste remplaçante.

— Il n'y a pas de « juste » qui tienne ! s'écria Joe. Comme je te l'ai raconté, Alex, cette demoiselle a sauvé Maxine. Et avec Beth, elles forment une super équipe. Elles ont géré la crise du norovirus comme des chefs.

— Alors, buvons à nos sauveuses ! dit Alex.

Lorsqu'il trinqua avec Beth, Rose remarqua que son regard s'attardait sur la jeune réceptionniste, qui semblait de plus en plus perturbée. Intéressant. Il y avait anguille sous roche, à n'en pas douter…

À quatre, la conversation changea de tournure. Ils se mirent à parler du cabinet, de la météo, des derniers potins et des vacances d'Alex. Visiblement, Joe et lui se connaissaient bien et partageaient une solide amitié.

Rose, elle, avait du mal à suivre la discussion. Plus le pub se remplissait, plus Joe devait coller sa chaise contre la sienne. Il ne la regardait pas, mais elle percevait la chaleur de son corps et ce contact rapproché la troublait intensément.

Quand Beth lui fit un clin d'œil discret, elle eut encore plus chaud. Elle aurait voulu que cette foule disparaisse, que Joe et elle soient seuls au monde. Toutefois, cela ne risquait pas d'arriver, d'autant que le groupe s'était mis à jouer dans un brouhaha total.

Les riffs de guitare électrique rendaient toute conversation impossible, à présent. Au bout de quelques minutes, Beth montra la porte et cria à Rose :

— On va discuter dehors. C'est trop bruyant !

Inquiète, elle essaya de lui demander si tout allait bien, mais son amie ne comprit pas le message et s'éclipsa derrière Alex. Restée seule avec Joe, Rose prit conscience que la moitié de la salle les observait. Du moins, ce fut l'impression qu'elle eut en jetant un coup d'œil à la ronde.

— Comment va Maxine ? cria-t-elle pour se faire entendre.

— Très bien. Quand je suis passé chez elle, tout à l'heure, elle m'a ordonné de « débarrasser le plancher ».

— Charmant accueil !

— Si elle ronchonne, c'est qu'elle va mieux. D'ailleurs, elle était ravie de savoir que je passais la soirée au pub. Elle ne pouvait pas savoir qu'on serait noyés sous des nappes de country-rock fusion.

Elle éclata de rire. Le chanteur se distinguait, avec son pantalon en cuir, sa chemise à carreaux ouverte jusqu'au nombril et son gros médaillon.

— Pour la tenue, j'ai trouvé mon maître, répondit-elle. Et dire que tu voulais aller au White Hart ! Tu aurais loupé ça.

— Je voulais y emmener Alex, par égard pour Beth mais aussi pour mes oreilles, dit-il en riant. Je pratique ce groupe depuis Mathusalem. C'est le problème, quand tu es le généraliste du coin. Tu connais tout le monde. Je sais par exemple que Dave, le chanteur, dirige une entreprise de pompes funèbres à Bowness.

— Espérons qu'il gère mieux son affaire que sa musique !

— Mes tympans vont saigner, si ça continue, répondit Joe. Tu veux rester un peu ou rentrer chez toi ?

— On pourrait… finir la soirée dans un endroit plus tranquille. C'est vendredi, Joe. Rien ne presse.

— Tu es sûre ?

— Le vendredi est fait pour s'amuser, non ?

Beth aurait été fière d'elle. Elle avait réussi à jeter sa prudence aux orties et à dire ce qu'elle voulait vraiment.

S'enhardissant, elle posa une main sur la cuisse de Joe. Il ferma les paupières. Puis la gratifia d'un regard si brûlant qu'elle crut se consumer sur place. Capturant sa main, il se pencha vers elle.

Hélas, elle ne comprit pas ce qu'il lui disait car un grand gaillard debout près d'eux se mit à chanter à tue-tête. Il levait et entrechoquait sa pinte à la ronde sous les encouragements du public :

— Donnez-lui le micro !

— Il est meilleur que le chanteur !

— Ah, Brian…, fit Joe d'un ton résigné. C'est une de nos gloires locales.

Déséquilibré par un mouvement de foule, ledit Brian se trouva projeté contre la chaise de Rose, qui reçut une bonne projection de bière. Joe s'était levé pour retenir le colosse avant qu'il lui tombe dessus.

— Eh, là ! Attention ! dit-il d'un ton sévère.

— Excusez, doc. J'ai les jambes en coton.

— Allez donc vous asseoir, Brian ! Ça va, Rose ?

— Oui, pas de souci. Mon chemisier est simplement un peu mouillé. Il va sécher.

Elle se leva et secoua les gouttelettes de bière qui parsemaient son vêtement.

— Allons-y, décida Joe.

Ils tentèrent de fendre la foule, mais Brian commença à sauter au rythme de la musique en levant un poing en l'air. Rose, qui avait dû lâcher la main de Joe, essaya de contourner le gaillard, se trouva projetée vers l'avant…

Et soudain, elle chuta lourdement sur le carrelage.

12

Lorsque Joe entendit le cri de détresse de Rose, son sang ne fit qu'un tour.

Il écarta la foule sans ménagement et la vit par terre, entourée de gens qui la regardaient sans lever le petit doigt.

En une fraction de seconde, il fut auprès d'elle. Comment avait-il pu lui lâcher la main ? Pourquoi n'avait-il pas fait plus attention ?

Délicatement, il l'aida à s'asseoir.

— Ça va ? Attends que je regarde...

— Tout va bien, Joe.

Elle se frotta la hanche en grimaçant, et ajouta :

— Rien de cassé. Je suis juste un peu secouée.

Quand Brian se pencha vers eux, elle eut un mouvement de recul. Le gaillard empestait l'alcool !

— Pardon, ma belle, j'ai perdu l'équilibre. Suis un peu... pompette.

Joe ne put retenir un geste d'impatience.

— Dégagez, Brian !

— Du calme ! dit Rose. Tout va bien, pas de souci, fit-elle à l'adresse de Brian. On va y aller.

Cette fois, Joe la tint fermement par la main. Les gens s'écartèrent sur leur passage et en quelques secondes ils se retrouvèrent dans la rue.

Joe, conscient qu'il avait mal réagi, prit une profonde inspiration. Il venait de se comporter en homme de Neandertal, l'incident allait faire le tour du village. Maxine l'apprendrait forcément. Qu'allait-elle penser de lui ?

Au milieu de la rue, Rose s'arrêta net, les poings sur les hanches, et le dévisagea.

— Qu'est-ce qui t'a pris, Joe ? Tu as été extrêmement désagréable avec Brian. Il a trop bu, voilà tout. Il n'a pas fait exprès de me renverser.

— Il aurait dû faire attention, répondit-il, les dents serrées.

— Et voilà, Dr Grincheux est de retour. Où est passé mon adorable Joe ?

— Tu as la moindre idée de ce qu'on éprouve quand une personne à qui on tient est blessée ?

Choqué, il la dévisagea. Il *tenait* à elle. Leur histoire n'était pas qu'une affaire de sexe. Il le savait depuis le début, mais il lui avait fallu du temps pour accepter ses sentiments.

— Ça m'est arrivé avec Katy, répondit-elle d'un ton calme.

Une vague de chaleur le submergea. Rose s'était attachée à sa fille. Ce n'était pas une surprise…

— Alors, tu comprends ce que cela m'a fait de te voir à terre. Tu aurais pu t'assommer.

— Tout va bien. Relax, Joe. Je sais d'expérience que des choses terribles peuvent arriver, mais que la vie nous réserve également de bonnes surprises.

Elle entremêla les doigts aux siens et les serra. Fallait-il comprendre qu'elle était prête à franchir une étape, ce soir ?

— Il y a beaucoup de belles choses que j'aimerais faire avec toi, murmura-t-il en fixant sa bouche.

— Voyez-vous ça, docteur…

— Tu n'en as même pas idée…

— Oh ! je devine !

Allait-elle l'inviter à finir la soirée chez elle ? Rien n'était moins sûr. Mais si elle lui fermait sa porte au nez, il en mourrait de frustration.

— On va faire un tour ? demanda-t-il pour éviter ce scénario catastrophe.

— Maintenant ? En pleine nuit ?

— Pourquoi pas ? À moins que tu aies mal à la hanche ?

— Ne t'inquiète pas pour ma hanche. Elle va très bien et moi aussi. Alors, où allons-nous ?

— Ah, ah, surprise…

Il bifurqua à gauche, vers l'ouest du village. De là, un petit chemin serpentait entre les arbres.

— Je t'emmène à Oak Top ! dit-il.

Elle éclata de rire.

— Tu ne m'avais pas dit qu'on allait refaire de la grimpette !

— Celle-ci est moins longue, rassure-toi.

Main dans la main, ils gagnèrent le sommet. Rose scruta les environs.

— On a une vue magnifique sur la nuit noire, plaisanta-t-elle.

— Un peu de patience. Tu vas voir…

Il étala sa veste sur l'herbe, et l'invita à s'allonger. Puis il se coucha près d'elle, les mains derrière la tête et le regard levé vers le ciel.

— Qu'est-ce qu'on attend ? chuchota-t-elle.

— Minute, les nuages nous cachent la vue ! Ah, le vent les chasse… Attention, regarde bien…

Des dizaines d'étoiles apparurent d'un coup, laissant derrière elles un sillage violet incroyablement lumineux. Il y en avait de petites, de grandes. Certaines scintillaient plus que d'autres, mais elles étaient toutes magnifiques.

— La Voie lactée…

Elle porta une main à sa bouche en écarquillant les yeux.

— Waouh. C'est… trop beau. Je n'ai jamais rien vu de pareil. Le ciel est tellement pur…

— Vous, citadins, ne savez pas ce que vous perdez.

— En fait, on n'observe jamais le ciel. Dans la rue, on regarde constamment où on met les pieds. En plus, on est toujours pressés. Mais ici, le temps semble ralentir sa course. Merci pour le spectacle !

— C'est gratuit, tout le monde peut en profiter.

Le rire cristallin de Rose lui fit chaud au cœur. Elle appréciait les plaisirs simples de la vie, et, pour lui, c'était très important.

— Je ne crois plus à grand-chose, tu sais, murmura-t-il. Mais ça, c'est magique.

Faisait-il allusion à la nature ou à la présence de Rose ? Aux deux, probablement. Car sans elle, ce moment n'aurait pas été si beau...

— C'est une chance de vivre ici, tu sais, dit-il. Regarde la lumière qui rayonne du ciel en pleine nuit. Voilà pourquoi tu as facilement trouvé ta place dans ces paysages. Ils sont comme toi, vibrants et pleins d'énergie.

— Je suis comme ça dans les bons jours, mais...

— ... Tu n'as pas beaucoup de mauvais jours, à ce que je sais.

— Tout dépend du contexte et des personnes avec qui je suis, répondit-elle en riant.

Pivotant, elle appuya le menton sur une main. Il lui caressa la joue, le cœur gros à l'idée qu'il ne pourrait bientôt plus la voir ni la toucher.

— On a vécu des choses... intenses, dit-il.

— C'est un bon résumé, oui.

Que dire de plus ? Il ne voulait pas gâcher ces précieux instants avec des propos futiles. Il voulait simplement graver le sourire de Rose dans sa mémoire...

Graduellement, l'atmosphère changea. Le regard de Rose devint sérieux. Il le soutint sans ciller, conscient qu'elle le désirait aussi intensément que lui.

— Je suis content que tu sois restée, murmura-t-il. Le premier jour, j'ai eu peur que tu reprennes le premier train pour Londres.

— Moi ? Quelle idée ! Je ne suis pas une lâcheuse. Les médecins m'ont toujours dit que j'étais une battante.

Il lui prit la main et embrassa l'un après l'autre ses doigts fuselés.

— Parle-moi, Rose. J'aimerais... savoir.

Elle hésita, ferma les paupières. Quand elle les rouvrit, il eut l'impression qu'elle cherchait ses mots.

— Avant l'opération... j'ai été malade pendant deux ans. Je m'affaiblissais de mois en mois. J'avais... très peur, Joe. Dans ces moments-là, on se raccroche à n'importe quoi. Un mot, le regard d'un médecin... Mais les derniers temps, ils m'avaient clairement expliqué qu'il n'y avait plus rien à faire. Seule une transplantation pouvait me sauver.

Sa voix avait tremblé. Elle prit une profonde inspiration, comme pour trouver le courage de poursuivre.

— Tu penses à tout ce que tu n'as pas fait, aux occasions perdues. À l'amour qu'il te reste à donner. Tu regrettes de n'avoir pas mieux utilisé ton passage sur Terre.

— J'ai éprouvé la même chose après l'accident de Pippa. J'aurais pu faire les choses autrement, réagir mieux, prendre de meilleures décisions. Renoncer quand il le fallait, aussi.

Son chagrin avait resurgi d'un bloc. Mais à présent, il avait mal pour Pippa *et pour Rose.*

— Renoncer ? Pas dans mon cas ! Je me suis accrochée de toutes mes forces, au contraire. Sinon, je ne serais sans doute plus là pour en parler.

— Si tu savais... comme j'aurais voulu être présent pour toi ! Je t'aurais soutenue...

Je t'aurais aimée, comme je t'aime maintenant...

Oui, il l'aimait et il n'avait plus peur de se l'avouer. Il voulait vivre avec elle, la chérir et la protéger. Mais serait-elle capable d'accepter son amour ?

Parce que l'idée qu'elle avait souffert lui était insupportable, il l'enlaça et l'étreignit de toutes ses forces. Puis il lui caressa les cheveux et les joues, et lui baisa les mains avec tendresse.

Quand enfin il chercha ses lèvres, il mit tout son amour dans cette connexion. C'était le genre de baiser qui emportait tout sur son passage, les cœurs et les âmes. Et déjà, il voulait plus. Beaucoup, beaucoup plus. Mais il voulait aussi que Rose s'exprime, jusqu'alors elle n'en avait pas vraiment eu l'occasion.

— Et après ? demanda-t-il.

Elle eut un petit sourire triste.

— Après... C'était miraculeux. Comment décrire ce qu'on éprouve en recevant le cadeau d'une seconde vie ? On a mal pour l'autre personne, on est heureux pour soi-même... Psychologiquement, c'est compliqué. Voilà pourquoi j'ai choisi d'exercer un métier utile. Je veux faire un maximum de bien autour de moi, tout en profitant de la vie. C'est une question de respect... Un hommage à mon donneur. Regarde-moi, Joe ! Grâce à cette personne, je peux marcher, courir, gravir des montagnes. Je pouvais à peine respirer, et maintenant, je peux t'embrasser autant que je veux. Tu n'imagines pas à quel point c'est merveilleux.

Il laissa courir les mains sur ses bras et l'attira plus près.

— Je sais que *tes baisers* sont merveilleux, chuchota-t-il.

— Je te retourne le compliment.

Quand elle se blottit contre lui, il sentit son cœur battre contre le sien, et la pression de ses cuisses entre ses jambes.

— Alors..., murmura-t-elle. Vas-tu me faire taire ou préfères-tu que je parle jusqu'au lever du soleil ?

— J'adore le son de ta voix, chuchota-t-il tout contre sa bouche. Mais j'aime encore mieux t'entendre gémir...

— Joe...

Il cueillit son prénom sur ses lèvres.

Rose voulait que Joe l'embrasse. Elle voulait qu'il la caresse, qu'il la touche. Elle brûlait de lui appartenir, maintenant et pour l'éternité.

À la clarté des étoiles, son beau visage avait quelque chose d'irréel, mais le désir était perceptible dans le regard brûlant qu'il posait sur elle.

Ils échangèrent un baiser fougueux, ardent et profond, et Rose sentit la tête lui tourner. Encore un peu et elle allait se consumer sur place. Son corps en feu lui apprenait ce qu'au fond d'elle-même elle savait déjà : le monde serait beaucoup plus beau après l'amour avec Joe, et surtout, pendant l'amour avec Joe...

Quant à la suite, elle ne voulait pas y penser. L'heure des questions viendrait plus tard ; pour l'instant, elle refusait de gâcher ce moment précieux.

Le contact des mains de Joe sur la peau de son ventre l'électrisa et cette fois elle ne trembla pas lorsqu'il remonta vers sa poitrine. Elle sentit vaguement qu'il la déshabillait, qu'il envoyait valser son chemisier et son soutien-gorge dans les bruyères. Mais au lieu de se crisper, elle eut un sourire heureux... qui se mua en gémissement lorsqu'il referma les lèvres sur le mamelon durci d'un sein.

Les poings crispés dans ses cheveux, elle attira sa tête à elle et l'embrassa furieusement.

Bouche contre bouche, peau contre peau, ils oscillèrent en rythme. Incapable de résister, elle effleura son érection à travers la toile de son jean. Il sursauta à ce contact, puis poussa un grondement sourd.

Alors, il mit une main sur la sienne.

— Rose, attends. Je voulais te dire, avant que nous... Je suis désolé, vraiment triste, que tu aies vécu tout ça.

Elle pressa les paumes sur ses joues et sourit.

— Ne sois pas triste, chuchota-t-elle. Au contraire, réjouis-toi qu'on soit là, ensemble. Sois heureux pour nous deux... J'ai tellement envie de toi...

— Moi aussi, Rose. Tu me rends fou.

Il arrondit une paume sur un sein, caressa tendrement sa cicatrice de l'autre. D'une main tremblante, elle descendit la fermeture de son jean et captura son sexe durci. L'attente devenait douloureuse, à présent, mais Joe prenait tout son temps. Quand il eut fini de la déshabiller, il eut un sourire mystérieux.

— Toi d'abord, nous ensuite, murmura-t-il.

Elle ne comprit pas ce qu'il voulait dire, jusqu'à ce qu'elle perçoive le contact de sa barbe naissante sur son ventre, puis sa cuisse. Alors, de ses doigts et de sa bouche, il explora tous les recoins de son intimité, et elle se rejeta en arrière, subjuguée.

Joe et les étoiles étaient devenus son univers. Le ciel chantait son prénom en une mélodie subtile et entêtante...

Joe. Joe. Joe.

Balayée par des vagues de plaisir de plus en plus intenses, elle lui captura le poignet et le regarda droit dans les yeux.

— Maintenant, chuchota-t-elle. Je veux te sentir en moi...

Il secoua la tête.

— Je suis désolé, mon cœur. Je n'ai pas de préservatif.

— Tu es un sacré médecin, Joe Thompson !

— Un médecin qui n'a pas fait l'amour depuis très longtemps.

Il voulut la reprendre dans ses bras, mais elle s'écarta et, à tâtons, attrapa son sac à main.

— Heureusement que je réfléchis pour deux !

Elle prit le préservatif qu'elle avait glissé dans sa pochette — juste au cas où. Tendrement, elle en protégea Joe, qui la regardait avec un sourire incrédule.

— Ce soir, je crois à la chance, dit-il. Tu ne l'as pas tricoté, au moins ?

— Non, je l'ai chipé dans la réserve du cabinet !

Reprenant leur sérieux, ils se dévisagèrent.

— Rose... Tu es vraiment sûre ?

Vis ta vie. Sans remords ni regrets...

— Je n'ai jamais été aussi sûre de moi. Même si je me demande ce qu'on va devenir, tous les deux.

— On y arrivera, répondit-il d'une voix grave. Peu importe ce que l'avenir nous réserve. Si on veut que ça marche, ça marchera.

Avec une extrême douceur, il vint en elle. Puis, sans la quitter des yeux, il enroula un bras autour de sa taille et ils échangèrent un long baiser langoureux, prélude à la fusion de leurs deux corps brûlants qui, déjà, ondulaient en rythme.

Agrippée à ses épaules, Rose le serra de toutes ses forces. Elle voulait graver ce moment dans sa mémoire. Elle voulait que Joe la possède tout entière, maintenant et à jamais...

Soudain, le rythme de leur danse s'accéléra. Joe captura son visage dans une main et il continua d'osciller en elle, de plus en plus fort, de plus en plus vite.

Ce qu'il ne disait pas, elle le savait déjà. Ils s'étaient trouvés et ils s'appartenaient. Jamais elle ne pourrait aimer un autre homme...

— Rose !

Quand il l'emporta avec lui, elle sut que les étoiles s'étaient glissées dans son cœur et dans son âme. Et qu'elles y resteraient pour l'éternité.

Joe ne savait plus quoi dire.

Comment mettre des mots sur des sensations aussi belles ?

Une chose était sûre : maintenant qu'il avait goûté à la perfection, il ne pourrait plus s'en passer. La magie était entrée dans sa vie. Il se battrait pour qu'elle y reste. Il trouverait une solution *pour que Rose ait envie de rester...*

Tendrement, il resserra son étreinte autour d'elle afin de la protéger de la brise. Ils avaient fait l'amour dehors, en plein vent !

— Ça va ? lui chuchota-t-il à l'oreille.

— Ça va très, très bien. Mais il faut qu'on s'habille, il fait un peu froid.

Tendant la main, elle récupéra son chemisier et son soutien-gorge dans les hautes herbes. Elle les enfila, puis se blottit de nouveau contre lui.

— Et maintenant, quoi ? demanda-t-elle.

Il n'hésita pas une seconde.

— On rentre à la maison.

— Tu veux dire, chez moi ?

— Oui.

Elle pivota dans ses bras pour lui faire face.

— C'est mieux que chez toi ? À cause de Pippa et de Katy ?

— Non. Parce que c'est à cinq minutes et que tu frissonnes, répondit-il en souriant.

— C'est l'adrénaline, ne t'inquiète pas... Tu es bien gentil, mais qu'as-tu fait de mon jean et de ma culotte ?

— Hum. Je n'en sais rien, avoua-t-il en explorant le sol à tâtons.

— S'ils ont disparu, tu me prêteras tes affaires. Je ne vais pas redescendre fesses nues au village !

Il éclata de rire.

— Parce que moi, je peux ? Les gens vont avoir une attaque s'ils découvrent leur médecin dans le plus simple appareil.

— Les dames pourront admirer ce magnifique corps d'Apollon... Rappelle-toi, le vendredi, c'est tenue décontractée ! fit-elle en le chatouillant.

— Peut-être, mais je préfère quand même emprunter un raccourci, au cas où. Et comme ça, je pourrais continuer à...

Il arrondit une paume sur ses fesses. Elle éclata de rire.

— Docteur Thompson, je ne vous reconnais plus !

Elle allongea le bras derrière elle, et rit de nouveau.

— Ah, voilà mon jean. Et... ma culotte.

— Quel dommage ! Je préfère quand tu es toute nue.

Déjà, elle sentait son érection se réveiller dans son dos. Elle le caressa doucement.

— Tu as dit cinq minutes jusque chez moi ?

— Trois si on court.

— Alors on va courir ! N'oublie pas que je suis en pleine forme, Joe.

13

Rose, allongée dans son lit, écoutait la respiration irrégulière de Joe. Elle n'avait pas réussi à s'endormir et lui non plus, de toute évidence. Avait-il des regrets ?

— Suis-je la première femme... depuis Pippa ?

Silence. Il poussa un profond soupir.

— Oui. Je n'ai jamais voulu... Jusqu'à maintenant.

— Et... Tout va bien ?

Il enroula un bras possessif autour de sa taille.

— Bien sûr que ça va.

— Tu m'as promis d'être franc avec moi.

Il eut un petit rire.

— D'accord ! Alors disons que je suis un peu... perturbé. Mais cela n'a rien à voir avec toi, du moins pas directement.

— Tu penses à Pippa ?

Ç'aurait été tout à fait normal. Elle pouvait comprendre...

— Tu veux vraiment qu'on en discute, Rose ?

— Oui. J'aimerais savoir ce qui s'est passé.

— Mais pourquoi ?

Elle se tourna sur le côté pour lui faire face.

— Parce que je veux tout connaître de toi. Ta couleur préférée, ton plat préféré. Ce que tu fais pendant tes vacances. Toutes les choses basiques... Et le reste. Donc, j'aimerais que tu me parles de la femme que tu as aimée.

Réussirait-il à faire une place dans son cœur pour elle, Rose McIntyre ? Là était toute la question. Car alors, ils pourraient peut-être construire quelque chose ensemble...

— Que s'est-il passé, cette fameuse nuit ?
— Pas maintenant, Rose.
— Alors quand ? Dans dix minutes, dix heures, dix jours ? Dix ans ? On n'est plus à ça près !
— Tu parles d'années... Ça me plaît.
— Ce qui me plaît moins, c'est que tu refuses de me parler. Tu connais mes secrets, mais toi, tu ne veux rien me dire.
Il soupira.
— Très bien...
Il roula sur le dos, mit les mains derrière la tête et leva les yeux au plafond. Elle attendit patiemment ce qui allait suivre.
— Cinq ans... J'ai parfois l'impression que c'était hier, dit-il. Je participais à une conférence à Bristol, Pippa et Katy étaient venues me rejoindre pour le week-end. Mais le soir... on s'est disputés pour des bêtises. On s'est dit des choses absurdes.
— À quel propos ?
— Un sujet heureux, normalement : agrandir la famille ! On avait dû recourir à la FIV pour Katy et ça avait été dur pour nous deux, surtout pour Pippa qui avait mal supporté le traitement. Dieu sait que je voulais d'autres enfants, mais dans ces conditions, j'étais sceptique. Pourquoi ne pas se contenter d'être heureux à trois ? Le jeu en valait-il la chandelle ? Mais Pippa était déterminée. Elle m'a dit qu'elle avait repris rendez-vous à l'hôpital et que je devais l'accepter, que cela me plaise ou non.
— Ça avait le mérite d'être clair...
Il eut un petit sourire.
— Elle était franche et elle avait du tempérament. On s'entendait à merveille, d'habitude, mais là... les choses ont dérapé. On s'est accusés mutuellement d'égoïsme. Elle a refait ses valises. Elle voulait rentrer à la maison avec Katy pour réfléchir. Comme je faisais mon exposé le lendemain, je ne pouvais pas la suivre. J'ai couru sur le parking. Elle avait fermé les portières de la voiture à clé. Je la reverrai toujours, en larmes au volant, en train de démarrer sous la pluie battante.
Il était devenu blême. Rose, le cœur battant la chamade, lui caressa la joue.
— Une heure et demie plus tard, un policier est venu frapper

à la porte de ma chambre, dit-il. Il y avait eu un choc frontal sur la route, c'était grave... Tu connais la suite.

— Oui.

Il se serra contre elle de toutes ses forces et l'embrassa sur le nez.

— Assez parlé, maintenant. Il est l'heure de dormir.

— Tu as raison, dit-elle tout bas.

Elle enroula les bras autour de lui, posa la joue sur son torse et ferma les paupières. Mais la vision de son beau visage tourmenté ne la quittait pas, et la même question revint pour la millième fois, désespérante.

Joe l'aimait-il assez pour regarder l'avenir avec elle ? Ou était-ce une cause perdue ?

— J'ai une excellente nouvelle à t'annoncer.

En ce jeudi soir, Rose et Joe rentraient chez lui à pied, main dans la main, après une journée bien remplie. D'ailleurs, elle n'avait pas vu passer la semaine !

Ils avaient refait du bateau. Elle avait donné d'autres leçons de crochet à Katy. Ils avaient dîné ensemble dans la joie et les rires. Résolue à profiter de chaque instant en leur compagnie, elle avait intégré leur univers avec un bonheur sans mélange.

Pas une seule fois, Joe et elle n'avaient évoqué son départ. Ils savaient néanmoins que leur situation restait fragile et qu'elle allait partir. Et à cause de cela, chaque minute passée dans les bras l'un de l'autre était plus belle et plus intense...

— Laisse-moi deviner... Les sacs à vomi sont enfin arrivés, répondit-elle.

Il éclata de rire.

— N'importe quoi ! Je te parle d'une vraie bonne nouvelle.

S'arrêtant, il lui captura le visage et l'embrassa passionnément. Quand il s'écarta, il avait le regard brillant.

— L'agence d'intérim a appelé pour dire qu'ils nous avaient trouvé quelqu'un. Je leur ai répondu qu'à la place ils pouvaient annuler ton contrat à Plymouth. Ils sont d'accord pour que tu restes ici. Tout est réglé.

Un frisson glacé parcourut Rose. Qu'avait-il fait ? Ils n'avaient jamais discuté de rien !

— Je croyais être la seule à pouvoir annuler un contrat !

— Techniquement, oui, mais… il te suffira de signer quelques papiers et le tour sera joué. Tu peux rester ici, Rose, tu comprends ?

— Joe… C'est à moi de prendre la décision.

Bien sûr, elle appréciait qu'il se démène pour elle — pour eux. Mais au fond, cette initiative ne changeait rien. Leur problème restait entier.

Il secoua la tête.

— Je ne suis pas en train de te demander en mariage, Rose. Et je ne voudrais surtout pas que tu restes à contrecœur. Mais… Tu l'as dit toi-même, il faut saisir les occasions que la vie nous offre. On pourrait avancer tranquillement, apprendre à mieux se connaître… Notre histoire mérite une chance, tu ne crois pas ?

Elle savait quel chemin il avait parcouru pour en arriver là. Il avait évolué, c'était indéniable. Mais cela suffirait-il ?

Si, finalement, il était incapable de construire quelque chose, elle ne s'en relèverait pas. Elle avait assez souffert. Elle devait être sûre…

— Tu ne dis rien. Dois-je prendre ton silence pour un « oui » ? demanda-t-il.

Quand il l'embrassa de nouveau, elle répondit de toute son âme à sa tendresse. Si seulement c'était possible. Si seulement…

— On n'en a pas discuté, balbutia-t-elle. C'est… un grand saut dans le vide. Mon avenir est en jeu.

— *Notre* avenir. Et je veux que ça marche, Rose. On fera les choses à notre rythme, mais on y arrivera.

C'était presque une promesse et elle faillit se laisser convaincre. Mais elle n'était pas seule dans l'histoire.

— Et Katy ? Tu as pensé à elle… et à Pippa ?

— J'y pense sans arrêt, figure-toi. J'ai beaucoup réfléchi. Je suis heureux que Pippa ait contribué à sauver quelqu'un. Si c'est toi, l'histoire est encore plus belle, mais…

— … Si ce n'est pas moi ?

— Cela ne change rien. L'essentiel, c'est que tu sois en vie.

— Sauf que je ne pourrai jamais te donner la famille dont tu rêves. Et puis, mon temps est peut-être compté.

— Ou peut-être pas ! Comme tu l'as dit, il faut vivre au présent, et je veux que tu restes avec nous !

Que c'était difficile… Mais elle aurait de la volonté pour deux. Elle n'avait pas le choix.

— Nous avons besoin d'un peu de distance pour réfléchir, Joe. Je vais partir. Je suis désolée. Je ne peux pas être la femme que tu espères.

— Mais enfin, je te veux *toi*, telle que tu es !

— Tu dis cela maintenant, mais dans quelques années ? Tu as besoin de fonder une famille, d'avoir une épouse qui vieillira près de toi. Tu le mérites, Joe.

Elle effleura les contours de son beau visage, puis reprit :

— Nous vivons un rêve, tous les deux. Il faut voir s'il tiendra le choc de la réalité. Maxine a beau dire que je t'ai réveillé, tu n'es pas encore au bout du chemin. Tu rêves de choses inaccessibles. Tu ne retrouveras jamais ta vie d'avant, avec Pippa.

Il sursauta violemment.

— Cela n'a rien à voir avec Pippa ! S'il te plaît, il faut me croire.

— Je te crois maintenant, à l'instant T. Mais qu'en sera-t-il plus tard ? Tu ne la chercheras pas à travers moi ? Peux-tu me dire franchement que cette histoire de cœur ne change rien ? Que tu ne penses pas à Pippa quand ma poitrine se soulève ?

Dans le silence qui suivit, elle sut qu'elle tenait sa réponse. Joe était trop honnête pour lui mentir.

Ivre de chagrin, elle le dévisagea.

— Je suis désolée, répéta-t-elle. On ne peut pas continuer comme ça.

— Non, tu n'es pas désolée ! Tu prends la fuite ! Jamais je n'aurais cru cela de toi…

Il y avait du vrai là-dedans. Elle ne supporterait pas d'être rejetée à nouveau. Elle avait eu sa dose de malheurs.

— Je me contente de faire ce que je m'étais promis, répondit-elle. Je vais voyager, découvrir le vaste monde.

— Tu peux te mentir autant que tu voudras, moi, je connais la vérité ! Tu aimes Oakdale. Tu t'es attachée à Katy… Et à moi aussi, je pense. Alors ne viens pas me raconter d'histoires. Bon sang, tu t'imagines être la seule à avoir souffert ? Tu sais quel dilemme ça a été de te laisser entrer dans nos vies ?

— Oui, je le sais. Tu as franchi un grand cap.

— Grand ? Géant, tu veux dire ! J'ai vécu dans le brouillard pendant cinq ans et, grâce à toi, j'en suis enfin sorti. Quant à Katy... C'est bien simple, elle ne jure que par toi.

Le cœur de Rose se contracta douloureusement. Elle aimait Joe. Elle aimait Katy. Et parce que cet amour était plus fort que tout, elle devait partir.

— Merci... d'avoir dit cela, chuchota-t-elle. Tu sais à quel point j'adore Katy. Je lui donnerai des nouvelles.

— « Merci » ? C'est une blague ? Elle n'a pas besoin d'une carte d'anniversaire ou de Noël de temps en temps. Elle a besoin de toi ! Merci à toi aussi, alors. Pour tous les souvenirs que tu vas nous laisser !

— Joe, s'il te plaît...

Ne complique pas les choses. C'est déjà tellement dur...

Il la prit par le bras et l'attira à lui avec violence.

— De toute ma vie, je n'ai jamais rencontré quelqu'un comme toi, Rose. Maintenant, je crois à l'impossible, à la chance et au destin. Et s'il était écrit qu'on est faits l'un pour l'autre ?

Les larmes s'étaient mises à rouler sur ses joues sans qu'elle pût les retenir. Elle les balaya, ivre de tristesse et de chagrin.

Pour son malheur, elle était tombée amoureuse. Son cœur avait pris une longueur d'avance sur sa raison. Mais il était trop tard pour revenir en arrière. Ne restait que la solution... de la fuite.

Elle se jeta dans les bras de Joe, l'étreignit de toutes ses forces. Puis, bravement, elle se força à sourire.

— Toi et moi, on sait que l'espoir fait vivre, chuchota-t-elle. S'il est écrit qu'on doit être ensemble, on se retrouvera.

Elle se détacha de lui. Puis elle lui tourna le dos et, sourde à ses appels, descendit la rue sans se retourner.

14

— Bienvenue au cabinet médical de Whitstable, Rose ! Nous vous attendions avec impatience. Merci d'être venue nous dépanner si vite.

— Mais de rien. Je suis là pour ça.

Rose sourit à Jean, sa nouvelle collègue.

Après son passage à Plymouth, elle avait été appelée en urgence sur la côte Est. Soulagée d'être très occupée, elle avait accepté la mission sans réfléchir.

Plus elle bougerait, mieux cela vaudrait pour sa tranquillité d'esprit. Et pour celle de son cœur déchiré...

Par la fenêtre de la réception, elle vit la mer grise battre le quai sous les assauts du vent. Une tempête automnale se préparait. Quel temps faisait-il dans le Lake District ?

Malgré tous ses efforts, cette région lui manquait. Joe et Katy lui manquaient. Elle pensait à Oakdale et à ses habitants avec nostalgie.

Et dire qu'elle avait rêvé de voir du pays ! Son souhait était exaucé, mais à quel prix ? Elle se sentait plus seule que jamais...

On ne peut pas tout avoir. Mets-toi bien ça dans la tête.

Résolument, elle se concentra sur son travail. Chaque cabinet avait son propre mode de fonctionnement, mais une fois encore elle comprit vite ce qu'on attendait d'elle.

Tout était presque trop facile. Il n'y avait pas de plâtre renversé ni de réceptionniste malade — heureusement —, ni de médecin grincheux. Il y avait juste beaucoup de travail, dans un contexte très ordinaire...

À l'heure de la pause, ayant besoin d'air frais, elle décida d'aller marcher sur la jetée.

Elle ajustait son manteau lorsque la porte d'entrée s'ouvrit, livrant passage... au plus énorme bouquet de marguerites qu'elle eût jamais vu.

Et derrière le bouquet, un homme de haute taille dont le visage disparaissait derrière les fleurs...

— Rose ! Enfin, je t'ai trouvée !

— Joe !

Saisie de vertige, elle se retint au mur. Il était venu la voir, et il ne lui avait pas apporté de roses...

Elle alla vers lui et prit le bouquet en souriant.

— Waouh, dit-elle. Elles sont énormes.

— Ce sont des marguerites du Cap. Les plus grosses que j'aie pu trouver.

— Elles sont... magnifiques.

« Comme toi », aurait-elle pu ajouter, mais elle s'abstint. Avant tout, elle devait écouter ce qu'il avait à dire.

— Comment m'as-tu retrouvée ? L'agence n'a pas le droit de transmettre mes coordonnées...

Il eut un sourire satisfait.

— J'ai cherché le numéro professionnel de ta mère et je l'ai appelée, figure-toi !

— Quoi ? À son cabinet ? Oh ! Seigneur...

— Absolument. Je lui ai dit que j'avais besoin de te voir. J'ai dû être convaincant : elle n'a pas protesté !

Une délicieuse musique se mit à chanter en elle. S'il avait pris la peine de contacter sa mère, alors...

— Tu lui as parlé... de nous ?

— Mais oui ! La nouvelle l'a mise dans tous ses états. J'espère qu'elle a repris ses esprits, fit-il en souriant.

À peine avait-il fini sa phrase que le portable de Rose vibra. Elle jeta un coup d'œil à l'écran et se mit à rire.

— Ma mère vient justement de m'envoyer un texto : « Est-ce qu'il est venu ? Ça va ? Si tu te sens mal, dis-le-lui. Après tout, il est médecin ! » Tu aurais pu lui causer une attaque, Joe ! Mais rassure-toi, elle va se calmer.

Elle reprit son sérieux et le dévisagea. Cette chevelure blonde, ces yeux bleus, cette silhouette puissante… Comme il lui avait manqué !

— Pourquoi… es-tu venu ? demanda-t-elle.

Il écarta les bras en souriant.

— Pour me battre. À Oakdale, j'ai tout raté. Tu te souviens de notre discussion, au cottage ? Je t'avais dit que, si tu voulais partir, je ferais le maximum pour te donner envie de rester. Sauf que… je n'ai pas été à la hauteur.

Elle repensa au bateau, aux collines et à la Voie lactée. À leurs corps à corps tendres et passionnés. Comment pouvait-il dire une chose pareille ? Il avait été merveilleux, tout simplement.

— Si, tu l'as été, répondit-elle. Et moi, j'avais envie de rester. Je voulais y croire. Simplement… j'ai eu peur qu'avec ton passé tu espères quelque chose d'impossible. Je ne peux pas te promettre le final classique, « ils se marièrent et eurent beaucoup d'enfants ».

Il fit un pas en avant, lui prit la main et la serra.

— Cela n'a aucune importance. Je ne veux pas compter les jours qu'on aura ensemble, mais je veux faire en sorte que chaque jour soit unique. « Pour toujours », ça ne veut rien dire, tu sais.

— Surtout pour moi…

Il secoua la tête et lui releva le menton.

— Je ne suis pas d'accord, Rose. Les accidents de la vie, ça peut arriver à tout le monde. Tu l'as dit toi-même, et je suis bien placé pour le savoir. Alors quoi qu'il advienne, désormais, je veux que nous soyons ensemble. Dans les bons comme dans les mauvais moments. Et je suis sûr qu'il y aura beaucoup de très, très bonnes surprises. Tu ne peux pas dire le contraire. C'est toi qui m'as fait croire à l'impossible !

— J'aimerais que les choses soient aussi simples…

— Elles le sont quand on s'aime. Pour toi qui veux mener une belle vie, qu'y a-t-il de plus beau que de partager un amour fou, immense et éternel ?

Joe l'aimait-il de cette façon ? *Elle*, Rose ?

— Quand je t'ai demandé si tu pensais à Pippa en voyant mon cœur battre, tu n'as rien répondu…

— À ce moment-là, tout était confus dans ma tête, mais j'y

ai beaucoup réfléchi depuis. En fait, je n'ai pensé qu'à ça. Ou plutôt, je n'ai pensé qu'à *toi*. À ta voix, à ton sourire et à ton bonnet orange. C'est *avec toi* que j'ai envie d'être, et pas avec le souvenir d'une femme que j'ai bien sûr aimée, mais qui n'est pas *toi*. Peu importe qui t'a donné son cœur. Aujourd'hui, il bat dans ta poitrine et je t'aime pour toi-même, Rose. Je suis tombé amoureux de toi le premier jour, devant mon cottage, quand tu t'es énervée.

— Hé, là ! Qui s'est énervé le premier ?

Elle éclata de rire. Et si tout était possible ? Elle l'aimait si fort qu'elle ne voulait pas tenir le bonheur à distance plus longtemps...

— Cet amour a grandi un peu plus chaque jour. Je ne pourrais plus vivre sans toi, Rose. Ta lumière me manque, tes baisers me manquent...

Elle posa tendrement les lèvres sur les siennes.

— Les tiens aussi. Je t'aime, Joe. Tu n'imagines pas à quel point !

— Je crois en avoir une petite idée... Quand vas-tu revenir, ma chérie ?

Elle soupira. Elle aurait voulu ne jamais mettre les pieds à Whitstable, mais elle respecterait son engagement.

— J'ai un contrat d'un mois, répondit-elle. Ensuite...

— Ensuite, je viendrai te chercher et on rentrera à la maison.

— J'ai hâte d'y être, mon amour.

Épilogue

Six mois plus tard

— Jamais de la vie ! Tu ne porteras pas ça le jour de notre mariage !

Rose enleva le bonnet bleu de la tête de Joe. Il le reprit immédiatement et le renfila d'un air têtu. Puis il déposa un baiser léger sur ses lèvres.

— Vous l'avez tricoté, je le porte !

— Je suis contente qu'il te plaise, papa. Rose et moi, on s'est vraiment appliquées.

Ravissante dans sa robe de demoiselle d'honneur, Katy effectua une pirouette de ses petits pieds chaussés de ballerines. Elles avaient choisi leurs tenues ensemble, et pour la circonstance, la soie — blanche pour Rose, jaune vif pour Katy — avait remplacé la laine !

Joe secoua la tête.

— Il me plaît tellement que je le garde. En plus, il est assorti à ma cravate.

Rose voulut argumenter, mais un léger coup frappé à la porte du salon mit fin au débat. Trois secondes plus tard, un large sourire aux lèvres, Maxine, toute pomponnée et coiffée d'un chapeau rouge, les rejoignit.

— Dépêchez-vous, mes enfants, l'heure tourne ! Oh ! que vous êtes beaux... Joe et Katy, allez donc faire patienter le photographe pendant que j'ajuste le voile de Rose.

— Oui, papa, allons-y ! À tout de suite, mamie ! À tout de suite, Rose !

Ils étaient à peine sortis que Maxine écrasa une larme. Rose attrapa un mouchoir en papier et le lui tendit.

— Attention à ton maquillage, dit-elle, émue.

— Merci, ma chérie... C'est plus fort que moi, je n'arrête pas de pleurer depuis ce matin. Je suis tellement heureuse pour vous trois !

Avec délicatesse, Maxine ajusta son voile et lui replaça une mèche derrière l'oreille.

— Je ne devrais peut-être pas dire ça, mais... tu me rappelles Pippa. Tu as un je-ne-sais-quoi... Ton allure, ta façon de parler à Joe... Je n'arrive pas à me l'expliquer. C'est très étrange. Mais en tout cas, je suis sûre d'une chose : vous vous seriez bien entendues, toutes les deux. Je sais que vous auriez été amies.

Rose sentit des larmes perler à ses paupières. Maxine et elle étaient devenues très proches, mais elles avaient rarement abordé le sujet.

— C'est un très beau compliment, chuchota-t-elle.

— Enfin, vous n'auriez jamais pu vous rencontrer...

Maxine la dévisageait avec une telle intensité que le souffle se bloqua dans la gorge de Rose. Qu'avait compris son amie, au juste ? Avait-elle tiré ses propres conclusions sans rien dire ?

— Je... ne sais pas, balbutia-t-elle.

Le sourire resta fermement en place sur les lèvres de Maxine.

— Quoi qu'il en soit, Pippa aurait été contente de ce qui arrive aujourd'hui ! Et moi, je suis aux anges. Prête, ma belle ?

— Prête !

Lorsque Rose remonta, un peu plus tard, la nef au bras de son père, la petite église d'Oakdale était pleine à craquer.

Joe, son fameux bonnet sur la tête, l'attendait devant l'autel. Et il la regardait avec une telle adoration qu'elle dut se retenir de courir vers lui.

Folle de bonheur, elle envoya un discret baiser au ciel. Son cœur appartenait à Joe, à Katy et à tous ceux qu'elle aimait. Pour l'éternité.

Le reste n'avait aucune importance.